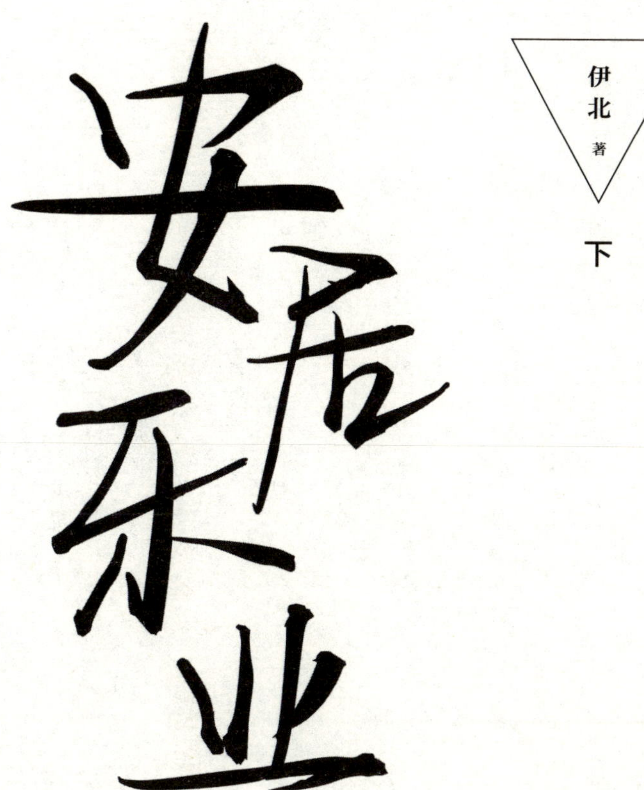

伊北 著

下

中国友谊出版公司

目录

CONTENTS

为了生活

趁东方不在，居里把会所里的事原原本本跟她妈描述了一遍。

这个世上，居里能信任的人只有她妈了。

可居里想隐藏自己打算出风头的事，尤其那件老太太传下来的粉红旗袍——裂了个大口子，正在弄堂口的裁缝店修补，暂时不能让她妈知道。

知女莫若母，家芝知道居里的性子：爱出风头，爱占先。她仔细听居里手舞足蹈地说完，大概明白这事东方不对居多，但居里也过于咄咄逼人了。她打算借此机会好好劝劝东方。

她已经来上海了，人家的房子住着，伙食费没交，虽然说她也愿意贴补女儿、女婿，可罗东方从来没张过嘴，到月东方的钱就到居里那儿，居里又给她，这个家实际上是她王家芝在管。这个女婿多重要，家芝太明白了。

只能劝和，不能劝分。

“东方养活一家老小，不容易。”家芝开场来这么一句。

这话居里最怕听到，也最厌烦。他养活一家老小，那意思是，她居里就是个家庭妇女，真成老话说的：嫁汉嫁汉，穿衣吃饭了。

“我就是看不惯他跟他前妻在一起。”居里说。

家芝打算掰开了揉碎了跟女儿说，先下个钩子：“居里你告诉我，现在是谁跟东方过？”居里说：“既然跟我过，为什么还要去找那个人，旧情复燃？他应该明白自己是有妇之夫，是孩子的爸爸，即便心里有一千个念头，也不能去接触。去找他前妻那就是犯法。”

家芝有点失去耐性，关于前妻，结婚前人家已经告诉过她了，是居里自己死活愿意，现在婚后又为前妻这事不依不饶。“他不是去找那个人，他是做生意，是为了生计，为了生活。”家芝不提“前妻”二字，免得居里受刺激，永远只说那个人，那个人，好像那个人是个大魔头，谁提谁倒霉。

居里冷笑，甚至有点不认识她妈，她甚至后悔把这事跟她妈说，她是来找同盟军的，不是来找说客、敌人的！说什么为了生活，屁，“为了生活”这四个字简直万能！无论做什么事情，不管喝酒应酬，还是去和前妻见面厮混，或者参加酒会，只要说是为了生活，就立刻有了合法性。

生活不仅仅是赚钱养家那么简单。

老谢和朱姐就是一个很好的例子，钱是赚够了，生活完全没问题，可到头来呢？离婚还偷偷摸摸的！从朱姐这事，居里就前所未有地认识到夫妻俩情感建设的重要性。

归根结底，他们还是没有共同进步。

全职太太当不得。

家芝还在喋喋不休，为了居里好，为了这个家好，为这好为那好……居里却被劝得有些发毛：“我跟你们说不通！”声音有点大了。她用“你们”，已经把家芝推到东方那一国去了。

谁知家芝还是柔声劝道：“退一步海阔天空。”

居里就不明白，为什么永远要她退？她偏不，她是一个喜欢掌握主动权的女人。她不说了，沉默是金，她看着母亲的嘴，第一次觉得她老了。这怕那怕，不敢前行。

家芝说了一会儿，累了，暂时休战，又说给娣儿介绍工作的事倒是可以提一提。她跟朱姐的意见一样。

居里说：“提了也不会同意，娣儿能干吗，毛手毛脚的。”家芝说：“你不知道，最近亲家母对娣儿的印象有所改观，至少她那边不会有阻碍，而东方如果对会所之事有一些愧疚，应该会帮这个忙。”

居里只能说见机行事，这事只能公开说，不能私下说。

打算来打算去都是为别人。

居里要为自己操心，美容院的工作丢了，一直没有去见乐乐面陈述原委，她怀孕后搬过好几个地方，居里也有点摸不清了。

联系了一整天才打通电话，是保姆接的，约好了第二天上门见。

次日，居里拎一盒子进口水果、两盒进口牛奶，如约拜访。看着手里的东西，居里有些惆怅。从小到大，她得到的家庭教育是，高级东西从来都是买来送礼的，进口的给别人，本地的给自己，新鲜的给别人，剩下的给自己。

居里甚至自我怀疑，这种埋伏在潜意识里的观念是否影响到了她择偶——东方也是剩下的，不是新鲜的。新鲜的被阿曼达摘了。这是居里永远的恨。她迟到了。

可家芝说这就是居家过日子。好饭不怕晚。

坐在公交车上，水果、牛奶摆在腿上，居里无比惆怅。

要对自己好一点。

她小心翼翼地抠开水果盒子，最上面是美国大樱桃，颗颗喜人，她拈了一颗，对着窗户的光望着，紫红色的小可爱，正准备往嘴里送。

公交车突然一颠，大樱桃瞬间飞出，跌落，骨碌碌滚得老远。

售票员立刻尖着嗓子道："阿垃圾不要乱扔好不啦！"居里哭笑不得。再拿一颗，狠狠吃，吃完再捡垃圾。人生就是要及时行乐！

好不容易到地方了，依旧是高档小区。大着肚子，光搬家就搬了几次，必有玄机。进家门，放下礼物，抬眼富丽堂皇，居里瞬间觉得自己的礼物有点寒碜，但也只能硬着头皮进。穷人和富人社交，怎么都是累。

乐乐缓缓走出，步子仿佛像企鹅，她胖了些，肚子尤其大，两个人在沙发上坐下，先聊了会儿朱姐。旁事居里不多问，过了一会儿，才说："非常不好意思，刚介绍好工作就丢了。"乐乐说："没关系，姐们儿跟我说了，都是朋友。"又聊了一会儿，居里委婉表示，能不能再介绍一份工作。

乐乐知道她上门大概是为了这事，她本想说请她和东方一起做代理，可考虑到阿曼达也在其中，关系复杂，而且说到底，居里还是个上班的人，做生意不行。

人艰不拆。她跟居里识于微时，而且此前他们两口子如此帮忙，现在她不能不伸一把手。

“我有个朋友现在在做保健品，公司刚建，缺个总经理助理，有没有兴趣试试？”乐乐说。

总经理助理？还有什么比这个职位更适合沈居里这种没有一技之长的妇女？居里满心欢喜，当即答应下来。事情办成了，整个人放轻松些了，东问西问，聊开了。

居里问：“老秦最近怎么样？”乐乐说：“他太忙，手里好几个公司要重组，偶尔来一次。”

嚯！好几个公司，难怪住得起大房子。

居里又问：“肚子里的宝宝照了没？男孩女孩？”乐乐说：“还是留点小惊喜比较好。”居里想要参观“豪宅”，乐乐小心翼翼地站起，居里忙说“你坐着”，乐乐说：“孕妇也需要适当运动，好生。”两个人来到卧室，干干净净，一片纯白，都不像有人睡过。床头小柜子上放着一沓信封，居里疑惑，坐过去拿着看。

这年头谁还寄信？难道是老秦给她写的情书？

“情书？”居里口无遮拦。乐乐不置可否，微笑着，自从怀孕后她脸上充满母性光辉，似乎能容纳一切。

信封上写着，陶乐乐收。字是打印上去的，没有邮戳。

“能看吗？”居里询问。

乐乐点头。

看了一封，头皮发麻，再拆一封，又一封，居里眼睛睁圆了，嘴巴张开了，面部的肌肉僵硬了……这都什么事啊！每一封信都在讲着老秦的前尘往事，不堪入目！

没有辱骂，只是静静地诉说着这个家庭的复杂性。

意图很明显了。

“这只是今天一天的。”乐乐说。

居里脑子有点不够用。

“翠芬！把这些拿去烧了。”乐乐喊保姆。翠芬一溜烟跑进来，把信掳走。

居里依旧在状况外。

“还有电话，过去天天打。”乐乐说，“所以现在我不接电话，不用电话。”

“是谁干的？”居里问了句聪明人不该问的。好在她不是聪明人。

乐乐不言不语，抚着肚子。

关于老秦的过往，东方已经跟她通了气，乐乐为这事感谢东方。哪个成功的男人没一点过去？她承受不了他的过去，就不配享受他的现在。但孩子生与不生，决定权在她，乐乐并不打算向任何人妥协，包括老秦。“管他呢，别人越不希望你好，你越要好好的，别人越想要激怒你，你越发要平静。”乐乐成熟了，仿佛任何人、任何事都不能把她打倒。

居里前所未有地感受到了宫斗剧的氛围。

环顾四周，这屋子富丽堂皇，一捧粉色月季花在梳妆台盛放，乐乐坐在旁边的意式白椅子上，完完全全的岁月静好。可居里想到的却是登高跌重，高处不胜寒。过去她总羡慕那些一步登天的女人，可现在居里头皮有些发麻，她同情乐乐，也为乐乐担忧，她深深感到这是自己所无法达到，也无法掌控的别样人生。

门廊一阵吵嚷，有人回来了，是女人的声音。

乐乐抓一下居里的手，说：“是我妈。”

居里明白她的意思，别露馅儿了。乐乐妈大步跨入，坐在桌边喘气，喝苹果汁，见居里来，得知是乐乐以前的同事，招呼了一下，随即就开始抱怨，说自己是操心的命，本来以为女儿结婚了就不用管了，可现在倒好，这个罗东方也可恶，去海外出差，孩子要生了都不回来，你说长得好看的女婿有什么用。

居里这才明白乐乐妈还蒙在鼓里。戏必须继续演下去。她望了乐乐一眼，准妈妈眼睛里充满歉意。

“阿姨，你也别太介意，都是为了生活，东方在外面每天跟老黄牛似的工作，你看看，这家里的生活多美好啊，如果他不去海外，怎么能住得起那么好的房子，怎么能请得起保姆？”居里尽职尽责，两肋插刀。她想不到家芝拿来劝她的话，她竟会活学活用，拿过来劝乐乐妈。

“为了生活”四个字真真万能。

提到保姆，乐乐妈突然想起什么，把水杯朝桌子上一放，随即大吼：“翠芬，饭做好了没有？饿屁掉了！”

翠芬把头从厨房里伸出来，“已经在做了！”又缩回去嘀咕，“撑死你。”

楼下汽车喇叭响。

是老秦的司机来了。乐乐该去孕检了。

分我一枝珊瑚宝

自从会所的事之后，居里和东方冷战了好几天。

白天东方去上班，两人不打照面，晚上回到家，两个人在一张桌子上吃饭，居里不搭理他，就是晚上一屋睡觉，也是分居——东方在屋内小沙发上凑合，居里独享大床。

缓过劲儿之后，东方也认识到自己的不对。从客观上来说，他认为居里的突然袭击有些不太礼貌，他和阿曼达真没什么，可是居里当众说她不能生育，这令他有些不能接受。阿曼达也是个可怜的女人。

自从跟妈妈谈过话之后，居里觉得自己势单力薄，她本不打算“推优”娣儿，请东方帮忙找工作。可一想到娣儿如果能在东方手底下做事，多少可以帮她看着东方，一旦他和阿曼达有什么情况，娣儿可以第一时间汇报。

日子还是要过，现在只是在悬崖边上，只要她警钟长鸣，她相信东方不会乱来。几天过去了，居里谋到新职心情大好，气便也消了几分。

晚上睡觉，居里把自己的被子朝一边挪了挪，意思是让东方上床。

东方坐在小沙发上不动，居里又动了一下，故意弄出些声响。东方顺着台阶下，把被子抱上床。暂时一人一个被筒。

等东方钻进被子后，居里问：“你跟她到底什么关系？”

这是她最关心的，但偏偏明知故问，诱敌深入。

东方早知居里会问，并立刻实打实招：“真的没有什么关系，我现在能拿老谢的货出去卖，多亏她从中介绍，而且出货她也肯帮忙，就是一起做做生意，她跟老谢和老金的关系都不一般。”

“她帮忙的目的是什么？”居里深入问。

“赚钱啊！”

“她还缺钱？送梵克雅宝的人。”居里的话句句带刺。

“这个世界上没有人不缺钱，马云都缺钱，何况她。”

“她倒是想有马云那个命呢。”

到此为止，算说清楚了。东方这么答，也全在居里意料之中。算了，为了生活，不能计较那么多，要是东方真打算跟那个女人有什么，她也拦不住，反倒不如明着放手，暗里小心，显得自己大气。

“以后你要跟别人出去，最起码跟我说一声，你不做贼，心虚什么？”居里不说“她”，说“别人”。泛指，显得自己大度、讲理。

“我是打算告诉你，但是你那个脾气，就是怕你多想。”

“你不告诉我，我就不多想了？”

无解的问题，逻辑的怪圈。

“你得给我补偿。”居里进入第二环节。

东方说：“要什么补偿你说吧。”能补偿是好事，说明那事告一段落了。“金钱补偿还是肉体补偿？”东方开始开玩笑。居里立刻操起枕头打东方，他从来都用这种方式化解两人的矛盾，可恶！居里说：“现在房我们是住上了，但是马上我可能还要出去工作，地方远近不好说，我打算学开车。”

“我帮你报驾校。”东方是聪明人。

居里立刻说：“谁要你报驾校。”东方笑着说：“那你也得学会开车，才能买车啊，这钱我帮你留出来。”东方的大方令居里很满意。但她理想中的情况是，只对她大方，对别的女人都小气。当然，除了她妈王家芝。

居里说：“我还有要求。”东方坐正了，一副愿闻其详的认真态势。

“你每个月给你父母多少钱？”

东方说：“一千。”

居里说：“那接下来你该怎么办呢？”

东方笑着解释：“这个我早想到了，咱妈这不是刚来吗，我正说月月给妈补贴一千，零花。”

居里满意了，她妈家芝有时候还倒贴一点，买买小菜什么的，老人这么体谅他们，东方给一千赡养费真是应该，虽然家芝的一些观念居里很不认同，可她到底是她妈。钱上东方从来没有含糊过，居里为东方骄傲，像个男人，也说明他开公司挣到钱了。

两个要求都通过了，夫妻俩基本算和好了。东方主动问："第三点是什么？是不是肉偿？”居里刚好赶上月例，没那兴致，翻过身，说："第三点还没想好，等想好再告诉你。”东方索然，放下手机睡了。

再过一个星期便是老太太生日。

这一年生日特殊，过了八十三岁进入八十四岁，按老理这个岁数是要避的。但老太太生日年年过，今年也不可少，简单点便是。秋萍存心在这个生日上扳回一城，她还有个更大的心愿，就是让老太太把房子过户给她和进宝，所以要格外努力。

去年过生日，居里整出个照片集出奇制胜，她的胡辣汤和寿桃双双落败，今年她绝不允许这种情况重现。好在今年有娣儿，她更年轻，想法应该比居里更进步。

菜市场事件之后，秋萍和娣儿的关系突飞猛进。娣儿尊重秋萍，胜过尊重家芝；秋萍喜爱娣儿，胜过喜爱居里。秋萍让娣儿叫她安老师，并反复向娣儿灌输一个观念——她是书香门第。

有了尊重、喜爱，集思广益也有效一些。

秋萍问娣儿："你老祖宗过生日，你说怎么办？”

"老人都怀旧。”娣儿想了想说。哪里像个"90后”。

秋萍立即否定，说以前做的胡辣汤也是怀旧，可老太太完全不喜欢，她没提居里的主意，怕在娣儿面前没面子。谁知娣儿说："老人能吃多少东西？老祖宗都八十好几了，牙都快掉光了，你做吃的她当然不喜欢，也消化不了。”

秋萍想想也是，但她还是提醒娣儿，当着老祖宗的面，八十好几不能提，八十三、八十四这些话更是不能提。娣儿吐舌头说："记住了，”然后说，"吃不行，穿总行吧，女人总爱漂亮。”

这话说到点子上了。

老太太爱漂亮是出了名的，最爱新衣服，而且都是定做。秋萍想起了弄堂口的王裁缝，七十好几了，一个老鳏夫，说是解放前就当学徒，跟老太太也是老相识，只不过这几年老太太下楼少了，王裁缝的店又越开越小，就弄堂口半个小门脸，屋里来几个客就占满了，不再是聊天的据点。

好在老主顾还有。

不过秋萍不喜欢王裁缝的手艺，她当了一辈子京剧票友，扮古是扮惯了的，所以日常生活反倒喜欢穿点时装。这日下午，秋萍领着娣儿进了王裁缝的店。

都是熟人。裁缝一见秋萍来，说："安老师来了，稍等一下啊，你们家那件旗袍马上就修补好了。"秋萍一头雾水。娣儿对满屋子布头线脑好奇，东摸西看。

"哪个旗袍？"秋萍问。

"就是你们家居里要改的。"王裁缝说着拿出那件粉色旗袍。焕然一新。

秋萍看着眼熟，这不是老太太压箱底的那件小心肝吗？她年轻时候要了好几次都没要来，老太太上了年纪腰粗，自然是穿不上，可当时她年轻，能穿，老人家偏不给，现在连她也穿不上了，怎么给了居里？偏心！

那恨意慢慢爬上来了。秋萍不动声色，笑呵呵地说："你看看，我今天就是来说这件衣服的事，这个要改大。"

王裁缝诧异。

秋萍解释道："我们家老太太马上不是要过寿嘛，就说改改这老物件，也算是沾沾喜气。"

裁缝说："改大可不好改，料子不够。"

秋萍笑说："知道有难度，所以来请王大哥出山啊，料子不够补嘛，粉色的也常见，这又是崭新崭新的，再补一点新的，腰放大一点，就照着前清的一口钟大衫子做。"

王裁缝说："那价钱可要涨不少。"秋萍说："这个你放心，我们居里现在可不缺这个。"王裁缝见秋萍态度坚决，只能说试试，做好了坏了，都不能保证。秋萍笑着说行，说罢领着娣儿要走。

素鸡带着桂香进门来。

"哟，"素鸡抬头见到秋萍，立刻笑嘻嘻地说，"老姐姐，你也来做旗袍啊！"她重音放在"老"字上，就算秋萍不老，她也把她叫老了。

素鸡瘦，是旗袍会的，她一贯笑话秋萍的蜂腰肥臀。

"怎么，你能穿旗袍，我不能？你这一身骨头渣子，撑得起来旗袍吗？"秋萍反唇相讥。

素鸡从王裁缝那里取了新做的白缎面旗袍，在秋萍眼前晃了晃："我是该有肉的地方有肉，该没肉的地方没肉，不像有些人，该长的不该长的，全部长肉。"

秋萍道："我一米六五的个子，五十三公斤……"身高报多了，体重却报少了。素鸡当即识破，说："别说这些废话，我这旗袍你要能塞进去，我送给你。"

话说到这个份儿上，秋萍毫无退路，只能以身试袍了。

娣儿在一旁起哄，说："姨姥姥，你没问题。"秋萍勇气更足，但还是小心提醒娣儿，说"叫安老师"，娣儿忙改口。秋萍一把拽过素鸡的旗袍，在娣儿的陪伴下，走入布帘子拉着的简易更衣室，脱了衣服，腿朝旗袍里伸，再提。可刚提到屁股，就无法往上走了。

素鸡在帘子外头说风凉话："老姐姐，穿不上就不要硬穿了，这不是灌香肠，不好硬塞的哇！"说罢和桂香咯咯笑。

秋萍不甘心。环肥燕瘦都是美。她怎么可能塞不进去！向前进向前进，旗袍的责任重，秋萍的身子沉。秋萍命令娣儿帮她提拉。娣儿练过武术，手劲大，狠劲一提，刺啦一声，屁股后头的缝线拽开来。秋萍的身子进去了。

拉好，秋萍慢慢走出来。

绷得紧紧的。

难以置信。素鸡说："走两步试试。"

秋萍知道自己不能动，但既然已经如此，就不怕毁衣不倦，她故意扭着屁股，仿佛白蛇走啊走，放心大胆，迤逦而行。娣儿帮她打拍子，碰擦擦，碰擦擦，小店走道是天桥，秋萍是胖模。

接口处炸成一片。

"我的旗袍！"素鸡悔不当初，痛心疾首，一个飞身要去拽秋萍，娣儿眼疾手快，跳跃着拦在素鸡面前，天神恶鬼般，女保镖附体："敢动安老师！"桂香见状立刻护主，娣儿却反手一拨，划水般把桂香拨到一边。

素鸡也是文惯了的，哪见过这种态势，吓得鹌鹑一般缩在旁侧，眼睁睁见证秋萍潇洒走一回。

秋萍走到门口，利落转身，一步一步往回走，一边走一边低唱。唱的是《锁麟囊》春秋亭外那一段："人情冷暖凭天造，谁能移动它半分毫。我正富足她正少，她为饥寒我为娇。分我一枝珊瑚宝，安她半世凤凰巢……"

旗袍线边还在炸着。

王裁缝笑着打圆场："都能缝，都能缝……"

一眨眼就过去了

荤菜早就买好了，老太太生日宴当天，居里和家芝一早起来去准备素菜，打算好好包办一桌。

去年送了照片，大获好评，今年居里就想着在吃上下功夫。家芝来上海承了老太太不少情，一直存心报答还没机会，赶上大寿，自然要帮女儿好好操办一番。

老人爱吃软烂的，家芝、居里就按软烂的来，荤菜里猪脚用高压锅压得烂烂的，入口即化，狮子头炖绵了，茄鲞蒸到瘫，中间夹的鸡肉、桂花糯米藕也无比软烂，剩下几个小炒、烧菜，以清淡为主，就在居里的新家摆一桌。

老太太睡早觉。中午吃饭不合适，而且时间有点紧，都是费功夫的菜，一家人商定，晚上过。

下午，娣儿搀扶着老太太就来了，秋萍不在，说是出去办点事，娣儿猜着十之八九是去找王裁缝拿袍子，不过也不一定，票友一早打电话来，说有事相邀。进宝外头有电工活，东方去公司做事，都是晚上回来。

老太太一进门，世卉就凑过来，扑在她脚底下磕了三个响头，连声叫“老祖宗寿比南山”。这自然是居里教的。老太太连忙让娣儿把世卉扶起来，又从褂子里掏出一千块钱，塞给世卉。

世卉拿着钱，甚欢，居里出来打她手，说：“不能要，还给老祖宗，老祖宗还指望你以后赚钱孝敬她呢。”

老太太笑道：“我还能看到那一天吗？”这话有点伤感了。

家芝和娣儿连忙围上去，家芝说：“老太太这身子骨，肯定能看到。”居里转过身去厨房继续忙，娣儿带世卉去小屋子里玩乐高积木，家芝陪老太太坐在沙发上。

“人哪，都说不定，上了八十岁，还能有什么指望，不过我也看得开，这一辈子，该见的都见了。”老太太悠悠说道。

家芝没料到老太太进门就说这个，调子太低了，连忙换话题道：“您老人家是有福气的。”

只那么一句。

老太太道：“不过是个老糊涂罢了。亲家母，怎么样，来这边住还习惯吗？”家芝说：“习惯，就是太给小两口添麻烦了。”老太太说：“居里能有你这么个妈，是福气，东方从小也没人教，你来教导教导，反倒好一些。”家芝忙道：“东方很优秀。”老太太却直说道：“我这个孙子，心地是不错，也善良、聪明，就是心太软了，居里性子烈，自尊心强，你从中调和调和，多帮帮他们。”

家芝是一贯说客套话、好听话的，谁知老太太一上来就劝说实话、掏心窝子的话，家芝多少也有些不好意思，便也掏心掏肺地说：“我这个女儿就是担心我，其实论理，小两口都立了门头成家立业了，我们老的，就不应该瞎掺和了。真是没办法，也是这一点对不住亲家母。”

老太太道：“秋萍你不用担心，她这人就是好强，其实心不坏，我跟她做了一辈子婆媳了，天天给我洗脚。”说到这儿，家芝忽然想起那天烫着秋萍脚的事，更觉得不对。秋萍能做到的，居里没能做到，还被娣儿搅乱了局。

家芝说：“这个家多亏了安老师。”

老太太道：“遇到事，都退一步就是了，我喜欢你的性子，和软些。”

两个人又说了一会儿话，家芝忙着去厨房做饭，老太太一个人在客厅看电视，赶着放《西游记》，正是盘丝洞那一场，打得噼里啪啦。一会儿，老太太坐在沙发上，静静闭眼，居里从厨房出来见了，吓得连声喊了两句，老太太没动，她连忙上前，哦，还有呼吸。

只是睡着了。

居里这才把心放肚子里，从里屋拽了一条毛巾被，给老太太盖上。

晚饭时间，进宝先到的，他钻进厨房跟家芝聊天，一会儿捏一块藕，一会儿又捏一块猪蹄子，一个劲儿说好吃。

秋萍进门，怀里夹着改大的旗袍，用牛皮纸包着。听见厨房里欢声笑语，辨清是进宝和家芝无疑，本能的不高兴。她知道进宝的毛病，可进宝没错，他是男人，没有不爱腥的，怪就怪家芝，没事来上海捣乱。秋萍在鼻子旁扇着风，走进厨房："哟，这亲家母做得就是香，北方的肉比南方的肉就是多几层滋味。"进宝听这意思不对，知道秋萍又要找事，板着脸，弓着腰出去了。若在平时，家芝一定是要明里暗里理论几句，可听老太太说了那些个事后，她对秋萍也有几分敬意，锅铲子动着，回头笑说："安老师在外头等等，油烟大，熏到身上难闻。"秋萍见战争没打起来，心中狐疑，但还是出去了。

东方回来了就摆桌，老太太坐主座。为淡化过寿，生日蛋糕没买，一顿饭解决问题。

好菜一桌。

进宝是一家之主，饭前要说几句，干巴巴的，然后动筷子。可这天老太太似乎没有什么食欲，满眼珍馐美馔，家芝、居里为求表现夹得勤，老太太也说好，但菜就是下不去。秋萍见了暗暗得意，心想幸亏今年没在吃上下功夫，家芝母女使出浑身解数尚且如此，她能怎样。

居里清了清嗓子，以茶代酒敬老太太，敬完之后，把娣儿工作的事在饭桌上跟东方提了，又问爸妈是什么意思。东方还没说话，秋萍便说同意，夸娣儿好。娣儿有些不好意思，说："我是笨了点，但就是听话，姨夫说什么就是什么。"东方当场答应，说想想办法。

这事算办妥了。

"妈，你看我给你准备了什么？"秋萍站起来，从座椅后头拿出牛皮纸包着的旗袍，展开，拎着，一件大褂展示在众人面前。老太太呵呵笑着，一言不发。居里大惊，心想这衣服怎么到她手里了，又怪自己大意，这几天忙，竟忘了去王裁缝那里取。这不是挖坑给她跳吗？

秋萍款款道："这衣服居里穿有点小，炸了线了，我们商量了一下，就说还是改一改，给妈穿好。”老太太竟也没说秋萍或者居里的不是，只说“好，好”。“那妈，我给您换一下。”秋萍自告奋勇，展现到底。

娣儿扶着老太太起身，秋萍也忙上前扶了，三个人到里屋去换衣服，没多久，老太太出来了，旗袍穿着正好，粉色显年轻，衬得老人家很有神采。昨日重现，只是人老了几十岁，胖了一圈。

“一辈子，快啊！”端坐到椅子上，老太太感叹，“一眨眼就过去了。”

一众人吃吃喝喝，再一抬头，见老太太闭着眼，不动了。

“妈！”是秋萍先发现的。

“哎……”老太太轻轻答应，又醒了，笑着说，“吃点东西就困了。”

进宝说：“要不就扶着妈回去睡吧。”东方连忙去拿衣服。

“不能马上睡，刚吃完。”秋萍嗔怪进宝，又对老太太说，“妈，我给您洗洗脚。”

家芝听了，连忙让娣儿拿盆，一众人让开了。现成的热水倒上，再加凉水，秋萍撸起袖子，真帮老太太洗起脚来。

居里见了有几分感动，家芝感触更深。东方为他妈骄傲，这事做了半辈子，还在做。

“妈，我帮您也洗洗。”居里蓦地说。

家芝和秋萍都偏了一下头。

“都洗，一起洗。”居里解释，“我给安老师洗，东方给王老师洗。”

东方连忙响应。娣儿又去取盆，烧水。办好了，两个女人坐在沙发上，东方和居里端端正正洗着。

秋萍眼眶红了，一时不知从何说起。家芝叹道：“想不到这辈子还能让这么大的老板给我洗脚。”

东方不好意思，嘿嘿笑。

进宝故意放大声音说：“怎么就没个好儿好女给我洗呢？”

小世卉叫道：“爷爷爷爷，我给您洗。”

进宝一把将世卉搂入怀中，整个客厅都是笑声。

一亩薄田

因为是隐离，老谢要求离婚不离家。两个人名义上还是夫妻。朱姐本来严词拒绝，但因莉莉马上要回国探亲，她暂时不想让莉莉知道，所以同意了。

只不过这个家再也不是原来那个家。既然离婚了，就一定要有所体现，朱姐坚壁清野，老谢搬到书房睡是肯定的，家里房子大，容得下两人腾挪。

朱姐自己在以一种全剧终的心态过日子，可没想到，老谢对她的态度又有所转变。

贱！男人就是贱！朱姐这样想。

比如晚饭时间，朱姐偶尔会叫外卖，老谢听到了，也会不自觉地叫一句："给我也来一份。"朱姐当然不会理，想吃东西，自己叫去。

再比如洗衣服。两个人的衣服也坚决不能混在一起洗。你的味不是我的味。厕所也分开用，离婚了就不能尿到一个壶里。

朱姐坚决不允许自己走回头路。她讨厌那种离婚不离家最后又复婚的故事，她过去受伤太重，要重生，要反思。

也许是以前她看他脸色太多，现在扯平了、放下了，他们反倒能够像朋友一样相处。朋友就是朋友，不是爱人，不是亲人。朋友是什么？合则聚，不合则分，君子之交淡如水，点头微笑即可。现在朱姐不会在乎老谢在干什么，跟哪个女人出去，甚至叫鸡，那是他自己的人生，他自己负责，她的当务之急是提升自己。

老谢很忙，忙得没有时间照顾自己，家里诸多事宜没了朱姐打理，不得不请个阿姨。刚巧上回素鸡的旗袍被秋萍撑坏之后，桂香便失业了。素鸡嫌她护主不利，且年纪大，她想找个娣儿那样的。桂香当初去居里家做事，是朱姐介绍的，如今老谢找人，还是朱姐的老关系，一问，听说桂香没活干，就叫到家里来了。老谢出钱，做老谢的事，人头熟，朱姐也没意见，见了一次，第二天就上岗。桂香对朱姐千恩万谢。

但桂香不明白老谢和朱姐之间的微妙关系。这天早上，老谢出门了，说把房间打扫一下，书房的东西都不要动，衣服洗一洗。房子很快打扫好了。轮到洗衣服，桂香有些犯难，跟朱姐抱怨，说男人内裤我不洗的。朱姐根本不放在心上，说："不洗的放那儿就行，回头他自己洗。"桂香本以为朱姐会刁难她，没承想如此爽快，自己反倒不好意思，想要将功补过，说："女人的可以洗。"说着，去拿朱姐的内衣裤。朱姐大惊，忙说不用。桂香抢着要洗，朱姐拒绝不掉，只好由着她。这回沾老谢的光了。

洗完，开始打扫客厅，效果追求一尘不染，沙发缝里她都能扫干净。

然后是书房。刚推开书房门，她记得老谢说不用打扫，便又立刻关上。

到朱姐的运动房了。刚进去，朱姐立刻对她说"我这里不用打扫"，桂香怯生生退出去，一会儿又进来，小声问："妹妹，是不是觉得我做得不好？"

朱姐见桂香傻得可爱，解释道："以后先生吩咐你干什么你就干什么，至于其他的，你不用动手。"

就这么干了几天，回回如此，逢老谢的地盘，就打扫，遇朱姐的地盘，就留着不动。房子一半崭新一半陈旧。

也许朱姐故意和老谢作对，哼，那又怎样，她这样安排，就是要明确传达一个意思，在这个家，老谢和她，根本就是白天不懂夜的黑。她不需要懂，也不想去懂。

这可难坏了桂香，再就业不易，她担心随时可能失业，但又没办法，只能跟老姊妹们如此这般一说，叹道："工作不好干呀。"老姊妹们觉得她在说风凉话，都不理她。

这天，朱姐要卸窗帘，站得老高，桂香见了，觉得是讨好的机会，连忙撑着老腰上了。弄完后，朱姐帮她倒了杯果汁，请她在沙发上坐，桂香说自己衣服脏了，纠结着找了个椅子坐下。桂香也是见过几分世面的，知道跟女人说话，多半只要谈一个话题就能讨好，那就是夸年轻。桂香问："妹妹今年几岁了？"

朱姐如实答了。

桂香两个眼珠子快瞪出来，惊道："怎么可能？我还当只有三十几岁，当时还想呢，这先生和太太，怎么这么不搭调，可能是二婚，不然怎么会太太那么年轻，头婚的很少这样。"

虽然是奉承话，听听即可，可朱姐还是舒坦。女人越老越怕被人说老。

"看得出来先生对太太很好。"桂香补充道。

狗尾续貂了。仿佛过山车下行，朱姐的心情又成灰色的了。好什么好，都已经是前夫了。

桂香见朱姐脸色晴转阴，连忙捂着嘴巴，好像怕被人听到了似的，小声说："太太，您这个年纪那个还来，难得。"

朱姐一愣，过了几秒才明白过来，脸羞红了。

"这个年纪的多半都停了。"桂香说。

朱姐不应答，但心里又有些阳光了。是，此前她的例假停了，可在和老谢分手之后，又回来了。

老树重开花。

朱姐觉得这是一件光荣的事，代表她还是个女人，有吸引力的女人，回了春的女人。

没几天，莉莉到家了，没带黑人男朋友回来。朱姐还故意旁敲侧击问了一下，莉莉却坦诚："分了。"然后交代，换过一个白人，现在是美籍华裔，挑来挑去还是华人相处舒服。朱姐惊叹于女儿换男朋友的速度，她有些担忧，又有几分羡慕。她年轻时没有机会经历那么多。

晚上，莉莉的卧室，母女俩促膝谈天。朱姐问莉莉："你谈男朋友的标准是什么？”莉莉想也没想就说：“有意思，能让我成长，能让我看到新的世界。”

如果在以前，朱姐会觉得莉莉的想法幼稚极了。爱是什么？婚姻是什么？是付出，是给予，这是上天赐予女人的能量和责任，女人是大地，男人是种子，丢一粒种子进去要发芽的。可现在朱姐反思，女人就不需要滋养吗？大地也需要沤肥料。光付出不滋养的大地日趋贫瘠。一亩薄田，丢什么种子也长不出来。

莉莉反问朱姐：“妈你不会有什么想法吧？”

朱姐连忙掩饰：“胡扯。”

莉莉道：“问问自己的心。”

莉莉没带男朋友回来，自然就长住家里，桂香百般伺候着，努力表现，但洗衣服的时候，桂香总是洗老谢的，不洗朱姐的，莉莉觉得奇怪。问：“我妈的衣服你不洗？”桂香立刻叫冤，说：“不是我不洗，是太太不允许。”莉莉“哦”了一声，没再多问。

这次回来，莉莉更懂事了，她要求陪父母一起做两件事：一体检，二旅行。体检很快就做了，结果出来，老谢还是老毛病，“三高”，喝酒喝太多了，莉莉对爸爸一番敲打。现在他也只听女儿的话。朱姐身体基本健康，但长了个子宫肌瘤。

单独咨询的时候，医生问朱姐：“有性生活吗？”朱姐的脸臊红了。她能怎么答？说有，还是没有？有是假话，说没有，老脸往哪儿搁。

“不多。”她模糊处理。

医生抱着科学的态度：“性生活对更年期的女性也很重要。”

三颗炸雷。更年期。

朱姐频频点头，她莫名地感觉有些委屈。怎么就长了这种东西，又是更年期？

曾经她不愿意也不敢面对的一切突然被医生直直说出。

她被年纪打得遍体鳞伤。

眼眶红了。不，有泪也得憋回去。不能让女儿看到，更不能让前夫看到。

出了诊室门，莉莉围上来问朱姐怎么样。

朱姐已经调整得一脸轻松：“没事，还能活。”

第二天就是旅行。莉莉在国外经常野营，老谢也是老手，但朱姐是第一次。吃穿用度，什么都想带，简直是搬家。其实这次出去完全是为了莉莉。

朱姐是痛苦的，她已经下定决心和老谢说再见。但偏偏为了共同的利益，陷入莫名其妙的怪圈。

但等坐到车上，朱姐多少释然几分，虽然她和老谢离了婚，但毕竟她还是莉莉的妈妈，老谢是她爸爸，在这个欢聚的时刻，破裂家庭需要弥补，尽管怎么补，中间都有一道疤。

开了半天，到地方了，离海不远的山上，近晚，三个人打算宿营。帐篷撑好，老谢搬出烧烤炉开始工作，分工很明确，莉莉和朱姐负责吃，老谢点上木炭，当烤串师傅。

“孜然要不要多放一点？”老谢放轻松了。他是个好爸爸。

“多放！”莉莉雀跃。

“你呢？”他又问她。

“少放。”朱姐平静。

“好嘞！”老谢起劲。在这一刻，朱姐有些恍惚，一瞬间她竟能忘记自己和老谢的关系——以前是夫妻，现在不是。可无论是与不是都需要强调，需要在脑中绷一个弦，是刻意的，理智的，但当游戏的时候，这些界限都模糊了。朦朦胧胧如远处的天与海，交叠在一起。不分彼此。

她忽然不那么恨老谢了。他只是一个过客，是生命中的过往。

烤完了，老谢把肉串递给母女俩。吃着吃着，莉莉突然问：“妈，你的戒指怎么没了？”

一个小秘密突然被捅破，朱姐发窘，手一抖，肉串差点掉地上。

“问你爸。”朱姐四两拨千斤。

轮到老谢尴尬了。老谢愣了一下，答：“你妈勤劳，做事做得手指粗了，暂时不戴。”

他倒聪明！可她才不要做什么勤劳得把手指做粗的女人！

晚上宿营。

一家三口睡在一处。这里的天空比上海辽阔，星星很多。朱姐躺着欣赏了一会儿，蓦地想起那晚出车祸，也是满天星光。对老谢的恨意又升起来了。朱姐一个人起来，在附近小树林边走。她掏出烟抽，离婚后学会的。

刚点上，后面传来一个声音："抽上了？"

回头看是老谢，朱姐很自然地撂给他一支。

"是我有错。"老谢说。这是他第一次认错。然而太晚了。

朱姐朝小树林走，老谢突然从后面抱住她，朱姐拼命反抗，老谢双臂越箍越紧，肚子顶到她。

难受，甚至恶心！想起过去的种种龌龊事，朱姐告诉自己，绝不回头！

右肘反击，猛磕，老谢大叫一声，摔在地上。

朱姐见前夫窘状，冷然笑了，讽刺道："就这点本事？"说罢扬长而去。她要睡觉，闭上眼躺在睡袋里，一个小世界，只有她一个人，什么都不问，什么都不想。

撩开帐篷，莉莉在里面盘腿坐着，手机放着音乐，是神秘园的歌。

"还没睡？"朱姐装作什么都没发生。

"你们离婚了。"莉莉平静地说道。

有容乃大

山上一夜，小树林边，朱姐和莉莉聊了很多，但唯独没聊到老谢嫖娼的事。朱姐觉得这事如果说出来，对莉莉的伤害太大了，丈夫不做了，他还要继续做父亲。

朱姐把自己包装成一个女性觉醒的典型：老谢不再关心她了，无法让她成长，无法给她快乐，孩子也大了，她选择离婚。

受西式教育的莉莉为妈妈叫好。

“他现在生意上遇到了一点困难。”莉莉说。朱姐有些震动。生意困难，这意思他好像表达过，但没明说。他跟女儿还是比跟她亲。

“资金链紧张，摊子铺大了，只能继续走下去。”莉莉说。她比朱姐更懂经济。

离了婚，分了钱，分了房，朱姐独身一人也跃居中产。但无论他遇到什么困难，她都不可能把这些钱还回去，这是她后半生的依靠。

“妈，这些钱你就抱着不动了？”虎父无犬女，莉莉对钱很敏感。

朱姐就没有这个脑子。她随口说：“一部分投资，一部分存起来。”莉莉追问：“投资什么？”朱姐想想，她也说不出个所以然来，仅仅是买些基金股票之类，耗脑子，太没必要，但如果这么说，她这个当妈的面子往哪里放，朱姐快速思索着，放眼当下，投资什么最稳妥？自然是房子了。

“买房。”朱姐说。

莉莉说：“你哪里还有买房资格，你们名下都几套房了，尤其是你。”朱姐怎么听怎么觉得女儿是有备而来，她说：“这你就不用管了。”朱姐心想如果是投资买房，就买在上海，居里或许可以帮她这个忙，涨上去再抛，给一点分红就行了，有钱大家赚。

莉莉说：“你就没想过投资爸爸的企业？听说卫浴做得不错，将来如果上市，你现在投资，都是干股。”

女儿把话撂下，朱姐明白了几分，她是老谢派来的。或许是在旅行之前，父女俩就已经商量好了。当然，得知他们离婚后，莉莉的情感天平肯定更倾向于谢平贵。

不，当然不行，朱姐心想。可莉莉的话多少也给她提了个醒，这个年代，钱这个东西也是不进则退。你觉得你已经是中产了，如果不去理财，过几年，通货一膨胀，钱还是那些钱，但你很可能就变成穷人了。朱姐的心缩了一下，这可是她半辈子的成果。

钱生钱是个难题，她打算找人商量。想来想去，只能是乐乐。

她在老秦身边，学也学会了，还上过EMBA。据说老秦一直玩投资，甚至借钱玩，吞并企业。但也只是风闻。

朱姐打乐乐电话不通，问居里才知道，乐乐已搬家几次，只能通过保姆联系。打保姆电话通了，说乐乐正住院孕检，她会传话。又过了几天，乐乐来电话了，约在一家素食餐厅见。

朱姐盛装出席。有日子没见了，乐乐订了包房，下午两点，朱姐先到的，两点十分，乐乐到了，老秦的司机送，保姆陪着。两个人说说闲话，乐乐滴水不漏，朱姐说：“现在日子不好过。”她是试探，看乐乐知不知道她离婚的事，也是考验居里。她怕居里嘴不紧。但想想又可笑，老秦保不齐就知道。

一朵虎皮兰婷婷袅袅，满屋子负离子喷雾，如在仙境。朱姐隔着桌子，遥望着乐乐，今非昔比，她已经不是那个在厕所里打扫卫生的女孩，而是一个游走于危险边缘的女人。

第三道菜上了，是春卷。

“他之前的第二个老婆没了。”乐乐平静地说。

她不提老秦的名字，只说“他”。

朱姐一时不知如何应对，过了好几秒钟才确认，“他”是指老秦，“没了”是指去世了，这两个词之间夹着一个带定语的名词，“之前的第二个老婆”。在美容院，朱姐已听闻老秦家庭的人物关系，她不深问，也不去打听。“我得去一趟。”乐乐说。主动出击同样是艺术。

去什么？去参加葬礼？大着肚子。朱姐觉得乐乐的想法有点不可思议。

“老秦同意吗？”朱姐问。但问出口又觉得多余。同意怎么样，不同意又怎么样，都与她无关，或许乐乐只是打算去亮相，或许有别的目的。

乐乐没回答她这个问题，只说：“我想让你陪我去一趟。”朱姐有些迟疑。乐乐继续说，“这种场合我妈不能去，我想找一个可靠的人。”

把朱姐归类在可靠的人里面。开门见山，掷地有声。

虽然年纪大了之后不喜欢去这种场合，可话说到这个份儿上了，她再拒绝，真有些不知趣了。朱姐当即答应。乐乐说：“到时候你开车，行吗？”朱姐说“行”，又问“带不带保姆”，乐乐说：“不带。”朱姐大概知道什么意思了。这事知道的人越少越好。

龙潭也好，虎穴也罢，就陪她去闯一遭吧。

“我觉得她挺可怜的。”乐乐说。静悄悄的三天。

三天之后，朱姐按照约定，开车载着乐乐朝城外走。到海边了，疗养院内，灵堂已经设好。一片白，花圈摆了一周，中间是遗像，那女人微笑着，显然是患病前照的，高贵典雅。朱姐好奇，这女人是怎么死的？她本想问护士，可一路搀着乐乐走，没得空，但再笨也想得出来，十之八九是病死的。

两个女孩跪在遗像前，估计是老秦的两个女儿。她听说过，秦日、秦月。见乐乐来，都没有起身，但眼神里除了悲伤并没有愤怒。

乐乐鞠了三个躬，献上黄白菊花。

“抱歉，我这身子，不能跪了。”乐乐柔声说道。说罢，乐乐扶着头，似乎有点晕眩，秦日、秦月连忙起来扶她。朱姐感叹陶乐乐处理人际关系的能力，看来秦日、秦月早接受她了。

一会儿，老秦从堂外走进来，跟立在一侧的熟人点头。老秦后面，朱姐竟看到老谢款款走来，献上花。朱姐不想看他，偏过头，老谢过来拍拍她肩。朱姐这才意识到，名义上他们还是夫妻。朱姐挽住老谢的胳膊，跟着队伍绕场，乐乐暂时由一个小女孩扶着。

朱姐偏头看，她没见过这孩子，大概十来岁，跟老秦眉目有些相似了。应该是第三个女人的孩子。那女人呢？朱姐想，她怎么没来？听说在国外，这种场合不出现，明摆着是失势了。

吊唁仪式到下午基本结束，跟着是晚宴。老谢去陪老秦，朱姐又回到乐乐身边。房间内，乐乐在换衣服，朱姐进门，她立刻请她帮忙穿白色礼服，不是婚纱，但蓬蓬的也有几分圣洁，怀孕肚子大，罩上了刚刚好。朱姐不敢想象，刚才还是葬礼，难不成一会儿就变婚礼？

“算结婚？”朱姐问。

乐乐回头看她：“享不起那福，前车之鉴摆在那儿。”

“你就没怕过。”朱姐笑说，“我倒想看看你那心到底有多大。”

乐乐被朱姐逗乐了：“心有多大，舞台才能有多大。”两个人正说着，灵堂里那个小女孩走进来。

“你找谁？”朱姐问。小女孩也不答。“小朋友，你叫什么名字？”朱姐继续帮乐乐发问。小女孩眼神凌厉，反问：“你是谁？有什么资格问我？”朱姐有些发窘。那小孩走到乐乐身边，道，“我不喜欢你。”乐乐见惯了这场面，反倒摸摸小女孩的头，说：“Alice，我知道你，我很喜欢你。”小女孩却说：“我不想你和我爸爸在一起。”

朱姐大惊。是老三的孩子无疑了。

乐乐还是保持微笑：“每一个孩子都应该学会分辨，学会爱。”Alice哪听她这些，一把抓起桌子上的水杯，朝乐乐脸上一泼。

头发、晚礼服湿了一半。

乐乐一动不动，Alice硬生生把杯子朝她恨的这个女人砸去。

“让开！”朱姐飞扑，用身子挡住。杯子正中她腹部。朱姐“哎哟”叫了一声。

小女孩飞奔出去。

“秦星！”乐乐喊，“你这样做会很伤你爸爸的心，你知道吗？”

腹部柔软，朱姐替乐乐挡了一大劫。不难想象，玻璃杯子击中乐乐肚子的后果会多严重。没事了，没事了，朱姐牵住乐乐的手。乐乐抱住朱姐，她感激她，也庆幸自己没选错人陪。光这一幕，就够她们再做十几年姐妹。朱姐问乐乐：“她妈妈怎么样了？”乐乐说：“不知道，一直在国外，但她肯定不甘心。”朱姐说：“这个孩子不得了。”乐乐说：“孩子毕竟是孩子。”朱姐问：“就这么算了？”

乐乐叹了口气：“跟老秦告状，有用吗？我现在只想把孩子生下来。”这是主要矛盾。朱姐叹服，她觉得乐乐的身体里住着的应该是个男人，理智、冷静，杀伐决断、明快利索。朱姐突然想起过去听人说过的一句话，是讲上海滩大佬的做事方式：“动如火掠，不动如山。”乐乐如今真是稳稳的一座山。

晚宴如期开始。礼服穿不成了，乐乐换了一身便装，名正言顺地坐在老秦身边。看上去丝毫没有受秦星的影响。

她是他的女朋友，是他未来孩子的妈妈，即便没有名分，可这满座的宾朋，已见证着时代的更替。这是一个大场合，乐乐精彩亮相。

朱姐忽然想哭，若在过去，这种不合常理的情感事件在她看来简直就是大逆不道。她曾经把乐乐当作一个陪酒女，一个不知廉耻往上爬的女人。是，也许她现在依旧是。可她成功了。至少此时此刻，她走上了舞台的中心，有自己独特的位置，一脸憔悴却光芒万丈。朱姐为乐乐高兴。什么情不是情，更何况这情是切切实实价值千金。她快熬出头了。

远远地看着这热闹，朱业勤久久不能平静，她忽然觉得自己是那么渺小、无力、孤单……更可怕的是，她一天一天老了。

人生是单行道。

老谢走过来，搂住她。可恶，他还在做戏！她肩膀一缩，躲过了他。老谢说：“一会儿一起走。”朱姐不答，径直走出去。她才不。她要一个人开车回去。可走到门口才想起喝了酒，今晚只能留宿。

次日，天蒙蒙亮，朱姐开车走了。到市区吃了点早茶，又去商场逛了一圈，试了好几件衣服，合适是合适，可望着镜子里的自己，她怎么都不满意，人老了皮松，不上相不耐看。

去健身房吧。

换好衣服，刚在跑步机上跑了一会儿，下机器去摸健身球，一偏头看到对面男生区玻璃窗那边有个熟面孔。

朱姐揉了揉眼睛。一个身板硬朗，充满男性荷尔蒙气息的男人，正在给一名会员讲解训练动作。

他一偏头，也看见了她。

两颗流星相遇。

他怎么会在这儿？朱姐一点一点往前想，她离婚后，他似乎就没再出现。老谢没提过，她也没问。跟着是莉莉回国。更忙。

朱姐正在出神，那男人已经快速走过来，伸出宽厚手掌：“这位会员，我是183号伍正霖教练，请多多关照。”

朱姐木然。

哦，伍正霖，她在心里念。他的全名。

她一时间无法将小伍和伍正霖画等号。

然而，一切又如此活生生的，毋庸置疑。

“你好。”朱姐回过神，伸出手。

心目中的好男人

临出门前，家芝不分年龄辈分，跟居里和娣儿都交代了一遍，核心意思是：低调做人，听领导的话。

居里去乐乐介绍的健康养生公司工作，先培训，封闭式，居里一听就有点不喜欢，可既然是一份工作，难得，又是乐乐介绍的，只好先硬着头皮拖着行李箱去观望观望。

蒙自路路口。居里和娣儿告别，居里上了大巴，车开走了。东方起得早，娣儿自行前往。头一天晚上，居里已经跟娣儿交代清楚并出示了照片，遇到一个叫阿曼达的女人要小心留意，尤其留意她和姨夫的关系。娣儿说："放心吧姨，肯定都向着你。"

居里去培训了一个星期，基本都是产品介绍、企业文化传达，有点类似洗脑，但程度比较轻。居里基本可以确认这个叫青青换食的东西无害，但究竟有多少利，那就不好说了。培训课堂上充满了各种现身说法，多半是业务员说试用体验。但居里不喜欢那种调调。比如会开到第二天，一个女孩上台了，扭扭捏捏，捏着嗓子道："亲，早上好，一天好心情。我有好消息要跟大家分享：经过八个月的三天换食，我体重控制稳定，感冒不发了，鼻炎好了，口味淡了，欲望少了，意志力更坚强了，决定继续体验换食，上个月换食七天，五脏六腑得到清理，皮肤变得透亮。所以，这次决定体验青青换食十四天，据说换食十四天是排血液毒的，不知道会发生什么奇迹，希望大家给我支持和助力！"

振臂一呼。台下诸多人响应。居里觉得浑身都不舒服，估计就是泻药。

咬牙坚持吧。

一周后，居里终于回了家。家芝问新工作怎么样，居里本想立刻说不打算干了，可这么直直说出，自己多没面子。毕竟是乐乐牵的线。“还不错，养生是趋势。”居里嘴硬。她打算无论如何都坚持到一个月，拿了工资再提走人。

吃了饭，家芝收拾东西，才发现乐乐拿回来的样品，青青换食餐，小盒子装着，简介上说能排毒。

“这东西真能吃吗？”家芝问。

居里没走心，说：“排毒的。”

“便秘能治吗？”家芝又问。

“能治啊，就管这个的。”居里一不小心做了广告。家芝一听，立刻收纳起来，她听闻秋萍有便秘的毛病，就想着有合适机会留给秋萍。人在屋檐下，不得不送礼。

晚饭后，居里约娣儿下楼转悠，家芝则带着世卉在小花园健身器材那儿锻炼。居里问娣儿：“怎么样，见到那个女的了吗？”娣儿说：“倒是没见到，姨夫主要在外面跑业务。”居里心想应该没什么事，又问：“你日常都做什么？这都一个星期了。”娣儿说：“也没什么特别的，我和一个程序员配合，每天负责微信加人。”

微信加人？居里觉得闻所未闻，往深了问。

“公司请了个程序员做了个程序，只要在这个程序里键入关键词，就立刻能把全国做卫浴经销的人的电话、QQ什么的搜到。”娣儿说。

“搜到做什么？”居里急需破迷开悟。

娣儿说：“搜到之后，就是我的工作了，我就每天加这些人的微信，然后，把他们拉到微信群里。”

“就这些？全部内容？”居里疑惑极了。娣儿说：“是，”又说，“加了之后就在里面卖产品。”

这种运作模式出乎居里意料，请程序员做软件搜人，她想象不出罗东方有这脑子，这恐怕是阿曼达的主意。算了，管他呢，只要能赚钱。可看娣儿安之若素的样子，居里同样不解，这表外甥女是多么活泼的一个人，怎么就能安于这份枯燥无味的工作？

“好卖吗？”居里问。

“据说还不错，姨夫一直去南通拿货呢。”

就靠在微信群里吆喝？居里有点不懂现在的世界，这算是微商？这就是互联网思维？水真深！她有点摸不清东方了。确切地说，是东方和那个阿曼达联手后，她有点摸不清。

又转了一会儿，居里带娣儿上楼，刚巧在楼道口碰到东方。

“先别上去。”东方叫住居里。

居里问“怎么了”，让娣儿先上楼。东方领着居里走到小区花园后头。停车区，东方站住了，一言不发。居里觉得奇怪，有些着急：“什么事你说啊！”东方偏了偏头，微笑。居里不知他葫芦里卖的什么药，说，“你再不说我走了。”身边一辆蓝色标致，车头小狮子生气勃勃。东方手插口袋，车响了一下，解锁了。“给我的？”居里明白了，压住兴奋。东方点点头。居里立刻奔向东方，在他脸上亲了一口。

这就是罗东方，她心目中的好男人，沉稳、善良，时不时给她惊喜。驾照还没拿到，车已经买上了。

此时此刻，沈居里坐在副驾驶位置上，东方是司机，窗外是上海繁华的夜色。

按开车窗，风灌进来。这一幕是居里渴望已久的，电视剧里常演的情景，叫兜风。

“谢谢你。”居里又亲了东方一口。能赚钱的男人是好男人。

“你放一百个心。”东方说，“谁是最重要的，我清楚。”

他真是她肚子里的蛔虫。娣儿不是白去的，他了解、明白，但又充满体谅。

“我有什么不放心的。”居里立刻掩饰，又问，“娣儿怎么样？”

“挺认真的。”东方说。

小花园健身器材区，秋萍和家芝相遇了，世卉叫奶奶。虽然姥姥带着，可奶奶还是第一位的。秋萍争强好胜的心平了些。两个人聊了些家里的事，又说起老太太。家芝问生日会后没怎么见老太太下楼溜达。秋萍说年纪大了，懒得动，一年一年都不一样了。

话说说就干了。家芝怕尴尬，没话找话，说："老太太那件旗袍不错，还穿吗？"秋萍立刻喜笑颜开道："别提了，老太太把那衣服给我了，我能穿吗？"又说，"年纪大了，就是瘦不下来，得排毒。"

说到排毒，家芝忽然想起居里拿回来的什么排毒换食的产品，便打算做个顺水人情，说："亲家其实可以吃点素餐。"秋萍一听有点意思，问："是什么？"家芝便原原本本说了，立刻就打算带秋萍上楼，把这东西拿给她。两个人说得起劲，素鸡靠过来，侧耳听着，只捕捉到"青青素餐"几个字，便被秋萍发现了。

秋萍警觉，拉住家芝道："咱们上楼说，别被有些人听见。"

家芝会意，立刻和秋萍统一战线，两个人带着世卉，撇开素鸡上了楼。

东西装好拿好，秋萍拎着要走，才见娣儿从洗手间出来。秋萍问娣儿："你小姨和姨夫呢？"

娣儿如实回答："姨夫买了辆车，给小姨的。"

秋萍有些不悦，脸色沉重。

这个媳妇真能花钱！

家芝见娣儿口无遮拦，太不长心，忙撒了个谎，道："东方真孝顺，老说带亲家母和老太太出去兜风，就是没车，现在好了，亲家母真是有福气。"

换个说法，秋萍就没那么气了。

青青神仙水

青青换食深入社区做宣传，居里被分在蒙自路社区，她一百个不愿意。

居里本打算安安分分拿完一个月实习工资走人，可想不到还要在家门口丢人现眼，但上级分配，她不得不从，而且，谁会跟钱过不去呢?

不过事情的发展比她料想中要好一些，她原本以为做地推就是在大街上撑个遮阳伞，拿个大喇叭，当街叫卖。结果活动头一天才知道，公司租了一个小礼堂，是个老年公寓会议厅，就地取材，把老人们请过来听讲座。

这公司就是赚老人钱的。

居里尤其怕自己妈妈上当。一早起来，极力叮嘱家芝不要外出，说世卉有点感冒，外面风大，病毒也多，留在家就行了。

她怕撞上尴尬，又打电话给秋萍，问她今天出不出去。

秋萍道："怎么，有安排？"居里忙道："没什么事，就是世卉想奶奶了。"秋萍听了心里舒坦，便说："有空就过去看你妈和世卉。""不过我得先出去一下。"秋萍补充道。居里有点紧张，忙问去哪里。

这已经是一反常态了。别说现在不在一起住，就是在一起住的时候，居里也没这样问过秋萍。秋萍道："怎么，是不是你爸让你来问我的？"居里笑说："不是。"秋萍说："他罗进宝葫芦里卖的什么药我一清二楚！不让我去唱戏，我偏去！"居里一听秋萍要去唱戏，心便放到肚子里了。她好生劝慰了几句，挂了电话。

晚了个半小时。居里来到小会场的时候，门已经关上了，公司里的一个小组长从门里探出头来，见居里才到，责备了她几句，便将她领到休息室。几个分公司的中层管理人员在休息室急切地讨论着什么。副主任，一名烫着爆炸头的女子，看上去顶多三十六七岁，居里见过她，但她不认识居里。她问："这是我们的员工吗？"小组长说："是。"副主任问："是新来的？没几个人认识吧？"小组长说："还没曝光过。"副主任嘀咕："这不够胖啊，我们这可是去脂减肥产品。"小组长说："没有更胖的了，太胖的指标不正常。"

副主任走到居里面前，说："现在我们少了一位工作人员，她堵车到不了，你必须顶上。"居里心中顿生一百个问号，顶上？顶什么？她一无所知。

"扮上！"副主任下令。化妆师上，围着居里摆弄，镜子里，居里眼见自己戴上了短款假发、金属框眼镜，又穿上浅灰色褂子，整个人老了十多岁。

副主任说："等一会儿，让你上台你就上台，让你喝东西你就喝东西，记住，喝完第一瓶，你倒下，喝完第二瓶，你再起来，自然点！"

天！是虎穴狼窝无疑了。卖个保健品，如此造作！

居里虽是不肯，但形势走到这儿，她暂时不能怎样，可重要的事不能不问："工资今天得给我。"副主任支支吾吾，居里立刻摘掉假发，说，"那我不做了。"副主任说："给你，双倍。"看在钱的份儿上，居里又扮上了。

大约二十分钟，居里在后台候着，前台正中摆一张案桌，桌上放一只透明玻璃缸。

居里从门缝里望出去，眼里忽然蹦出个熟人，第三排最左边那位，分明是素鸡。

这人虽可恶，是秋萍的敌人，可和居里却颇有些私交，上回她在菜市场痛说家史，居里十分受益。她不想让素鸡上当，可到了这份儿上，只能见机行事。

台上，主持人开始演示了。

“各位注意了，这是个玻璃缸，现在请注入清水。”

礼仪小姐照办了，注清水。

“现在我们放入一条金鱼。”主持人下令。礼仪小姐依旧照办，一条橙红大尾金鱼入水游弋。

“现在，放入敌敌畏。”主持人微笑着说。

台下一片惊呼。敌敌畏，头几十年地里流行的杀人利器。

居里诧异，怎么还有敌敌畏，水真深。

礼仪小姐两手捧着一瓶敌敌畏，主持人笑说：“这真是敌敌畏，农药，杀虫的，能毒死人。”

敌敌畏注入，一片氤氲，渐渐和清水融为一体。金鱼如临大敌，先是在缸中快速逃窜，很快，游慢了，终于浮上水面，肚子露白。

台下又是一片惊呼，很多人站起来，探着脖子看。

时机已到。

主持人下令：“快快有请青青神仙水！”

礼仪小姐郑重地从盒子里请出一瓶神仙水，咳嗽糖浆那么大，拧开。主持人急促地说：“倒！”礼仪小姐立刻把水倒入缸中，慢慢地，鱼缸里那条小金鱼竟慢慢翻过身子，渐渐摆动尾巴，过一会儿，游得欢快。

台下掌声山呼海啸，素鸡带头站起来叫好。

起死回生呀！

观音菩萨羊脂玉净瓶里的水也不过如此！

居里看得一头雾水，却听主持人说：“现在我们有请患者。”

礼仪小姐把居里领上台。无措，慌乱，紧张，羞愧……居里的心情复杂极了，如果地上有个缝，她恨不得立刻钻进去，她真该谢谢化妆师，臃肿的身材，中年妇女的头发，还有眼镜，这至少让她有了一点伪装，不至于被人一眼认出来，包括素鸡。居里半低头，不看台下。主持人说：“这位大姐是身患重病的，心脏病、高血压、糖尿病，还有间歇性癫痫，但是我们神仙水对她有作用。”

“有请，敌敌畏！”主持人一声令下，礼仪小姐果然从敌敌畏瓶子里倒出一杯，居里皱眉，往后退，心想我的天啊，我这条命今天不会就作在这儿了吧？端到眼前，礼仪小姐小声说："没事。"居里瞪着眼看她。一脸慈祥。喝！一仰脖子，喝了。一股薄荷味，说不上来的滋味。礼仪小姐又轻声说，"慢慢倒下。"居里明白了，只好配合演出，慢慢倒下。主持人的声音在耳边回荡："大姐不行了，不行了！"台下再次震动，人人关注着居里的命运。待居里完全倒下，主持人才再次使出法宝，"有请青青神仙水！"

水上，灌入，人活！

一股葡萄糖加酸梅汤的味道冲入口腔，居里假装慢慢苏醒，站了起来。

"下面，我们测测这位大姐的指标。"

一众穿着白大褂的人上，量血压，测血糖，指标数值投影在白墙上。

"恢复正常！"主持人带头鼓掌。

全场沸腾！

居里走入后台，一脸颓丧，这恐怕是她做过的最可耻的工作。前台，那些大爷大妈哄抢着这些产品，他们不光自己用，还会多买一些，推销给他们的亲朋好友。

作孽啊！

休息室，居里没顾得上卸妆，她赶忙找到副主任，说："费用给一下。"

"什么费用？"副主任眼一白。

"工资和今天的劳务费，双倍的。"居里压着火，没打算客气，干活就得拿钱，她已经牺牲了道义。

"这个公司要做账好不啦。"她搪塞。

"说好的现结。"

"小王，把这个人带出去，哪来的十三点，谁跟她说现结的？"

几个人上，要把居里往外拉。这可点燃了居里的怒火，骗人！全都是骗人！她走出门，悄悄报了警，然后又走入会议厅。一群人簇拥在青青神仙水前，有人在刷卡，有人在付现，都在拿货。素鸡正在与主持人讨价还价："我没带那么多现金，我这金戒指先抵押，先拿货……"主持人坚决不许，说必须付现或者刷卡。居里心痛，一把扯掉自己的假发，拉住素鸡说："阿姨，是我。"素鸡转身，这才识别出是居里，一时哑口无言。

"保安！"主持人喊，"把这个人给我拉出去。"

保安上来了。居里见有危险，却不打算束手就擒，围着场子跑，会场乱成一团。主持人见保安抓不住居里，操起敌敌畏瓶子一丢，正中居里头颅。

居里大叫一声，愤怒瞬间如火山爆发般不可遏制！

"拼了！"

居里飞扑上去，两手横扫，青青神仙水全部落地，噼里啪啦摔个脆响。

会议室里炸了锅。主持人心疼，老年人七嘴八舌，嚷嚷着要退钱。

"都给我安静！"平地里一声炸雷。

所有人都被震住了。

门口，一个中老年妇女站在那儿。

"妈……"居里恍惚。

"你怎么跑这儿来了？"秋萍问。

"妈！"居里哭着扑过去抱住秋萍，可算见到亲人了。

窗外警笛声大作。

天空灰灰的

居里又失业了。

全家人都为她感慨、叹息。东方说："这种工作，不做也好，还不如在家教育世卉，孩子的成长需要妈妈。"家芝说："这种传销组织，早脱离早好，不幸中的万幸。"秋萍说："也不能那么讲，那个换食餐，我就吃了一包，没死嘛，还拉了不少毒素出来，不能一棍子打翻一船人嘛。"进宝说："居里那是立了大功的，人民警察要表扬的，知道不知道，今年我们家被评为街道五好家庭的可能性极大！"

这算是这场风波中仅有的一丝好消息，可居里听到了，却一点都高兴不起来。她怎么也料不到，来上海这么久，她硬是和工作八字不合。居里给乐乐打电话，从保姆那儿得知，乐乐已经生了，是个男孩。据说在老家坐月子。过了几天，乐乐回了个电话，居里连声道喜，没再多说保健品公司的事。人家大喜的日子，不作兴说晦气的。

娣儿在东方公司做得风生水起，据秋萍说，这女孩子好，经常自愿加班，刻苦得上天都要感动，第二个月公司绩效，娣儿就拿了最高奖金。给家芝买了一双鞋，给居里买了一个手链，给东方——她亲爱的姨夫、老板，买了一条领带。居里没放在心上，手链一收，问娣儿："你姨父跟那个女的最近有什么情况没有？"娣儿说："哦，她啊，来过几次，但似乎没有什么来往，就是生意上的关系。"居里问："你具体负责什么业务，还是加人？"娣儿说："对，还是加人，然后要管理社群。"

"你每天就负责微信加人，枯燥不枯燥？"居里问自己关心的。

娣儿赶忙说："这有什么枯燥的，我们可是一个奋发向上的创业团队！"

居里无话可说。可当她问起娣儿这个公司的运作情况、产品销售情况时，她又免不了有些困惑。老谢厂子里做的卫浴产品她见过，不算差，但也不算顶尖。在市场上有它的份额，但绝对谈不上非常有竞争力。

居里问娣儿："你们公司产品有什么特别的，怎么会卖得那么好？"

"亏本卖。"娣儿若无其事地说，"我们公司的产品都是亏本卖，用我们罗总的话来说，那就是我们这个产品，这个价格，市场是无法抗拒的。"

居里有些发蒙。她使劲想才搞清楚两个关键词，一是罗总，肯定就是罗东方了，二是亏本卖。为什么要这样操作？又不是江南皮革厂倒闭了，大甩卖，亏本卖，怎么盈利？

晚上快睡觉时，居里问东方："你们公司怎么会亏本卖？"东方说："你听谁说的？"居里把娣儿的话学了一遍，东方笑着说："小孩子的话你也信，公司里的东西有的是亏着卖，为了缓解库存压力，其余的也有不亏本卖的，总有个比例嘛，两个抵在一起，最后不亏本不就得了。"

言简意赅。居里明白了，没再多问，她想向东方提出，去他公司工作，可一来有些不好意思；二来从前朱姐去老谢公司做事，一败涂地，她是眼见着的；三来听娣儿的意思，东方的小公司是个创业公司，以年轻人为主，她去，太老了。

还是自谋生路吧！

居里想联系朱姐，可她似乎特别忙，而且两个人根本不在一个状态中，居里是焦虑、慌张，朱姐却悠游自在，至少在居里看来是这样。根本聊不到点上。跟家芝也没法说，居里愁，她更愁，愁上加愁。

只好找老太太解解闷。在这个家，也只有跟老太太能说几句实话，也只有老太太能听懂居里的心曲。下午，进门，老太太正在打盹。年纪大了，又是春困季节，听秋萍说，一天24个小时，老太太竟能睡12个小时以上。都说老小孩，老小孩，到老了，不但脾气像小孩，身体作息也像小孩了。老太太听到响动，醒了，见居里来，忙让座，又拿糕点出来，并让居里自己倒水，两个人聊着，居里抱怨了一番。可老太太翻来覆去只有一句话应对："慢慢来。"居里说工作难找，老太太说慢慢来，居里说世卉难教，老太太说慢慢来，居里说房价高，老太太还说慢慢来。那感觉好像老太太人生的全部智慧，都包含在"慢慢来"三个字当中。可如果一切都想通了，都慢慢来，未免有太多遗憾。居里满心惆怅，柔肠百转，再一抬眼，老太太已经睡着了。居里不便打扰，伸手拉了拉老太太身上的毛毯，悄声出门。刚走到楼梯口，来电话了。是房东。

居里感到奇怪，房租一年一付，房东很少来电话。除非居里这边给他打，也多半是交物业费或者屋内哪里坏了。居里按捺住疑惑，接了电话，房东一番客气，绕着圈子说了半天，但大概意思居里听得真真的：房东要收房。

现在楼市好，他打算把这个房子卖出去。虽然有租房合同在先，而且租约未到期，但房东宁愿少要一个月房钱，作为居里再找房子的租金。房子是人家的，话说到这份儿上，居里纵使有百般不情愿，也不好强求。

"行，我回去跟我爱人商量商量，尽快给您答复。"居里心如刀绞，表面上依旧客套。

搬，只能搬。居里生了一肚子闷气。她和东方商量，一家人连忙去找新房，可找来找去，附近的小区都没有合适的房子，唯独有一处，是精装修，但价格又贵了几乎一倍。居里沮丧极了，她觉得自己刚刚实现的生活理想在一瞬间便被打破，从小家里搬出来，搬到了自己租的房子里，可这房子也是一艘破船，随时都可能被生活的大浪淹没。

房东可恶、可恨、该杀！他怎么就这么不开眼，没有同情心，不懂得小家庭的困难。他至少应该提前半年通知，也不至于如此措手不及！

东方建议，要不还是先搬回家住。回家？怎么住？还是住那小房？她妈家芝呢，还是跟老太太挤一个屋？那娣儿呢？几十平方米的小房子七八口子挤在一起，又不是偷渡的难民。而且，居里根本不愿意搬回那个鸽子笼，那感觉仿佛是“黄世仁又回来了”，一夜回到解放前。

“我不搬回去。”居里明说。东方说：“这只是过渡。”

“我们该买自己的房子了。”居里斩钉截铁。东方说：“我们不是在申请经济适用房吗？”居里没接他这茬，经济适用房？永远在排队，永远排不上，不知道猴年马月才能有希望。居里有些后悔当初的裸婚，结婚前她妈妈告诉过她的，女人出嫁，男方家一定要有独立住房。独立住房，“独立”两个字太重要了。现在她总是觉得自己无法独立。

家芝有些犯难，白天东方、娣儿去上班，她同居里说：“要不我还是带娣儿回去。”居里立刻否定，说：“你回去谁照顾你？我就一个妈，你就一个女儿，你不跟我跟谁？娣儿回去又怎么交代？工作做得好好的。”家芝急得直掉眼泪，说：“要不我去求求亲家母。”

居里喝道：“不用去，回家里是最后一步棋，我们沈家人不用对罗家人低三下四！”

自尊，来到上海，居里从未放弃过的一样东西，就是自尊。在某种意义上，这比她的性命还重要，甚至在她一无所有的时候，她就是靠着这份自尊，奋勇向前。她怎么可能丢弃它呢？

房产中介来电话了。

居里接了，对方很客气，大致意思是说房东委托他们卖这个房子，问居里什么时候方便，他会带买家来看房子。

“星期五下午吧。其他时间不要来。”居里强调。

挂了电话，居里感觉到前所未有的沉重，房子不是她的，连中介都来欺负她，来看房子，根本就是带敌人入侵。居里眼眶红了，但又拼命止住，平复情绪，她不能让家芝和世卉看到她的脆弱，她不想让东方和娣儿看到她的脆弱。她必须强大。可她又无从诉说，此时此刻她觉得任谁也无法理解她的痛、她的无奈，她恨不得立刻把自己的小车卖了，无论如何凑够一笔首付。可是，直觉告诉她，时机未到，她动不了。

煎熬，居里忽然觉得日子就是煎熬。星期五，没有雨，但也没有太阳，天空灰沉沉的，仿佛觉得这一天是有人要上刑场。居里原本想躲出去，可是家里只留下家芝一个人，又怎么办？她年纪大了，也不懂得如何应对中介。居里上午把世卉送到秋萍那儿，她打算让孩子在奶奶家待一整天，免得收房给她留下童年阴影。再过几个月，世卉就可以上幼儿园了。在这个家里，每个人都各得其所，只有她沈居里如孤魂野鬼。

下午三点半，中介来了。居里一听到门响就躲进卫生间。她不想见到中介，更不想见到看房的人，她反锁好门，侧耳听着。她听到有人进门，中介很客气地叮嘱穿鞋套。潜在买家好像是一家三口，他们看了客厅看卧室，又看小卧室、厨房。其中一个女的说道："这么小的房子住那么多人的哦。"是讽刺了。家芝呵呵应付着。居里握紧拳头，恨不得冲出去跟这个女人大吵一架，关你屁事！看完滚蛋！可她终究不愿意露面，并不是因为害怕，而是因为羞耻。

居里脸上火辣辣的。那感觉仿佛是嫖客要看妓女，就让她把衣服一层一层剥干净，看个清清楚楚。

不！我要买房子！居里一拳砸在洗衣机上，下定决心、咬紧牙关、勒紧裤腰带，反正要买！有人听到洗手间有动静，才想起来去洗手间。中介敲门，问："洗手间能进吗？"居里说"拉肚子呢"，说着模拟了几个屁声。看客立刻觉得有些不妥，说算了，洗手间都差不多，反正到时候也要砸了重新装。

随着一声闷响，门关上了，三个入侵者走了。家芝叹息，说："可以出来了。"居里一屁股坐在抽水马桶上，泪流满面。她告诉自己，无论怎样，也要拥有独立的一小块天空。

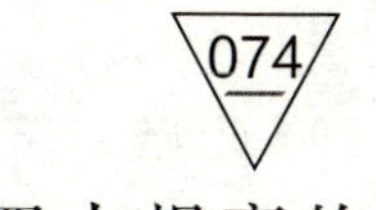

四十拐弯的女人

小伍重新出现，令朱姐感到十分疑惑。

他现在是一名健身教练，肌肉发达，头脑却并不简单。在同一个健身房出现的概率在这个城市不可谓不大，但朱姐总觉得这不像是一个巧合。他是什么时候从老谢那里离开的？为什么离开？如果他选择离开是一场策划，那他们的相遇就更是一场策划，他的目的是什么？受伤太多，朱业勤已经产生一众惯性思维，当感情被压制，一切都可以用理智来分析。

可是，就在她与伍正霖在健身房相遇的当天，朱姐就办了卡，充了值，算作他的业绩，当着老板的面，她甚至有了一丝幽默感。她说："老板，能请到这么尽心尽力的教练，真算你的能耐呀！"

一语双关，老板当然听不出来，可伍正霖应该心知肚明。

他能耐，他曾经试图强吻过她，得到一巴掌，现在他兜兜转转，又以这种方式出现在她身边。朱姐有些讨厌、有些骄傲，又有些自我怀疑，我真的有那么好吗？值得一个年轻人死忠？瞬息万变，她的思绪犹如上海城隍庙的人流——拥挤，无序。

朱姐偷瞟了小伍一眼。他没什么异状，面容平静，手臂上的肱二头肌鼓得高高的。这也是朱姐愿意办卡的原因之一，他身材是真好，过去她从未发现。也是，藏在宽大的旧西装、夹克里，任再好的身才也要被埋没。

朱姐一周去健身房两次，周二、周四。

结果伍正霖都在。又是巧合。

见到朱姐来，伍正霖通常会走过来，如果有别的健身教练竞争，他则会走过去跟那人说几句，那人便也会走开。

朱姐有些好奇他说了什么。但他不说，她绝对不会问。他又走近她，纠正她跑步的姿势，做着做着，他用手扶着她的胯部，朱姐立刻反射般打了他的手。

“我没请私教！”她这么说。

他站着不动，面色有些尴尬。朱姐心想，自己或许真的反应过度，他只是在做分内的事。

“我自己来就行。”朱姐说。

“有什么疑问叫我。”伍正霖说。跟着便挪到一边，机械地拉着器械，时不时地发出粗壮的轻喊。朱姐并没有呵斥他走开，任由这个骑士般的人在旁边陪伴。

相遇之后，朱姐觉得她和伍正霖之间的关系似乎有些变化。从老谢那里挣脱，他似乎开始彻彻底底把她当成一个女人来看。哦不，也许从前他就如此，只是朱姐一直抗拒。然而她现在也是抗拒的。

惯性使然。

说看到他健硕的身材丝毫不心动那是假的，可朱姐修炼了半辈子，还不至于让自己失控。她要求自己和伍正霖保持合适的距离。

距离产生美，她希望自己美。

但她还是想问问老谢，小伍为什么离开？直接问显然不明智，表现得太过关心，说明有故事。朱姐决定采用一种旁敲侧击的方式。

有一天，桂香不在家，她冷不丁说：“我的车有点问题，你的行吗？让司机来接我一下。”朱姐没提小伍，只说司机。

老谢很快把司机派来了，一个谢顶的老头，新人，朱姐让司机陪着她在街上绕了一圈，买了点东西，回来后她不经意地对老谢说：“这司机驾驶技术不错，什么时候换的？”老谢轻描淡写地说：“也就之前。”

是他开了小伍。原因很简单，小伍知道得太多了，他甚至连他嫖娼后的细节都一清二楚，这样的人怎么能留在身边？可老谢不愿意让人看出他的心胸狭窄，解释了一下，说：“小伍打算自己创业，还说要回老家，所以不干了。”

假话当成真话听，朱姐莫名地有些感动。她不觉得小伍离开是因为她，可接二连三的巧合串起来，总和她有关。

难道伍正霖已经知道她和老谢离婚了？所以展开追求？

脑中一道闪电划过，朱姐打了个激灵。

心中的小火苗旺了些。

再去健身房，朱姐的态度有些变化了。

“体能增加不少啊！”伍正霖表扬朱姐这个新会员。跑步机运转，朱姐小跑，大汗淋漓，这一段时间，她感觉皮肤的确紧致了许多，有光泽，手臂上的肥肉也缩回去了。

状态不一样了。

“小伍，把那瓶水递给我。”

伍正霖弯腰，蓝色能量水在空中画个弧线，朱姐接住了。

“我叫伍正霖。”他强调。朱姐有些发蒙。这已经不是他第一次强调自己的名字，他要求她叫他伍正霖而非小伍，那感觉好像他要告别过去，做一个堂堂正正的男人。

他不要加“小”字。

他要正，正大光明，堂堂正正，他有霖，久旱逢甘霖。

“伍正霖！”再见他时，她已经开始这么叫。

朱姐偶尔也会浮想联翩，可每当她认真审视自己和伍正霖的关系时，便立刻否定了可能性，他们之间相差九岁，这在女大男小的组合中，几乎是一个鸿沟。不过也有例外，女明星们不肯服老，找小男生做老公的不在少数，可是一旦如此，女明星多热衷于扮嫩。这是她不喜欢的。她时刻告诉自己，她已经是一个四十拐弯的女人。

这天下了健身课，小伍突然拿来两张音乐剧的票，晚上七点半的。

朱姐当场就拒绝了。

她认为小伍越界了，她没打算跟他约会。可看见他失望的表情，她又有一些愧疚，她反问自己，为什么不能快刀斩乱麻？健身房多了，干吗非吊在这一家？是因为他吗？不全是，但说完全不是也不对，朱姐内心深处有些痒痒的。

晚上六点多，朱姐在家里吃饭，老谢坐在沙发上，挺着肚子，离婚不离家，他一如既往地把自己最丑陋的一面暴露给她。这是朱姐最恨的！

手机响了，老谢接，听筒里是个女人的声音，是阿曼达，朱姐听不出来，但本能地觉得讨厌。虽然她告诉自己，她已经跟他没有任何情感上的关系了，她只是为了财产，为了干股，为了分红，才继续演着离婚不离家的愚蠢游戏。可当他如此喜笑颜开地接着一个女人的电话时，她还是起了竞争心。

他可以玩得开心，为什么我不能？

朱姐看看手机，还没到七点。

她走进屋，拨通了伍正霖的电话。

“音乐剧还有吗？”她问。对方说：“还有。”

“来小区前一个路口接我。”

伍正霖说：“马上就到。”他是一名好司机。

游戏人间

朱姐下楼，走过路口，伍正霖的车停在那儿，是辆二手大众，大灯一闪，朱姐看到了，走过去。若在平时，她通常会坐进后座，可这一次她打开了副驾驶的门。

坐后座是老板，坐副驾驶则是朋友。

刚坐进去，伍正霖递上一杯热咖啡，还有便利店买的金枪鱼三明治，都是朱姐的最爱。她不记得过去什么时候让他买过，可他一直记着。朱姐心头一热。

吃吃喝喝。一路不说话。正是高峰期，可伍正霖轻车熟路，拣着好走的路走，一会儿竟也到了音乐厅。音乐剧还没开始。他找地方停了车，两个人一起朝里走。

入场，朱姐一抬头似乎看到个熟人。她下意识地躲避，朝人群里走，伍正霖感觉到什么，便也跟着走。再一抬头，朱姐才看真了，只是背影像，转过身就是陌生人。朱姐舒了口气，又当真觉得自己可笑，已经离婚了，跟老谢没关系了，她这样拘拘束束是为了谁？精神上的贞节牌坊？是因为隐形离婚的缘故？太没必要。她恨自己对旧有婚姻关系的依赖。

六排七座和八座。伍正霖领着她进去。这么靠前，一定下了血本。这也说明他很重视，朱姐心里又舒服了一些。

一会儿，演出开始了，冷气大，朱姐下意识摸摸肩膀，伍正霖看到，立刻把衣服披在她肩上。朱姐推托了一会儿，说不用。可他坚持，她也就不拒绝了。音乐环绕，大剧院的一切都那么典雅，剧目是

《今夜天使降临》，讲一个男天使下凡拯救一位失足少女的故事，故事情节吸引人，可用歌剧的形式一演绎，似乎也只剩那些夸张的咏叹。

朱姐听得昏昏欲睡，但依旧打起精神，哈欠来了，她伸手捂住嘴巴，一偏头，却见伍正霖已经歪着头睡着了。白天健身了一天，各种指导应付，现在是累的时候了。更何况这种演出，根本就不是他的所爱。可从阴差阳错里，朱姐偏偏打捞出几分温馨。在他眼里，她就是这样一位古典、高雅的女人，她就配看这种高雅的剧目。尽管只是误会。

朱姐轻轻拍了他一下。醒了。睡眼惺忪，立刻坐正继续听。朱姐头一偏，跟着便起身。伍正霖连忙跟着走。大剧院外，朱姐还披着他那件夹克衫。“觉得不好听？”伍正霖问。

“去玩点你喜欢玩的。”朱姐笑着说。说出这个“玩”字她把自己都吓一跳。娱乐精神是她最缺乏的，几十年来，她做什么事都认真、较真儿，无论是做妈妈还是做妻子，她都缺乏娱乐精神。所以她说一不二、斩钉截铁、玉石俱焚。为什么不能玩呢？游戏人间，时日无多，她有理由追求快乐。当然，她也希望他快乐，放松的快乐。

两个人又上了车。

“去哪儿？”伍正霖问。

“听你的。”朱姐说。

可这样一来，他反倒没了主意，他不是爱玩的人，车开过新天地，他本想停下来带她去酒吧坐坐，可又觉得太俗气了。从健身房到酒吧，都是荷尔蒙爆棚的地方。他想展现优雅，但想不到朱姐拒绝大剧院。

车开过大悦城，夜间，屋顶上有个摩天轮，他早就想来试试。他一直喜欢摩天轮。它代表都市里的一点点浪漫。可这东西跟他的硬汉形象一点不搭调。或许她喜欢？

“上去看看？”他朝空中指了指。朱姐立刻答应了。

排队等了一个半小时，上去了。朱姐和伍正霖面对面坐着。轿厢缓缓上升，灯火下沉。再爬。上海呈现出不同的面貌，宏阔、壮美，可以吞没任何人。见惯了风景的朱姐也被上海的夜色吸引，打开窗，夜风拂面。

“站在这里，心情好像也舒畅了些。”朱姐感慨。

他站在她身后，一言不发，待她转身，电光石火间，他一把将她拥在怀里，嘴巴送过去，探索着，她本能地推开他，轿厢乱晃。她吓得连忙不动了。他稳住阵地，双臂箍紧了她。这吻长达一个世纪。朱姐恍恍惚惚，周围的灯火晕眩，她似乎回到了少女时代，懵懵懂懂。她的初吻并非给了老谢，而是高中时一个沉默寡言的男孩子。她忽然惦记起他，想知道他过得怎么样。

轿厢下沉，夜升上去了。他放开她，仿佛放开一只猎物。她稳住心神，整理了一下头发。轿门开了。

“对不起。”落地后他说。朱姐微微一笑，并没有回答。这是男人的套路了，先斩后奏，先占了便宜，然后说对不起。理智让朱姐再次清醒。他真的爱她？可能吗？他没有任何目的？但她又立刻觉得自己可笑，她朱业勤就那么不值得人爱？是，一个人首先要认为自己值得被爱，才能接受爱。

水喝多了。朱姐跟他说去一趟洗手间，便一个人朝商场走去。上了二楼，朱姐站在电梯上，一侧有个巨大的不锈钢板壁，朱姐斜看着自己，是瘦了，身材不像四十拐弯，进了洗手间，对着镜子，她又仔仔细细把皮肤查了一遍。有雀斑了，眼袋松弛。

女人到了这个年纪，还是经不起细看。化化妆可能好些。她就吃亏在不会化妆。一会儿，旁边来了个女孩，三十岁出头，从小包里拿出睫毛刷子，脸贴到镜子上刷睫毛膏。朱姐看不惯，撇撇嘴。

“别撇嘴，有用。”女孩说。怎么，她还教育起她来了？朱姐不服。那女孩是真热心，凑过去，睫毛刷子在朱姐眼前舞动，“真有用，知道新世纪女性最大的进步是什么吗？”

朱姐不解，问：“是什么？”

“眼妆啊！”女孩很骄傲地说，“知道萧亚轩吗？”

朱姐思索，好像有印象，那个唱歌的女明星。“化了眼妆和没化眼妆的萧亚轩是两个人。”女孩喋喋不休，“化了眼妆的萧亚轩能一口气拿下十几个高富帅男朋友。”

十三点，朱妲在心里骂，在上海，人们称这样的小姑娘为十三点。可对着洗手间的镜子，朱妲似乎又觉得她说的有些道理。不说夸张的眼妆了，这十几年，女人在化妆这件事上的确有了长足的变化。

进步不进步不好说，但她的确有些落伍。

下到一楼，化妆品柜台，朱妲好奇地东张西望，柜姐见有客人，立刻张罗着，又要给她推荐，又要给她试用，朱妲是消费大户，自自然然坐下。“要淡一点，自然一点。”朱妲下命令。她过去从来都是护肤，没化过妆。柜姐笑道：“你皮肤好，稍微化一点点妆就大放异彩。”

呵，这词用得，还大放异彩。

朱妲闭上眼，由柜姐设计。一会儿，又听柜姐说：“这是你男朋友啊？”朱妲睁眼，伍正霖站在旁边，帮她拎着包。等久了，他进来看看。朱妲一时不知如何应答。说是？不对，说不是？她干吗跟一个柜姐解释那么多。谁知伍正霖却抢先答了：“是。化漂亮点。”

朱妲脸上一阵发烧。

化完，朱妲胡乱买了几样，两个人出了商场，上了车。

“谁说是？不是。”朱妲突然来这么一句。她要说清楚。

“开玩笑的。”伍正霖很放松。

“回去吧。”朱妲说。

车朝朱妲家方向开。到了小区，朱妲没强调在前一个路口停，伍正霖便直接开到她家楼下。

他下车给她开车门。

她款款而行，他帮她披上衣服。

“朱业勤！”凭空一声叫喊。老谢站在楼门口，他也刚从外面回来。

三个人照面。

“你搞什么？！”老谢怒吼。

伍正霖挡在她前头。还算有担当。

朱姐稍感欣慰，但这是她和老谢之间的事，怎么？离了婚，他还要管？有什么资格？以什么身份？都是成年人，何苦这么以自我为中心？

朱姐拨过伍正霖的肩，踏到前头。

“朱业勤！”老谢歇斯底里。

她一步一步走到老谢面前，脸对脸，压迫着他，小声，一字一字说：“你，管，不，着。”说罢，转身对伍正霖说，“上车。”

伍正霖连忙跟上。车发动了。老谢气得抓起路边一块石头，奋力朝车屁股丢过去。

没砸中。

朱姐回头，尖利地笑了。

娘家舅舅

老秦没在跟前，乐乐独自在医院产下一子。

他近来忙着好几个公司的事，实在抽不开身。但心意是到了，打了电话，在上海市区买了一套小房子，落在乐乐名下。

可收到这房，乐乐有些不高兴。电话里他说是小房子，她以为只是客气，可真等派保姆去拍照，回来看看，是真小。一室一厅，精装修，拎包入住。刚好够两个人住，孩子和她。显然他不打算以这里为家。

在“前妻”的葬礼上乐乐已经亮相，意味着她已经进入了他的社交圈，迎来了她的时代，现在儿子也生了。传宗接代是大事。他有什么理由不跟她长相厮守？乐乐给老秦打电话，还是彬彬有礼。

“谢谢。”她说。

“等味道散一散再搬，不能人去暖屋子。”老秦说。

“名字想好了没有？”她问。这种大事还是尊重他的意见。

“秦乐辰。”老秦说。

哦，日、月、星、辰，四个子女早排好了位置。这是她摆脱不了的。但她应该开心，因为儿子的名字里还加了一个“乐”字。算给足她面子了，也算是让步、讨饶。

他在国外，一时半会儿回不来，乐乐大概心里有数，许是秦星的妈妈发力，这是示威，告诉陶乐乐，你生了儿子又怎么样。也正因为他的不来，乐乐对老秦的坚定有些存疑。

出院第三天，她便请司机将她送回了老家。

在家月子坐。

对外，乐乐口径一致，说老公去海外出差了，得好几年。接连出现那么多事，她也不好意思请东方再假扮。但外孙子一到，家里人也没空理会女婿了。加上乐乐算是衣锦还乡，房子有了，车子有了，孩子有了，山沟沟飞出金凤凰，陶乐乐已经是个传奇，她带来了很多礼物，在家就是个女皇。

乐乐妈包了个大红包给女儿，当然，羊毛出在羊身上。现在乐乐给她的钱，比她一辈子赚得还多。坐月子的乐乐好似观音菩萨，有求必应。弟弟来要手机，乐乐给。妹妹交男朋友，乐乐妈勒令二女儿必须带回来让乐乐瞧瞧。乐乐有眼光，有决断，比她妹妹强百倍、千倍。嫂子也让大侄子往乐乐身边围，培养感情，将来也跟姑姑一样去上海发展。乐乐回来一个星期，托老秦的关系，给她爸在市里找了个工程包着，哥哥、弟弟都跟着去干。

热火朝天。

乐乐在家里的位置更高了。一天天，抱着孩子，她的儿子，母凭子贵，他是她后半生的依靠。其他人呢，全是温暖的负累。

夜深人静，孩子哭了，乐乐妈立刻醒来，抱着外孙，等孩子睡着她才睡，胳膊抱得常做梦痛醒。这份心力，乐乐感动。但正因为这份感动，乐乐更加明白，她必须维护和老秦的关系。儿子就是纽带。

外面的月光皎洁。乐乐好久没看过如此静谧的月光，上海都是灯光，人造的繁华，哪还有单纯的月亮？她爱老秦吗？应该是有的。当然最先是崇拜。她应该谢谢去世的那位。也正是从她开始，乐乐才平视老秦，他也有软弱得不能处理的事情，有难以说出口的隐衷。可他为什么不肯跟她结婚？想到这儿，乐乐又觉得自己可笑。当初她请东方来，不是也没打算把他暴露在自己的社交圈吗？他太老了。比她妈还大几岁。可人家某科学家不也一样？乐乐偶尔这样安慰自己。可是，她有这样的勇气吗？这小地方的流言蜚语瞬间就能掀起巨浪。她爸妈怎么做人？是她不承认在先，不能全怪他。

出了月子，乐乐打算带着孩子回上海。打电话给老秦，说让派车来。老秦很爽快，问了时间，便派司机过去。

乐乐妈非要跟着去。乐乐说："妈，不是不让你去，主要你年纪一天天大了，爸爸、弟弟在外头做事，家里也要有人照看，以前不是说好了吗？"乐乐妈这才想起当初和乐乐的约定。这个女儿的事，她不敢管，也管不了。可她怕女儿越飞越高，她被撇在身后。

"现在家里过日子的钱，是你管还是嫂子管？"乐乐问。乐乐妈说："是大儿媳管。"乐乐说："我给的，你自己留着，以后能不能指望你儿子都两说。"

车来的前几天，乐乐安排司机把保姆一同带来。这次回乡没带保姆，主要怕她说漏嘴。谁知等了一个月，保姆家出了点事故，辞职不干了。乐乐没办法，只好打电话给朱姐。她知道朱姐曾给居里介绍过保姆。

为救急，朱姐跟老谢说了，让桂香先去帮忙。钱，老秦给双倍。

这天中午，车缓缓开过来了。

乐乐妈抱着孩子，乐乐拉着拖杆箱。靠近，停稳，乐乐拍拍车窗，说："把后备厢打开。"没动静。

乐乐又拍了一下玻璃。车门开了，下来个人。

乐乐差点没站稳。那帽子底下的男人的脸，是她最想见到可偏偏此时此刻不应该也不能见到的。

老秦穿着风衣，戴着礼帽，像极了三十年代上海滩上的人物——一个老了的周润发，哦不，比周润发还瘦一点。但看上去顶多也就五十岁，衬得一旁的乐乐妈好像是上一辈的人。

保姆桂香跟在后头，乐乐跳过她，只朝老秦看。

"你……"乐乐呆在那儿，不知道怎么继续，但她的脑子飞转着，她必须在短时间内捋顺人物关系，该怎么跟她妈介绍老秦。算了，承认吧！可现在实在不合时宜。

乐乐妈抱着孩子，笑呵呵道："你看看，这有钱人的司机都不一样，有派头。"

乐乐轻喝道："妈……"她很无力。

老秦率先伸出手，去抱乐乐妈怀中的孩子，乐乐妈觉得奇怪，不肯撒手，一个劲说："不用不用，你去开后备厢，我来抱。"乐乐急道："妈！给他抱。"

孩子让渡到老秦怀里了。一颗小脑袋枕在他一双臂弯里，他逗逗他，孩子笑了。他亲了他小脸蛋一口。

这场面让乐乐想落泪，但她极力忍住。

"你这干吗呢？"乐乐妈不干了。一个司机怎么这么多动作？她上前要抱，老秦却把孩子递到桂香怀里。

乐乐窘得浑身难受，心想，算了，豁出去，木已成舟，她妈接受也好，不接受也好，她都承担。可当着新保姆的面，透露这么多好吗？乐乐思来想去，打算撒个谎，就说是上海的一个朋友，她拉住老秦的胳膊对她妈道："妈，其实这位是……"话没说完，老秦抢在头里，笑呵呵道："亲家好，我是东方的娘家舅舅。"

乐乐妈恍然大悟，喜眉善目道："我说呢，我就说这舅舅跟东方长得像。"

桂香抱着孩子凑到前头："孩子跟他舅爹也像。"乐乐妈笑道："是像是像，一家人就是一家人，我们罗乐辰跟他舅爹这眼睛真是一模一样的。"

乐乐感觉头胀绷绷的。

老秦的脸色已经有点变了。乐乐明白，他自己开玩笑行，他就是有这种玩世不恭的一面，可她妈一旦说出罗乐辰，他才意识到，在乐乐老家人心目中，这个孩子姓罗，不姓秦。可是，既然秘密埋得那么深，在这个地界上，孩子又怎么能姓秦呢？

现在成东方舅舅了。那就比她还高一辈，跟她妈平辈了。他压根儿没打算认她妈这个丈母娘。

乐乐看着热聊的妈妈和老秦，不知如何收场。

焖了一锅粥

乐乐妈和老秦聊得入港，非要留老秦在家里住一夜才许走。乐乐怎么劝都没用，她望向老秦，算是征求意见，谁知老秦一笑，说："天色也不早了，到你们老房子看看也不错，亲家嘛，走走才亲。"

看来是非住不可了。

孩子递给桂香，老秦让乐乐妈坐副驾驶，乐乐和桂香坐后座。老秦开车，一路朝乐乐家老宅子驶去。车上，乐乐妈和老秦一人一句，说得热火朝天。老秦说："这多少年不往乡下走了，还别说，空气还真是好，比上海好多了。"

乐乐妈笑道："你别看城里人有钱，可自然环境不能比，人是天地万物孕育出来的，你们大城市里的人有钱，可生出来的孩子，一个比一个难看，为什么？就是因为离大自然太远，钢筋水泥的地方，不像我们这里山清水秀，生出来的孩子好看些，你还别说，我的四个子女，都不错。"乐乐见她妈自卖自夸到如此地步，她都有点难为情，存心想阻拦，可怎么都插不进话。老秦笑道："是啊，还是山水之间好，几十年前来过这个地方。"

乐乐妈大惊小怪，说："哎哟，你还来过我们这里？"老秦轻笑道："过去插队，就在你们这个小县城下面的一个自然村，叫三江村。"乐乐妈立刻嚷嚷说："就是我们隔壁村呀。"乐乐大为震惊，这是老秦第一次提及自己的过去，久远的过去，他曾在这里插队，曾经在她的故乡生活过，只不过他来到这里的时候，乐乐还没出生。乐乐忽然明白了几分老秦为什么对她情有独钟。也许，她身上带着那种独特的气息，与他的青春有关，甚至与他的初恋情人有关。乐乐猜测着，但她不打算多问，可他这次不经意说出口，她便在心中留下了一个沉甸甸的影子。

到地方了。孩子睡着了，桂香抱着孩子进屋。乐乐妈陪着老秦在房前屋后转悠。老秦对乐乐家的一锅一灶都感兴趣，还有门口的桃树，不远处浅浅的一湾小河，赶鸭人赶一群毛黄的小鸭子。老秦仿佛成了释放了天性的孩子，奔来跑去。下放时的技能也恢复了。当天晚上，老秦就上手用柴火灶做饭，乐乐妈搭把手，两个人轻车熟路的。乐乐站在一边看着这两个背影，竟然蓦地有些感动，一瞬间，她几乎忘记眼前的一个是她亲妈，一个是她的爱人。直到桂香凑到她耳边说了声该喂奶了，乐乐才从这场景中抽离。

她庆幸爸爸、哥哥都去城里做工了，下了乡，避免见到县城里的嫂子。只有她妈知道老秦，顶着莫名其妙的身份的老秦。乐乐想过找个合适的时机向妈妈坦白，但绝不是今天，她不忍心破坏这个和谐的画面。

喂完奶，孩子又睡了，灶屋传来一阵歌声。乐乐听着耳熟，但不大知道是什么歌，是男女对唱，西北风的调子，老秦和乐乐妈唱得欢快，高兴处手舞足蹈。时空感扑面而来。

吃饭时，乐乐问她妈唱的什么。

乐乐妈笑道：“《小二黑结婚》。”老秦道：“以前插队的时候唱得可熟了，都说我嗓子好。”乐乐妈说他舅嗓子是不错，又说自己从前专门唱小芹。

《小二黑结婚》，这名字乐乐不知从哪里听说过，不过她的心事，却被“结婚”两个字勾动了。

结婚？是的。她想要的不过是结婚，给自己一个名分，给儿子一个名分，可老秦并不打算成全她。乐乐打算独自面对的时候敲敲边鼓。

乡下晚上来得快，家里电视搬到县城去了，吃完饭，稍微说了会儿话就该睡觉了。

家里的房子多，当着妈妈的面，和老秦睡在一屋是不可能的，乐乐把他安排在哥哥的房间，而自己则带着孩子和桂香一起睡。乐乐妈心疼乐乐，非要亲自上阵，对桂香一百个不放心。孩子醒了离不了人，孩子饿了怎么办，乐乐好说歹说，终于劝动她妈，单睡。临睡前，老秦来和乐乐说话，刚说了没几句，乐乐妈从身后冒出来，吓得乐乐连忙住嘴，往回想想，似乎也没什么出格的话。乐乐妈道："我们这乡下的条件不如你们城里，凑合凑合吧！"

老秦笑道："乡下风味好，以后大家多走动，多来上海。"乐乐听着像客套话，可乐乐妈却认为老秦是百分之百真心。乐乐妈道："女儿不欢迎，我都不好意思去。"乐乐辩解道："谁不欢迎了，洗洗睡吧，别在这儿抹黑我。"乐乐妈又打了回哈哈，才回去躺下。

第二天，乐乐妈起了个大早准备早餐，为了迎接贵客，她使出浑身解数，上山采野菜，自家地里摘了点瓜儿豆儿，虽然是早餐，却正儿八经地做了几个菜，野菜炒蛋、山猪肉烧土豆、清炒西葫芦，还焖了一锅粥。

老秦起来便去河边转了。桂香照顾孩子。乐乐在灶房里帮她妈收拾菜。乐乐妈手不停，嘴也不停，一会儿说当初结婚就不应该不在上海办酒席，说这么好的亲戚都是资源，怎么能不联系？一会儿又说自己命苦，找了乐乐爸那么个榆木疙瘩，一辈子闷得很。

"东方他舅现在还是一个人？"乐乐妈道。

"别胡说。"乐乐有些吃惊。她妈洞察力惊人。

乐乐妈放下手中的活计，道："怎么是胡说，这来了有一阵了吧，没提过他太太，再说了，如果是舅舅来，舅妈能不来？那只有一种可能，东方没舅妈，或者舅妈已经去世了，对不对？"

乐乐哭笑不得，可这也是当初自己造的孽。她不接她妈的话，是也好，不是也好，由着她去。

"你三姨现在不在杭州干了，说去上海。"

乐乐"哦"了一声，没多问，好好的，提三姨做什么。她妈就是神经质。

"你觉得你三姨和东方他舅配不配？"乐乐妈笑嘻嘻地说，"我看他们挺有夫妻相的，亲上加亲最好了。"

"妈！"乐乐打断她，她绝不允许她妈乱点鸳鸯谱。

引蛇出洞

因被房东赶了出来，居里下定决心要在上海买自己的房子。她受不了居无定所的屈辱，更受不了买房者来看房的突发场面，可现实情况是，她手头的存款并不够付首付。居里希望东方家能拿出钱来——这是个隐患，结婚前就已经埋下。居里肠子都悔青了，出嫁的这些条件，其实应该早都谈好，女人一旦结了婚，价钱立刻贬损很多。

东方有多少存款，居里心知肚明，自结婚以来，她和东方的钱是混在一起用的。

远远不够。

可居里也能预料到，一旦向秋萍和进宝提出要求，即便她让步，同意写好几个人的名字，公婆也未必愿意拿出钱来。

秋萍会算这笔账，多半肉包子打狗，何况两口子都想把东方留在家里。可事到如今，居里必须迎难而上。

她想了一个办法，三家出钱。居里和东方出一份，家芝代表居里娘家出一份，秋萍和进宝出一份。而且必须让家芝把这钱给明明白白摆到面儿上，才有可能让秋萍出点血，一击即中。等拿到公婆的赞助费再加上自己的存款，居里打算再买一个更小的房子，哪怕地段再偏也罢，她无论如何也要在上海有个立锥之地。

家芝当然是没钱的。她出钱，也只是一个幌子、一个道具，可钱居里得去借。她想到了朱姐和乐乐。她先给朱姐打了个电话，原原本本说了，朱姐相信并且体谅居里，没打磕巴，伸手就转了十五万过去。

“姐，我给你打个条，还要付利息。”居里照章办事，亲姊妹明算账。朱姐坚决不要。

居里又找乐乐借。乐乐手头现钱不够，找老秦周转了十五万。居里说明了还钱时间。乐乐笑道，说：“不着急，办事要紧。”居里要打白条、给利息，乐乐也拒绝了。

居里打心眼儿里感动，两个姐妹没白交。

三十万算到手了。

居里转手把钱打给了娘家姨，也就是娣儿妈妈的账户里。叮嘱她，钱取出来，开一个老家地方银行的存折，把钱放进存折里。存折也是道具，上面会明明白白打印着三十万的数字。这是给秋萍看的。娣儿妈不明就里，但依旧办得利索，存好，用顺丰寄过来。居里收到之后，把她妈约在了离家较远的小公园里。

是个晚上，夜色作掩护，母女俩坐在长椅上。

“妈，这个你收下。”黑暗中，居里掏出一个小薄本。

家芝不明所以，拿着本子，对着路灯的光，可眼睛又有些老花。好不容易看清了，却是大惊，道：“哪里来的？不是赃钱、黑钱吧？可不能走邪路。”

居里嗔道：“你想哪儿去了。”

家芝盘问，说：“那你这钱从哪儿来的，干吗使？”居里说：“借的，给你啊。”家芝忙说：“我不需要钱，你自己存着吧。”居里见她妈傻得可爱，便如此这般把自己的想法、计划说了一遍。家芝说：“你这不是明修栈道、暗度陈仓吗？”居里道：“看不出来啊妈，你还真懂些成语，比安老师书香门第多了。”居里又交代了几句，家芝这才把存折收起，藏在裤子内壁的口袋里。居里笑说，“妈你还有这一手。”家芝说来上海之前就缝了，又叮嘱居里不要莽撞行事，跟东方也得打好招呼。

晚上回家，一番云雨后，居里跟东方提了打算买房的事。

东方倒不反对，说既然想买就算算钱。居里说三家一起出，房产证上也写秋萍的名字。东方笑说：“我妈倒不至于这样，反正以后都是我们的。”居里说：“但也要给她吃定心丸。”东方说：“我的公司一直在盈利，其实等一等我们自己也能买。”居里一听这话就不高兴了，等，永远在等，猴年马月，等成老太婆吗？她当即反对。但想了想又说：“不过你如果能再拿出点钱来也好。”东方说：“尽量周转。”

一个周末，居里说要请大家吃饭，地点是小区外的醉仙楼。

秋萍悄悄跟进宝说：“一毛不拔的主，突然请吃饭，肯定没好事。”

进宝不以为意，说：“请吃饭，你带嘴吃就是了，都是一家人，何必有那么多戒心？”秋萍道：“不是我有戒心，是你这个儿媳妇不简单。”进宝道：“你简单，当初还骗我说书香门第。”秋萍要打进宝的头，说：“我怎么不是书香门第呀。”

第二天一起床，居里便去醉仙楼看菜单和包房。家芝在老太太处，带着世卉。

东方和娣儿要去上班，进宝去修电表，秋萍一个人在家。可快到中午，东方突然打电话来说公司有事，有客户要来，只能推到晚上。

凭空多了一个下午的时间，居里感觉很不妙，如果在家待着，免不了被秋萍盘问。只能带着世卉在外面溜达，但中午之后女儿犯困，居里也一个劲儿打盹。还是回家吧。

刚进门，把世卉放下，居里走出小卧室，和秋萍迎了个正着。居里唬了一跳。秋萍诧异，说：“你惊惊乍乍做什么？”居里打哈哈。秋萍道：“我看晚饭还是免了，没必要出去乱花钱。”居里说：“该孝敬的，好久没出去吃饭了，妈最喜欢吃的清炖狮子头家里做不出来。”

秋萍被奉承着，有几分得意，但依旧十二分提防。

她拉着居里的胳膊，坐到沙发上，又给她剥了个橘子，说：“居里呀，其实一家人不用那么客气。我们虽然是书香门第，可没有那么多繁文缛节。”

居里请吃饭，为的是制造一个仪式、一个氛围，当面锣对当面鼓，秋萍不好当场拒绝。可现在她这么一问，居里倒动了几分心思，但一想，时候未到，不能说，秋萍是在引蛇出洞。居里笑呵呵地欲言又止。正说着，家芝扶着老太太下来了，居里见老太太来，心中又活泛了几分。老太太是向着她的。

秋萍起身迎接，说："妈今天精神不错，还愿意到我们这里来走走。"

老太太道："我是来看我曾孙女的。"说着，朝卧室走。秋萍说"孩子还睡觉呢"，居里忙说："没关系，也该起来了。"

众人在卧室里陪世卉玩了会儿，气氛热络，居里见时机成熟，便当着老太太的面问秋萍："妈，其实您刚才那么问，我都不好意思回答，但有些真实的情况都在眼跟前摆着呢。"秋萍不言语。居里抚摩着世卉的头发，继续说，"你看我们这搬出去又搬回来，也够折腾的，孩子一天天大了，连个自己的小屋子都没有。"秋萍一听便知道是什么意思，连忙说："大家在一起住，还能相互照顾照顾。"

居里见秋萍抵触，索性把话说明了："妈，如果是刚结婚，跟谁住一起都无所谓，家有老是一宝，还能跟老人学些东西，可世卉总不能永远跟爸爸妈妈一起睡，所以我和东方商量，打算凑点钱，付个首付就成。"

秋萍立刻表示不同意。

装傻还是真傻

秋萍不同意买房的话音刚落，居里便说："妈，买这个房子，谁出了钱，房产证上就有谁的名字。"说罢，给家芝使了眼色。

家芝便转身去床底下拉出个行李箱，好一番翻找，终于取出那个存折，颤颤巍巍走到老太太和秋萍跟前说："亲家，这是我多年的积蓄，拿出来，算首付的一部分。"说着递到秋萍手上。

秋萍拿存折一看三十万，心中咯噔一下，她想不到这个从小县城来的家庭妇女，竟有如此家当。

家芝为了把戏演足，又补充道："唉，这么多年省吃俭用，从牙缝里抠出来的，都是为了儿女，可怜天下父母心哪。"虽然这钱是借来的，可真等到家芝如此这般诉说一通，又带着感情，居里也免不了戏假情真红了眼眶，她捉住妈妈的手说："谢谢妈。"转而又对秋萍说，"妈，我和东方那里还有差不多三十万，其余的首付，还差个三十万，就靠妈帮衬了。"

秋萍和进宝的一贯口径是——没钱，如今被居里逼到这份儿上，老太太又在眼跟前，怎么着也得表个态。她隐约觉得这是居里策划已久的事情，但是一时半会儿看不出什么破绽，便只好插科打诨笑着说："哎哟！我在这个家里哪能做得了主，钱都被你爸给搭进去了，回头我们再商量。"说罢，抬脚就往外走。

居里在后头喊："妈等会儿，马上就去醉仙楼了。"秋萍猜到是鸿门宴，慌慌忙忙地说："还浪费什么呀，家里都有饭，而且晚上你爸好像还有事，这顿就算了。"

老太太始终闭眼听着，越听越听不下去了，道：“秋萍要走吗？去哪儿？”

婆婆有请，秋萍只能留步。

老太太这才道：“照我说，东方他们想搬出去单门独户也是对的，老的一天天老了，孩子也大了，迟早都要单过，自立于社会，窝在家里干吗呀？”

秋萍知道老太太的脾气，只能顺着她说“对对”。老太太又跟着说：“也就几十万，我看你们也出得起。”

秋萍小心解释说：“妈，几十万是小数目啊？你儿子以前买那个假的什么金融产品这宝那宝，套进去，亏了不知多少，现在还负债呢！你儿子、儿媳妇都是穷人。”

老太太觉得秋萍驳了她的面子，随即怒道：“不买也可以，等我死了，就把我那个小房子给他们得了。”

秋萍的心缩了一下，老太太这房子虽小，可架不住地段黄金，算起来，怎么也值个三百多万！给东方她能接受，可给东方就等于给居里，等于被别的女人占了，她安秋萍奋斗一辈子还没享受到这所房的红利，她亏大了！

三百万和三十万哪个重要？这笔账秋萍还算得过来。

她连忙道：“妈，这话讲得有点不像书香门第了，妈的房子，以后想给谁就给谁，我和进宝是从来没想过，而且给谁不给谁有分别吗？退一万步讲，就算是给我们，我们都多大了，要那干吗，以后还不是都是孩子们的？妈说这话，挺没意思的。”

老太太见有了效果，笑道：“我这几个儿女，谁最孝顺我知道，不过你有房，孩子们也得有自己的窝嘛，做父母的支持支持，这才叫书香门第。”

话说到这份儿上，秋萍必须表态了：“我回头问问进宝，而且就算要买，也得先看着，现在哪有现成的房。”算是缓兵之计，但好歹表态了。

居里忙说：“谢谢妈。”

当晚，醉仙楼，一家人围在一桌吃饭，买房的事没再提。只是东方有事，迟迟不到，居里打了好几个电话，他说让他们先吃。娣儿也来晚了，坐在居里旁边。居里问娣儿：“姨夫现在忙成这样？”娣儿说：“生意好呗，姨夫好像去南通拿货了。”

一会儿，老太太吃好了，秋萍、进宝扶着她回家，家芝带世卉到小区遛弯，剩居里陪着娣儿吃剩菜。上回娣儿说东方的贸易公司是亏本卖，居里去找东方求证，大概得到了解释，意思是虽然亏本卖，但不是全部亏本。

居里觉得这话像个悖论。亏本就是亏本了，怎么从亏本中还能赚？这回，居里又问娣儿这个问题，娣儿说：“那我就不知道了，我不负责后面的事情。”

“那谁负责？”居里刨根问底，“你姨父和那个阿曼达走得近不近？”

对居里来说，这是永恒的问题。

哪知娣儿突然有些发毛，她说：“姨你咋的了，怎么突然没有自信了，那个什么阿曼达几个月也不出现一次，她要敢和姨父怎么样，不用姨说，我都给她打跑了。我觉得姨父非常优秀，非常棒！”

娣儿的一番话，虽是站在居里这边，可她听上去却总觉得有几分别扭。居里反省，是自己失去自信了吗？难道真是自己小题大做、大惊小怪？喝了点酒，居里觉得头有点晕。

娣儿吃得欢快，盘子快空了。居里起身去了趟洗手间，用水扑脸，告诉自己，清醒，清醒！等她快走到座位，却看见娣儿在刷手机里的照片。

居里好奇，放轻步子走过去，看到的，却是东方的身影。全身、半身、近景、远景，还有局部！

居里意识到自己的处境有些狼狈，继续前进，尴尬，往后退，被发现了更尴尬！娣儿动了动屁股，情急之下，居里只好大喊：“服务员！结账！”娣儿听到，连忙收起手机。

居里气得胃中翻滚，差点呕出来。

东方深夜到家，居里还没睡着。两件事压着，她必须跟东方说清楚、问清楚。

先说了他爸妈对买房的顾虑，但不是没考虑。东方说：“那继续做做工作，我们一起努力。”第一件事算差不多了。第二件事居里有点难以启齿，在她眼里，娣儿是晚辈，是孩子。

她问东方：“你觉得娣儿怎么样？”

东方说：“还不错，工作认真负责，还愿意加班。”

“你就没发现什么不对？”

“不对？什么不对？”

“你最好给她换一家公司。”居里说。

“为什么？”东方有些不懂了，换公司岂是说换就换的？如果这么好换，居里早就上班了。这一问，居里也有点不好细讲，怎么说呢？说外甥女迷上了姨夫？

根本就是家丑！

居里开始有些怀疑东方是装傻还是真傻，这种事情，男女双方通常心知肚明，难道他真的只是把娣儿当小辈？还是他根本就喜欢这种暧昧的感觉？

“你觉得娣儿长得怎么样？”居里决定再问深一些。

东方想都不想就答：“还不错啊，前凸后翘。”

居里甚是惊愕，扭身拽起枕头就往东方身上打。

以前的老婆

楼下，和朱业勤、伍正霖相遇之后，老谢迟迟没再发作。他忙，生意上走入关键期。朱姐也撑得住，大风大浪见惯了，即便内心翻江倒海，表面也要一派海清河晏。

她陪老谢参加了几次会。

根据合同，名义上他们还是夫妻，朱姐还是应该安排出席各种场合，老谢现在要往上冲，他必须应对各方面的压力，企业的规模越做越大，好比车上了高速，已经不允许慢下来。

朱姐当然能感受到他的局促，可这一切并不是她不能和伍正霖来往的理由。

楼下一声吼之后，老谢没再跟朱姐谈过此事，她以为他逐渐接受了。

夏天，莉莉在学校得了艺术类的奖，据说在北美都有一定影响力，她邀请老谢和朱姐——她的爸爸妈妈，一起飞越太平洋来参加颁奖典礼。

为了女儿，两个人都答应了。但朱姐要求莉莉订酒店务必订两个房间。

“至于吗？”语音通话时莉莉打趣，“都在一张床上睡这么多年了，还那么多讲究。”朱姐也没忘幽默感：“别说，现在再睡一张床就是非法同居！”

莉莉笑说：“那就当偷一次情，也没什么大不了的吧。”

老谢订了两张头等舱。一上飞机，朱姐便问空乘要了张毯子，齐胸盖好，闭目养神。她懒得跟谢某人废话。谁知过了一会儿，老谢竟和走道对面的熟人打起招呼了。朱姐用余光观测，是个做五金的老板，头上地中海，脸浑圆。他身边坐着个年轻女人，顶多三十岁出头，五金老板起身，她却并不起来招呼，显然不是一般的秘书。一般的秘书能坐头等舱吗？朱姐思忖着，是个三儿无疑了。男人，都这德行！五金老板凑过来了，说："哎呀，真是天涯何处不相逢，想不到在这里还能遇到谢总和夫人。"扬手不打笑脸人，朱姐睁开眼了，老谢转头，眼神是求救。但她还是不动，稳住。"老朱。"老谢终于叫了她一声，低低的。

老朱？他什么时候开始叫她老朱？可笑，没离婚的时候没见叫过，现在离了，倒成老朱了。就凭这一个"老"字，她就不能站起来。"业勤。"老谢又回头喊。哦，这回是业勤了。朱姐心里舒坦些，这才换上笑容，起身握手。此时此刻，他们又是一对令人羡慕的夫妻，神仙眷侣，原配到底。五金老板也感怀在心，说："谢总哪，你有这么一位贤内助，事业不成功也难啊，美丽、大方不说，还那么能干，嘿，每一个成功男人的背后都有一个更加成功的女人，这话我看没错。"朱姐听得舒坦，但转而又有些抵触，因为他的奉承和事实相悖，她已经不是他背后的女人，她要追求自己的生活。这莫名的捆绑和无休止的假面具令她厌烦。贤妻良母的戏，她到底要演到什么时候？！朱姐忽然意识到，她必须和老谢说清楚。公布离婚消息，彻底一刀两断，一切重新开始。空乘走过来问要什么喝的，朱姐说："来杯橙汁。"

莉莉的颁奖礼提前了，朱姐和老谢到地方时，所有大戏已经结束。可莉莉的兴致不减，把奖牌、奖杯跟爸爸妈妈秀了又秀。为了庆祝，又提议一起去看尼亚加拉瀑布。老谢赞成，朱姐反对。

最终朱姐留守酒店，老谢陪莉莉去水牛城玩了两天。

朱姐一个人待在酒店，吃完饭就去附近树林走走，这地方人少，不像中国，所以山川河流都显得特别静而大，朱姐站在小河边，夕阳下，粼粼波光星星点点地闪，一群水鸟停在水面，起起伏伏，无论河水如何涌动，它们似乎都全然掌握，昂着头，举重若轻，作用力都在水下，脚掌得划。和生活一样，无论你多努力，但姿态不能太难看。

来消息了，是伍正霖发来的。他问她要不要留器械。她没回复。来之前她没告诉他。她没想好要不要和他继续，那天在摩天轮上的种种只是一场梦，也许在潜意识里，她是想报复老谢才这么做的。她对自己有些吃不准，伍正霖是不错，年轻、帅气、有责任心，唯一的缺点是有过去，可谁没有过去？另外经济上谈不上富裕，但她的经济却并没有问题。但她有些怕，到了这个年纪，她惧怕干柴烈火。她输不起。

她更期待细水长流，流成那种“最浪漫的事”——慢慢变老。

两天之后，父女俩回来了。莉莉当晚跟朱姐住标间。洗完澡，莉莉和朱姐对坐。每当这个时刻，朱姐都预感女儿会说一些稀奇古怪的话。她就是这么一个女孩，幼稚又早慧。她的恋爱经验比妈妈还多。“妈，你是不是对爸有意见？”莉莉这么开场。朱姐说：“都离婚了，还能有什么意见，我们没关系了，你不是一直支持妈妈离婚吗？”

她将了女儿一军。

莉莉笑道：“妈，你做什么我都支持，不过我觉得你和爸爸的关系，没有你想得那么坏。”朱姐不懂女儿的话了。她怎么想难道莉莉比她自己还清楚？真是无理取闹。莉莉又说，“妈，你是不是谈恋爱了？”

朱姐头皮发麻，脑子如过电般。一定是老谢嚼的舌头！她恋爱如何，不恋爱又如何，和他有一毛钱关系吗？他就是男人的可恶的自尊心作祟！把女儿掺和进来，有用吗？！

“犯法吗？”朱姐表面依旧平静，“你爸告诉你的，都是一面之词。”

莉莉还是嬉皮笑脸：“不犯法，我只是希望妈别给我找一个跟我年纪差不多大的后爹，到时候我可不叫爹，只叫哥。”

朱姐哭笑不得。她真得好好跟老谢谈谈了。

接下来的几天，老谢竟消失了，莉莉说他是去考察当地的房地产了。行，考察吧，他不急，她更不急。一直等到登上返程飞机，老谢和朱姐都没有开诚布公地谈过。

飞机起飞了。朱姐再次要了一张毯子，盖好，闭目养神。耳边突然响起一句："你这样做很不好，对你自己也不好。"

是老谢的声音。他终于耐不住了。

朱姐睁开眼，道："好不好我自己担着。"

老谢说："你知道自己的身份吗？"这话有点扯，彻底惹恼了朱姐，她扯掉毯子，偏过身子，盯着老谢的眼睛道："什么身份？我现在和你是合法的夫妻吗？谢平贵，你搞清楚，我是我，你是你。"

"可他是我以前的司机！"老谢有些激动。

哦，嫌她给他丢人了。可笑至极！以前的司机！以前的老婆！全是以前！现在全跟他毫无关系，他偏要管！朱姐道："以前？你也知道是以前，我以前是你老婆，现在还是吗？别狗拿耗子多管闲事了。"空乘推着车走过来，问要什么饮料，朱姐要了橙汁。端过来，却一不小心没抓住，整杯翻在裤子上。朱姐怨气正足，怪老谢的头挡着。空乘连忙安抚，又带着朱姐去洗手间处理。好在小件行李箱里有一条备用的裤子。

等她搞好弄好从洗手间出来，老谢站在门口。她吓一跳，以为他要用洗手间，便侧身避开他走。谁知老谢却捉住她的肩膀，说："我们复婚吧！"

性子有点野

有两件事对居里来说是当务之急。

首先是看房子。白天出去转，市中心的房子是不用想了，可郊区的多半没通地铁，东方上班不方便，将来居里工作了，也是大麻烦。虽然家里有车，可来回成本太高。而且居里的预算只有六十万，只够买小产权房。

终于看到朱家角有一套不错。居里看了个大概，便邀请进宝和秋萍一起去看。谁知进宝第一个对这房子不满意，单程都要坐两个小时车，几转几不转的。“这是坑爹。”进宝用了一个时髦的词，“买在这儿，那还不如去昆山、杭州买呢。”居里怏怏而归。进宝和秋萍的钱还没到位，看来不是一天两天能办好的。

只能先办第二件事——娣儿的工作。

居里打算找乐乐说说。十五万已经还回去了，居里一来打算好好当面感谢；二来也是道喜；三来乐乐在社会上混，经验丰富，属于见过猪跑也吃过猪肉的类型。

乐乐已经回上海了，住进了那所小房子，一个人带着儿子，还有保姆桂香一起过。居里约了一下，拣了个天气好的日子上门拜访。空手不好，居里去老凤祥挑了个小金锁，算是给乐乐儿子的见面礼。进了门，见到孩子，居里就把金锁掏出来。乐乐笑说：“金锁都给了，该认干妈了。”居里说“我哪里当得起”，又问孩子叫什么名字。乐乐说叫秦乐辰。

“就是你名字里的那个‘乐’？”居里问。乐乐说“是”。居里说："老秦对你真是不赖，有情有义。"乐乐说："什么情义，不过是个意头。"提到有情有义，乐乐心事又来了，老秦至今没跟她提结婚。他的领土，自上一任太太去世后，至今不允许任何人染指。据打听，外国的那位，秦星的妈，也在努力，说是很可能回上海创业。乐乐也着急，但直觉告诉她，一动不如一静。

两个人正聊着，保姆回来了，是桂香，她去买菜了。听到有客，就进屋招呼一下，谁知卧房里坐着的是居里，桂香大惊。但又打量乐乐，似乎她并未感到有什么异样。难道乐乐不知道她在居里家做过？桂香稳住心神，跟居里打了声招呼。居里见桂香窘状，也没说更多，过去的事就让它过去，她知道桂香不容易，她的小奸小坏也都是为了生活。过了一会儿，居里去卫生间洗手，路过厨房，桂香在择菜。"沈老师。"她喊居里。居里站住，进厨房，桂香小心把门合上，诚诚恳恳道，"沈老师，对不住啊！"居里本不打算理论，可见了桂香怯懦的神情，又忍不住想逗她一下。

居里说："你的口音可要小心，别把孩子又给带歪了。"

桂香连忙说："我现在的普通话可好了，上海话也会。"居里讨厌上海话，说："人家也不想学上海话。"抿嘴笑，又说，"不过这个家里只有一个女主人，耽误你两头要钱了。"

这话戳到桂香的痛处。她忙化身窦娥道："沈老师啊，不能冤枉好人哇！"

居里见她有趣，故作生气道："板上钉钉的事情，安老师可以做证，不过我也可以不告诉这家的女主人，但是……"她欲言又止。桂香忙问："但是什么？"居里才道："但是你必须给我封口费，也不多，就是你骗走的那两百。"

两百就两百吧。桂香认栽，行走江湖几十年，没想到冤家的路有这么窄！她不情不愿地从裤袋里掏出几张五十的票子，仔细数着，然后递给居里。

居里没接，笑道："自己留着吧，好好干就行了。"

返回卧室，居里开始跟乐乐说娣儿的事，还提了那天的照片事件。乐乐很感兴趣，东方是她隐秘的蓝颜知己。“还有照片？给我看看。”乐乐说。居里说：“我哪有，都在娣儿手机里，你都不知道，还有拍屁股的，这算什么。”乐乐笑，看来大家的审美趋同，东方的屁股是比较翘。可不知为什么，当得知有除了居里的另一个女人也喜欢东方，乐乐竟有些不舒服。但她也只能劝道：“估计就是小女生崇拜他，没你说得那么夸张，不过你防患于未然也是对的，别真成琼瑶剧了。”居里说：“就打算让娣儿别干了，瓜田李下的。”乐乐说：“那也太驳东方的面子了。”

“忘记一段感情最好的办法是什么？”乐乐问居里。居里一头雾水。乐乐说，“听你这么描述，像你外甥女这种女孩，你能指望她干出一番事业吗？”居里说：“不指望。”乐乐接着说：“那就是了，还是应该早点找一个归宿，女孩子的青春特别短。”

全是经验之谈，居里没想到乐乐会对她如此推心置腹，但她又有些怅惘，如果当初在公司，就有高人指点，居里现在的日子恐怕会好过些。可是，当初即便乐乐说，她会听吗？她不过是一个清洁女工，又怎么会想到她有今时今日的光景？

人生的变化，真如过山车。居里向乐乐求教。乐乐说：“干吗不让你婆婆想想办法。”

醍醐灌顶。

安秋萍喜欢娣儿，让她给娣儿介绍对象，她一定乐此不疲。

剑走偏锋，才能出奇制胜。

第二天，居里找个空当便跟秋萍敲打了敲打。哪知秋萍特别来劲，拍胸脯大包大揽下来。她一直以娣儿的监护人自居，还说：“哎呀，女孩子这么想就对了。”

简直跟乐乐背的是同一本台词。

居里回去又跟家芝说这事。家芝先是犹豫，但居里做做工作，她也觉得不失为一个办法。

“只是娣儿这孩子，性子有点野。”家芝说出她的担忧。

“野马才更需要驯服。”居里说。

有一天，秋萍、居里、家芝、娣儿几个女人坐在一起吃螃蟹。秋萍开始发功了，手上忙着剔蟹肉，夹了一块给娣儿，说：“娣儿，你来上海也时间不短了吧？”

娣儿“嗯”了一声，闷头吃。

“今年二十好几了吧？”娣儿还是不睬，继续吃自己的。居里嗔怪道：“娣儿，姨姥姥跟你说话呢！”娣儿说：“我回答了啊。”家芝说：“慢点吃，吃没吃相。”娣儿只好放缓。

秋萍老滋老味道：“娣儿，我跟你说的都是经验之谈，这结婚呀，是女人的第二次投胎。”

娣儿抬抬眼，说：“投胎，我还没活够呢。”

秋萍碰了钉子，但她决定将事情进行到底：“年轻人，还是应该把眼光放长远一点。我那个票友家的孙子真是不错，从美国回来的，一表人才……”

“谢谢姨姥姥费心，我已经有喜欢的人了。”娣儿干脆利索。

居里手一抖，蟹腿尖差点把嘴唇戳破。

马桶女王

秋萍忙问娣儿的心上人是谁。娣儿说："暂时也没有明确的，就是个大概意思，大概类型。"家芝嗔道："那你还乱说？"居里只觉头皮发麻。秋萍笑道："跟安老师说说，什么样的你看得入眼，我接触的人多，帮你留意着有没有合适的。"娣儿说："远在天边，近在眼前呀！"居里更恼火。娣儿笑道，"过去我在小地方，觉得我们老师那样的就不错了，可是来到上海之后呢，花花世界，什么样的人没有呀，要说我找对象的一个标杆，我就说找我姨夫这样的不错，人品特别好，长相嘛就不用说了，关键还能挣钱。"居里肺都要气炸了，整个一个农夫与蛇，引狼入室，她怒向家芝，认为当初根本就不应该把这孩子带过来。秋萍却听得眉开眼笑，在她眼里，世上男人没几个比得过自己儿子，也不看是谁生的。"行，就照这个标准给你找，不过有难度。"在秋萍心里，娣儿同样优秀。她愿意费费力，帮帮忙。

午饭过后，居里拉着家芝到超市转悠，她很严肃地跟她妈说明了情况，而且刚才吃饭，当面锣对当面鼓，娣儿根本是在玩火。家芝说："不至于吧？"居里道："现在的小女生什么事做不出来？是，她是亲的，是家门里头的，可越这样，越要警惕，出了问题不光是我们遭殃，三姨也要跟你拼命。"家芝惊出一身冷汗，问："该怎么办？"居里说："要不就弄回老家去。"家芝觉得不太可行，已经来上海了，再回去，她自己也不愿意。居里说，"那只能请东方做工作了，换公司他不肯，说有难度。"

"你问过他？"家芝说，"要不请你小姐妹想想办法。"

“请神容易送神难。”居里痛心疾首，“要不还是妈跟东方说说。”家芝说：“我跟他说有什么用？”居里说：“你毕竟是长辈，东方就算不听他妈的话，也得听你几句劝。”家芝说：“那我说什么呢？”居里如此这般交代了一番，两个人打算依计行事。

凑个空，家芝和东方单独聊，这是她做丈母娘之后第一次如此正式和东方聊天。家芝说：“东方，有个事情还应该让你知道。”“妈你有什么事让居里告诉我就好了。”东方说，“还劳烦您老人家干吗？”家芝说：“有些事情居里都不知道。”东方疑惑。家芝接着说，“你知道娣儿为什么从小练武吗？”东方愿闻其详。

“她身体不好，先天不足，生下来才四斤多，从小体弱多病，还有点心脏病遗传，她妈得的就是心脏病。”家芝柔声道，“所以娣儿一开始要来上海工作，我一百个不同意，只是他们家也实在难，孩子也想来见见世面。”

话说到这个地步，东方也明白了：“那要不给娣儿换一个轻松点的工作。”

家芝笑说：“我也是这个意思，只是怕耽误你那边的事，再一个，现在工作也不好找，而且你的事业又刚起步，正是用人的时候。”东方说：“想想办法。”家芝说：“亲家以前工作的社区图书馆倒不错。”东方说：“回头问问妈。”

“其实居里也可以帮你。”家芝说到正题上了，“娣儿那工作我也听说了，是网络操作，居里在家也可以做嘛。”东方本不愿意居里掺和进来，因为他的上游还有阿曼达在运作，两个人接触到，免不了一场厮杀。可如果说在家办公，倒是可以考虑。只是如果娣儿知道自己的工作被居里替代，心里必然老大不舒服。东方打算找他妈安秋萍想想办法。隔日，东方当面跟他妈说这事，包括娣儿的身体，自己的担忧，但唯独没说居里取代娣儿的事。秋萍一听大为心痛，她心疼娣儿，明确表示要想办法。可左思右想了一个星期，也没想出什么辄来。以秋萍之见，娣儿就陪着她四处唱戏好了，做个小跟班。可做跟班没钱啊！

东方想到了阿曼达。她那里可能缺人。呵，就算不缺，短时间内塞一个进去应该问题也不大。他打了个电话给阿曼达，简单说了说，阿曼达立刻表示同意。东方的公司近来业务做得不错，阿曼达收拢了不少资金。关节打通，东方又跟娣儿表明了意愿，娣儿同意。

“那是我们的上游公司，你去，等于是个卧底。”东方跟娣儿交代，“不过这事别跟你小姨细说。”

“保证完成任务！”娣儿敬礼。

调整了一个星期，各就各位。居里开始在家接手娣儿的工作。居里是个上惯了班的，她原本服务的企业，也是做卫浴的。可她从没有听说、尝试过这种工作方式。眼前放十几部手机，在一个软件里输入关键词，搜出来的电话号码，全部用微信搜索，搜到人就加上，加了人表明自己的身份，再拉到一个群里。然后，发自己公司代理的产品信息。

在居里看来，这是个蠢办法。谁会因为拉进一个群就买你的东西？

东方过来指导工作，凑在居里面前。

居里第一天上班就感到乏味。“我成做微商的了。”

“我们这个和微商还不一样。”东方解释。

“有什么不一样的？”居里抱怨，“这跟我整天接到的那些买股票基金重金属的电话又有什么区别？”

“区别就是，我们的价格是无法抗拒的。”

“无法抗拒无法抗拒，凭什么你的就无法抗拒？就凭你是书香门第？”居里讽刺。

“我们的价格低。”东方道，“就比如这个马桶套装，进货价是580元，市场价呢……”

东方还没说完，居里就抢着说：“市场价是1380元。”不愧是马桶女王。

“我们的批发价是490元。”东方说。

居里一个激灵坐正了：“490元？你疯了，进货价580元你卖490元，卖出去一个你就亏90元！”

东方笑笑："无法抗拒。你在新的群里吆喝吆喝。"

居里连忙把产品信息和广告语发到群里。很快，就有人来问货了。

"怎么答？"居里充满干劲。

"说有货。"

居里迅速输入文字。

"一手交钱一手交货，"东方继续指示，"但就一个条件，必须给现金。"

居里依命行事。

那人竟然同意了。

"无法抗拒啊。"东方掐了一下居里的脸蛋。

大干一场

“无法抗拒”这四个字，仿佛四只蜜蜂，在居里脑中嗡嗡萦绕。照这个速度，东方很快就可以弄到大笔现金，可是，现金来了之后怎么办呢？这营业额远低于进货价，怎么盈利？这些现金，还不够给供货商回款呢。

居里问东方现在手上有多少钱。东方说两千万现金。居里惊愕得差点从椅子上摔下来。两千万，还是现金！从小到大，她什么时候见过那么多的钱。居里转而又觉得自己为几十万的首付款费尽心思实在小气，东方已经开始做大生意了。她兴奋地扑上去，抱住东方的脖子吮了两下。随即开始帮东方算账：“那货款至少要回两千五百万，也就是说现在亏了五百万，但是你得的是现金两千万，必须要用这两千万生钱。”东方说：“哎呀，我老婆真是长脑子了。”

“你不会去炒股吧？”居里又紧张了，有个前车之鉴的罗进宝摆在那儿，她为东方担忧。东方笑说：“我爸那两下子落伍了，这两千万可以拿去投资理财，找朋友做，稳妥。”朋友？居里本能地捕捉到了什么。罗东方的那些朋友，她大概知道，靠谱的不多，能一起做生意的更是几乎没有，两千万拿去投资理财，这可是只准成功不准失败的。“稳赚不赔？”居里反问。东方笑呵呵的。

“阿曼达是不是做上游的？”她又问，完全凭直觉。除了去做理财，她实在想不出阿曼达在这场游戏中处于什么位置。阿曼达从香港回来，又在企业家圈子混了那么久，肯定比东方有路子，也有手段。

“是她。”东方说。居里没想到罗东方会如此坦诚。也许，正是前夫前妻这种有着深入了解的关系，他才敢把这两千万交给她。当然，这种玩法，也肯定是阿曼达教会罗东方的。居里忽然有点嫉妒。跟阿曼达比，她就是一个家庭妇女，什么也不懂，给她个支点，居里也撬不起地球。居里忽然意识到，按照这种玩法，罗东方对卫浴产品本身并不感兴趣，卖产品，只是为了套现。套了现，再拿去做投资，以钱生钱，这是一场金融游戏。

“如果这些钱被卷走了怎么办？”居里问。她宁愿把阿曼达想到最坏。东方说：“那倒不至于，她的营业执照都压在我这儿，还有个人信息，我们是合作伙伴，一荣俱荣，一损俱损。”居里又问：“那她为什么要找你合作？她和老谢，本来就认识。”东方说：“她是做公关出身的，对业务不懂，而且做产品经销，需要很大的精力，我们处于不同的阶段，什么事情都没有一个人就能做成的。”

居里深思。

东方又说：“听说老秦玩得更大，他找上头借钱玩，跟他比，我们只是小打小闹。”

居里突然想见见阿曼达，单独地。她忽然意识到这是个做事情的女人，并不是普通的情敌，更何况他们现在在一条船上。第二天，居里找娣儿要到阿曼达电话。“喂。”居里刚打了招呼。电话里阿曼达就说：“我早就在等你这个电话了，怎么样，明天中午，明月白见？”地方算约好了。因为巨大的利益链条，两个人在电话里都客客气气的，仿佛是一对合作多年的伙伴，有钱能使鬼推磨，有钱也能使两个女人仿佛闺密，尽管一个是前妻，一个是现妻。真是应了那句老话：“没有永远的敌人，也没有永远的朋友，只有永远的利益。”

还有一天时间。居里有些紧张，从挂了电话那一刻起就开始考虑穿什么过去。家芝见居里不停地找衣服，也觉得奇怪，问她找什么。居里嚷嚷着：“妈，把我那一套红色套装拿来，在阳台的柜子里，塑料袋包着。”家芝只好去拿。可换上了，居里又不喜欢，考虑来考虑去，还是黑色最保险，黑色长风衣，黑裤子，里面穿薄毛衣，戴毛衣项链。居里突然想起阿曼达送的梵克雅宝四叶草。戴上吧，算个诚意。

明月白是上海热度最高的素食餐厅之一。老式石库门房子，一进门就是烟雾缭绕，是负离子喷雾制造的“仙气”。阿曼达要了包间，叫竹室。居里刚进去，阿曼达便笑呵呵地和她握手、拥抱。菜单送上来，居里一看那价格，有些不敢点，可如果一个也不点又显得自己太小气，点，反正是阿曼达出钱。

居里笑吟吟地报了两个菜名：美人米炒芦笋尖，金刚砂豆腐。阿曼达又添了两个菜、一份汤：分别是九层塔茄子、松茸土瓶蒸和首乌桃仁养颜汤。阿曼达问居里喝不喝酒，居里忙说不会。两个人便都要了鲜榨果汁。

“想不到你真是做事业的人。”居里举杯，如此开场。她站起来，胸前的梵克雅宝特别醒目。阿曼达想必是看到了。算是示好。两个人捧杯，小酌一口。

阿曼达呵呵笑说：“不过是几个老熟人、老朋友一起做一点事情，我和东方虽然成不了夫妻，但还是朋友和发小嘛，有财大家发，相互帮衬，我这人最见不得的事情就是朋友落魄，至于妹妹你，我从第一次见面就对你印象不错，只是妹妹对我有些抵触，当然，我也理解，一前一后的，避讳。”

话一上来就挑明了。居里觉得没必要遮着掩着：“我本来以为你是来抢男人的。”阿曼达哈哈一笑，说：“好马不吃回头草，这世界上男人多的是，只要有钱，我今天就把话撂这儿，我对罗东方是一点兴趣没有，不然何必离婚？”居里心里冷笑，但面上却不露出来，只单刀直入地问：“理财这回事，可靠吗？”阿曼达也坐正了，说：“头一批五百万，已经拿出去了。”“保证有收益？”居里觉得这么问很可笑，但她还是要问。

阿曼达说：“你放心，五分的利息，借出去就扣了第一个月的，借贷方到手等于是四百七十五万，一年，光利息就三百万。”居里听得一身汗，又喜又惊又怕。五分利，一年三百万，这是高利贷了。“合法吗？如果对方还不出来呢？”居里追问。阿曼达说：“都是朋友，不存在这个问题，完全是合法的，愿打愿挨的事情。现在咱们就是多出货，再一个，把卫浴的品牌做出来，争取上市，上了市，就可以安度晚年了。”

安度晚年？居里头脑晕乎乎的，这四个字对她杀伤力太大，是的，近些年她已经有了人到中年的感触，再往前走，可不就是安度晚年了吗？还有她妈家芝，也需要安度晚年。她还需要为世卉的未来打好基础。居里忽然更加佩服眼前的这个女人，她的眼界，她的野心，她的手段，都非常人所及，她又有些害怕跟她做生意会吃亏，可是，她已经上了这艘大船，而且前进方向并不归她掌控。

阿曼达见居里怔怔发呆，便进一步解释道：“现在街面上到处都是共享单车，他们怎么赚钱？就骑车只收你很少的钱，但押金贵，他们用这些押金去投资，做资本运作。这就是互联网思维，这就是互联网经济，过去的方法已经落伍了。互联网给了我们机会，以前卫浴产品这种传统行业，谁会这么做业务呢？”

醍醐灌顶。几个关键词在居里心中盘旋：“互联网思维”“互联网经济”“资本运作”。

她从来没想过这么前端的词语，会跟她这个全职太太扯上关系。

“敬你，大干一场！”居里再次举杯。

契约精神

朱姐觉得老谢提出复婚，根本就是无理取闹。

在飞机上，朱姐一侧身子，避而不答，老谢挡住，雄壮无比的样子。

朱姐觉得他简直可笑：“闪开！”

老谢还是挡着。

“让开，否则叫乘警了。”朱姐低吼。

老谢让开了。

不可思议，她从未觉得自己这么有力量。在和老谢这么多年的共同生活中，她在家庭里的地位经历了从波峰到波谷的变化。可现在，离开了旧有关系，她重新找到了自己的位置和姿态。

到家了，依旧离婚不离家，可朱姐感受得到低气压。朱姐意识到这样的相处模式是极其危险的。同一屋檐下，抬头不见低头见，免不了会有许多纠缠。老谢面子上过不去，因为她跟他过去的司机走得太近，这完全是男人可笑的自尊作祟。

别说她跟伍正霖没什么，就是发生恋爱关系，他谢平贵也管不着。

朱姐决定搬出去，她没打算跟老谢商量。他们在上海还有一处小房子，离市区略远，一直租给别人，现在快到期了，朱姐刚好收回来自己住。

到家一个星期，她开始拾掇那屋子，半个月后，她开始收拾行李了。老谢从外头回来，见家里跟被洗劫过一般，有些慌乱。

“出远门？”他已经预感到了，可还是竭力保持镇定。

“我去莘庄住。”朱姐不抬头，忙自己的事。

“去那儿干吗？”老谢放下包，走到朱姐身边，“你要遵守协议。”

朱姐笑笑说：“协议是说不对外公布离婚事实，没说必须住在同一个屋檐下。这不算违反协议。”

老谢不言语，眉头紧皱，面色凝重。

朱姐合上行李箱，道：“该结束的，就让它痛痛快快结束吧！”

老谢怒道：“我不说结束就不能结束！”

朱姐不理他，把箱子留在客厅，回自己屋，轻轻合上门。

情绪失控代表着无能。

“公司马上要筹备上市，”老谢在屋外嚷嚷，“这个时候婚姻出问题，被人知道了，别说我倒台，就是你那份钱也拿不到，小勤，婚已经离了，我怎么还会纠缠你呢？我只是为我俩的未来考虑，夫妻本来就是一条船上的，即便是我们这种已经秘密离婚的夫妻，也是一条船上的，船翻了，对你有什么好处？”

隔着一块门板，朱姐仔仔细细思考着老谢的话，不愧是商人，她几乎辨别不出来，在他的话语和行为里，有几分是感情用事，有几分是理智所为。可是，行李都收拾好了，她有什么理由不走？

朱姐决定在夜里搬家，弄个车，找几个人，小心翼翼，不惊动邻居。老谢没办法，只好由她去，但有一条，如果有需要一起出现，她必须配合。朱姐说：“这点契约精神我还有。”

从国外回来后，朱姐一直没见到伍正霖。他也没约她。发消息，但也只是寥寥几句。她不打算见他，最起码不打算主动见。可搬到小房子的第三天，伍正霖的车就停在朱姐楼下了。朱姐下楼，两声鸣笛。她偏过头，看到他了。

朱姐心里咯噔一下，他还不肯放手，或许有几分认真。她走过去，说：“这么巧。”正霖说：“特地过来的。”朱姐又是一震。她本来打算来虚的，插科打诨那种，可没想到伍正霖一开口就落到实处。他懒得隐藏，过来，就是为她而来。她有点感动，但又必须不露声色。“哦，到期就不续了。”朱姐说。他推开车门，说：“上车。”朱姐犹豫了一下，还是上车了。

她一上车他便关了音乐。气氛变得凝重。他显然有话要跟她说。

可车开出老远，他还是一句话没提。“这是去哪儿？”朱姐问。“喝点下午茶。”他说。朱姐没阻止，这个时间段，只能是喝下午茶了。

车停在富丽酒店门口，过去老谢和朱姐常来这儿，伍正霖陪着，自然轻车熟路。朱姐见来这个地方，本能地有些不舒服。她不太愿意跟老谢再扯上关系，包括来旧地。可既来之，则安之。朱姐款款走下车，朝咖啡厅走去。

入座，朱姐要了红茶和瑞士卷，正霖要了咖啡。该付钱了。正霖抢着付，朱姐说：“我来吧，我还有会员卡，不用也是放着。”说着把卡递过去了，“有什么话要说，说吧。”朱姐也坦诚起来。“抱歉，给你带来了麻烦。”伍正霖说。

麻烦？什么麻烦？朱姐想了又想，才意识到伍正霖可能指的是她搬到小房子里来。他以为是因为他。朱姐忍不住发笑，是，导火索是在那个晚上埋下的，可她从老谢那儿搬出来，是长久以来的结果，并非因为任何人。她和老谢的问题，只与老谢有关。但有意思的是，两个男人都认为朱姐搬出来是因为移情别恋。

“跟你没关系。”

“那为什么不去锻炼了？”

“最近忙。”

“你在躲着我？”伍正霖说，“因为我过去的身份？你觉得别扭我们可以不见面，或者干脆断了联系也没关系。”朱姐没想到伍正霖的情绪如此激烈，可她免不了又有些得意，因为他在乎她。这种笨拙反倒是她喜欢的，青涩的感觉。

“都是成年人了。”朱姐还是不动声色，“我们就是朋友。”

这是打太极了。伍正霖招手让服务员续杯。

“朋友就不应该突然中断训练。”

“真不是，”朱姐解释，“刚回来，忙，而且现在距离太远，的确不适合。”

“我开车来接你。”伍正霖说。

朱姐有点感动，她突然想看看他是否能坚持。如果只是一时冲动，接不了几次便没有下文。朱姐点点头，算是同意。朱姐是没有充分自信的。有段时间她一直在思考伍正霖接近她的目的，纯粹从生理上来看，她已经没有优势。

心理上呢，她甚至觉得自己偶尔比莉莉还幼稚。

那她有什么吸引力呢？

钱？财产？靠几十年婚姻得来的东西？

可伍正霖似乎从未跟她提过钱。他虽然穷，却好像穷得很有骨气。这恰恰是朱姐害怕的。什么都不图，不符合人性。其实如果伍正霖突然开口找她借钱，五十万上下她甚至都会考虑。借钱，借的是一个人品，她宁愿用五十万考验一个人，也好断了自己的念想。

可他从未开口过。

他过去不是总想做点事情吗？现在却很安于健身教练这份工作。他的缺点是什么？不求上进算不算？她不清楚。不清楚就谈不上了解。

过了一周，朱姐终于恢复了在健身房的锻炼。自己开车去。她不想弄得跟小女生一般，真让伍正霖来接，那等于间接承认恋爱了。她一个星期去两次。

这天中午，健身房人很少，朱姐正在做轻量器械，伍正霖在大厅的另一端，跟老板说话。眼见门口闯进来几个人，都戴鸭舌帽，见着伍正霖就打。伍正霖虽然是专业健身，可在搏击上似乎并不擅长，两三个回合就被击倒在地。

又是一阵乱踢。朱姐冲过去，嚷道："你们凭什么打人？！"可暴徒们不管，狂风暴雨。"做人要知道自己的身份！"为首的啐道。打完撤了。

伍正霖蜷在地上，额角有血。老板吓得呆在一边。朱姐扶起他，关切地问："怎么样了？"

伍正霖憋着疼，依旧挤出来笑容："没事，一点皮外伤。"

"都他妈什么人啊！"朱姐有些恼火。

靠！她在心里骂，主谋是谁？

八成是他。

百密一疏

眼下，乐乐最主要的工作就是带孩子。

老秦一个星期来两次，抱儿子时的表情，少有的柔和。老年得子，自然不一般。

有人向乐乐提议，让她要求和老秦结婚，说只有结了婚，才有名正言顺的地位，才算在一起，有保障。可乐乐觉得这种事情一动不如一静，最好顺势而为，不能强求。过去有他老婆挡着，她不想，即便现在有了孩子，乐乐还是偏安一隅，养自己的孩子，过自己的日子。

可海外那位的咄咄逼人令她很不舒服，尤其是在二太太葬礼上她女儿秦星的举动，更让乐乐觉得，是那个女人在幕后主使。她虽然习惯了以退为进，但也不得不为自己和儿子想想出路。

听说那个女人已经从国外回到上海，意图已经很明显了。一家两户，争斗自然难免，就算乐乐不想争，别人要争，她也只能被动应付着。

中秋前，老秦来看儿子。大闸蟹吃完，乐乐笑说："螃蟹都吃了，中秋可要过来。"

老秦没抬头，不置可否。

乐乐便大概知道了。那边有请。

"有时间就过来。"乐乐不勉强。

其实有时候她也觉得奇怪，都二十一世纪了，在上海这个中国经济最发达的前沿城市，还有这种类似于妻妾的制度。可谁是妻，谁是妾，就难说了。

行，老秦请不到，把秦日、秦月请来也行。

自从妈妈去世了之后，两姊妹基本放羊，秦日谈了个男朋友，老秦不同意，秦月一门心思想进老秦的公司任职，可老秦却死不松口。乐乐觉得自己可以替她们做一做老秦的工作，她们现在羽翼不丰，需要同盟军。

两个女孩进门就叫乐姨，这就算首肯了。

放下伴手礼，秦日和秦月去看弟弟，玩了一会儿。乐乐领着她们在客厅说话。秦日还没说话，乐乐就问她和那个男孩怎么样了。

“爸不同意，嫌人穷。”秦日一肚子不高兴。

乐乐笑着说：“都是穷过来的，有什么关系呢，我也穷过，其实在公司里安排一个位置，锻炼锻炼，几年也就出来了。”

这话对秦日的路子：“乐姨说得对，赵有能力，就是缺少平台。”乐乐说：“别急，回头我跟你爸说说，哪怕从基层干起，其实两个人在一起最重要的就是感情。”乐乐说完这话，小心瞅瞅两姊妹，表情都没有什么特别的变化。

她舒了口气。

她原本以为在日、月眼里，她陶乐乐根本就是一个贪钱的女人，不然为什么跟一个半大老头子在一起？乐乐随即追溯自己和老秦刚交往时的情形——钱显然是重要的，但不是唯一因素。

这就难得。她也不是什么富豪都收，得有品。

乐乐又问秦月的情况和打算。

秦月说英国的学位还没读完，但想进公司历练历练，就是爸爸不允许。乐乐劝说：“你们也看到了，弟弟还小，这个家族的事业将来还是要靠你们来支撑，这并不容易，需要知识，也需要历练，好多事情欲速则不达，月月，其实你完全可以先把学位读完再考虑介入到生意中来，我是完全不懂，也不会介入，但我会帮你说服你爸爸。”

一席话，秦月心悦诚服。

三个人又聊了一会儿，坐不住，乐乐交代桂香带孩子，她带着两姊妹一起去楼下商场转转。三个人年龄相差不大，走在商场里仿佛姐妹，俨然已经像一家人。

看着穿衣镜中的日、月二女，乐乐真心觉得这两个女孩可怜，妈妈去世得早，爸爸这边的情况如此复杂，甚至觉得自己有义务对她们好一些。她从未觉得自己是后妈，只把自己当作她们的朋友。

在试衣间，秦日提到给弟弟乐辰办百日宴的事。乐乐说算了。她知道老秦平日里不爱高调。

“低调有低调的办法。”秦月也支持，“家里就这么一个弟弟，再不办办，那边该得意了。”

秦日跟着讽刺道：“那个女人觉得自己可高贵呢。”

这是陶乐乐第一次从日、月口中听到那个女人的消息，她们一律称那个女人，显然没有好感。

“高贵？”乐乐问。

秦月抢着说：“她觉得她是干部家庭出身，又有博士学位，长得也漂亮。”

乐乐吃了一惊，她想不到老秦对于女人的口味，如此天差地别，干部家庭出身，博士学位？这些都是她想也不敢想的，她以为只有她这种出身的女人才会想方设法改变自己的命运，可那个“高贵”的女人竟然也做出如此选择。

看来女人并不是出身、学历越高，就越独立自主。可是，即便那个女人跟老秦在一起，又怎么证明她不独立自主呢？

也许，他们是真心相爱？

想到这儿，乐乐有些不舒服了。

这个百日宴得办。

“你爸爸未必同意。”乐乐还是让一下。这事得由日、月去说。果不其然，秦月嚷嚷着要跟爸爸建议。

第二天，老秦的电话来了，是说办百日宴的事，乐乐怕老秦觉得是她推动，便不同意在酒店大张旗鼓摆酒席，只说请几个朋友在家热闹热闹算了。老秦表示同意。

时间短，任务重。日、月二女都来帮忙，拉花，订蛋糕，做宝宝的相册，她们还把老秦、乐乐和乐辰的照片P在一起，做成易拉宝，摆在客厅里。乐乐觉得夸张，建议去掉，可日、月的一片心也不好辜负——她只是觉得这PS出来的全家福提醒了自己，她和乐辰、老秦甚至没有一张像样的合照。

朋友也要请几个。想来想去，只有居里和朱姐了。东方跟老秦过不去，他肯定不能来了。她打电话问居里，说明情况，居里倒大方，说她一个人过去。第二天，又说带自己的外甥女一起去见见世面。乐乐同意了。

乐乐知道朱姐和老谢离婚了，所以单通知朱姐就好。朱姐爽快，说一定到。

宴会当天，朱姐第一个到，帮着桂香在厨房操持。日、月二女拎着大蛋糕来。一家三口的易拉宝就摆在客厅当门口。近中午，居里带着娣儿也到了。进门，娣儿指着易拉宝问："这是一家三口吗？不像。"居里这才想起来在家没跟娣儿说明人物关系，立刻打了娣儿的手一下，道："不该问的不要问，就是带你来见见世面，认识几个人将来好换工作。"娣儿闷头不说话了。

正午时分，老秦到了。一众女人围上去，朱姐早就认识，居里也见过，娣儿脸生，居里忙说："见过秦叔叔。"娣儿叨咕一句："秦叔叔好。"日、月二女上前，问爸爸好。老秦换了衣服，交给桂香，一众人入席。

"这地方小，大家委屈了。"老秦道，"以后换大的。"

光这一句话，就令居里羡慕得眼红。房子，说换就换，这才是有钱人。居里突然想起一句俗语，"贫贱夫妻百事哀"。她现在就是这种状况。但一想到东方委托阿曼达放出去的一大笔印子钱，似乎又有了点希望。

入席，开饭，秦日是家中长女，率先举杯，说："我敬爸爸，也敬阿姨，还有我们的小弟弟，希望以后爸一视同仁，爱弟弟，也爱我们。"这话有点蹊跷，可秦日大大方方说出来，反倒有点玩笑话了。老秦哈哈一笑，说："一定一视同仁。"

他一直有一个建立和谐大家庭的理想，乐乐竟帮他实现了。

乐乐举杯，是敬朱姐和居里的，说谢谢姊妹们捧场，在这个城市我也没有娘家人，你们就算我的娘家人吧。

老秦抱着儿子，笑眯眯的，好似一只老猫，他把嘴凑到小乐辰脸蛋上，胡子扎着他，狠狠亲了一口。乐辰哇地哭起来。乐乐连忙抱过去，哄哄，说："爸爸坏，最坏。"一会儿，乐辰不哭了。

乐乐当着所有人的面，对秦日说："老大，你爸也说了，跟那个男孩子在一起不是问题，问题是你要保护好自己，你在这种家庭，这种身份，你爱得单纯，可保不齐人家利用你，当然，你是聪明的女孩，这一点我们都不怀疑，不过我们也希望你能少走一些弯路就能找到幸福，这样，你让那个男孩下个星期去公司先做一做试试。"

老秦不说话，喝小酒。显然乐乐事先跟他商量过。

秦日忙说："谢谢乐姨。"

乐乐又说："月月，你在英国也可以尝试着在互联网做一做嘛，你爸下面有个小企业，正在做互联网创业，你学金融的，可以加入进去。"

说到秦月心坎上了。秦月自然也道谢不迭。

两件事说完，继续吃饭。乐乐抱着孩子，已经有点女主人的样子了。

门铃响了。桂香跑着去开门。乐乐道："问问是谁。"可已然来不及了，桂香手快，来客进了门，左手拎着鸡，右手是小孩子的新衣服。"我来看看外孙喽！"乐乐妈笑嘻嘻的。

"吃饭呢？"乐乐妈放下手中的东西。

乐乐连忙起身，捏着嗓子问："妈，你怎么来了？不是让你少来上海吗？"

乐乐妈笑道："我算着日子呢，就赶着外孙子百天。"一抬眼，这才看到人群中的老秦，"他舅也在。"

老秦不动声色。

客厅里的易拉宝大得晃眼。一家三口，爸爸、妈妈和孩子，硬生生组合在一起。

乐乐妈迎面见着，似乎明白了点啥，但还不能确认。

"这……"乐乐妈心中的金字塔坍塌着，她转向女儿，"这是……"

乐乐没了刚才的从容，把她妈拉到一边。

"妈你听我说……"百密一疏。

世上没有不透风的墙，就算有，老天爷也会凿穿它。

"他到底是谁？"乐乐妈指着老秦问。

亲子鉴定

小半个下午，乐乐妈和乐乐相对而坐，谁都不愿先开口。乐乐妈眼眶红红的。终于，乐乐打破僵局，她说：“妈，我的情况你大概也看到了。”单刀直入，开门见山。乐乐妈抬头看着女儿，仿佛看着外星人。乐乐觉得她肯定会认为她怎么如此厚颜无耻。是，什么东方，根本是不存在的人物，哦不，他存在，但只是跟这个家毫无关系，是一个花钱请来的临时演员。而客厅里该死的易拉宝才是真相。

老秦本也要留下来，他并不怕什么，在这段关系中，他始终掌握主动权。可在乐乐的坚持下，他还是带着日、月二女离开了。乐乐认为他必须走，这场谈话只能在母女之间。天知地知而已。乐乐认识到自己的“错误”，那就是撒谎，用东方代替老秦回乡探亲，可她这么撒谎是为了什么，还不是为了父母的面子，为了那个小家庭能在县城继续光耀地过下去。人活一张脸皮，尤其是在小地方。乐乐还是要做父母的骄傲。

可没想到，还是伤害了她妈妈。

“妈——”乐乐这一声叫得百转千回。乐乐妈眼眶里的泪掉下来。她觉得委屈，就算全世界都对她撒谎，她女儿不应该。跟年纪大的人结婚有什么呢？某科学家不照样娶年轻的女人，更别提什么明星了。乐乐妈的底线没那么高。她是恨女儿没把她当作自己人。

“别叫我。”乐乐妈收了泪。此时此刻，她又变回一个妈了。她在心中迅速分析着乐乐的处境，生了孩子，好在是儿子，可一进门就当后妈也够呛。这个从小跟男孩子一样的女儿，能处理好这些关系吗？

“你也该长点脑子了。”乐乐妈说。乐乐一听她妈这么说有些乐，气氛缓和了些。“我怎么没脑子了，我还不是为了我们这个家。”乐乐的委屈就在这儿。她从乡村来上海，她必须出人头地，为了整个家族。乐乐妈说：“那你也要考虑考虑你自己，你们办了结婚证吗？现在算不算合法夫妻？”

乐乐头皮有些发麻。不愧是她妈，针针见血，乐乐不想撒谎，她只能说是事实夫妻。乐乐妈道：“事实夫妻也是夫妻，你可得多为自己考虑考虑，不过这样也好，将来不耽误你嫁人。”

乐乐没想到她妈比她想得还远，思想还前卫，将来还嫁人，她没想过，老秦这一团乱麻她还没捋清楚。更何况，以老秦的脾气和实力，她将来能再嫁人？除非他不在了。乐乐原本以为她妈见易拉宝受到了极大惊吓，可没承想这个五十几岁的女人立刻便投入现实进程中来。也是，她不为女儿着想，还有谁为女儿着想。乐乐不想正面应答，只说：“反正过得好就行了。”乐乐妈紧追着，痛心疾首：“他多大你多大？你不想想后路能行吗？好多事情都是摆在眼前的，你既然走了这一步，已经来不及回头了，钱上面可不能亏待你，这房子是你一个人的名字吗？还有其他房子吗？股票基金，还有公司是不是？股份有你的份儿吗？”

连珠炮。乐乐应接不暇。说实话，她跟老秦在一起这么久，都从未思考过这么多问题，她原本以为妈妈最看重的是做人的名誉，可到头来发现，她更在意现实的考量，虽然这种考量全都是以她陶乐乐为中心的。可乐乐就是觉得冷冰冰的，真是残酷的现实。

乐乐一言不发。乐乐妈捉住女儿的手说：“已经走到这一步了，继续向前吧，他什么情况你了解吗？你这么做没有名分的，有点补偿不是应该吗？你不为你自己考虑，要不要为乐辰考虑？孩子还小，将来你一个人照顾的日子多着呢。乐乐，妈妈谢谢你，你为我们这个家付出了很多，但你一定要先对你自己好，爸妈那边你不用在意，也是老天爷让我撞见了，可我不会跟任何人说，就烂在肚子里，你就是我们的好女儿，就是我们的骄傲。”

一段话，说得乐乐泪眼婆娑。这是好几茬子话，不甘，骄傲，委屈，挣扎，她似乎能体会到此时此刻妈妈的心情。野火烧过以后，必须春风吹又生。是的，她不是为自己，她从来到这个世界上，就不只是为自己而活，现在更不可以！

陶乐乐开始正视自己和老秦的关系。不明不白，不清不楚，她知道上海这种地方，繁华万丈，但也藏污纳垢，当然，有污浊才能生长，大地是包容的。她必须占据主动，她必须努力争取，从另一个女人那里把自己的男人争取过来。

她需要一个位置，名正言顺的位置。

有必要这么遮遮掩掩吗？乐乐告诉自己，不应该那么不自信。

打心底里，或者从一开始，乐乐不认同这种男女关系，不过现在一切都该扭转了。

她已经走到了悬崖边上。她要为自己的孩子搭一座桥，开一条路。

乐乐妈照顾了一晚上外孙子，第二天回了老家。

老秦打电话来，没问关键的，只是嘘寒问暖，乐乐知道他是来探口风的，便成全他，告诉他她妈妈已经接受，又自责，说自己没处理好，给老秦留足了面子。

老秦说："都不容易，你付出很多，对了，你们老家那个房子是不是得换一换？人那么多，太小了。"乐乐明白他想要补偿。恭敬不如从命。乐乐把这消息向她妈传达，乐乐妈自然乐得合不拢嘴，一个劲道谢，还说老秦够意思，够朋友。乐乐这才发现，这些扭曲的恋爱导致的鸿沟，似乎并没有那么难以缝合，哪怕是曾经的"他舅"突然变成了她的爱人，孩子的爸爸，只要用钱搭桥，矛盾似乎也没那么激烈了。

一马平川，面目不再可憎。

秦日、秦月再来拜访时，乐乐已经可以开玩笑说："我妈是担心，我当不了你们的后妈。"日、月一愣。乐乐补充道，"我说我当什么后妈，我只是她们的朋友。"

秦日、秦月都笑。

又过了几日，上午，乐乐让桂香抱着乐辰，她驾车，一路朝玛丽医院开。那是一家著名的私立医院。乐乐打趣桂香，说："你得学会开车啊，业主也有多种需求的。"

桂香说："我笨，一把年纪怕学不好，不过如果是您让我去学，那我就努力学。"

到了地方，桂香抱着乐辰在贵宾室休息。

乐乐走进诊室，坐在医生对面。医生四十多岁，戴着眼镜，头有点秃，看上去沉稳可靠。他问乐乐有什么需要。

乐乐道："我想做个亲子鉴定。"

猫屎咖啡

从乐乐家出来，居里庆幸东方没来搅这个局。从乐乐给钱雇东方那一天，居里就想到有爆发的一刻。她没料到的是如此戏剧化的场面。居里佩服乐乐，无论多么扭曲的局面，乐乐都能稳住、化解。三两句话，乐乐妈暂时不闹，至少表面上平静，后面的事，慢慢处理。

但居里也有些沮丧。因为老秦在饭局中说买房跟玩似的，而她，却始终买不到一处合适的房——她中意的太贵，太偏远又小的，她看不上。居里深切感觉到，买房跟相亲差不多，需要撞大运。

“姨，咱现在也没事，去中介转转呗。”娣儿给了建议。居里说：“那些中介，如果有好房子早就给我打电话了。”姨甥俩正说着，居里电话响了，一接，是中介，还真就说的是房子的事，说是有一处房子不错，小二居，面积也不大，特别适合居里这种家庭的需要。

居里本有些踌躇，首付款根本没到位，可她被老秦那席话激得，又实在心里痒痒。“看看又不犯法。”娣儿继续吹风。她知道小姨的心思。去，居里心一横，反正东方现在发了，马上年底利息钱收回来，还愁买房吗？去！坚决去！一会儿到地方，中介带着去了。

一个活泛的小姑娘，号称是蒙自路卖二手房最多的业务员，年纪不大，嘴巴溜得很。一口一个姐。“这样的房子你还考虑什么呀，都是抢。”几个人站在屋子里，中介小姑娘唾沫横飞，“放眼蒙自路，有低于四万五的吗？有这种房型吗？还是七十年产权，这房子也不算旧，买了就升值，自住、投资两相宜。”娣儿四处转悠。是，中介说得不错，十层，带电梯，虽然一梯四户，但房型还不错，正方形，客厅和卧室都朝南。居里动心了。

“你等会儿，我跟我家里商量商量。”居里笑着，连忙给东方打电话。可电话不通。她只好先攻秋萍，大致说了一下。秋萍没说不行，只说改天再看看。旁边中介听着，插嘴说：“改天可就没这个价了，而且后面还排着队要看要买呢，大姐，不下定金就不等你了，我是看咱们都是街坊邻居才第一时间告诉你的。”

“再给我几分钟。”居里挂了电话，又给东方打，简要说明了情况，就让东方拍板。东方也有些犹豫，说：“一百多万的东西，没那么急吧。”居里火上来了：“现在就是过了这个村没这个店，又不是第一天了，天府家园知道吧，一百六十万，你到哪儿买这房，这是跳楼价。”东方说“你要不跟中介先说明天我们再来”，居里说“不行”，东方说：“那你稍等我一会儿，我下班过去，这正办着货呢。”

话说到这份儿上，居里只能同意。转身跟中介小妹说明情况。小妹眼一横，说：“那不行，那我不等你了。”居里做公关，说：“小妹呀，就等一会儿，我们下楼坐坐嘛，咖啡店。”小妹一百个不情愿，抬腿要走。居里拦住说：“你等等，”她把脖子上阿曼达送她的梵克雅宝的项链取下来，套到小妹脖子上，道，“我们都是诚实的人。真不会走，这个押给你，行了吧，这可是梵克雅宝的正品。”娣儿凑上去解释，说值两万多呢，四叶草。小妹脖子上戴着珠宝，算定金，态度这才松动些，答应去楼下咖啡厅再等一等。

下了楼，进咖啡厅点了东西，中介小妹倒不客气，拣最贵的猫屎咖啡消受。居里一咬牙，买，为了房子，出点血也值。三个人胡乱聊。居里尿急，夹着包去洗手间，店里说没有，居里只能出去借用。咖啡店旁边是家中介公司，跟居里找的小妹是竞争对手。

居里去借洗手间，业务员倒没阻止，居里方便完毕，长了个心，问店里业务员：“小伙子，你们知不知道天府家园18号楼那套房子呀？”小伙子问是不是她要买。居里说有这打算。小伙子撇撇嘴，笑道：“大姐，是哪个黑心的要卖给你？那房子里刚死过人的，煤气爆炸，一死两伤，你去打听打听就知道了。”

晴天霹雳！五雷轰顶！居里差点没站稳，手扶着桌子，不不不，她告诉自己，必须稳住心神。她夹好包，对着玻璃门整理好妆容，调整好情绪，回到咖啡店。娣儿和中介小妹还在喝咖啡。三杯咖啡花了快三百，居里心疼得滴血。可恶！该杀！可居里还是面带微笑对小妹说："妹妹，一会儿我老公就来了，我们再等一会儿。"小妹说："没问题。"

"不过妹妹，这梵克雅宝可是我老公送我的，"居里慈眉善目，"他来了要看到戴在别的女人脖子上，那就……呵呵。"居里装作不好意思，手却伸过去了。

娣儿见小姨要项链，连忙上前去取小妹脖子上的项链。

居里的理由充分，小妹从命，可刚取下来，居里便大怒道："瞎了眼的东西！有你这么卖房子的吗？！"

小妹见情势突转，连忙跳开："大姐，怎么了，怎么骂人呢？"

居里说："骂人，骂人还是轻的，那房子里煤气爆炸死过人你怎么不说？"

小妹狡辩："谁说的，没死，只是伤。"

居里拿起包抡小妹："还说没死！"

小妹围着桌子打转，求饶："大姐你这就不讲理了，哪个房子没死过人呀，这有什么呀，多少年前，上海这一块也是荒地，都是坟头，有什么可介意的！"

这就算承认了。

居里更气，一个追，一个躲，好像旋转木马般围着圆形小茶几打转，店里的人都看这表演。

"这边！"娣儿一声吆喝。

居里和小妹同时转头。娣儿端起咖啡一泼，一团咖啡色汁水直奔小妹脸部去，小妹的脸被淋成咖啡色了。

四周哄然，居里笑得最大声。

小妹这才想起自己手里也有一杯猫屎咖啡。我泼！

这回正中居里面部。她也中弹了。

娣儿见小姨受辱，抢过身边一名客人的咖啡又泼。可这回小妹变聪明了，一个闪身，夺路而逃。

娣儿要追，居里叫住她，说："算了，遇上这种人算自己倒霉。"

也是太想买房了。

"回家。"居里说。

旁边那位被借用咖啡的顾客不答应，嚷嚷要求居里和娣儿必须赔。居里二话没说，就掏钱赔了，并对娣儿说："这个我愿意赔，这算你见义勇为的成本。"

出了咖啡厅，天色昏黄，高楼大厦的缝隙间，太阳落下去。好像两根粗筷子，夹着一颗咸蛋黄。娣儿饿了，她说："姨，去日月光吃点东西吧。"

居里斥责道："还吃什么，刚花了三百元，回去吃吧，月月交七百元，不能白交。"

娣儿嘟囔着嘴，她怕吃家里的饭，秋萍和进宝很少做肉，都是青菜。

"脸都吃绿了。"

东方来电话，说还有点事情没办完，一会儿就到。居里告诉他不用来了，并说晚上她和娣儿回家吃。

挂了电话，居里还在用纸巾擦拭着脸上犄角旮旯的地方，比如鼻子缝儿，比如眼皮褶儿，一边擦一边骂："什么他妈的猫屎咖啡，就是屎，就是臭，屎没有不臭的，中介没有不坑人的！还喝什么猫屎咖啡……"

娣儿纠正她："猫屎咖啡可不臭。"

居里把脸凑过去："你闻闻你闻闻，不就是从猫腚眼拉出来的吗，还非说好喝，香，都是炒作，什么物以稀为贵，我呸！"

闻鸡起舞

居里最怕吃公婆做的饭，不是因为味道不好，而实在是肉太少，太寡淡，东方不在家时，多半只有青菜，即使有肉，也是苍蝇头。

以前居里抱怨，被秋萍听到了，多半没有回应，现在秋萍可有话说了，要付首付啊，三十万，还不都是一点一点省下来的。

居里说："再省也不能在吃的上省，得有营养，没有营养怎么出去做事呢？"这个时候秋萍多半会笑道："腹有诗书人自饱，我们书香门第，从来都是吃得少，你听说没有，法国贵族每餐吃得都很少，这样防止'三高'，每个人都清清瘦瘦的，这样气质就出来了。"居里眼绿。

这天她和娣儿到家，桌子上又摆着几样青菜，不用说又是忆苦思甜。娣儿小声说："我说的吧，还不如在日月光吃。"可居里不这么想，每个月交伙食费，好要吃，不好也要吃，她把包往凳子上一放，准备开吃了。

"你姨姥姥呢？"居里问娣儿。自从搬回老屋后，家芝一直跟老太太住楼上，天热之后，老太太犯迷糊，有时候一天能睡十几个小时，家芝就陪着，不下楼。

秋萍端汤出来，青菜鸡蛋汤，居里觑一眼，心想这就难得了，蛋花还算稠密，不用捞鱼。世卉已经坐好，她碗里有个鱼排。

居里问世卉："你怎么搞特殊？"世卉说："是奶奶给我的。"

秋萍道："大人小孩能一样吗？小孩子要长身体，大人要减肥。"

居里不得不抱怨："妈，我这还肥呢，都快前胸贴后背了。"

娣儿说："姨姥姥最近也瘦下来了，还有老太太。"

秋萍道："都瘦了，难道就我胖了？全家的肉都长到我一个人身上了？你们那伙食费要我说趁早都拿走，不当家不知柴米贵，你以为我想做饭，我那京剧票友大赛马上开始，我还是《贵妃醉酒》的主角，整天围着锅台转，见过这样的贵妃吗？"

居里本打算呛声，可秋萍说得可怜巴巴，她心中的气也不自觉消了几分。她知道，秋萍一辈子最恨的是人间烟火，最喜欢的是不食人间烟火，做饭对她来说，不是难事，却是难受的事。居里忽然对秋萍生出几分同情，就因为她一辈子都志不能伸，被困在这个小家庭里。于是她顺着秋萍的话说："妈，外面的饭总归不干净，吃你的饭放心。"这算缓和了。

秋萍受到肯定，也不说怪话了，转身去厨房锅子里把另一块鱼排盛出来。这是世卉第二天的伙食。用勺子一切两段，一段给居里，一段给娣儿。"吃吧。"秋萍面无表情。娣儿尝了一口，忙说："好吃，嫩。"居里也试试，果然不同一般。秋萍这才道："我是省的人吗？我只是严格要求，这是进口的阿拉斯加鳕鱼，不是好的我都不买，宁缺毋滥。"

她拿起勺子搅和青菜汤："你看看这上海青，都是买得最贵的样子最好的最营养的，品质，知道吗？宁愿不吃，也别吃差的，这才是书香门第。"

娣儿自从到上海以来，听这个"书香门第"听得耳朵都起茧了。她忍不住问秋萍："姨姥姥，你是不是读过很多书？"秋萍说："那当然。"娣儿问："那《霸王别姬》，是哪个霸王哪只鸡？"秋萍冷笑道："孩子，多读书好不，霸王是那西楚霸王项羽，姬是虞姬，一个姓虞的女人，不是鸡蛋的'鸡'。"娣儿说："嘿嘿，我属鸡，所以以为是鸡蛋的'鸡'呢。"

秋萍有心在居里和娣儿面前炫耀，便放下碗筷，说："娣儿，你属鸡，那你说几个带'鸡'字的成语。"

娣儿想了想，说："偷鸡摸狗，鸡飞蛋打，呆若木鸡。"

秋萍说："你能不能说几个正面点的？"娣儿说："不知道了。"

居里插话道："嫁鸡随鸡算不算？"

秋萍说："你也是不读书，最好的一个'闻鸡起舞'怎么没有说呢？"

居里叫好。

一边的世卉也不甘寂寞，冷不丁放出一声："小鸡鸡。"

三个大人均愣住。世卉重复道："同学说我没有小鸡鸡。"

瞬间炸锅。

居里问："哪个同学？"

娣儿嘿嘿笑。

秋萍一把将世卉搂在怀里，说："哎呀，我们书香门第可不能说这个。"几个人严肃警告，世卉表示不说了，这才罢了。

饭毕，娣儿带世卉玩，秋萍和居里端着米粥和小菜，上楼给家芝、老太太送饭。家芝尽责，端过碗，快速吃几口，又转头喂老太太。

"老太太……"她轻声叫。老太太迷迷糊糊，半睁着眼，似乎听到了，又似乎没听到。勉强吃几口，就又睡着了。秋萍和家芝到一边说话。

秋萍说："哎哟，我老了以后可别这样。"家芝说："好几天了，都不怎么吃。"两个人合力把屋子归置归置，居里则帮老太太剪指甲。

弄得差不多了，秋萍和家芝到阳台说话。

"老太太状况……不太好……"家芝小声说，她在第一线，本来是罗家的事，可她既然觉察到，便觉得有义务跟亲家母知会一声。

秋萍一向好强，对家芝尤其抵触，家芝说不太好，她立刻本能地反驳："怎么才叫好，都这么大了？"家芝微笑，不说话。过了一会儿，秋萍品品，才回过神来，问，"是不是有什么事情？"家芝说："过了八十几岁，人就一天不如一天了。"听了这话，秋萍脑中打了个激灵。

这是提醒了。她忽然想起老太太的承诺，这小房子给她和进宝。

兄妹几个，大伯、大姑子、小姑子没一个省油的灯。大小姑子是嫁出去了，一个在国外，一个在深圳，鲜少来往。大伯哥原本还有来往，月月也给点钱做赡养费，但自从他跟原配离了婚，和小三结婚，又生儿子后，老太太不认可这个大儿子，不提也不见，就安安心心跟着进宝、秋萍过。可如果老太太一旦有个三长两短，谁能保证那些人不杀回来？都是儿女，都有继承权，虽然赡养义务尽得没进宝、秋萍多，可终究占着法理。老太太这身体，别说已经是风中蜡烛，就是还能过个七八年，提前留一手也是必要的。

当晚，秋萍便让进宝提老太太立遗嘱的事。

进宝立刻抵触，认为秋萍是咒他妈。

秋萍耐住性子道："谁都要经历这一遭，我当然期望妈长命百岁，可人固有一死，或重于泰山，或轻于鸿毛，这么多年，妈这里，有问事的吗？你那些兄弟姊妹，都做甩手掌柜，可一旦有好处，他们能不回来闹？"

进宝说："你别把人都想得那么坏。"

秋萍说："不是我想得坏，是妈这个小房子值钱，数额巨大，怎么也得三四百万，我们付出了，就应该有回报，这是劳动的尊严。"

进宝闷不作声，只说："再等等。"

秋萍道："这还是亲家母提醒我的。"

进宝立刻警觉，对家芝的印象减分。

秋萍说："罗进宝啊罗进宝，要不怎么说你没有发财命呢，亏你还叫进宝，一个外人能看出来的事，你都不能，眼睛被眼屎糊住了。"

目击者

伍正霖被打之后，朱姐第一时间便找到老谢理论。

她虽然不是什么正义天使，可光天化日之下发生这种事情，她觉得老谢的男子气概显现得太不得当。

尽管他这么做完全是因为她。

虽然离了婚，可他对她的控制却没停止，他不允许她交男朋友，不允许她有新的感情，他虽然自己在外头花天酒地，可脑子里还是根深蒂固的嫁鸡随鸡，嫁狗随狗。

朱姐是在仓库找到老谢的，四周都是各式各样的马桶和面盆，朱姐有些恍惚，仿佛回到了以前在贸易公司的日子。她也曾经做过卫浴，她还记得公司倒闭前居里分到的马桶。可望着老谢公司这规模，朱姐惊叹、担忧，她想不到老谢的生意越做越大，光这仓库，就是过去公司的好几倍，但她感觉到这其中的危险，要运作这么一个大公司，得需要多少现金流动？

朱姐回过神，言归正传：“是不是你？”

她抱着胳膊，做出防卫的姿态。老谢没转身，继续跟着业务人员审查货品编号。过了一会儿，才恍然道：“哦，你来了。”

朱姐感到十分不尊重，说：“就这么忙，找地方说话不行？”都是反问句。老谢呵呵笑，说：“行，你来了，怎么都行。”

两个人到仓库办公室，关上门。

“人是你打的？”朱姐问。

老谢说“是”，依然挂着微笑。

朱姐有些意外，她没想到老谢承认得如此痛快。

"医药费已经送去了。"老谢说。

朱姐在心里骂，该死，这男的什么事都想用钱解决！他就是认为钱是万能的！可以包打天下！朱姐拼命压制情绪，说："你的面子就是天下最重要的？这个世界就应该围着你转？谢平贵，不要太自以为是了，你不能决定别人的人生，更不能决定我喜欢谁，不喜欢谁！"这不是朱姐和老谢第一次爆发冲突，她需要挣脱的是老谢的控制，钱财上，婚姻关系上，还有精神上。"不能等了。"朱姐说，"离婚的消息，公布出去吧。"

"不能公布！"这是老谢的第一反应。

"你永远在想你自己。"

"公司上了市，对你也有好处。"老谢说。可朱姐根本怀疑他有私心，离婚不离婚，对上市有这么大作用吗？他不过一介商人，又不是政府官员，还要顾及仕途。谁会在乎，人家看的是产品，是发展前途，股民看的是公司的潜力，谁会因为创始人婚姻失败，就撤资走人？只不过，朱姐不明白的是，老谢这么一直拖着的意义是什么呢？婚已经离了，他们已经解除了关系，他就应该接受。无论是从事实上还是心理上。

"你到底想怎么样？"朱姐问。可她觉得自己问的这话有些多余。他想怎么样已经一目了然——控制她的生活。

"你们真的不合适。"老谢心平气和。

"就因为他过去是你的司机？"

"不管他过去是谁，你们都不合适。"

"合不合适不是你说了算。"

"业勤，你这是在折磨自己。"

"我乐在其中。"

"我不许你这么做！"

"我还要再婚的。"朱姐故意激怒他。

"你还爱不爱我？"老谢忽然一把抱住朱姐。这突如其来的风暴她显然毫无准备，可他就那么紧紧箍着不放。她操起桌子上的订书机要往他身上砸，他这才放手。

“有意思吗？”朱姐留下一句话，夺门而去。

前夫的不可理喻让她更加同情伍正霖。

伍正霖受伤后，接连几天没来，朱姐去健身房，老板说伍正霖请假休息，朱姐想上门看看他，可不知道地址，她想问老板，又觉得不好意思。显得关系太近了。直接问小伍呢？她也考虑过，可如果她直接问，他一定认真准备，或者根本不让她上门。她大概知道小伍住在贫民区，亭子间倒不至于，但可能是合租。为什么想去看？朱姐也有一点迟疑。因为愧疚？前夫打了自己的朋友，上门探望是应该的。好像也不全是，她也开始有点想要了解他，了解他的生活。是恋爱吗？她吃不准，很犹豫，她也有点摸不清自己。但她担忧的是，伍正霖表现给她的，都是最优秀的一面，她想要看到最真实的伍正霖。

朱姐打算问老板。可临了，觉得问了老板，老板可能会通风报信，于是改变主意，向健身房另一个教练随便打听一番，问了个大概地址。

第二天，她就拎着一些营养品上门了。朱姐想不到上海的繁华地段还有这种筒子楼，四层红砖墙，走进去黑洞洞的，好在高跟鞋响，感应灯亮。一南一北都是住户。走廊里，有人炒菜，有人洗衣服。顶层，409室，靠最西边。

朱姐敲门，没人应。没在？上午不应该出去。再敲，隔壁探出个头，是个中年妇女，说：“敲什么，出去了。”朱姐犹豫了一下，说：“那你能不能把这些东西给他？先放你那儿一下。”中年妇女说没问题。

就在一递一接间，伍正霖回来了，露肩背心，短裤，头上一块纱布很抢眼。见到朱姐，他显然有些惊慌，问：“你怎么来了？”邻居说：“来了好一阵了，一直敲门。”朱姐接过营养品，递给伍正霖。伍正霖接了，他另一只手拎着一兜菜。

“去买菜了？”朱姐笑。她想不到他还会做饭。

“自力更生。”伍正霖有些不好意思。

“不请我进去？”朱姐头一偏。伍正霖连忙掏钥匙，紧张，掉在地上，捡起来，又开。

乱糟糟的床铺，茶几上多半是食品袋，还有橘子皮，沙发上堆着衣服、鞋子零零落落散在屋子各处。“我收拾一下。”伍正霖说，“你先出去一下。”朱姐有些意外，还让她出去？好，出去，遵命。朱姐礼貌地退出去。伍正霖足足收拾了五六分钟，才打开门，做了个绅士的弯腰礼。

“请进。”他说。

屋里焕然一新。小，却有久违的生活味。朱姐很诧异自己竟会不讨厌这种龌龊的藏污纳垢的小地方。“怎么样？”她朝他头上努了努嘴。“没事。”伍正霖耸耸肩，做了个鬼脸，满不在乎的样子，“打不倒我。”

短暂的沉默。

他又补充道：“你不必为他向我道歉。”

朱姐说：“我这是纯粹的人道主义关怀，我是目击者。”

伍正霖笑。

“一个人住？”朱姐问。

“看乱的这样子就知道了。”

“买了什么菜？”朱姐去看水池子里的菜袋子，“会烧吗？”

她打算小露一下厨艺。

不受控的荷尔蒙

朱姐简单烧了几个菜，伍正霖就大为惊叹，西红柿炒蛋和宫保鸡丁也仿佛有了米其林三星的水平。

难怪，做了多少年菜，小露一手，朱姐颇为得意，她感到了一种崇拜，前所未有。菜端上桌，伍正霖提议喝一点酒。朱姐反对。伍正霖说："有这么好的下酒菜，没有酒，可惜了。"被伍正霖这么一要求，朱姐多少动了点心。伍正霖见朱姐不反对，便翻箱倒柜，终于从床底下扒拉出半瓶茅台酒。朱姐说："你这能喝吗？"伍正霖说："这是从老家带过来的，珍藏好多年了。"

酒有了。伍正霖说"等等"，他要找酒具，又是一通翻找，灰都扬起来了，终于找到一个木头盒子，打开，里面是一套青花瓷酒具。"好马配好鞍，喝茅台就得用这个。"伍正霖笑得像个孩子。就是这一番翻找，让朱姐有些感动，不辞劳苦代表重视，虽然是在这个黑漆漆的小屋子里。

满上。

小桌子小凳子。两个人面对面坐着，你敬我，我敬你，朱姐竟找回了一些小时候的感觉。"谢谢。"伍正霖举杯，"这头破得也值了。"朱姐说："只是普通朋友的关心。"这么强调"普通朋友"，反倒有些此地无银三百两了。"你一个人在上海不容易。"

又说错一句，太不走心的话。朱姐干脆不说了，喝。几杯下肚，面色酡红，朱姐感觉身上有些发热，想把外套脱了，但不行，里面只穿了一件打底衫——本打算来了就走的，没想到逗留这么久。天要下雨，屋里屋外都闷闷的，喝了酒，伍正霖也觉得热，索性脱了外套，只穿着小背心。

该露的都露出来了。

身体是他的资本，也是工作需要，朱姐不经意扫过去，觉得眼好似喝了酒一般辣。在健身房那种环境不觉得突兀，可在这个小屋子里，一身肌肉就特别耀眼，朱姐有些不适应，但她努力平复心情，强迫自己学会欣赏。当然了，酒有一个好处就是能让人放松。

慢慢地，朱姐放开了，伍正霖话也多起来。他开始谈自己的理想，说想在上海创业，做一些事情。朱姐问他想做什么。伍正霖想了想说："其实一直想做一个洗车行，全自动的那种，不用雇很多工人，外国电影里常有，只是国内发展得太慢，但需求上来了，现在有车的人多了。"朱姐表示支持，又问他现在的工作怎么办。

伍正霖说："现在只是过渡，谁能在健身房干一辈子？我也不年轻了，你不看看健身房里现在都流行什么教练，小鲜肉当道，也就你支持我。"话说出口他又觉得失言，那意思似乎是说她老了。朱姐静静听着，似乎并不在意。

伍正霖又连忙岔开话题道："那里头也乱，这个行业，荷尔蒙容易不受控制，不过这种事情无可避免。"听到这儿朱姐笑了，健身房那点事她当然清楚，男男女女混在一道，别说男女之间，就是更离谱的都有，一个洁身自好的健身教练特别难得。

"没人想包你？"朱姐问得直白，她被自己吓了一跳。伍正霖忙说："这方面我还是比较简单的，坐怀不乱的功夫，当司机、当助理的时候练出来了。"

做助理？做司机？这话稍微点到老谢了。可朱姐不想提老谢，便问："还坐怀不乱，哪个男人不喜欢年轻漂亮的？"伍正霖说："可我不年轻了。"朱姐说："我是指女人，男的都喜欢往下找，女的呢，往上找，但如果一个男人找了比自己大的女人，两方面压力都会很大。"伍正霖说："年代早不同了，你的思想太守旧。"朱姐说："不是守旧，是自然规律，包括身体上都无法匹配。"伍正霖说：

“那只能说明那女人不自信。”

他嘴硬，反倒激起了朱姐的好胜心。她问：“你告诉我，你打不打算要孩子？如果打算要，又找了一个年纪大的女人，怎么生？”

问得深了。如果不打算有进一步的发展，何必这么问？或者说，如果朱业勤对伍正霖没有一丝幻想，何必想未来的事？

她终究还是考虑到未来了，今朝有酒今朝醉，已经不适合她当下的处境。

停了一会儿，伍正霖说自己并不是特别在乎，老家的弟弟已经生了儿子，他没负担。朱姐看得出来，他是硬着头皮说的。强人所难了。

雨下大了，窗户上噼里啪啦。朱姐担心怎么回去。正霖说：“一会儿我开车送你。”朱姐说：“我们都喝了酒，怎么开？”正霖说：“那就请代驾。”说完又觉得不现实，这么大的雨，哪个代驾能上门呢。“要不就住这儿，凑合一夜。”

朱姐微笑不语。在住这件事上，她不是凑合的人。

突然，外面先是闪电，跟着是炸雷。

灯闪了几下，灭了。整个屋子陷入黑暗。

停电了。

老屋老房，电路老化，停电是家常便饭。

朱姐已经很多年没遇到类似情况。刚陷入黑暗，眼睛不适应，黑得更彻底。她掏出手机，摁亮了，一块小光砖。

“点个蜡烛，我这儿有，烛光晚餐。”伍正霖还比较乐观。又说好像就在你身后的柜子里。朱姐起身去摸柜子。刚摸到柜子门就被抱住了。还是从后面。跟上次在摩天轮上一样。可这一次她没有抗拒。他把嘴巴凑到她耳根，说出了意愿。可朱姐说：“我不想在这里，现在不行。”她不想和他的第一次就如此龌龊潦草。

蜡烛摸出来，刚点上。灯又亮了，来电了。

刚才那黑暗中的摸索，仿佛是一场梦，说不清道不明，他们都不再提，开始收拾碗筷。

又过了一会儿，雨小了。朱姐提议去宾馆睡，两个人到了宾馆，朱姐又说想要打麻将。伍正霖倒也配合，叫了两个哥们儿，四个人打了一夜。朱姐输了一千多，照掏。清晨，牌局散了，下楼吃了早饭，伍正霖开车把朱姐送回家。虽然是小套间，可朱姐的家装潢得有如公主房，灯多，粉色基调，当初是莉莉定的。

进了门，正霖抱住朱姐。这下她没反抗了。

“妈……”莉莉从里屋走出来，刚好看到两人抱在一处。

朱姐惊得迅速弹开。

“你什么时候回来的，怎么也不打招呼？！”朱姐有些发怒。

“国内有个科研项目。”莉莉有些发蒙，可她瞬间就笑了，她并不觉得自己应该感到抱歉。她走到伍正霖面前，拿食指戳了一下他那夹克中若隐若现的胸，结实得像一块能撞出声的钢板，说，“身材不错嘛，以前没看出来。”

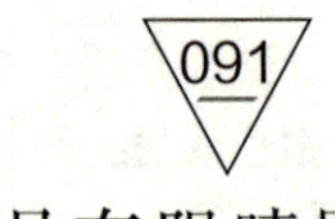

月有阴晴圆缺

乐乐约东方出来。产后第一次联系。

她没跟居里打招呼，只在电话里大致说了说，大致意思是，孩子需要去医院做检查，但老秦不方便出现，可医院又要求必须父母陪同。话没说完，东方就说：“行，没问题。”

“谢谢你。”乐乐说，“给你算酬劳，双倍的。”

东方笑说乐乐这么说就客气了。

哦，已经是朋友了，乐乐忽然意识到自己说这话有些不妥，她和东方之间的某些默契，不用说出口，也超越了金钱。这默契是在他去她家假扮女婿的时候发生的，即便现在一切都已经暴露，老秦也已经理直气壮地在她家人面前做她的伴侣，陶乐乐认为自己和东方之间某些可贵的东西依旧没变。

“你开车来。”乐乐给东方下命令，薄唇紧紧地抿成一条直线，她忍不住笑，只有这样的口气才能拉近距离。

这天东方一早没往公司去，居里仍在家办公，问他货出得怎么样，要不要继续营销，东方没心思，只说还按照原来的办。居里说：“别光赚，现在到手的现款，回头都要给老谢的，投资你盯着阿曼达。”东方敷衍了一句，开车出去了。

约在上午九点半。

东方到早了，他把车停好，在乐乐家附近转悠了一圈，到了点才上去。桂香开门，见是东方，瞠目结舌，她想怎么居里两口子轮番来。东方不像居里，他虽感到吃惊，但表面上还稳得住，只说“你在这里干”，便进了门。

桂香低着头，喊了一声：“太太，客人到了。”

乐乐从卧室出来，眼中满是柔情地看着来客，一身衣服素青，仿佛一枝青莲。她又让桂香把孩子抱来。桂香弄好包被，孩子抱出来了，东方问叫什么，乐乐说叫乐辰。东方大概明白名字的寓意，也不多问，三个人下了楼，东方开车，一路朝医院方向驶来。到半路，乐乐接了个电话，嗯嗯说了几句。

挂了电话，她说医生临时有事，晚一点，又让东方拐弯，说孩子头发长了，去美发店剪剪。她问东方有没有时间，东方说：“没问题，都出来了，不在乎这一会儿。”

四方理容是乐乐常来的店，老板娘跟她熟，人一到，老板娘便亲自带着，进了包厢，屋里热，桂香给孩子换衣服，乐乐看了看单子，说还请吉米来给孩子剪。

对着镜子，乐乐解开马尾，一头漆黑的长发散在她肩上，“刘海长了，发梢也修修，做护理来不及了……”她自言自语，也是说给老板娘听，“我的让杰森来吧。”说完，乐乐才从镜子里捕捉到东方呆呆的神情，她说，“你要不要剪？”东方连忙说：“不用，家门口二十块搞定。”乐乐走过去摸了摸东方微卷的头发，笑道：“也有点长了，都来了就别说什么二十块的话，现在你也算个小老板了，形象要注意的。”

说着，又请老板娘推荐个理发师。老板娘说：“叫金泫吧，韩国来的，跟这位男士的感觉也搭配。”于是，桂香顾着孩子在一侧，乐乐和东方则并排坐在镜子前理发。

两个人聊起过去，提到老秦，乐乐先发制人，说：“现在也不必找你去充数了，老秦都曝光了，”又说，“老秦可能都不记恨你了。”东方见乐乐放得开，也就劝她说：“那得把你妈安慰好。”乐乐说：“我妈，千不好万不好，给钱也就好了。”东方说：“别把你妈说得那么拜金。”乐乐说：“不是我妈拜金，也不是我拜金，只是在这个世界上，有钱总比没钱容易些，以前没钱的时候，总觉得有钱人过得也未必有多好，烦恼多着呢，可后来才发现，即便都有烦恼，有钱的比没钱的总归能多排解排解，最起码钱能买服务吧。”

东方没反驳她，他也缺钱，也在拼命想尽各种办法赚钱，可从小就生活在上海这个大都市，东方对于钱的爱与恨，都没有乐乐和居里那么强烈，他不是被钱推着走的人。

理完发，三个人带着孩子到医院，乐乐早安排好了，东方帮着填了张表，乐乐带着乐辰进诊室跟医生交流了一番，就算完事。从医院出来，乐乐一再感谢东方。东方说还有事情，就不陪了，可乐乐不愿意，非要一起吃了中饭才肯放人。东方恭敬不如从命。席间乐乐问东方公司经营得怎么样，又问居里的情况，当得知居里在家里办公做营销时，乐乐笑说她适合。又说：“居里的眼里揉不得一点沙子，也怪我，此前给她介绍的工作，都虎头蛇尾了。”东方连忙替居里道谢，又说在家久了，出来工作需要适应。

的确，居里不但出来工作需要适应。就是在家，她做一会儿也觉得烦。每天对着十部手机，搜人，加人，刚开始还觉得有意思，慢慢地，人少了，成效也少了。这天中午，秋萍推门进来，见居里跟前的十部手机，便问：“你这整天加人，算微商不？”居里说：“妈你还挺时髦，还懂微商。”秋萍说：“居里，你年轻，有个事情我跟你商量商量。”居里有些诧异，大事小事，秋萍什么时候跟她商量过，行，有尊重，她就权且听听。

秋萍道：“我想给老太太买养老保险，可人家不卖。”

居里心想，以老太太之高龄，没人会接这种养老保险。

秋萍又道：“我看做养老保险不错。”

居里说：“妈，你不会想卖给我吧？”

秋萍说：“那倒不是，我的意思是，你不是懂网络营销吗？你在网上卖那么好，那做保险不也行吗？都是利用网络。”

居里没法解释，他们这是亏本卖，是做资本运作，可这话跟秋萍一说，一来她担心，二来又免不了惹上麻烦。居里只好说：“妈，做保险，做的是人脉，你上网做，别人怎么信任你呢？”秋萍说：“微信朋友圈还有微博什么的说是都能做的，我也有朋友圈，还有推送，你都给我做做。”

居里恨铁不成钢，说：“妈，你怎么精明了一辈子，现在倒糊涂了。别说你的朋友圈，就是加上我的，东方的，能有几个人？你能卖几份？我这群里都是做卫浴的，人家对保险也不感兴趣。”

秋萍道：“那你的意思是，多加人？”

居里顺着她说“是”。

秋萍若有所思。

家芝在楼上陪老太太，世卉上个星期开始上幼儿园了，午饭只有秋萍和居里两个人吃，饭还没吃完，秋萍又非让居里陪她去虹口听课。居里原本不打算去，可又怕秋萍受骗，只好跟着。地铁门一开，秋萍便冲上去抢两个座位，居里跟着沾光，一路不用站了。

到徐家汇，地铁上来个小哥，拿着手机，一个一个问，说自己在创业，请人扫二维码加微信。问到居里了，居里摇头、闭眼，再问秋萍。秋萍刚打算掏手机。居里揽住她胳膊，摇头。小哥沮丧，走过去了。问了一个车厢也没人愿意加。小哥悻悻然继续前进。“小伙子！”秋萍嚷道，招手，“你来啊，我扫你。”

小哥眼睛一亮，立刻穿过人缝，来到秋萍跟前。

秋萍还真扫。

居里急得牙根疼。

扫完二维码，秋萍微笑着跟小哥说：“小伙子，我也是创业的，我做保险，以后多交流啊，我告诉你，别看你年纪轻，也要有养老保险和大病保险的意识，不要到时候后悔，阿姨都是过来人不会骗你的。”

小哥一头汗。

周围的乘客抿嘴忍住笑。

秋萍还不肯放松，捉住小哥的胳膊：“一会儿我就把详细的险种发给你啊，特别适合你们年轻人，工作那么忙，深圳，哦不，我们上海也有年轻人工作猝死的，不得不防啊……”

听到此，小哥手一抽，逃走了。

“妈，你这是干吗啊？”居里怨她。

秋萍道：“干吗，为他好啊，我可是书香门第，说的都是道理，不是说了嘛，人有悲欢离合，月有阴晴圆缺，居安思危，临危不乱，棺材不是给老人准备的，而是给死人准备的，不打无准备之仗……”

乘客纷纷朝秋萍行注目礼。

“妈——”居里掐了秋萍一下，让她闭嘴。

淋个清醒

仿佛一夜之间，老秦的儿子非亲生的消息在小圈子里传得沸沸扬扬，很多描述还绘声绘色，包括乐乐和东方的那一夜。有些太太闲极无聊，还编出了台词，仿佛言情小说。当然还有街拍，乐乐和东方在街道上貌似牵手，有说有笑。

乐乐接到了线报，是朱姐报来的，她问乐乐："是真的吗？"乐乐笑声骤然猛增，说："流言蜚语，不听也罢。"朱姐说："我可提醒你，这是底线问题，你这样做，会前功尽弃。"朱姐了解乐乐。乐乐谢谢朱姐，端起咖啡杯，依旧喝自己的咖啡。

"老秦什么反应？"朱姐问。

"捕风捉影。"乐乐道，"我身正不怕影子斜，随便他们怎么编排。"

老秦在海外，可现在网络如此发达，估计早有人报信，但他不来问，乐乐不会主动提。

又过了几天，鉴定报告都被晒出来了。秦乐辰和罗东方为父子的可能性是99.9%。圈子里瞬间炸锅。老秦在花丛中行走了一辈子，什么时候受过这种屈辱？

可接连几天，一切都静静的。

不过消息不小心传到居里那里，她只觉得诧愕。

东方和乐乐？她算算时间，差不多，有可能，大有机会，孤男寡女共处一室，保不齐有什么故事，何况材料那么丰富。居里翻乐乐的朋友圈，没有她儿子的照片，那只能回想。居里见过那孩子，鼻子、眼睛、嘴巴，似乎都跟东方有几分相似。

也是，老秦都多大了，他还能生儿子吗？前面三胎都是女儿，怎么到了乐乐这儿就中了彩，生儿子了？可东方第一胎也是女儿啊？

居里忍不住胡思乱想，并想到了最坏的结局：如果一切都是真的，那她只能跟东方离婚，女儿她带走。不用问都知道，如果秋萍得知乐乐生的儿子是东方的，那她肯定站在小三那边。

毁灭性打击！

当然居里也想过这事是假的，东方还是好男人、好爸爸、好丈夫，一切只是脏水。可这种可能性并没有论据支持。

居里脑中天马行空，乐乐电话来了。

居里有些来气，劈头便问："怎么回事，你真做了？"

乐乐还是笑声迎人："我对天发誓，绝对没有对不起姐姐。"

居里还要细问，乐乐说："见面聊吧。"居里立马开车到乐乐家，桂香开门，居里没换鞋就走了进去。孩子睡了，乐乐一个人坐在大大的欧式沙发上，茶几上摆着一套茶具，点心架上摆了三层，显然是有准备的。

居里见乐乐从容，更着急，都什么时候了，外面风大雨大，她还有心思喝下午茶。

乐乐笑着站起来，迎接居里入座，她也就势在沙发里坐下，一副慵懒的样子："消消气，我都不气，你气什么？"

居里噘着嘴不说话。乐乐安排桂香去超市买黄油和果酱，等她走了，才挪屁股跟居里坐在一处，一副同舟共济的样子。

"你相信吗？"乐乐问居里。

居里用手挡在嘴边轻轻地咳了一声："你就跟我说是不是真的。"

乐乐说"不是"，斩钉截铁："现在什么都讲竞争，竞争对手为了抹黑我，什么事做不出来？我不想解释，姐，今天我把你邀请过来，就是跟你道歉，这种事情谁听到都不好受，连累你和你们家先生了。"

居里问："那照片怎么回事？"

乐乐说："就是在街上偶然遇到，"又说，"什么事情我能跳过你？”居里半信半疑，手里捏着点心。

门廊有动静。

乐乐没想到桂香腿脚那么快，便随口说：“桂香，再下去买点酱油。”

跟着是脱鞋声。

乐乐见没人应答，便起身迎过去，刚拐过小弯，居里听到啪一声脆响，跟着乐乐就跌进屋来。居里三两步追过去，扶起乐乐，抬头却看见老秦杵在前头。

冷酷酷，像尊雕塑。

他刚打了陶乐乐一个巴掌。

这本是夫妻俩自己的事，居里不便插手，但既然看到了，她还是立刻充满正义感：“你凭什么打人？！”居里壮着胆子怒吼。老秦开除东方，居里早就对他不满了，现在又掌掴乐乐，她算看透了，什么大企业家，什么儒商，根本就是一个泼皮无赖、臭流氓！

乐乐挣扎起身，小声对居里说：“你先出去一下。”居里愣了一下，忽然觉得自己的义愤填膺很没道理，人家被打的都不介意，她介意什么。

拎起包，居里出门了。可真等门合上，她又不放心，这是家庭暴力，万一再打呢？敲门不现实，她只好把耳朵贴在门上，听里面的情况。

屋子里静悄悄的，好像连说话的声音都没有。过了好一会儿，才有叮叮当当的声响。是花瓶，瓷的，居里听得出来，大战还是开始了。

桂香买东西回来，见居里堵在门口，问怎么了。

“你带钥匙没有？”居里抓住桂香的手，桂香不知发生了什么，只点点头。

“快开门！”居里下命令。桂香觉察出来有大事，连忙掏钥匙开门。

屋内，陶乐乐和老秦面对面坐在沙发上，地上瓶瓶罐罐碎一片。老秦刚蹂躏过这个家，断壁残垣，安静得恐怖。居里感到奇怪，两个人闹成这样，秦乐辰在里屋完全没动静，不哭不闹。看来这孩子小时候就经得起大风大浪。

桂香有经验，率先打圆场，说：“好了，行了，都没事了，居里小姐，你也回去吧，没事了没事了。”

老秦谁也不看，抽烟。

平日里，乐乐不允许他在屋里抽，怕影响孩子，今天倒破了戒。

家丑不能外扬。

乐乐把居里送到门口，抱了一下：“姐，今天的事，你就当没看见。”

居里有些意外，到底是陶乐乐，刚挨了一巴掌，还能脸不红心不跳，稳住大局。

“不会再动手吧？”居里问。

乐乐说：“不会，放心吧，真相总会大白。”

居里这才放心，慢慢走到电梯口。乐乐又追上来说：“也别问东方了，他已经受了很大委屈，这事就当不存在，乐辰和他爸肯定会再去鉴定，到时候流言就不攻自破了。跟东方没任何关系。”

居里感叹乐乐想得周全。

走出电梯口，她觉得头蒙蒙的，仿佛做了一场梦，还是噩梦。但她还是强迫自己捋一捋线索，老秦认为乐乐给他戴了绿帽子才来打人……老秦也怀疑孩子不是他的……可网上传得沸沸扬扬的这一切，又是谁制造的呢？

居里心想八成是秦星的妈妈制造的恐怖故事。

细雨绵绵，上海阴沉的天气透着股凄凉的味道。居里走在雨中，不遮不蔽，她想淋个清醒。她佩服乐乐——欲戴王冠，必承其重，有钱人的生活，不是每个女人都能玩得转的。

皮包中手机振动。掏出来看，是东方。

居里接了，东方说公司有点事，晚上不回家吃饭。居里本想问他乐乐的事，可想起乐乐适才的叮嘱，便没细问。

刚走两步，电话又响。这回是秋萍。

“妈，我正往家赶呢。”居里道，“回去吃饭。”

秋萍道：“你爸今天不回来，你妈和老太太煮了点粥就在楼上吃了，你跟我出去吃。”

居里不解，问去哪里吃。

秋萍道：“就知道吃，我跟你说，老太太这种情况，可以买保险，就买那种消费型的意外险，你在日月光等，我先去接世卉，见面说。”

从乐乐家出来，居里心情始终低落，一听说婆婆又提保险，她免不了有些抵触，随口便道：“妈，你就别保险不保险了，这年头有什么是保险的，都不保险，最保险的是自己，只有自己这口气，只有自己的心，无论做什么，对得起良心就行了。”

一顿抢白，秋萍觉得莫名其妙。

挂了电话，秋萍喃喃道：“神经的哦，我看她就得买保险，防止老年痴呆，脑子坏掉了。”

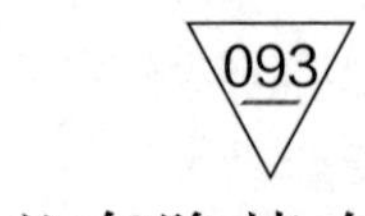

必有隐情在心潮

东方跟阿曼达联系，说最近老谢那边的货不太好拿，可能资金链有些问题。阿曼达说：“这边能贷给他的已经都贷过去了，年底就收回来，资金链一断，整个就完蛋了。”东方说：“老秦可能会保他。”阿曼达说：“没这个可能性，老秦那边自己单干着，多半是空手套白狼的事情，没空管他。”

“他如果给不出来呢？”东方问关键的，这关乎他公司的生死。

阿曼达说：“他不还，还有中间人呢，钱不是我们直接贷给他的，你要相信民间的力量，他还不至于不在乎人身安全吧！”

东方说：“那就拿不到货了。”阿曼达建议停一阵，东方同意了。

业务暂停，居里忽然没了用武之地，直觉告诉她，有事发生。还是睡前，她问东方公司是不是出了什么问题，东方说问题不大，是老谢那边有点周转不开。居里眉毛一扬，道：“反正无论怎么样，哪怕你这个公司倒闭了，你也得把房子钱给我留出来。”东方说：“那没问题。”居里继续喋喋不休道：“现在哪里不要钱，我妈月月还贴补呢，世卉上了幼儿园，正规教育等于开始了，最近还要报几个兴趣班，都要钱。”东方听着有些不耐烦，说卡就在床头抽屉里，拿着用就是了。居里捕捉到了这种情绪，自从乐乐那事发生后，她一直憋着一股火，因为答应过乐乐不说，所以从未跟东方理论过。可这天夜深人静，东方轻微的抵触情绪激发，放大了居里的不满。

豁出去了。

“你是不是在外头有个儿子？”居里稳住心神。

东方也听说了乐乐的事，但因为是谣言，他也就不予理会，更不想让居里知道，免得多心。可这半夜三更居里忽然问起，东方意识到了问题的严重性。他必须回应了。

“莫名其妙。”东方答得很无力。

“和别的女人的照片是怎么回事？”居里试探。

“什么照片？”

居里拿出手机，找到收藏夹，陶乐乐和东方的“牵手照”被亮了出来。

“这个，”东方干笑，“只是在街上偶遇的。”

和乐乐的“口供”一样。居里的心稍微放肚子里，不理论了。她自认为没有违背和乐乐的约定，她没明问，只是边边角角问一些，但足以窥一斑而知全豹。夫妻俩倒头睡了，背靠背，但都睁着眼。东方忽然有些感慨。当初他选择和居里在一起，喜欢的是她的热情，单纯，没心没肺。阿曼达太精明了。再次找伴侣，东方不自觉地走向了反面。可真等到结婚，等到年岁逐渐增长，东方觉得居里和阿曼达在某种程度上也有着相似之处。他现在更欣赏陶乐乐。乐乐身上有着居里和阿曼达都不具备的东西，那就是隐忍。

然而此时此刻，居里的内心同样百转千回。东方曾经是她心目中标准的好丈夫，帅气、脾气好，又是本地人，可现在她渐渐发现，事实并非如此，他也撒谎，也隐瞒，而且如水过沙，不露痕迹。他的好脾气不单单是对她，甚至是对所有人，或者可以说，他对除她以外的所有人脾气更好。这样做人往往失了原则。

同床异梦，一夜无话。早晨，家芝下来说晚上都回家吃饭。东方“嗯”了一声出了门。居里有些恼火，说：“你看他什么态度。”秋萍从卫生间出来，说：“怎么着，有饭局？”

“老太太说一起吃个饭。”家芝说。秋萍跟进宝转达。让家芝传达，那就是家芝做饭了。秋萍该出去唱戏唱戏，进宝还是忙活他那点小活计。居里的火还没消尽，等把世卉送去幼儿园，她陪家芝去菜场买菜的时候，忍不住和妈妈抱怨，把乐乐和东方的事情说了个仔仔细细。这世上最能信任的只有妈。家芝先说：“这都怪你，当初你们要不想赚那个钱，东方不跟她回老家，不就什么故事都没有了。”

“妈，我那是为朋友两肋插刀！”居里激动道。家芝最了解女儿，没心没肺，容易激动，眼里爱钱。但也怪她，谁叫她从小没给她营造一个好环境。家芝只能劝解道：“有时候帮朋友也要顾顾自己，”又说，“我看东方不至于，那个乐乐跟老秦，关系太复杂，上头还有一个虎视眈眈，没准儿给她挖的坑也说不定，你就别跟着掺和了，过一阵风平浪静了，事情也就过去了。这事千万不能让你婆婆知道。”居里说：“她也应该知道她儿子什么德行。”家芝说：“让她知道，就是她儿子再不好，也只有你的不好，妈跟儿子能有什么是非，错的还不都是你。”居里听了直吐舌头。

晚上，难得老太太组局，家芝和居里在厨房忙活。进宝到家，秋萍撺掇他搬出阳台上压着的大圆桌，借菜献佛，好好摆一席。好几个月来，老太太都没口味，每天除了粥、小菜，就是一点点面食。好不容易有兴致，家芝不愿简省，好好办了一桌。清炖狮子头、文思豆腐、大煮干丝、糖醋排骨、素烧鹅、清炒虾仁……口味以淡为主。

七点，老太太被进宝扶下来了，胳肢窝里夹着个木头盒子。坐定了，老太太不动筷子，家芝给她夹，秋萍怕被夺了宠，连忙也夹菜，怎奈力道太大，狮子头还没从清汤里出来就碎成几坨，砸在汤中。四周响起轻微的“噢”声。进宝斥责他老婆：“顾好你自己就行了！”

老太太在，秋萍不好发作，只好怪家芝，说：“这狮子头做得也太瓤了，肥肉放那么多，老人怎么吃？”家芝连忙说：“是有点多了。”老太太不言语，吃得差不多，才让进宝把那木头盒子抱上桌。

“打开。”老太太下令。进宝把盒子打开，琳琅满目，多是首饰、玉石。这是老太太一辈子的积攒。老太太一条条分，一会儿说这个给居里，一会儿说那个给世卉，一会儿又说另一个给家芝。分来分去，世卉得的最多，然后是居里和家芝。

显然，居里是最大的赢家，因为世卉是她女儿，家芝是她妈，她们分到等于是她分到。

秋萍看着，眼睛从红到绿，气都喘不匀了。沈居里除了生了个孩子，对家里有什么贡献？能跟她安秋萍比吗？她刚要理论，老太太慢慢悠悠地说：“我楼上那房子，将来给秋萍和进宝。”

秋萍脑子嗡的一声，刚才的怨气烟消云散。

进宝说：“谢谢妈。”东方也连忙恭喜秋萍。秋萍多少年的心愿得偿，感动得几乎落泪——给房子的话，老太太以前也没少提。可当着这么多人的面说，是开天辟地头一遭。

秋萍还嫌不放心，小声撺掇进宝，说：“你进屋去把拟好的遗嘱拿过来。”进宝有些愠怒：“大好的日子，不要说那丧气话啊！”

秋萍道：“妈都发话了，就说明心里有数，你不去，我去！”说着，抬屁股去里屋拿出个小本子，平时她记账用的。翻到最后一页，有现成的拟好的遗嘱。秋萍道，“妈，今天您既然说了这房子以后给我和进宝，就索性把这手续都办了吧，遗嘱写好了，我们哪天再去办个公正，就齐了。”

居里和家芝面面相觑。东方也觉得不妥，劝秋萍道：“妈，也不急于这一时，刚吃完饭，头脑还是晕的。”

秋萍用胳膊顶开东方，笑眯眯地对老太太道：“妈，我给您念念，合适您就签个字。”说着便按照本子上的话念，“本人姚书枝，愿意将本人名下蒙自路三十六号院十七号楼……”秋萍投入得很，谁知一口气念下来，再拿着笔找老太太签字时，老太太已经耷拉着头，轻微地打鼾了。

“妈，您别睡啊，这关键时刻。”秋萍急得直拍大腿。

进宝呵斥道：“能不能不要这么作，妈睡觉呢，你就急成这样，安的什么心！”秋萍只好后退，进宝对东方说，“把你奶奶背上去。”

东方依命将老太太背上楼，安顿好后，跟居里一起下来。老太太房子里只剩家芝和秋萍两个人照顾着，上了楼老太太又醒了，迷迷糊糊的。

小屋一角，秋萍对家芝道：“不行，亲家，你那珠宝可得分我一点，比如那个蝴蝶胸针。”

家芝笑道：“亲家喜欢，就拿去吧，我这乡下老婆子，也戴不起来。”

秋萍一听，也不客气，从小盒子里捡起胸针，仔仔细细佩戴上，美美摆了个手风。

家芝道："真漂亮。"

秋萍说："妈呀，这一辈子都偏心，远香近臭，我在她心里就是臭狗屎。"家芝说："没那可能，房子以后是亲家母的，还不是最大的人情啊！"秋萍说人家说是这么说。

家芝说："老太太最近精神头是不如以前，一会儿就睡着了，不过我在这儿一段时间，老太太可是夸了你不少，尤其说你有艺术细胞。"

秋萍眼睛当即放光："真的？！"一辈子没当面夸过她，背后却说她的好。

家芝说："当然是真的，老太太还说，最喜欢听你唱程派的《锁麟囊》，可你偏偏就喜欢唱梅派的《贵妃醉酒》。"亲家这么一说，秋萍忽然觉得自己似乎有那么一点对不住老太太，家里就有个懂行的京剧欣赏者，她却不能满足，唱，应该唱。

秋萍一个转身，身段就已经走起来了，再一张口，什么世俗烟火尽然退去，她便是那富家小姐的化身，咿咿呀呀唱道："春秋亭外风雨暴，何处悲声破寂寥。隔帘只见一花轿，想必是新婚渡鹊桥。吉日良辰当欢笑，为什么鲛珠化泪抛？世上何尝尽富豪。也有饥寒悲怀抱，也有失意哭号啕。轿内的人儿弹别调，必有隐情在心潮……"

秋萍唱得尽情尽兴，音调、唱词均丝丝入扣，家芝听得醉了，直到秋萍唱完最后一句，才忍不住鼓起掌来。

收了嗓子和身段，又是原来的秋萍了。她小步走到老太太跟前，笑道："妈，这段专为您唱的。"

老太太不动弹，半躺着，安睡如婴孩。

"妈……"秋萍觉察到了点什么，又轻声唤。

她颤颤巍巍把手指伸到老太太鼻子下面。

"我的老天！"秋萍惊叫，"妈！"

家芝这才反应过来，连忙上前，拨开老太太的眼皮看，又在鼻孔下试了试。

"走了。"家芝满腹忧伤，声音颤抖。

"妈啊！"秋萍号啕。

旖旎的世界

正霖洗车行很快就开起来了。朱姐帮了大忙。

伍正霖自己有一点存款，是小头，大头朱姐掏了一部分，又说服两个女企业家投了一点钱，给她们算一点股份。资金一到位，选址、装修、进设备都由伍正霖一手操办。他早就想做这个，成竹在胸，很快便剪彩开张。

开张那天，朱姐没去，她故意轻描淡写，一方面显得自己大气，另一方面也少给伍正霖一些压力。她对他当然是有恩的，可朱姐的原则是，帮了别人，千万不能挂在嘴上，更不能要求回报。就好比如果有朋友找她借钱，她要么不借，要么借了就没有心理准备要回来。这样才能积累功德，才算做慈善。

朱姐没去的另一个原因是莉莉。莉莉好像对伍正霖很感兴趣，算喜欢吧，其实那天在家里那次相遇，朱姐有些吃惊。也正是从莉莉点伍正霖胸肌的那一刻，朱姐才赫然惊觉，莉莉已经是一个大女孩了，她谈过的恋爱比她朱业勤还多。如果真是母女同恋一人，那才是真正的丑闻。朱姐害怕。莉莉是那种不管不顾的女孩，好在她也只是在上海逗留半个月，马上还要回去。

但朱姐不解的是，莉莉在海外什么样的男孩没见过，怎么会对伍正霖这样来自乡村的“三无”男人有兴趣？可朱姐扪心自问，她又为什么对他格外关照呢？想来想去，朱姐隐隐约约求证到，感情的产生或许与财富、身份、地位、学历这些有关系，但绝对不是不可逆的关系。伍正霖能让她放松。多少年来，她和老谢的关系经历了从他巴结她，到她巴结着他，天平不是向左倾斜，就是向右，总是无法持平。而现在呢，她和伍正霖算是持平了。也许，年纪上他占优势，姿态也低；但社会资源和阅历上，她占优势，两者对冲，反倒形成了一个奇妙的平衡。

那莉莉呢？大概只是一个任性少女的胡闹。朱姐也年轻过，年轻的、条件好的女孩中有那么一类，她们充满自信，认为没有自己征服不了的高山。可实际上呢，有些山高，不是用来征服的，仰止即可。

莉莉曾经跟她说过，不要给她找一个年轻的“后爸”。这问题朱姐的答案是，目前只是来往，距离后爸那一步还早着呢。

那天晚上，莉莉还说：“妈，你就不怕这个人图你的钱？”这个问题朱姐也想过，图钱又如何？他图钱她投资，赚了还能升值，她就怕他什么都不图。朱姐从小没缺过钱，她从来也不把钱当作一个负面的东西，关键要用在刀刃上。

开张一个星期，伍正霖还是来电话了，邀请朱姐来洗车。

“人太多，不想过去。”朱姐搪塞了一下。她必须保持矜持，邀请一次，不可能答应。第二天，伍正霖又邀请，说店里生意不错，不过晚上人少，邀请她晚上过来。

朱姐还是拒绝。

又隔了两天，伍正霖再三打电话来，朱姐才勉强同意了。

还是晚上。朱姐不打算去早，准备八点半左右过去。

穿衣服也要讲究，红色长外套，紧身打底裤，高跟鞋。气场十足。

过去朱姐穿黑——永不犯错的颜色，可跟老谢分开之后，她便开始爱穿红色。另外，她把原来的车二手处理了，换了辆新的红车，她希望自己走红运。

晚上八点五十，正霖洗车行门口缓缓驶过来一辆红车。广告灯箱下，伍正霖一身夹克，哪里像洗车行的工作人员，倒像个骑机车的硬汉。

见车来，他迎上去，朱姐摇下车窗。

“来了。”正霖打了个响指，嘿嘿笑。

朱姐关了火，下车，广告灯箱的黄光映在两个人脸上，道旁树之外，是上海的车水马龙。

“选址不错。”朱姐说。

来了个生意，有人驱车进来。伍正霖跟工人说不要接单了。朱姐连忙阻拦，说：“我等会儿没关系，别耽误生意。”伍正霖又示意小工放行。

“全是自动的？”朱姐问。伍正霖说：“当然，全自动往复式，也叫龙门式洗车。”朱姐说“不明白”，伍另外说：“一会儿试试就知道了。”

过了一小会儿，伍正霖上车，朱姐坐副驾驶，车开到洗车房中的洗车位，停稳了，车门锁定关好，闪一下大灯，前面红灯一亮，洗车开始了。

十多个喷头喷水，朱姐觉得好像鲤鱼跃龙门前，仙界对鲤鱼的最后考验。喷力强大，眼前瞬间一片花白，外面水漫金山、天女散花，朱姐和伍正霖坐在车内，静静观赏这一切。

“谢谢你。”伍正霖说。

喷头开始冲洗底盘了。

“也算投资，就看眼光怎么样了。”朱姐顾左右而言他。

伍正霖把脖子伸过去，朱姐知道他要做什么，可她并不打算躲开，在这安静的小世界，他们仿佛亚当、夏娃一般单纯。

车窗外天翻地覆着，车内同样。她第一次用心感觉他热烈的唇，他捉住她的手，放在他坚实的胸脯上，而他的双手则不老实地游走，一只向下，一只向上，蔓延，终于钳住了她。朱姐轻微呻吟，她觉得自己在犯罪，可竟是心甘情愿。喷水还在继续，接下来是自动仿行刷洗。

伍正霖要动真格的。朱姐这才觉得问题严重了，她正逢大日子，而且这种环境她不能接受，她喜欢优雅的环境。她拼命推开他，终于，他的兴致也减了。车子进入烘干环节。

“怎么总是这样？”伍正霖问，这是他长久以来的疑问。

朱姐整理衣服：“这里不行。”

伍正霖立刻说：“那哪里行，我们过去。”

车子洗完了，崭新崭新，红得发亮。可伍正霖的问话忽然让朱姐有些措手不及，看来他今晚下定决心发生点什么。

“哪里行？”伍正霖又问一遍。

朱姐有些轻恼，回了一句：“这种事情不应该问女人。”

此时此刻，她又是一个女人了。

伍正霖二话没说，一踩油门，车子从后门蹿了出去，驶入茫茫夜色中。加速，再加速，伍正霖不停地踩油门。朱姐的心要跳到嗓子眼儿了，她从不这样开车，老谢更不。他惜命。可在车水马龙的都市开快车也需要一定的技术。终于，车停到波特曼丽思卡尔顿酒店门口。

伍正霖先下车，去前台问了问，过了一会儿，才回到车里，把门钥匙塞给朱姐，说是顶层豪华套间，让她先上去，他停好车一会儿到。

真像偷情。

可这念头只在朱姐脑中停留0.01秒，她便立刻提醒自己，她早已经离婚了，她是单身女士，她有自由。

波特曼丽思卡尔顿的顶层豪华套间，能看到上海的天际线。

朱姐屏住呼吸，上电梯，右手侧45那个数字迅速上升，仿佛去天堂。打开门的一刹那，朱姐感到一种前所未有的满意。过往住酒店，她很少仔细观察环境，进了门，丢下包，洗澡，看电视，睡觉。可这天，眼前的一切都入她眼底：日式装修风格，所有家具都有木质镶板，沙发是天鹅绒紫，灯一律暖黄。床是双Ultra床，被是亚麻的，枕头是羽绒的，床罩绣着淡淡樱花。

朱姐推开浴室的门，巨大的浴缸，外面是上海夜景。她放下包，等了一会儿，不见伍正霖来。她想先洗澡，可又想一洗澡就太贱，像卖自己似的。那还是等。

又一会儿，敲门声响了。

朱姐问了一句是谁。

外头回答：“客房服务！”

朱姐感到奇怪，起身去开门，门刚打开，伍正霖便扑上来，把她推进一个旖旎的世界。

小胜利

等鉴定报告等了十天，是老秦亲自抱孩子过去取样的。

老秦和乐辰是父子的可能性为99.99%。

结果出来的时候，乐乐把她妈叫了过来，简单说了一通，等老秦一来，乐乐妈便立刻咋呼起来。她把老秦押在小厨房，反反复复声明事情的严重性。乐乐妈跟老秦年岁相当，她又算是长辈，说得再多，老秦也不好发作。

乐乐妈原本对老秦有几分畏惧，没钱人对有钱人，刚开始总觉得可望而不可及，高处不胜寒的样子，可一来一回接触，乐乐妈的心也就放肚子里了。都是人，熟了之后，可能比跟乡下的邻居还好打交道，因为有钱人不会太跟你计较，尤其是老秦这种有钱人。

乐乐在客厅坐着，隐隐约约能捕捉到一些她妈与老秦的对话。她之所以把她妈请来，又把这事原原本本跟她妈交代一番，就是希望她妈妈能帮她把话说了。

事情是这么个事情，但话如果从乐乐嘴里说出来，就有些太难看、太勉强了。

乐乐妈无所谓。

老秦在抽烟，乐乐妈把抽油烟机打开，厨房里轰轰隆隆的。

“这个人必须揪出来。”乐乐妈义愤填膺，“这不单单是谋害乐乐，这是对着你秦老师来的。”

自从了解了人物关系之后，乐乐妈就称呼老秦为秦老师。

桂香推门进厨房。

乐乐妈道："你先出去一会儿。"

桂香道："阿姨，中午饭该做了……"

乐乐妈恨桂香的没眼力见儿，呵斥道："气都气饱了，还吃什么！"

桂香缩缩头，退了出去。

乐乐存心把桂香支应出去，便问："孩子喂了吗？尿了没有？"

桂香道："已经按时喂了，刚睡，身子底下是干的。"

乐乐说："那你下去买瓶酱油。"

桂香诧异道："陶老师，酱油还有好几瓶呢！"

乐乐迟疑了一下，才道："那买瓶饺子醋。"

桂香又说："还有。"

乐乐说："那买块黄油。"

桂香想了想说："黄油冰箱里还有一大块呢。"

乐乐被答得着急，她实际就想让桂香下楼躲一躲，这屋子小，藏不住人。可谁知偏偏遇到个这么没眼力见儿的，于是索性直接道："你下去转半个小时再回来。"

桂香"啊"了一声。

乐乐说："让你下去待一会儿，听不懂啊！"

桂香这才明白了意思，解下围裙，下楼了，一肚子委屈。从居里家，到素鸡家，到朱姐家，再到乐乐家，桂香这两年换了不少地方，每一个地方都没做长，但家庭的档次却是越换越高，可是，桂香却越来越不适应。在居里家，她还能使点小诈，可到了乐乐家，方寸之间，她一点施展的余地都没有，还动不动就被派下来买酱油。她觉得有钱人的世界龌龊极了。这女人也是，为了钱，老头子都嫁。不，还没嫁呢。也好，去小商场看看儿童服装，她打算给孙子买，做生日礼物。

刚出了门禁，桂香摸摸身上，才发现没带钱，再转回头想上去拿，一没带门禁卡，二上去了保不准又被一阵数落。算了，去家政服务公司坐坐吧。桂香转身从小花园抄近路走，刚走到主干道，迎面来了辆车，桂香唬了一跳，那车主是个女的，抢先骂道："眼睛长了是出气的！投胎不用那么着急。"桂香刚准备理论，车子嗖的一下开过去了。

“有钱人都他妈不是东西！”桂香啐道。

一路怀着怒气走，进了家政服务公司，见到熟识的姊妹们，众人见她气场不对，连忙倒了杯水给她压惊。桂香开口来了一句：“有钱人都他妈不是东西！”众人一听，有故事，便都围在桂香跟前。

厨房里，乐乐妈还在强调这事的严重性。她说：“秦老师，什么事情都要讲证据，这个是一定的，可是网上那些假证据、假照片，一看就是别有用心。”老秦说：“照片是真的吧！”乐乐妈连忙道：“我的秦老师，那个小伙子我见过，之前乐乐不是怕我不同意她跟你在一起嘛，就弄出那个名堂来，乐乐是个非常善良、非常孝顺的女孩子，可就这样，还有人给她泼脏水。秦老师我跟你说，这也是我之前的担忧之一。”

老秦闷头抽烟，不说话。

乐乐妈道：“秦老师你优秀不优秀？优秀，可是你们这种家庭太复杂，人人为了一点利益打破头，现在儿子都被怀疑不是亲生的了，这不狸猫换太子吗？这个搞什么搞，太不安全了，乐乐就算心再大、再坚强，也要滴血了。”

烟抽完了，摁灭在锅灶上，老秦说：“给点补偿呢？”

乐乐妈一听，心里已经乐开了花，她等的就是补偿，可乐乐的意思，光补偿是不够的，她必须再接再厉。

“都是一家人，什么补偿不补偿的，当务之急，是把真凶抓出来，绳之以法。”乐乐妈握紧拳头，打烂一切牛鬼蛇神的样子。

老秦问：“你觉得是谁干的？”乐乐妈说：“红口白牙也不能乱说，可秦老师你这个年纪得了儿子，有人会不嫉妒吗？”老秦说：“那不应该，聪明的人会为我高兴，而不是嫉妒。”乐乐妈说：“我的秦老师，你怎么就不明白呢，佛争一炷香，人争一口气，乐乐肚子争气，可有人看不惯，你说怎么办？”

老秦说：“每个孩子多少产业基本都固定了，这一点不用担心。”

乐乐妈说：“反正就算乐乐能咽下这口气，我这个做妈的也咽不下，这不是骑在人头上拉屎吗？”

这天老秦到底没给个说法。不过乐乐的这个小家庭的确有了补偿。乐乐的房子换了一间，哦不，是增加了一套。黄埔的一套老房子划到了乐乐名下。乐乐当然不去住，她还住小房子，没必要因为一点小胜利就沾沾自喜。可乐乐妈不愿意，说房子不住，又不租，会出问题的。于是把乐乐的哥哥嫂子带到上海，又嚷嚷着把乐乐的小侄子，也就是乐乐妈的亲孙子弄到上海来上学。

乐乐跟她妈说：“别太过了。”乐乐妈道：“孩子，放心吧，都悄悄的，打枪的不要。”她模仿电影里日本鬼子说话，乐乐被逗乐了。乐乐妈说，“我让你哥嫂来上海，也是帮衬你，为了你，娘家人发展起来了，说话都硬气些。那边那个女人拽什么，还不是觉得家里有点来头，不过那都是以前了，现在也是个落毛的凤凰不如……”那个“鸡”字抵到舌头底下，好歹给咽了下去。说鸡，好像在暗指乐乐一样。

乐乐没反驳。

她不得不承认，妈妈说得有道理。这么多年她单枪匹马闯荡，苦了累了，连个说知心话的人都没有。现在家里人来了，尽管哥哥少言，嫂子可恶，还有那个没来的妹妹，将来恐怕也要来的，可无论怎样，还是家里人，总比那个老三强百倍千倍。先安顿下来吧。乐乐存心帮忙。

风波过后，老秦来得勤了点，他现在劳累，好几头的事要忙，床上那点事也越来越力不从心，有时要吃药，但乐乐多半阻止。对身体不好。

这日没弄成，老秦翻在床上，叹道：“老了，难怪别人怀疑亲生不亲生。”

乐乐道：“嘴长在别人身上，谁能管得了。”

老秦说“就是你受委屈了”，他拥住乐乐，在她头发上亲吻了一下。

乐乐笑道：“都不容易，我小心点就是了，本来井水不犯河水，你们这么多年了，又有孩子，断了可能吗？她也是有危机感，可说句实在话，女人，善良点好。”

老秦一听，甚是感动，乐乐话里没一句醋意，反倒满满的理解与包容，这才是他欣赏的女人。老秦道：“我最近也烦她，瞎胡闹，过一阵还是弄国外去。”

乐乐忙说：“千万别，回头人家又认为我在使坏。”

老秦说：“你就是心太好。”

两个人又说了一阵，乐乐才提道：“我哥嫂现在都来上海了，都是能做事的，回头给安排一个位子。”

老秦存心补偿乐乐，二话没说就同意了。

武大郎扛枪

为了等远在海外的二姑、三姑回上海，老太太去世后，在家里停了三天。

每个人都啼哭不止。进宝哭妈妈一生的不容易；秋萍哭老太太不容易和遗嘱没落实；东方哭奶奶从小带他之恩；居里哭老太太多年的偏心支持；家芝哭失去了一个好的倾诉对象；娣儿哭少了零花钱；世卉见大人们哭，也就忍不住跟着号啕起来。

整三天，氛围异常低沉，平日里不觉得，真等人走了，一时还不习惯。

进宝的大哥在上海做教育口，退休多年，但文化上活跃，颇有些名气。他太太小他三十岁，当然不是原配，属小三上位。当初大伯在位时，这个女孩去他单位实习，一来二去，产生感情，女孩事业上扶摇直上，后来干脆嫁给了大伯。大伯离掉原配，大女儿归老婆管，他和小三双宿双飞，又生了个儿子，住在上海市郊的别墅里。贫富差距大，加之进宝和秋萍都和这位“大伯母”不是一代人，共同话题少，彼此看不上对方，故而很少来往。老太太生前对这位“大儿媳”很不认可，几次进家门都把她撵出去，故而连大儿子也很少来了。

去世是大事。大伯责怪进宝没通知他见老太太最后一面，进宝说：“事发突然，实在是意外。”大伯又说：“为什么不能防止意外，你们是怎么待妈呢？”

秋萍在一边听不下去，接过电话道：“大哥，话不能这么说，谁也不想妈有意外，但这的确不是意外，是正常死亡。”

一句话已经闹不和了。

等老二、老三回来，在殡仪馆，大伯母又嚷嚷着要验尸，说："头一天看到了，身上青一块紫一块，没准儿有家暴。"二姑立刻响应。大伯母又说这事得警察来办。

三姑和进宝关系不错，说了一句公道话："妈那脾气，谁敢家暴，别说弟弟妹妹不敢，就是让大哥大嫂来，敢吗？别折腾了，入土为安，你们这是想让妈妈跳起来是不是？"这话一出口，大伯母不吱声了。

大伯一脸严肃，问进宝："妈到底是怎么死的，你说实话。"

进宝说："确实是自然死亡，吃了顿饭，就没气了，一家人都可以做证。"秋萍也说可以做证。居里是小辈，插不上话，可家芝辈分高，又是一直陪着老太太的，她上前证明，说："老太太年纪大了，近来身体一直不好，但好在没受罪就走了。"

一家人吵吵嚷嚷，最后算是个无头案，就地火化。但棺椁和葬礼仪式，几家都要求按照最隆重的来。进宝和秋萍也没意见，只说费用各家平摊。

大伯母当即又不愿意，说："妈这么多年的存款呢？离休工资呢？这些都应该拿出来摆在明面上。"

秋萍立刻说："妈月月工资吃干花尽。"

大伯母冷笑，转头对她丈夫说："看到了吧，我说什么来着，外贼好挡，家贼难防，老太太能吃用几个钱。"秋萍道："老太太的钱怎么用归老太太管，谁也管不着，至于这份钱，是尽孝。"话说到这份儿上，各家只能均摊了，轰轰烈烈办了葬礼。

二姑信老传统，又请了个道士来超度。居里怕影响世卉，带着家芝、娣儿到宾馆开了一个星期的房。

居里跟家芝抱怨，说："妈你看看，这不买房子能行吗？我这工作得放下，孩子跟逃难似的。"

家芝说："这不是特殊情况吗？等这一阵过去就好了，以后我带着娣儿在楼上住。"

居里哼了一声道："妈你也太天真了，真是贤良淑德了一辈子，老太太一走，那房子还能留得住吗？"

家芝说："房子老太太不是已经处理好了吗？留给你公公婆婆。"居里说："那位书香门第为什么一直着急立遗嘱，还不是怕这些事，不过现在就算房产证过户都没用，还有打官司的余地。"

娣儿插嘴问道："就这么一个小破房，能值几个钱，还没我老家厕所大。"

居里擦干头发，冷笑道："小破房？值多少你知道吗？"

娣儿吊儿郎当，说："能值多少，五六十万？"居里恨铁不成钢，说："你看看你，来上海都多久了，哪个区房价多少还没摸清，你怎么在上海立足？这房子值四百万！"居里伸出四根手指。

娣儿惊得颤颤巍巍抓住居里的手，好像抱着四条大腿。

居里道："八点八万一平方米，还是不带电梯的，带电梯得十万以上。"娣儿叫苦，说："这辈子我在上海买房没希望了。"

居里道："别啊，小小年纪要有志气，你看你乐乐姨。"

娣儿说："我可不想学她。"

居里说："她怎么了，也是靠诚实劳动。"

娣儿说："她那哪是靠劳动，是靠男人。"居里说："那也是劳动啊！"

"什么劳动，床上劳动？"娣儿毫不掩饰对乐乐的轻视。

家芝听不下去了，说："都闭嘴，这老太太刚走，你们就讨论这些事，有没有教养？"居里说："这就是老太太的历史遗留问题。"家芝道："你别劳神，给东方打个电话问问，在公司睡哪能睡好，受罪。"居里说着就拨了个电话过去，东方说在办公室，居里不放心，又说要连视频，女儿想爸爸了，东方二话没说就连了线。居里查好了岗，这才放心，安排世卉睡觉。

老宅子里，秋萍已经连续几夜没睡好。

哪里都不满意。

她恨进宝在家里装大爷，一见到哥哥姐姐就孬了。

秋萍唾沫星子喷到进宝脸上："看到了吧，还什么大哥、二姐，人家直接怀疑你谋杀亲娘。"进宝说："不至于，也是正常心理。"秋萍说："正常？怎么一到你们家人身上，就什么都正常了？这么多年你哥你嫂子顾过老太太吗？呸，亏得还算嫂子，她算哪门子嫂子，我看比居里也大不了多少，她找大哥图什么，还不是图个别墅，她根本就是一个拜金的女人。"

进宝说："钱嘛，谁都爱的。"秋萍说："你知道他们为什么怀疑是谋杀吗？他就是想让我们锒铛入狱，然后他们来分楼上那个房子，你倒好，关键时刻，屁都不放。"

的确，进宝在他大哥面前永远是小弟。他有他的理由。从小，就是他大哥带着他玩，有一次两个人在黄浦江里游泳，大哥还救过他的命。进宝尊重大哥，认为大哥特别能干，有魄力，即便他大哥跟原配离婚扶小三上位，众人唱衰讨伐，进宝反倒有几分羡慕，这就是大哥，只有大哥能有这个能力娶一位小他三十岁的太太。换成别人，行吗？反正他罗进宝不行。

进宝躺进被窝，半闭上眼，脑子中跟过电影一般，都是小时候他妈带着兄妹四个人在黄浦江边拍照的画面。他们家的传统，小孩子过生日要去外滩留影的。进宝那次非要去豫园，老太太也随了他的心愿。想深了，鼻子有些发酸，进宝流泪了。

秋萍发现有异样，硬扳进宝的肩。进宝抵抗，可秋萍还是捕捉到了眼泪。

她叹了口气道："现在开始挤猫鱼了，出殡的时候怎么没见你这么哭啊！你看人家大嫂，哭得比窦娥都大声，好像就她是孝子贤孙。"

进宝听不得这些废话，鲤鱼打挺般踢了踢被子："你到底睡不睡？！"

秋萍知道他的脾气，连忙道："行行行，你啊，就是螃蟹洞里打架，就是狐狸洞里扛扁担，就是耗子扛枪，就是武大郎扛枪。"

进宝问："什么意思？"

秋萍啐道："窝里横！"想了想，又补充道，"是被窝里横！"

一人得道

没多久，乐乐妹带着她那不成器的男朋友也来上海了。乐乐妈把他们安排在最小的储物间内。自此，乐乐一家，除了乐乐爸还在老家做事，乐乐妈，乐乐哥、嫂还有侄子，整个搬迁到老秦给的那套房子里住，算是在上海落脚了。

又几日，乐乐哥在老秦下属的公司谋了个闲职，做一位经理的助理，乐乐嫂子先做保洁，熟悉熟悉业务，然后再转正，全面负责清洁业务，乐乐妹和她男朋友在品牌宣传部实习，他们各司其职，各就各位。

既然到了上海，全家人也都知道了乐乐和老秦的关系，但谁都不说，真提起来，乐乐嫂子就是那句话："我们家乐乐，从小我就看她跟别的女孩子不一样，你看她眼睛多大，脑门儿还特别宽，聪明。"但乐乐一次也没到这地方来，她大概知道这房子的情况。不久之前，那个女人还带着秦星来住过，这是她们在上海的落脚点之一。

虽然如今改换门庭，但乐乐觉得没必要张扬——一定要低调。这是乐乐反复强调的，她让妈给那几位传达，乐乐妈连忙说："都说了，保证没问题。"

快五月端午，乐乐妈说要请老秦来家里吃饭，表表谢意。乐乐说："存在心里就行了。"她知道老秦不喜欢这样，乐乐妈无处表现，只好作罢。

乐乐知道她那一家人的脾性，尽量避免让他们与老秦直接接触。虽然老秦心大，而且与她妈也不止见了一两次，彼此都接纳了这种关系，碰面也没啥，可乐乐还是觉得应该防患于未然。

她放心她哥，却不放心她嫂子，至于妹妹还有那个不着调的准妹婿，她更是瞧不上，只是沾着亲，她不得不拉一把。乐乐忽然觉得自己这样，有点类似一人得道，鸡犬升天，可她这个道，得的尚且不稳固呢！

老秦倒从未在乐乐面前说过她家里人的不是，哪怕是她哥哥嫂子、妹妹妹婿在集团里百般出错，老秦也只是悄悄抹平。为这，乐乐感激老秦，更提醒众人一定要夹起尾巴做人。

可是，没过多久，还是出事了。问题出在那位准妹婿身上。他被安排在集团的品牌推广部。这家子公司是做服装的，上面有总公司，再上面还有集团。

公司的人都知道他是空降的，但具体哪块云彩降下来的雨，一时没人清楚。总监为了保险起见，只安排给他一点都不重要的事情，比如材料整理复印，外宣品制作的取送，打算先摸摸底再说。可一来二去，准妹婿不干了，认为自己的才能无法施展，受了轻视，在会上跟总监杠了起来。

“你知道我姐夫是谁吗？”准妹婿拍桌子，“是你们秦总！”

四座哗然。

总监不信也不服，说句实话，他自己都不太清楚秦总是谁，也便随即一吼：“我就是你姐夫！”

两个人动了手，见了伤，最后闹到派出所，公司高层出面，总算和解。但总监却因此被降了半级，乐乐的准妹婿弄得也没法再待下去，暂时先下放到物业部，跟乐乐嫂子一起做事。

准妹婿满心不痛快，少不了和嫂子抱怨，说：“让我去做品牌，结果整天就让我复印、扫描材料，什么东西！”

嫂子不敢多言，在这个家，她也就比妹婿高半级，算是明媒正娶，她只能劝：“你一个大小伙子，能忍还是要忍。”

准妹婿一蹦老高，骂道：“我忍他妈！”

为这事，乐乐单独把妹妹叫到家里。上了茶，乐乐开始指点迷津，她说：“小妹，你应该跟那个人切割，他迟早会连累你。”

乐乐妹嘟囔道："姐，不是每个人都有你这能耐，我跟他是真感情。"说者无意，听者有心。

乐乐多少觉得有些讽刺，那感觉是，她跟老秦不是真感情？她完全是图钱才跟了这老头子？有必要好好给年轻人上一课。

"你如果现在还在那个小县城，我根本不会这么劝你，找这个男人过一辈子，够了，可你现在不是出来了吗？在上海你跟他就不合适。你还有大好未来，他呢，眼高手低，自己又没能耐，除了惹事他还能做什么？"

姐姐有钱有势，嘴大，妹妹没法说什么，回去哭了一场。没过多久，准妹婿被扫地出门，乐乐妹跟嫂子抱怨，嫂子免不了兔死狐悲。

"小方也愿意分手？"嫂子问乐乐妹。

"给了几千块钱。"乐乐妹说，"上海不适合他，他得回县城。"

准妹婿一走，这个家消停了几日，但好景不长，乐乐侄子又闯了大祸。他放学带同学来家里玩，放了一地水，漫到楼下，淹了天花板。楼下住户找上来要赔，开口就是三万，一家人解决不了这"巨款"，又请乐乐来灭火。

乐乐好说歹说，一万八解决了问题，可她真是觉得够了。临走，在楼梯口前，她忍不住教训嫂嫂："能不能管管孩子，真把这儿当田间地头了？"

嫂子连忙赔不是，抹泪，忍下来了。

到了晚上，嫂子跟乐乐哥抱怨，说："你看现在妹妹有钱了，哪还把你这个哥哥放在眼里，我就更别提了，那扫地的都比我地位高。"

乐乐哥打小就跟乐乐感情深，他叹了口气说："咱们来上海做事情都是靠着小妹，儿子还能在上海读书，多好！小妹为家里牺牲那么多，她也不容易。"嫂子本想挑拨，可丈夫这么说，她也想明白了，心中有气，睡一夜罢了。

春暖花开，老秦生日快到了。自打全家人搬来上海，没少麻烦他，乐乐存心感谢老秦，要给他办一次生日宴。现在不比以前了，她知道老秦现在不喜欢高调。中央有八项规定，他虽然是个商人，但也跟着政府口一样，少吃少喝，就算应酬，也只是喝茶。所以乐乐决定，就小范围，她和儿子给他过一个温馨的生日。

饭菜都要自家做那种。

乐乐做饭一般，好在有桂香。这日午后，吃了饭，桂香洗涮好了碗筷，乐乐把她叫到跟前，把过生日的想法交代了。桂香反剪着双手，一脸为难，说："陶老师，我正想跟您说呢，做完这个月，下个月我就不做了，所以看日子这顿饭估计做不了。"

乐乐一听，先是恼火，说："临时要走，也不提前通知，最起码一个月，我也好找人。"桂香解释说不是不通知，实在是家里有事，孙子病了，儿子媳妇都出去打工了，她必须回去。乐乐见桂香去意已决，也不深留，只问："到底什么原因，我这里亏着你了，是吗？"

桂香忙说："不是不是，陶老师对我很好，给钱也痛快，只是实在抹不开了，我年纪也大了，说句不恰当的俗语，也该告老还乡了。"

话说到这份儿上，乐乐只能放人，至于生日宴，恐怕得另想办法。

失了天真

桂香一走，乐乐本打算再请个阿姨，或者临时请个厨师。可她又觉得，请阿姨，把家里的事暴露太多不好；请厨师，做的菜太饭店味，从而失去了家的味道。

想来想去，乐乐还是打算请朱姐帮忙。她烧得一手好菜，人又可靠，而且桂香是她介绍来的，现在走了，怎么也应该跟朱姐知会一声，表示感谢。

乐乐在电话里一说，朱姐当即表示愿意支持，乐乐又说没人买菜，朱姐让她列个单子，她请人去办。乐乐心里有数，大概知道是朱姐的那位伍正霖，她跟朱姐熟，也不忌讳，笑问："要不把去采办的也一起请过来？"

电话里，朱姐愣了一下，才说乐乐乱讲。

乐乐道："也没什么大不了的，都为自己活吧！"

朱姐道："你就是嘴硬，为自己而活，说得轻松，有几个人能做到，就连你也拖着一大家子。"这话说到乐乐心坎里去了，她一人来上海，背后那些毛毛躁躁，怎么也去除不掉。挂了电话，乐乐把老秦爱吃的，比如红烧肉、板栗烧鸡、拌红萝卜丝等菜一并买了，烧菜她打算让朱姐提前一天来做好，至于凉拌小菜，她打算亲自动手。

计划已定，乐乐心也就定了。这几日她自己带孩子，有时她妈也过来帮忙，但她不大愿意请她妈带，她怕她妈把孩子带世故了，她已经失了天真，可她想让儿子做个单纯的人，遮风挡雨的事，她来。

又下雨了，乐乐抱着孩子站在窗前，黄浦江遥遥可望。她这房子虽小，但价值不菲，贵就贵在江景。乐辰摆着两只小胳膊，咿咿呀呀。乐乐用鼻子蹭儿子的脸，乐辰咯咯笑，真是无忧无虑的童年。

那天一早，朱姐就开车来了，伍正霖帮着把食材搬上楼就走了。

朱姐没空手来，带了婴儿玩具。乐乐说：“你还乱花这个钱。”朱姐没接话茬，转而笑道：“本来是来恭喜你的，但想想你那么美满就可恨，索性疼疼孩子了。”

乐乐请朱姐进屋，两个人逗了会儿乐辰，把他在婴儿车里安顿好，就准备开工。乐乐从小就做惯了饭，可她做的饭，是给她哥哥妹妹吃的，粗粗放放，没有滋味，但她洗菜切菜还行。她给朱姐打下手。

朱姐还真是利索，煎炸烹煮，没有不在行的，一边做，一边还能兼顾与乐乐聊天。

“怎么样，现在江山稳固了？”朱姐打趣似的说。

乐乐笑说：“稳固啥？”

朱姐说：“听说老秦又送了你一套房。”

乐乐感叹这世界真是没秘密，朱姐问她怎么不搬去住。乐乐说家里人过来了，暂时住着。话到此不提。红烧肉煮上，乐乐才想到什么似的，说：“我哥现在在公司里做事，那天提起过老谢那做卫浴的厂子，听说周转有点困难。”

无心的一句话，朱姐却听得一颗心沉甸甸的。她这才隐约想起老谢公司有困难的事，莉莉提过，但她没上心，这回外人提，她才意识到问题的严重性。那厂子倒闭与否跟她有几分关系？确实谈不上，离婚时她该拿的已经拿了，那新厂子与她无涉。以前的资产，她倒是有一点股份，但也微乎其微，可她还是本能地为老谢担心。

朱姐觉察到自己心态的变化，不由得有些自我责备，从外在到内在，她朱业勤跟谢平贵切割得还不够干净吗？时至今日，她的心潮还能被他牵动？太不应该了。可再细想想，朱姐又觉得自己的惶惑毫无道理，谁说离了婚就不能做朋友？就非要反目成仇？

朱姐没再深问，用不相干的话把话题岔开。一会儿做南瓜饼，朱姐手艺精，还点红心。乐乐笑说：“姐，你现在可够少女心的。”朱姐不应声。乐乐又问，“怎么样，跟那位？”

从头至尾，乐乐一直称伍正霖为“那位”。朱姐听着有些不舒服，她想也许乐乐做地下情人做惯了，有太多秘密，说话总喜欢指代。可她不喜欢。

她就照直说：“你是说伍正霖？只是朋友。”乐乐说：“姐，你的事我也没多问，可是总有些话吹到我耳朵里，我担心你，所以还是得跟你说。”朱姐全身发紧，问：“又是什么屁话？”乐乐说：“无非就是说，老谢的正宫太太跟他的司机搅和在一起了。”

乐乐没说原话。原话用了“红杏出墙”四个字，乐乐粉饰了一番。

朱姐利落地把一头蒜破开，猛拍，再剥皮，丢进锅里，配鸡一起烧。“没一句对的。”

朱姐用笑掩饰尴尬：“我既不是什么正宫太太，他也不是谁的司机。”

乐乐笑道：“是司机，你的司机。”朱姐伸手撕乐乐的嘴，姊妹俩闹了一会儿，乐乐忽然说，“姐，你跟老谢，也该划清界限了，当初隐离，是为了照顾生意，现在生意眼看着没了前程，你还背这个骂名？该切割还是要切割。”

乐乐说得风轻云淡，可朱姐听着，却觉得新一代的人心真狠。的确，隐离，是为了彼此的利益，现在利益破裂，再撑下去，对双方都不好。她背了个娼妇的骂名，老谢也凭空戴了顶绿帽子。可是，在老谢的生意最艰难的当下，她多少又有些不忍心，公布离婚消息，等于彻底离开了这个人。老谢能承受吗？朱姐转而又觉得自己太善良，都这个时候了，还考虑别人。人都是自私的，她就应该彻头彻尾地自私下去。

给乐乐做完饭已是下午，朱姐没给伍正霖打电话，而是自己开车走了。她忽然有点不知往哪儿开。莉莉来电话，说晚上不回去吃，跟同学聚聚，朱姐暂时不用回家了。她打电话给居里。居里说她在宾馆，让朱姐来。

到地方，居里正在快捷酒店的大堂坐着。见朱姐来，居里少不了一番倾诉，包括老太太去世前后的种种，家里亲戚的态度。“现在这个房子，我婆婆都得不到了，真是，累了一辈子。”居里义愤填膺，此时此刻，她坚决跟婆婆安秋萍站在一起。朱姐听得心累，坐了一会儿，改去美容院做脸。她觉得倦极了。

乐乐倒是满心欢喜。菜品打点好，她给老秦打了个电话。他刚下飞机。她叮嘱他明天一定过来。老秦答应了。

一夜美梦。

第二天一早，她安顿好乐辰，就开始操持那些菜，到中午十一点，一桌子满满当当，很像样了。她端坐在沙发上，面对一桌子自制珍馐，心中竟有几分自豪。

她在上海真算站住脚了。

咦，身上怎么有菜味，乐乐找出香水喷了喷。还不行。干脆洗个澡。

出来快十二点了，老秦还没到。乐乐打他电话，关机了。

她本能地觉得不对劲。

到十二点一刻，来电话了。

是她妈打来的。一开腔就是哭天抢地：“乐乐呀，你快来一趟！有人来家里抢劫了！这个家不让住了！怎么回事呀！……”

乐乐心中大惊，刚想问清楚，那头匆匆挂了。

惊乱之中，乐乐倒没乱了手脚。

她迅速换好衣服，抱起孩子出了门。

烈焰红唇

乐乐赶到地方，见她妈怀里抱着皮包，站在防盗门口，大门紧闭，门上挂着一把铜锁。

乐乐妈见女儿来，赶忙迎了上去，咿咿呀呀说不清楚，好半天，乐乐才大概知道，来了几个男人，敲门，门刚开就硬闯，说乐乐妈占了人家的房子。上班时间，哥嫂都不在家，好在小侄子去上学了。“我赶紧把值钱的东西都抱在怀里。”乐乐妈道。

乐乐觉得奇怪，这是老秦给她的房子，虽然尚未过户，可也算自己家，有人硬闯，那算擅闯民宅，是犯法的。除非……乐乐没再深想，她需要证据，她问她妈，来的人长什么样。

“黑社会，打手，戴墨镜，一个个都跟墙似的，又高又壮。”乐乐妈手舞足蹈地说。

是请来的人无疑了。但从前只听过专业讨债，还没听过专业赶人的。乐乐妈一个劲问乐乐，是不是得罪了什么人，晚上住哪儿。乐乐本来还沉得住气，可她妈这么一嚷，她不由得有些发毛，吼道：“消停会儿！”乐乐妈垂手闭嘴了。

乐乐走到楼梯间，给老秦打了个电话。通了，但没人接。她又发条信息过去，说有点事，让他回电话。几分钟过去，还是没动静。乐乐又打了一次，还是老样子。

乐乐感到一丝害怕。她总觉得这电话老秦看到了，他只是故意不接。如果真是如此，那这次“抄家”，恐怕至少是他纵容的。

乐乐转回门口，安抚住她惊慌的妈，又问她报警了没有。乐乐妈哪想过这些，问："是打110吗？我打。"说着掏手机，又被乐乐制止了。

一时间，乐乐的脑子有些乱，她从妈妈怀里抱过孩子，跟她妈妈一起下了楼，两个人到小公园长椅上坐着。

倒是个日光天。

乐乐不明白，这光天化日之下，怎么会有这种为非作歹的行为。母女俩都不说话，这应该是她们来到上海之后的最大挫败之一。过去住贫民窟，还不至于被赶出来，现在呢，有了身价，却反倒弄个无家可归。

不多会儿，远处走来个人，乐乐妈是老花眼，可看远处却清晰，她先看到了，说："你嫂子怎么回来了？"乐乐不信，等走近了看，真是嫂子，哭天抹泪。

嫂子见到乐乐，委屈更甚，越发泪涌。乐乐见嫂子如此不争气，心中恼火，道："别哭，有事说事！"

哭声戛然而止。

乐乐嫂子哽咽着说："干得好好的，今天突然来了个什么女领导，说是保洁部的头儿，要分配我去扫厕所，我怕给妹妹添麻烦，就咬着牙先去了，但干了一会儿，她又冲进来，嫌我干得不好，马桶擦得不干净，说能干就干，不能干就提交辞职报告，一个月后就得走人……妹妹，不是嫂子多心，你是不是在外头得罪了什么人哪……"

得罪什么人？这是老秦的公司，还能得罪什么人？只是一时之间，乐乐有些不能接受老秦对自己旋风式的扫荡。

她安慰了嫂子几句，又掏出钥匙，让妈妈和嫂子打车先回她的小房子。两个人离开后，乐乐给哥哥和妹妹打了电话，他俩都没事，正常上班。

乐乐打电话给公司里的老人，问保洁部新来的所谓领导是什么路子，得到消息后，乐乐明白了几分，是老三捣的鬼。这个时候，她必须主动出击。

乐乐跟老秦的司机联系，问秦总在不在总部，司机说秦总不在上海，去了杭州西溪，可司机说话的时候有些支吾。乐乐觉得老秦应该就在公司总部，她立刻发动汽车，油门一踩，蹿了出去。

公司门口，前台拦着不让进。

乐乐觉得可笑，现在连一个前台都敢拦她，真是变天了。可她越拦，乐乐觉得问题越大，她坚信老秦就在公司。一会儿，保安来了，也拦人。

没办法，只好退出去，乐乐绕到大楼背面，齐楼有个墙头，两人多高，墙缝倒是够大，墙面上有被踩过的痕迹，乐乐一只脚扣着墙缝，一只脚蹬着大楼外壁，蜘蛛人般朝上攀爬——翻墙头是她学生时代的特长，中学的墙头她曾如履平地。没想到这功夫今天用上了。上了墙头，再横跨，从二楼厕所窗户进去。

是个男厕所。乐乐的出现吓了用户一跳。嗡的一声，七嘴八舌，先是愣，再有人吹口哨。

可乐乐不管，冲出去，走楼梯间，上楼。五楼，对，她要立刻上五楼。

见老秦，当面说清楚，乐乐打定主意了，就算编一部长篇小说，她也要把这事情跟老秦说圆了。

一步一步近了。

乐乐觉得自己简直像电影里的救火队员，不，也可以是刺客，或者《秋菊打官司》里的秋菊。

终于站在老秦办公室门口。她吸一口气，推门进去。

办公室又大又阔，四周摆着巴西木，肃杀得很，墙角的小松树，是老秦最喜欢的盆景植物。

四下没人。

乐乐觉得奇怪，她走到老秦办公桌前，电脑开着。网页是淘宝，老秦从不看淘宝。但既然电脑亮着，就应该不会走远。一会儿工夫，门廊传来高跟鞋的敲地声。

乐乐本能地觉得危险。莫非……还没等她把事情思虑一遍，门被推开了。

进来个烈焰红唇，一头如瀑黑发。女人端着咖啡杯，手指甲也一律猩红。

乐乐的心像被秤砣砸了一下。

是她了，老三。乐乐想不到传说中的高级知识分子是这种打扮，像刚从银座回来。

这就是老秦此前的审美。

老三的出现也让乐乐忽然意识到，今天自己千辛万苦的造访，或许根本就是自投罗网。老三见乐乐在屋里也不吃惊。没正眼看她。

只是端着杯子，到饮水机前接了点水。然后又走到墙根边，拎起水壶浇了浇花。那感觉仿佛这里完全是她的主场，而乐乐则是个客人。

乐乐依旧坐在办公皮椅上。她告诉自己，按兵不动。老三不过也只是个外来客。她转正了吗？没有，可即便如此，她却摆出一副正宫太太的架势。

乐乐恨她的气场。

乐乐不得不给自己打气，她没有烈焰红唇。

老三转过身来，这才抬眼看乐乐，又装作发现新大陆的样子。“哟，这位是？”明知故问。

乐乐道：“秦总没来？”

老三道：“你就叫他秦总？呵呵，不是还想做夫妻吗？”

乐乐脑袋大了一圈。这个女人不好对付。

怜贫济困是人道

闹腾了整整两个星期，居里和家芝她们才搬回家里住。

楼上老太太的房暂时能住人了，可居里多少觉得瘆得慌，她问她妈家芝："能行吗？"家芝说："好歹有娣儿陪着，她年轻，火力壮，没事。"罗家兄妹几个迅速站成两派，三姑和进宝是一派，二姑和大伯、大伯母是一派。

关于家产，老太太没留遗嘱，几个人商量了一下，按照大伯母的提议，先从清点老太太的东西开始。大伯要面子，不肯亲自来点，大伯母要上班，三姑把这事委托给进宝监督，先飞南边处理家事去了，二姑说听大伯母的。秋萍说愿意点，可大伯母又说，得请一个公道人来监督。

思来想去，大伯母把素鸡给请来了。理由是，老邻居，熟悉。秋萍气得眼绿，可几人都同意，她也没辙，只能跟进宝抱怨，说这日子真过成小说了。

"什么小说戏曲？"进宝不懂她的幽默。

秋萍说："没文化真是不行，你们这一家子，我算看明白了，就是地痞流氓。《红楼梦》知道不？"

进宝说："这个还知道。"

秋萍说："《红楼梦》里面有个抄检大观园知道不，跟咱们家情况一样。"

进宝说："不至于。"秋萍说："素鸡算哪根葱，能来当监督员？我跟你说如果她素鸡能做公证，整个上海滩都能搬到她家去。"

进宝说：“素鸡还算公道，以前做安全员的。”秋萍立刻来劲，说：“你看看，我说对了吧，你年轻时候跟素鸡绝对有一段。”

进宝知道秋萍醋劲又上来了，就避开风头，出去抽烟去了。居里领着世卉进门，见秋萍怒气冲冲，便劝了两句。

秋萍对居里道：“你看看你爸，站到反动派一边去了。”居里问怎么回事。秋萍道：“你那几个叔伯姑姑，派来个钦差大臣做监工。”居里问是谁。秋萍说：“素鸡，是不是不可思议？跟你大伯母关系好，造孽。”

其实居里知道一点，选素鸡做财务清点的监督人，一方面因为她是老邻居，跟罗家熟，她认识罗家兄妹的年头，比秋萍还长。另一方面她至今还是街道居委会的负责人之一，下来协调解决家庭矛盾，也属分内。更何况，居里对素鸡如今并不算抵触，可既然秋萍讨厌，她只能装装样子，笑道：“选她，也是醉了。”秋萍道：“众人皆醉我独醒，我不能让她胡来。”

次日上午，还是各忙各的。东方和居里去公司办公，进宝怕秋萍说自己和素鸡不清不楚，躲出去抽烟，家芝带着世卉去儿童中心玩乐高。

家里只剩秋萍和娣儿——娣儿做秋萍的保镖，等着素鸡上门。准十点，素鸡来了，到老太太房门口，咳嗽了一声。

手中拿着小本子、笔，誊抄用。一进门，往小竹凳上一坐：“开始吧！”

先从大件开始，柜子、桌子、箱子、凳子，只要目力所及，都记清楚。

秋萍恨素鸡的认真劲，说：“你这是助纣为虐！”

素鸡冷笑道：“谁是纣，又虐谁？我拎不清楚。”秋萍说：“这房子里的一桌一凳，点它干吗？难道还要分还要卖？真是良心被狗吃了。”素鸡说：“安老师，我明白我了解，家家都有这么一段，我们家老爷子去世的时候，也是一本清账，该分多少分多少，你想独占是不是？”秋萍被说中了心事，有些赧颜，但瞬间便理直气壮，她心想我怕什么，我孝顺了老太太一辈子，他们呢？

素鸡见秋萍有些退缩，跟着道：“法律规定，儿女有份，可没说儿媳妇有份。”娣儿维护秋萍，上前说：“别废话了，点吧。”素鸡便开始点瓷盆瓷碗，又说个个值钱，真应该参加鉴宝。

一会儿，开始点箱子里的衣物，打首的就是那件粉红色改大的旗袍。素鸡因为这旗袍炒了桂香，心中正恨，坚决充公，往小本子上一记。

秋萍忙说：“不行，这衣服是老太太给我的。”

“谁证明？”素鸡问。娣儿说：“我证明。”素鸡见娣儿一脸狠劲，知道坚持下去没好果子，笑对秋萍道：“你倒是适合，腰粗。”

秋萍知道素鸡讽刺她，但硬要扭转局面，道：“这你就不懂了，还是得我们书香门第出来的告诉你腰粗的好处。”

“什么好处，游泳不用套圈？”素鸡笑不嗤嗤。

“腰缠万贯腰缠万贯，你腰不够粗，怎么缠万贯呢？”秋萍解谜，还是落在发财上。素鸡不理睬，继续清点物品。

床底下，清理出个大盒子，打开，里头一台老式点唱机，下面点着黑胶唱盘。这东西秋萍都没见过。素鸡说不愧是民国活过来的。几个人都感兴趣，把机器用抹布轻擦了，摆到一片狼藉中，架好，再随意抽出一张黑胶盘，装上，唱针一落，整个屋里便咿咿呀呀唱起来。听着听着，秋萍眼眶红了。

原来是程砚秋的《锁麟囊》，又是春秋亭外那一出。

素鸡不解。娣儿小声说：“老太太去世前，姨姥姥就为她唱的这一段。”

素鸡的心一下软了，放下纸和笔，看秋萍慢慢站起。

秋萍跟着唱道：“吉日良辰当欢笑，为什么鲛珠化泪抛？……”西皮二六转流水调，素鸡原本也学过戏，轻和道：“世上何尝尽富豪。也有饥寒悲怀抱……”秋萍转身与素鸡对望，无限感慨都在戏里，两条声道并作一条，“梅香说话好颠倒，蠢材只会乱解嘲。怜贫济困是人道，哪有个袖手旁观在壁上瞧？……”直唱至最后一句，“小小囊儿何足道，救她饥渴胜琼瑶”，秋萍、素鸡才作罢。

音乐停，两人对望，均一笑，可笑中，分明又带着泪。死亡让人平等，死亡也多少能化解一下恩恩怨怨。秋萍想的是，老太太去世那一幕，又想自己多年的苦楚；素鸡想的是，老太太从小对她的好，又想自己的父母去世时，财产分割也是一团乱麻，既然已经经历过一遭，又见秋萍可怜，再有那唱词也说了，“怜贫济困是人道”，何苦来搅罗家的乱局。

“什么都别说了，先不点了。”素鸡鸣金收兵。

秋萍深觉意外，忙抹了泪，作送客状：“姐姐，留下喝杯茶。”

素鸡道：“不了，家里还有事，姐姐，我先走了。”说罢出了门。

秋萍有点蒙，对着娣儿，问：“怎么她也叫我姐姐？”

娣儿笑说：“都怕被叫老了，都不想当姐姐，想当妹妹。”

秋萍笑道：“一脸褶子还叫我姐姐，阿要笑死个人。”

司机对司机

有个行业酒会，老谢请朱姐务必出席。

情感上，朱姐不愿意，可她知道，这个酒会似乎与老谢公司的资金周转甚至上市问题有关。想了想，还是答应去。

莉莉此前已经回国，不过在回去之前，她去伍正霖的洗车行好几次，名为洗车，实际则问东问西。朱姐担心莉莉收不住性子，但好在伍正霖坚壁清野，以礼相待。可莉莉对伍正霖说：“我不允许你成为我的继父。”这话传到朱姐耳朵里，她感觉十分别扭，莉莉已经不是第一次这样说了。别说伍正霖根本不可能当她继父，就是当了，又有什么不妥呢？后来细想，莉莉没准儿是老谢派过来的密探。

她到底姓谢，是谢家门里头的，跟她这个妈，还是远。

站在穿衣镜前，朱姐细心打扮着，为自己，不为老谢。她告诫自己，这是最后一次，这事过后，她就要公布和老谢离婚的消息。当然了，这种公布，不会像名人一样开新闻发布会，而是有它特殊的渠道。

朱姐打算把这些消息放给那几个从不守口如瓶的太太，还要装作不经意。跟她们说了，就等于跟全世界说了，宣传效果极佳。

打扮好了。朱姐开车过去，外滩六十一号，门口，老谢的几个女助理在张罗着。多半是他的情人，其中一个好像还是和他一起看过星星的，朱姐从后门进，她只配合“演出”，想让她像过去一样忙前忙后不可能。不过朱姐倒开始有些佩服自己，见到这些女人，她也没醋意了。这至少证明她已经从和老谢的关系中解脱不少。

进入会所，朱姐首先看到罗东方端着红酒杯子，逡巡着。作为产品经销商，他应该来。灯光昏黄，可朱姐还是能辨认出几个老面孔。张太、李太、王太，过去做老谢的太太，没少跟她们打麻将应酬。多半是企业家夫人，有钱，又闲，她们的老公多半在外头有头绪，但她们多半睁一只眼，闭一只眼，忍辱负重做正宫太太。

朱姐过去是她们中的一个，可现在不同了，她朱业勤算是有了三把神沙，敢于倒反西岐，成太太队伍里的叛逆者了。

有个女人鹤立鸡群。朱姐认识，阿曼达，罗东方的前妻，沈居里的死敌，不过好像现在她们在一起做生意。可这种场合，太太没到，前妻倒大放异彩，朱姐多少有些替居里担心。可她又不能打电话给居里报信。上次大闹会所，朱姐已经知道居里是个定时炸弹，专门砸场子的。多一事不如少一事。

人到得差不多，老谢上台了，敲敲杯子，开始发言，大致说了说公司的发展情况、可能性和上市构想。

朱姐站在前排，做最后一次“表演”，后面有人窃窃私语。

一转头，她看到阿曼达趴在东方耳朵边上，有说有笑。朱姐恨，一替居里恨，她抢人家男人；二替老谢恨，她不听讲。

老谢讲完，是几个老总友情发言，其中一个姓郭，是藏真集团的总裁，身价不菲，演讲的声调、节奏、观点都不错，引来了阵阵掌声。可朱姐听得不耐烦，转身去酒水区，几位太太簇拥在那儿，好像一小丛即将过季的喇叭花。

她去跟她们打打招呼。谁知刚说了没几句，几位太太一起端着杯子撤了，朱姐被留在原地。眼前这几位，向来对她有些巴结的意思。今天怎么了？冷若冰霜倒不至于，可多少对她有些敬而远之。朱姐下决心要弄清楚。

讲台边一阵掌声，郭董讲完了，跟着是酒会。朱姐刚打算朝那几位太太挪挪，前面挡住个人，一抬头，是郭董。

老实说，朱姐对这个郭董并不讨厌，几次见面，都彬彬有礼。不过他的故事貌似也诸多风流，太太去世有几年了，一直换女伴。因为这个，朱姐对他很有成见。近看，他两鬓斑白，倒没装年轻去染发。

朱姐跟他寒暄了一声。

郭董道："有创业的想法可以找我谈嘛。"

朱姐脑子一蒙，这从何说起？莫非是自己投资伍正霖洗车行的事被人传出去了？真是羞辱！

"你什么意思？"朱姐毫不留情。郭董愣了一下，又笑说："是听老谢说的，你在做自己的项目，打算出来做点事情，佩服啊，女中豪杰！"

心放下来了。

刚才的态度似乎有点不妥。"有好的项目会找您商量。"朱姐柔软下来，"不过就怕连累了郭总。"郭董随即哈哈大笑，说："为了女性创业，赔点钱也值得。"音乐响起，郭董问肯不肯赏脸跳支舞。朱姐同意了，算是对刚才鲁莽的补偿。

一曲下来一头汗。

朱姐去化妆间补妆。小更衣室，隔板隔着，她选了最里头那个。跟着，那几位太太进来了，齐齐簇拥在最靠门的大间。

七嘴八舌。为首的王太太说："看到了没有，还想加入我们呢，真是，真怕她毁了我们一世的英名，一颗老鼠屎。"朱姐竖起耳朵，想知道谁是老鼠屎。李太太说："谁说不是，跟个司机，也是够可以的。"

血压升高。

朱姐感觉不对了，她对"司机"两个字过敏。

"自己就是老司机，还找司机，司机对司机。"王太太打趣，浪声大笑。张太太说："听说那人做过健身教练。"王太太说："哎哟，干吗说这个，口味重的。"李太太说："她那个年龄段的女人喏，搞不好采阳补阴。"张太太说："健身教练那方面不行的。"其他两位太太起哄，说："哎呀你怎么知道，你试过啊，看不出来啊，要开除你会籍……"

几个人越说越荤，朱姐则头顶冒烟，脚底喷气。

她总算明白了这些女人为什么排斥她。她暴露了，和伍正霖的关系暴露了，这样一来，这些太太立刻便把自己归为贞洁烈妇，而她，则是淫妇。她们任自己丈夫在外花天酒地、彩旗飘飘，一忍再忍保住了婚姻，便也有了道德优越感，就能对她朱业勤进行审判？

女人何苦为难女人！

她跟老谢已经离婚了，为什么还要背这个黑锅？

朱姐咳嗽了一声，走出隔板间。

几个女人吓了一跳，立刻噤声。背后嚼舌根毕竟不甚光彩。

朱姐挺起胸脯，走到这几个女人面前，依旧心平气和。

“我跟谢总谢平贵，其实一年前就已经离婚了。”朱姐尽量把这句话说得不带任何情绪。

说罢，开门，走人。任几个女人被关在小小牢笼里。

螳螂捕蝉

老三一步一步逼近乐乐。

乐乐也坐不住了，人还没到，一股浓烈的香味便压迫过来，她用香味营造的气场，仿佛有一亩地那么大。

老三笑道："我这人从来不信什么先来后到，你，说实话我是有几分欣赏的，能忍会做，可是我不能忍的，是鸡鸣狗盗！"

乐乐说："不知道你在说什么。"

老三接着说："一个人如果失去了做人的底线，那会是非常令人担忧的事情，也难怪，你的那种出身，什么事做不出来？"她忽然凑近，一张脸直抵到乐乐脸上，"你们这种人，造假有一套！"

乐乐的心仿佛沉入了马里亚纳海沟，四周无光，任谁也无法搭救似的，听这意思，恐怕孩子生父造假诬陷老三的事情包不住了。乐乐直直瞪着老三，她知道，这就好像检察院审犯人，老三摆出检察官的姿态，而她则是被审的那一个。老三刚才所做的一切，都只是施压，没准儿老三还录了音，只要她一松口，承认个一星半点，就算坐实了，很可能老三会立刻拿给老秦，那真就毫无翻盘的余地了。

乐乐大脑飞速转着，她忽然感到自己很可笑，为了扳倒老三，她处心积虑设计了一套"绿帽子"计划：让东方参演，让医院出报告，再请人把消息放出去……糟糕，莫非是放消息的人？不可能，那人只是个孩子，而且远在海南，他们不可能查到这些事情。可她从未后悔参与这些争斗，她不是为自己一个人争，而是为了乐辰，为了整个陶家争。从古至今，不都这样吗？包括老三，这个高级知识分子家庭出身的女人。

俗起来同样俗得彻底。

老三哼了一声："敢做不敢当，真没必要。"乐乐一口咬定，说："我不知道你在说什么。"

老三背过身子，又去接了点水，笑道："你不承认也没关系，其实秦老师已经知道了你的所作所为，不怕告诉你，他对你非常失望，所以才不接你电话的。"乐乐控制不住情绪，说："你胡说，他在忙而已。"老三呵呵道："忙？"随即掏出电话，拨过去，通了，接了，老秦"喂"了一声。老三说，"没事，星星拨错了。"挂了。

"你打试试，看他接不接。"老三对乐乐施压。

乐乐掏出电话，先按下录音键——她必须反侦察，然后拨了过去。

果然没人接。老秦还在跟她生气。

老三道："你不承认没关系，那就让我告诉你整个事情的经过，你为了诬陷我，请了一个男人一起去做亲子鉴定，鉴定结果出来，你用PS技术把那个男人的身份改成秦老师，再找人散布出去，说你那个儿子不是秦老师的种，然后装作一副受害者的样子。那么人们就开始想了，是谁要这么做呢？首先想到的就是我，只不过有点脑子的人也会拐弯想到，这是你自己做的一个局。是不是？"

乐乐矢口否认。可在真相面前，她的否认变得无力。老三接着说："不得不说，你是有几分聪明的，可这聪明也只是农民式的聪明，没有智慧。本来你是占了上风的，中国的男人嘛，都喜欢儿子，可你贪心不足、急功近利，见不得我比你强、比你好，着急了，你自己挖坑给自己跳，当然了，只要你敢挖敢跳，我就敢埋。"乐乐浑身发紧，可话既然说得这么直白，她即便狡辩也要应对了："你是一个讲故事的高手，还请人，还PS，如果那么简单就能糊弄住秦老师，他的事业能做到这么大？你也低估别人了。而且你说的这些如果是真的，去医院一查不就明白了，用得着你这么乱说。"

老三冷笑道："你既然敢造假，就肯定想到了销毁证据。"

乐乐说："物证可以销毁，人证总不至于销毁吧，你说有个男人，完全可以去问那个男人。”乐乐相信东方，就算真问到他那里，他也会守口如瓶，这些话当初出了医院就交代清楚了。老三说：“你不去读警校真是浪费人才，不过呢，就算你再聪明，跟我比还是有一段距离。”

老三掏出手机，当着乐乐的面点了点，一段声音传出来：“陶老师有一天就找了那个罗东方，让他跟她一起去医院陪孩子看病，时间是……当时抽了血，中途理了个发……去做了检验，对，我看到是检验……约了时间……”

脑袋炸裂！

是桂香的声音！难怪她突然辞职！

原来……她已经被老三收买？！不，怎么会这样，思绪乱成麻。乐乐颤抖着，从手机里找到桂香的号码，拨过去，无法接通。她隐约听到老三跟她说：“别白费工夫啦，关键证人已经被我们保护起来了……”

一败涂地，她翻山越岭来到这里就只得到这个结果？不……不会的，乐辰是老秦的亲生儿子，这到什么时候都不会变，害了老三算什么，老秦会在乎老三胜过儿子吗？显然不会。即便有错，老秦也会包容，他只是一时生气。

抬起头，乐乐看到老三蛇精似的脸，在这场战斗中，哪有什么正义邪恶，她不也曾派女儿来推她的肚子？只是没得手罢了！不，不能认输。

乐乐迅速调整情绪，她必须扳回一城，至少赢得些时间。“我是没你智商高，没你聪明，这一点我承认。”乐乐抱着两臂，做出抵御的态势，“可是我就不知道，去年的情人节那一个星期，你去昆山的逍遥游酒店做了什么，开了一个星期的房，好像并不是和姓秦的哦。”乐乐祭出撒手锏，这消息还没坐实，一个熟人无意中发现的，乐乐觉得可以一试。

老三显然被戳到痛处，一张脸秒变狰狞：“你诬蔑，那是我和爸妈出来旅游！”

乐乐反倒轻松了：“不是我给你泼脏水上眼药，不过情人节和老爸过真是浪漫，就是不知道是真爸还是干爹。”

话音没落，老三疯了一般扑上来掐住乐乐的脖子。乐乐倒在地上，老三还不放手，乐乐几乎不能呼吸。她想像电影里一样，随手抓个东西，重击，可四周都是空地。

墙边的巴西木望着这一切，无动于衷。

手稍微松了点，乐乐大喊救命。老三腾出手，打了乐乐几个耳光，脆响。

“够了！”一声暴喝，老秦出现在门口。

就知道他在，他一直都在！就在隔壁！观望着这一切！他料准了她会来！手机录音还在走着，可录给谁听呢。道高一尺，魔高一丈。螳螂捕蝉，黄雀在后……

两败俱伤。哦不，三败俱伤。老秦又何尝是赢家？这纷繁复杂、善恶模糊的世界，什么是对，什么是错，每个人都只是为自己而已，成王败寇罢了。老三的妆花了，乐乐的头发乱了。男男女女，情情爱爱，输输赢赢，分分合合，只要还有一口气在，人世间便没有净土。此时此刻，乐乐心想，下辈子一定不要托生为人，尤其女人。或许做一棵巴西木还轻松些，只需要看戏，不用演戏。

三天后，老三回美国。

一个星期后，乐乐的家人拿了笔遣散费，返乡。

“保重啊。”临行前，乐乐妈泪眼婆娑，抱住了乐乐，猛拍她的背，“还有希望，有希望……”

乐乐哭了，可她知道，这个时候，必须忍住。

自尊心

年末，东方拿回来三十万。同时，娣儿失业了。

阿曼达公司暂停，小姑娘们基本停职，对外，阿曼达只说是放假，这样可以不用给失业遣散费。娣儿光荣待业。不过这次她没找居里帮忙，在上海混了一阵，毕竟还有几个朋友。有富二代开了创业公司，做内容创业，娣儿玩新媒体玩得溜，被请去当设计总监，薪水比在阿曼达处还高。

有了钱，娣儿在离家芝、居里不远的地方租了间房，正式搬出去。家芝为她愁，又不放心，可罗家老太太的事不落定，娣儿老在家里凑合，也实在挤。

家芝交代娣儿："在外头住，一定要注意安全，男孩子不要往家里带。"娣儿笑说："就我这样的，男的敢惹我吗？"

居里听了也笑，说："每个星期至少回来一次。不是我们管你，你姨姥姥把你带出来，就要对你负责。"娣儿称遵命。

居里收了东方给的三十万，心多少定了些，创业这一段时间，总算没白干，过手的钱上千万，但都是流水，有几个子是自己的已经万幸。当初说好的首付份子钱，居里、东方存款三十万，秋萍、进宝三十万，还有家芝三十万，凑够一百万，付个郊区小房首付没问题。可如今家里为老太太遗产的事扯皮，买房的事，居里想观望观望，公婆如果能多分点，兴许一高兴，多给一点，也用不着买那么远。

七宝现在都算近的，再远得朱家角。晚上，居里跟东方掏了实话，说了自己买房的新想法，东方表示同意，可居里又担心阿曼达是卷款潜逃。

“她就是出国看亲戚，”东方说，“亲戚刚生了孩子。”

居里道：“你们这是狗咬狗，三角账，你欠老谢的货款，还完了吗？”东方说：“还剩35%没补上。”居里说：“我算看明白了，你们这就是合着伙坑老谢，不过现在人家垮台了。”东方说：“都是愿打愿挨的事情，而且阿曼达和老谢中间还有朋友，放贷到了期，肯定是要还的。”

居里问：“那还不上呢？”

东方说：“还不上厂房抵，不行还有房子，老谢资产多着呢，本来摊子做大了就有风险，他借贷，也不是我们逼着他做的，就算他不找我们借，也会找别人借。”

瞬间，居里对东方有些刮目相看，进入商场，果真就得冷血无情，只有利益没有朋友。妇人之仁要不得。可居里多少有些担心朱姐。但转念一想，为她担心什么呢，她已经跟老谢离婚，财产想必也已分割清楚。但居里担心的是，阿曼达和东方这样玩资本，小心把自己玩进去。

现在阿曼达突然消失，公司暂停，就不是一个利好的信号。可东方安慰居里说：“放心吧，我们没把鸡蛋放在一个篮子里，只是此前老谢的卫浴公司忙着扩张，刚好是个机会而已。”可是，居里诧异的是，阿曼达为什么要跟东方绑在一条船上，这事情为什么她不能一个人单干，哦，也对，东方跟老谢关系不错。这样就讲得通了。

居里安心睡了个好觉，第二天，把这三十万打给老家小姨，又请小姨运作，存在老家银行的存单上，跟上回一样。

等一切办好了，她又把她妈家芝带到小公园，也是晚上，在黑暗处，还是那个长椅。不同的是当时天气不冷不热，如今却是阴冷的冬天。

唯一不变的是路灯，依旧毛黄，见证了一切。

居里把存折掏出来，塞到她妈怀里：“这个你拿着。”跟上回一样。家芝问：“怎么，又演一回？”居里说：“这回是真的了，你都拿着，算你一股，到时候给首付，大大方方拿出来。”

“挣钱了？”家芝强忍激动。

居里点点头。

“你挣的？”家芝问。

居里说：“是我和东方一起挣的。”军功章也有她一半。

家芝忽然哭了。居里觉得诧异，连问她妈怎么了。家芝抽抽搭搭，说：“我姑娘能干，我姑娘能干。”居里这才明白，这一刻，家芝的压力释放了，多少年维护尊严，无论再穷再苦再难，家芝始终没有放低作为人的身子骨，没掉过泪。可现在，女儿接过了她的担子，承担着一个家，家芝反倒流下了泪水。她感到如释重负，为女儿骄傲。

在她看来，这是堂堂正正的三十万。

过了好一会儿，家芝才控制住情绪，破涕为笑道：“回去被亲家母看到，又要问为什么哭了。”居里道：“管她呢，咱们以后，想哭就哭，想笑就笑。”

家芝又建议居里暂时不要买房子。居里说她也是这样打算的，先等老太太遗产的事情告一段落再提。

两个人正说着，居里的手机亮了。黑暗中特别耀眼。是朱姐。

居里头皮一紧，莫不是来问老谢的事，让她怎么答？居里没接，一会儿，电话又来一次，居里还是没接。她心里打鼓。直到和家芝回到家中楼下，居里才咬牙给朱姐回了电话。

朱姐却问什么事。居里说明情况，朱姐却笑说：“可能手碰到，拨错了。”两个人随便说了几句，道别。其实接电话的时候朱姐正在老房子里，老谢就坐在她面前。

挂了电话，朱姐长舒一口气。自从在化妆间公布了和老谢离婚的消息，那些女人果然不负众望，迅速将消息传播了出去。该知道的人都知道了，不该知道的人，则得到了绘声绘色的加长版。只不过，老谢公司出现问题的消息要传出去得更早。

那次行业酒会，是求救，是回光返照，懂行的人都知道。

可这样一来，朱姐就成了可恶的坏女人，其中的逻辑链条是：男人有钱时她偷汉子找司机，男人的公司一垮，她立刻离婚。简直比潘金莲还可恶还该杀。

这神逻辑传到朱姐耳朵里，她也只能苦笑。风风雨雨，她告诉自己，问心无愧就好。

今天她回家拿旧东西，刚好遇到老谢，她打算问问。她甚至有帮忙的心。但立刻又自责，又要做圣母了吗？不，不是圣母，只是出于朋友的关心。口问心心问口，终于说服自己。

老谢抽着烟，一言不发。

挂了电话，朱姐盯着他许久，一直到烟抽完她才问："遇到困难了？要不要我帮忙？"

老谢不看她，侧着身子，窝在沙发里。

男人都是脆弱的，朱姐想。

可等她想要再次张嘴的时候，老谢却一声鲸吼："滚！不要你管！"

朱姐愣了一下。然后才明白，是他男人的自尊心被刺伤了。

煮豆燃豆萁

细点了三天，老太太的固定资产点清楚了。

可大伯母的意思是，老太太还有银行户头，暗的，户头里有钱。秋萍说："不可能，老太太多少年都不出小区，怎么可能去银行存暗钱？"大伯母则说："暗钱没有，明钱呢？"既然撕破脸，秋萍也不客气，说："明里那点钱，办事的时候凑份子，回头都均补了，老太太没单独留给我什么，至于那些家具杂物，均分。"说分还真分了。

大伯大伯母住别墅，地方大，能盛货，不在乎。可真等搬走，秋萍面对着空落落的屋子，心里还是忍不住难受。

居里见秋萍忧伤，忙鼓士气，道："妈，你可千万不能倒下，这是硬仗。"

没几日，秋萍和二姑约了在银行碰头。秋萍代表进宝和三姑，二姑代表大伯和大伯母。建设银行柜台前，秋萍跟二姑抱怨，说："二姐，你说你跟着老大起哄有什么好处，妈没有公积金，哪来的公积金款，老大这么多年住别墅买车子给你好处了吗？你在国外我知道，也困难，可当时我劝你不要出去你不听。"

二姑白了秋萍一眼，道："你在国内发财了？说我。"两个人把身份证递过去，一查，空的，只有十几块钱的老底。秋萍说："别费劲了，妈真没有存款，要有我早知道了。"二姑还是不信，她既然代表老大，就要一查到底。

两个人来到银行门口，大太阳下，秋萍说："二姐，回吧。"老二用手挡着眼，跟孙悟空似的。想想九十年代她还是上海最时尚的人，可去了加拿大，做了十几年家庭妇女，再回到上海，她却成了落伍者。

二姑心里憋着股气，更需要钱：“去浦发看看，妈以前办过浦发的卡。”秋萍没办法，只好跟着去，到地方，拿了号，二姑和秋萍闲聊，虽然她们在两个阵营，但二姑出国前跟秋萍关系还不错。

她问：“妈走之前说什么了吗？没交代后事？”

秋萍道：“走之前如果交代了，至于成今天这样吗？”

二姑说：“今天哪样了？公平、公正、公开。”秋萍说：“二姐，过去我觉得你挺明事理的，你说说这么多年，谁照顾的妈？”二姑不看秋萍，说：“没错是你。”秋萍又说：“那这房子应该怎么分才公道？”

二姑道：“按法律来。”一副公事公办的嘴脸。秋萍急得直拍手：“二姐，你说你挺明白一个人，你跟着那个女人跑有什么好？大哥是好大哥，大嫂过去也不错，但此大嫂非彼大嫂，她连一个六十岁的老头都敢要，她什么事做不出来？不是我说破嘴话，大哥的晚年，令人忧虑。”

排到号了。二姑也不听秋萍的，递上自己的身份证，再递上老太太的，一查，竟有六万七千八百三十五块七的存款。定期转活期。

俨然抓住个现行。

二姑转头对秋萍道：“不是说没有吗？”

秋萍忽然觉得自己有些理亏，但转念一想，确实不知情，不应该不好意思。可以这种方式被翻出来，这个黑锅她背定了。

二姑教育秋萍：“小萍，怎么搞的，二十年过去了，你还是这么喜欢撒谎。”秋萍百口莫辩。

钱当场被分成四等分，放进四个信封，各就各位。

晚上睡觉前，秋萍忍不住跟进宝抱怨，含着泪，嘀嘀咕咕一大通。进宝说：“差不多行了，大嫂、二姐什么样的人你第一天才知道吗？大嫂能抢人家的老公，二姐连自己女儿都不管，她们要算清楚就算吧，现在不算清楚，以后也是麻烦事情。”

秋萍转个身，从床头抽了张纸巾擤鼻涕，说：“那狐狸精和二姐什么样的人谁都知道，我心寒的是咱妈，说多了你又怪我心眼儿小，妈走之前没留遗嘱倒罢了，我们照顾这么多年，怎么妈还藏暗钱，还藏在浦发银行里，这钱如果不是今天二姐嚷嚷去查，难不成就跟野地里的庄稼一样，烂在银行里了？”

进宝说：“你总是把人往坏里想，妈那时候，不是有点糊涂了吗？”秋萍说：“她糊涂，可有人不糊涂。”进宝说：“你什么意思，不会怀疑居里和家芝吧？”秋萍说：“这可是你说的，老二、老大也不是没回来过，谁知道呢？”进宝说：“你就继续编故事吧。”

“这钱存了不是一两年了！”秋萍有些激动，“说没预谋，你信吗？！”

进宝一踢被子，怒道：“孝敬老人你觉得亏了是吧，你心就这么小！还书香门第，我看你最能算计！”

秋萍呆了。

她料不到进宝会在关键时刻倒戈，他不是最应该跟她站在一条战线上吗？她多年的付出，多年的隐忍，换来的竟然只有最亲密的人的质疑与批判，她受不了！一声暴喝，跟着一脚飞踢，正中进宝屁股。

进宝“哎哟”一声痛叫，跌到床下去了，滚成个刺猬。

隔壁东方和居里闻声而来。见老两口一个床下，一个床上。

东方去扶进宝。居里坐到床边，安慰秋萍，请她老人家息怒。秋萍这会儿见了居里却亲，气鼓鼓道：“以后你们买了房子，我入股一间，我跟我孙女过去，让他一个人在这里孤独终老！”

居里望了东方一眼，道：“妈，看您说的，以后肯定带着您住，想什么时候来都行。”

因为这一脚，凡与房子有关的事，秋萍便不找进宝，而改和居里说了。外侮来袭，婆媳俩必须群策群力。

一个特别像妈，一个也特别像女儿了。

居里问秋萍：“妈，他们到底想怎么分？”秋萍说：“还没提，老大现在不出面，老大的老婆跟你二姑穿一条裤子。”

“那妈打算怎么分？”居里探秋萍的底。

秋萍说：“怎么着也得一半，这些年，老人可都是我在照料，法律会倾斜赡养者。”

居里说："这可不好说，如果真打官司，搞不好就是平分，赡养不好量化。"又问，"三姑跟你一条战线，你打算怎么统一？"秋萍说："有好处分点，自然就统一了。"居里说："早就说统一二姑，没可能吗？"

"你二姑可有点固执。"秋萍若有所思。

居里说："先画大饼，统一战线，等革命胜利了，再说。"

秋萍想不到居里有这个心思城府，说："那你去把老二请来，你做工作。"居里当场就接下重任。

第二天，居里约二姑见面。

二姑跟秋萍不对付，但对居里不太反感，过去在美容会所积累了两次会员美容券一直没用。平时没脸去，这次刚好"废物利用"。

躺在美容床上，都闭着眼，居里旁边就是二姑。居里说："我都不想在家里住了，这事闹得。"二姑也是老江湖，一听就说："就知道你是来潜伏的，居里，我还是很心疼你的，咱们今天不谈家事好不好？"

居里道："二姑，您别误会，我是来通风报信的。"二姑问："什么信？"居里说："我妈那儿还有东西。"二姑翻身起来，不顾一脸黑泥，说："还藏了什么？"居里也坐起来，说："遗嘱啊。"

二姑冷笑道："孩子，别胡扯了，安秋萍如果有遗嘱，能不拿出来？"居里说："是爸不让拿，说伤感情。"

二姑道："真的？"

居里说："这还有假？"说着拿出手机，翻出一张照片，二姑端着看，棉纺厂便笺纸抬头，是老太太的字迹，上面还写着遗产分配的情况，明明白白写着房子给进宝、秋萍两口子，但又声明，老二、老三各分房产的20%的抵扣款，由进宝和秋萍变卖房产后支付。至于老大，没提。

二姑捉住居里的手："这是真的？原件呢？"

居里说："我在公公老棉鞋的鞋垫里发现的。"

二姑大惊，对对，老四就喜欢里东西藏在那双老棉鞋里，是爸爸留下的老军鞋。

"你对天发誓！"二姑双目圆睁。

居里自自然然举起手："我沈居里对天发誓，就是在爸爸的老棉鞋的鞋垫里发现的遗嘱，如果撒谎天打五雷轰！"

二姑面色凝重。

居里接着说："姑，在家里的这些伯伯姑姑里我最喜欢你了，我结婚，除了二姑给我包了被面还有礼钱，其他人有吗？我心里有二姑。不过二姑，这场大战迫在眉睫，以我之见，你别着急站队，保持中立，哪边胜利跟哪边走，哪边对你有利跟哪边走，一分为二看事物，这是辩证法。"

二姑深思。

回到家，居里便跟秋萍说："没问题了，可以召开家庭会议讨论房子的分配了，二姑呀，不会站队。"

秋萍甚是惊愕，说她不站队了？怎么可能。居里说："你不信打电话问问。"秋萍还真打，但没明问，她只问她对房子是什么意见。

谁知二姑爽快，道："妹妹，你是明白人，按照你的意思来。"

秋萍大喜过望，连夸居里能干，兴兴头头说："再怎么分，我们也应该占大头，到时候三比一，我让你那个大伯母鸡飞蛋打！"

居里吐吐舌头，没接话。

世卉从幼儿园回来，居里上前抱住女儿，问她今天幼儿园教了什么。

"背了诗。"世卉答。

秋萍笑道："好好，书香门第，就应该多背诗，腹有诗书气自华，以后卉卉也要像奶奶一样，气质如兰。"

还气质如兰，居里头皮一阵发麻。

秋萍又让世卉把诗歌背背。

"卉卉，去，站在中间，"居里下指令，"好好背一遍给奶奶听听。"

世卉蹦蹦跳跳地走到屋子正当中，那是舞台，活泼泼地，朗声背诵道："《七步诗》：'煮豆燃豆萁，豆在釜中泣，本是同根生，相煎何太急？'"

还没背完，秋萍便道："这诗不好，嗯，老师怎么乱教。"

居里脸绿。

等如出家

整整一周，乐乐都在茫然无措中度过。

乐乐有些自责。原本她生下乐辰，已经在和老三的比拼中占据先机，没想到，她那毕其功于一役的计划，一个完美的局，却毁在桂香手里，功亏一篑。

乐乐反思，这中邪似的举动是为了什么，为长长久久？为霸住老秦？过去她从未这样想过。或者为分一份丰厚的家产？为时尚早。

深夜，身边的乐辰睡得安静，也只有在这个时候，乐乐才明白自己的动机，原本就是源于内心深处深深的不安全感。她必须有足够的钱，足够的爱，才能感到安全。可现在，她所能做的全部，也只有等待。

老秦没有下逐客令，多半也是因为这个孩子——货真价实的儿子。可他为什么这么久不来看他，即便她放出消息，说孩子病了，发高烧，去医院打点滴，他还是无动于衷。想来也是，他这种做大事的人，怎么会被这种小伤小痛绑住手脚？

但乐乐没有坐以待毙。她打电话给老秦的司机问情况，这司机在老秦和乐乐之间传递消息已经时间不短了，他知道他俩的所有故事，尤其在乐乐去上EMBA期间，司机帮了乐乐不少忙。当然，乐乐也从未看低、亏待过司机。

乐乐妈曾经反复教育女儿，不要看轻任何人，癞蛤蟆还有垫桌腿的时候。老秦给的东西，乐乐总爱给司机老张留一份。老张也不说话，她硬要给，他就留着。

“怎么样？”乐乐在电话里问。司机老张说：“还是等一等，劲儿还没过去呢。”乐乐有些气馁，她的耐心快耗尽了。

老张又说：“你最好注意点。”话说到这里就不说了。注意什么？乐乐一头雾水。可是，连司机老张都这么说，那就等吧。

这原本是她人生中最擅长的事。

过去近三十年，乐乐一直在等。小时候等着长大，长大后等着遇到好的人、发一笔横财，遇到之后等着感情，等到感情之后又等名分……等，永远是等。乐乐有时候甚至会拆解这个“等”字，“竹”字头，一个寺庙，等同出家，必须心如止水才行。得有点姜太公钓鱼，愿者上钩的自信和气魄。可这一次的等，却让她心烦意乱。

好在事情压下来了，知道这场家庭变故的人不多。但等妈妈、哥哥、嫂子和不成器的妹妹都回了老家，乐乐才深感失落，她第一次意识到家人对自己的重要性。身边没有可靠的人怎么行？

乐乐想到了朱姐，可她跟那个伍正霖的事情还没闹清楚，怎么有心思听她的家事？居里是不能再找了，没脸跟她说。东方呢，倒是可靠的蓝颜知己，但作为这场风波的负面主角之一，也不适合再出现。打电话说呢，乐乐想过，但还是放弃了。

别惹事。

这个时候，被监听也不是没可能。

要不回娘家算了。可一秒之内她就又否定了自己的这个想法。带着孩子回娘家，等于是在赌气示威了，只会起到反作用，火上浇油。

不行，她必须守在黄浦江边，哪怕风浪再大，她也要挺住，自己做的事情，就应该自己善后。但没想到事情很快就来了。

这天，乐乐带着孩子从超市回来，刚出电梯就看见门上一个巨大的黑叉。墙壁上写着：“淫妇该杀！天理难容！”乐乐只觉头皮发麻。显然是老三的手笔。乐乐不明白的是，老三这样一个高知识女性，从哪里学的这些黑社会做派？老秦知道吗？知道还喜欢？还是这根本就是老秦纵容的？他这样对自己儿子？不，他应该不知道。那更可怕。

乐乐意识到，她必须自救，保护自己和儿子。

这地方住不得了。去住宾馆？保不齐也危险。屋里，乐乐冲好牛奶，挂上奶嘴，给儿子喂好。然后一边收拾衣物，一边想办法。想来想去，只能麻烦朱姐了。她打电话给朱姐，让她开车来接一下，她怕直接上楼影响朱姐，就约在小区外街道第二个红绿灯右手边的辅路，乐福房产中介门口见面。

没多大工夫，按照计划，两个人碰头，乐乐抱着孩子上车。刚坐进后座就说："姐，我想去你那儿避几天，有人整我。"朱姐也够意思，立即说没问题，她是见过风浪的人。她只说房子小，就没多问。乐乐又要给钱，朱姐说："你要给钱就不让你住了。"

到地方，朱姐进门就烧茶水，说安排乐乐和儿子住大间，她住小间。

乐乐笑说："鸠占鹊巢了。我们住小间就行，是来逃难的，又不是度假。"乐乐把行李放下，看到小间床边有一双男式拖鞋。朱姐跟老谢早离婚了，老谢不可能往这边来，看款式，应该是那位伍正霖的。乐乐暗呼来得不是时候。

煮好茶，孩子睡了，两个女人才对坐而饮。

"够了。"朱姐忽然这么说。

乐乐不解，用眼神询问。

"我们都受够了。"朱姐说，"人还是应该为自己活。"这是她离婚后的感慨。

俩人兴致正浓，突然有人开门进来，显然有钥匙。朱姐连忙站起，一会儿，迎来个人，乐乐觉得有些面熟。穿夹克，大胸脯，一看就练过。

朱姐大大方方地说："我来介绍一下，这是陶乐乐，我闺密，这是伍老板。"

乐乐心中暗叹，哦，就是那位了。第一次见，但丝毫没有陌生感。伍正霖跟乐乐打了个招呼，三个人坐下，随便聊，问及故乡，才知道乐乐和伍正霖来自一个县区，都是江北人。

朱姐惊诧道："这么巧，看来我跟你们那地方的人有缘，以茶代酒吧！”

三人举杯，聊得开心。晚饭是朱姐做，几个拿手菜。

吃完，乐乐帮着在厨房洗碗，她说：“姐，要不我还是去宾馆吧。”

“多余，”朱姐道，“去那儿干吗，齁脏的。”

“不是，这个伍老板他……”乐乐欲言又止。

朱姐这才意识到问题的关键，连忙解释，说：“怎么可能，他不住在我这儿，还没到那一步，就是普通朋友。”解释越多，越乱。

乐乐怪笑，故意促狭道：“那我真住下了。”

朱姐说：“随你住。”

乐乐补枪道：“我就怕耽误你。”

朱姐不解，说：“耽误我什么？”

乐乐说：“怕耽误你生二胎啊！”

朱姐追着乐乐打，水抹她一脸。

遭遇变故以来，这是乐乐最开心的一晚。

半路截和

谈分房子的事，没在家里，四季宾馆，秋萍订了包房。

老大让他老婆全权代理。进宝这边派出秋萍和居里。二姑、三姑都是自己来。

家庭会议多少年不开，秋萍很看重。她让居里陪着，最关键的是，三姑这边，也是居里去串通了口供，属于知情人。既然都是女眷，多居里一个不多。

这天早晨，东方出门前叮嘱居里：“看着点妈。”居里说：“知道，不会让妈吃亏。”东方说：“我是怕给别人亏吃。”居里说：“罗东方你到底站在哪一边？”东方窜走了。居里把世卉交给家芝，让送幼儿园。

她便如穆桂英陪佘天君般，大战天门阵。快到四季宾馆，居里还叮嘱婆婆，说：“妈，你可千万别先说话，三姑先说，到时候你看我眼色行事。”

秋萍不禁对居里另眼相看，这个儿媳妇，原来看上去大大咧咧的，可真到了关键时刻，却颇有头脑和见地。到前台问包房，小姑娘说已经有人到了，婆媳俩上楼，发现是老三先到的。她昨夜从海外飞回，就在四季订的房间，抬步便能过来。

居里上前抱了抱三姑，一切尽在不言中了。跟三姑的工作，秋萍已经做在头里，如果她得了房，给三姑分现钱。

三姑本就恨这个大嫂，她叫不出口。她跟大伯的原配夫人是同学，即便离了婚，原配在海外还帮她不少。

约定时间到了。没动静。等了一刻钟还是没人来。

三姑抱怨，怎么回事，分房子都不积极。又过半个小时，二姑姗姗而来，和老大的老婆——她们的大嫂，居里和东方的大伯母一起。

大伯母今天穿得老气些，不像她在世博园工作时穿得干练招展，阔腿裤，黑罩褂子，刻意为之。也是为了压场子，一屋子人，除了居里，都比她年长有资历，她多少有些心虚。

人到齐了。感觉仿佛是苗家炼蛊，蛇蝎、蜈蚣、蜘蛛都放在一处，就等着相互厮杀。屋子里静静的，都是老手，敌不动我不动。谁也不肯先说话。

居里给三姑使了个眼色。三姑清了清嗓子，从沙发上站了起来。“难得人到齐了，妈妈这些年身体不好，我们又都在外头，事情都托给老四两口子，老大、老二，我先表个态，这个房子我不要啊，该怎么处理怎么处理。”

大伯母一听话锋不对，脸色沉了下来。老二跟着站了起来，说：“我同意老三说的。”

统战工作做得不错，老二倒向我方。

秋萍心里舒坦，觉得是时候站出来了，这才款款起身，道：“二姐、三姐，谢谢你们的好意，但是这房子，你们这么说我也不能就拿着了，还是要按照老太太的意思办。这么多年，没人提过，但老太太是明白人，谁对她怎么样，她心里有一本清账。”

秋萍本打算把老大的老婆唬住。可大伯母到底不是吃素的，她笑着站起来，说：“老二、老三不要是她们的事，我们家老罗不能不要，一样是儿是女，谁也不比谁多长几颗脑袋，二姐、三姐都高风亮节，那就我们两家分。”

老二本就是被策反的，一听没她的份，坐不住了，对秋萍嚷嚷：“你不是有老太太的遗嘱吗？拿出来啊！”

居里连忙从手机里调出一张照片，举着手机，绕场一周，尤其在大伯母面前停久一些。

“这不行，”大伯母说，“一张照片，原件呢？我就不信妈这么不明事理，都给老四，成什么样子，一碗水端平了吗？逢年过节、生日庆典我们老罗哪次不给钱，老太太病了几次，也都是老罗掏钱给进宝的，这个进宝知道。”

秋萍据理力争：“没说大哥大嫂不好，可老太太的意思，就是这么分。”

大伯母说：“老太太的意思？就算是，也是你挟天子以令诸侯，遗嘱公证了吗？或者这遗嘱根本就是假的，糊弄谁呢？”

居里和秋萍对望一眼，知道虚张声势是没用了，这个大伯母根本不是那种能糊弄的主，尽管三家顶一家，可大伯母不怕，比茅坑里的石头还硬，没有谈判的余地。越有钱越抠！为富不仁！老二、老三虽然被统战了，但也都是骑墙派，随时可能倒戈。

大伯母端起茶喝了一口，润软嗓子，说：“这房子是爸妈的房子，谁想独吞是不可能的，老四，你们说这么多年妈由你们照顾，问题是你给别人机会了吗？我几次三番要接妈来住，你都说妈不愿意。”

秋萍嗽一嗓子：“那就是妈不愿意！”

大伯母哼了一声，说：“谁知道呢，半路截和也说不定。”

秋萍被刺痛了，她多年付出没得到肯定倒也罢了，可被理解为阻挡别人做孝顺儿女，她实在无法忍受：“半路截和？真是抱歉，我安秋萍书香门第出来的，还真没学会这种下三烂的手段，谁最擅长半路截和谁知道，大哥这个和，被截得底都不剩！”

炸了。

大伯母顿时炸了，上前要撕打，却被居里拦在头里。老二、老三也忙说有话好好说。大伯母一边朝外面走，一边嚷嚷说：“不谈了，没得谈，法庭见！”

秋萍咬牙切齿：“法庭是你家开的？吓唬谁？做人得凭良心，不然，呵呵，生不出儿子，这么多留给谁？”

一剑封喉。大伯母上位后，一直没生，是她心中的痛。她转头痛骂道：“你生那儿子好？！尽他妈干一些坑蒙拐骗的事！谁不知道！还有你老公，借老罗的两万块，趁早还！”

面子掉地上了。

秋萍脑门儿一蒙，进宝借钱？两万？秋萍气弱："别胡扯……"

大伯母冷笑道："问你男人去！"说罢，扬长而去。

老二、老三见没有结果，反倒埋怨秋萍，嚷嚷了几句，及时撤了。

居里扶着婆婆，一路失魂落魄到了家，进宝正在客厅摆弄他那些小玩意儿。秋萍包都没放，径直走到进宝跟前，问："你找大哥借钱了？"进宝没想到秋萍开门见山问这个，是，他借了，偷偷摸摸地，但他本打算偷偷摸摸还上。

"又去炒股了？"秋萍的火逐渐升高，"还是买金融产品了？"

进宝不吱声，其实是推牌九输的。可这话不能说，摆不上台面，比炒股还可恶。

"你怎么就不长记性！"秋萍老泪纵横，拽着皮包猛抡。

进宝护住头，任凭母狮般的秋萍发泄着。他知道，他欠秋萍太多，他们罗家欠秋萍太多……暴雨打浮萍。

居里愣在一旁，不敢过问，不敢插手。

打了大约三分钟，秋萍一屁股坐在沙发上，呜呜哭了起来。

居里抱住婆婆，也掉泪了。秋萍一辈子好强，可没想到在这个最该她得大份的房子问题上，却一点好处也占不到。平分，或许这房子只能平分，秋萍一辈子的努力，也就被这平分给均了。

"打官司吧……"秋萍叹道。

这一年

老谢工厂不出货，圣诞节前，东方的公司就已经基本停业，员工放长假，到了元旦前几天，东方把公司最后一个前台遣散，自己也暂时回家待业。他给自己找了条后路，做生意认识不少朋友，有老板做基金会，他被请去做秘书长助理。

创业一场，整个算下来，到他手里三百多万，只不过这钱多数压在阿曼达那儿。电话打不通，东方给阿曼达发微信，也有回复。阿曼达只说让他等，那就只能等。公司的真实状况东方没跟居里透实底，居里原本有点感应，但近来家中实在事多，秋萍又受打击，居里有点顾不上。她现在跟婆婆一条心。年前的倒数第二天，东方下午就到了家。

居里把他叫进小屋，问："怎么过？"

东方有些不解："什么怎么过？"

居里说："过新年啊，跨年啊，妈现在这个情绪，咱们再没有动作，合适吗？"东方有些感动，这是居里主动的，为了安慰他妈。他要投桃报李，便问："两位妈妈都什么意见？"居里说："我妈随和，主要是你妈，书香门第，讲究。"东方被呛，只能说："你见识多，你定一定。"居里一直存心想去泡温泉，冬天又冷，刚好应景，便提议一家人去纽芬兰度假村泡温泉休假，不用太久，顶多两天。"泡泡温泉，打打麻将，也让妈换换脑子，"又说，"你那大伯大伯母把妈气得够呛。"东方立即举双手赞成。"你付钱。"居里说。东方表示没问题。

小两口商量好了，居里先去跟家芝说了一下，家芝表示同意。

又问进宝，进宝也同意，但又说还是看你妈的意思。居里再去邀请秋萍，秋萍考虑到自己身材不大雅观，推托了一下，居里还是力邀，说："都是陌生人怕什么，"又说，"妈，钱你别管了，我来负责。"

秋萍一听钱上没问题，动心几分。居里说："也就是换换环境，换换脑子，天天看左邻右舍这些老脸，够闷的。"提到左邻右舍，秋萍深有感触，自打她抢房受挫，这些邻居不知怎么也得到了消息，暗地里都说她是女杨白劳，一辈子白劳动，也没得个整房。气得秋萍戏都少唱了些。如今居里有心孝顺，秋萍便也说："行，换换脑子。"居里又打电话请娣儿，谁知娣儿说要去外滩跨年，就先不去了。居里叮嘱了她几句。

第二天一早，居里就给度假村打电话约房间。谁知人多，接待说已经没空房间了，居里好说歹说，终于又挤出两间来。居里要三间。又是恳请，好歹又弄出一间，算是订好了。然后是买泳衣，急急去商场里看，居里和家芝都要最老式的，但秋萍不行。居里知道秋萍的脾气，左选右选，给她选了一件出水芙蓉式——不是蛙人那种，而是在屁股边沿有一道边，百褶裙一般，既能遮盖腰部赘肉，又能挡住点屁股。买回去，秋萍果然满意。

第二天一早，秋萍起来给众人做饭。谁知居里已经买了豆浆、油条回来，一家人陆续起床，围坐在一桌，唯独少了老太太。也没人提。进宝愧对秋萍，只顾闷头吃饭。东方手机响，是老谢，他说要找他聊聊。东方说有事，等会儿回给他，挂了电话问居里怎么办。秋萍听到了，忙说："你该办正事还是办正事。"居里虽然不情愿，但听说是老谢，知道是公司大事，便也不阻拦。"你们先去，我尽量赶回来。"东方胡乱吃完，匆匆走了。吃完饭，居里开车，秋萍坐副驾驶，家芝抱着世卉和进宝一起坐在了后座，启程了。

老谢的厂子倒闭了，债没还完，被人追得很紧。他找东方见面，是想看看有没有办法借点钱，好歹还一部分高利贷。东方心虚，知道是阿曼达在背后操作，过去都是朋友，可现在闹来闹去，钱都到阿曼达兜里了。

“还欠多少？”苍蝇馆子里，东方问。

老谢说：“还欠两千万，利还在滚，我女儿还在国外上学，不能不管。”东方感叹，好好的生意，怎么说砸就砸了，本来还打算上市。东方想了想，表示爱莫能助。老谢叹气。东方想起什么：“干吗不找你老婆周转周转？”东方指朱姐。

老谢说：“哪还有脸去。”东方说：“保命要紧。”老谢说：“都是前妻了，跟人跑了。”老谢的自尊，在危机和弟兄面前，放下了。东方说：“你如果不好意思，我让我爱人帮你问问，透点风，这话不能直说。”

老谢问：“那怎么说，有用吗？”东方说：“只能试试了。”东方起身，到一边给居里打了个电话。回来说，“等着吧。”两个人把剩下的酒干了，又乱说了一些哥们儿义气的话，哭哭笑笑。

居里刚到度假村，接到东方电话有些意外。可听东方那话，老谢是真过不去了，否则也不会找朱姐开口。她本不愿意多事，可既然东方特地打电话提了，又说老谢就在身边，她不愿意驳丈夫面子，等开好房间，关好门，便给朱姐打电话。故意装作着急的口气，说：“你猜今天我们碰到谁了？”居里这样开头。

“别卖关子，”朱姐说，“碰到谁，上帝还是阎王爷，还是讨债鬼？”居里说：“你们家老谢。”电话那头朱姐不说话。

居里只能继续：“说是被人砍了一刀。”

朱姐不出声。居里说：“我就跟你说一声啊，他找过东方，也实在是没人帮，说欠了两千万，这不过年了吗，好歹你们是夫妻，没别的意思啊，只是告诉你一下，提前祝你新年快乐。”朱姐说了声：“知道了，谢谢。”挂了电话，身边乐乐问怎么了。她还在朱姐家住，一个人带孩子。今天跨年，伍正霖关了洗车行，朱姐提议去外滩看灯光秀，让伍正霖晚点过来接她。可居里的电话一来，她又没心思了。“没事。”朱姐说。

莉莉发来视频，她那边是夜里，朱姐接了，勉强说了几句，乐乐也凑进去跟莉莉打招呼。莉莉说她今年不回来了，又问她爸怎么样。

朱姐说："这个你不要问我。"莉莉说："妈，爸现在挺难的。"朱姐没接话茬，叮嘱了几句，关了视频。

乐乐看得出朱姐有些心事，可既然她不说，她就不多问。从圣诞节起，她就一直巴望着老秦能来个电话。节日是和好如初的最佳时机。可一直等到快元旦，还是没动静。过节，她估摸着朱姐和伍正霖有安排，便打算晚上带着乐辰回自己家消遣一晚。她心想既然是过节，那个老三，还有黑社会，估计也没心思折腾吧！

"我出去一下。"朱姐对乐乐说。

乐乐忙说："别，我一会儿也出去。"她怕朱姐误会，以为她占着房间。

"那锁好门。"朱姐情绪不高。

走出家门，朱姐拨通了老谢的电话。

小酒馆，老谢举着手机，看着朱姐的来电，仿佛中奖一般，对东方说："老朱来电话了，老朱来电话了！"东方让他快接。老谢连忙接了。虎落平阳，龙游浅滩。老谢接地气了许多。

"你在哪儿？"朱姐问。

老谢刚准备说实情，可又觉得这地方没面子，只说跟朋友谈生意。

"你现在还有生意可谈？"朱姐不给他面子，"你被人砍了？"

老谢有些意外，看东方。"哦……不是……那个……"

"说个地方，见一面吧！"朱姐说。他到底是她女儿的爸爸。

她恨这一年。

最想见的女人

朱姐开着车，一路疾驰，一年快要过去，新的一年马上要来。

朱姐忽然有种想哭的冲动，不为别人，而为自己。难道自己就这么心软？听到老谢有困难就立刻飞奔而去？她恨自己的软弱。一日夫妻百日恩，或许从骨子里，她只是一个传统的女人。红灯停。

伍正霖来电话了。他说他要来接她，先去吃点东西，晚上再去外滩。这是他们第一次一起迎接新年。朱姐控制住情绪，说了个地点，又请他稍微等一会儿。跟着一打车头，转弯，朝着另一条路开过去。是，她凭什么为老谢着急，让他被打被砍，砍个清醒。

朱姐忽然意识到，此时此刻，在这一年的最后一天，伍正霖才应该是她最在乎的人。所谓辞旧迎新，或许正是如此。就这么办，辅路上，靠边停。朱姐又给老谢打电话。她说："我今天有点事情，我们改天再约。"

"一起过年吧，"老谢带点恳求的语气，"手头的事可以放一放，我在小有天等你。"那是过去朱姐爱吃的一家馆子，朱姐犹豫了一下。"今天不行。"老谢怅惘，他大概知道她和伍正霖有安排。可是如今，他没有底气和立场去吼朱姐，他不能这么任性，过去的朋友那么多，有几个能急他所急，救他于水火？朱业勤愿意接电话，没有一口回绝，就已经是天大的面子了，算这么多年夫妻没白做。

老谢没再强求，又问了问莉莉的事。朱姐知道他在打女儿牌，是提醒她，他们曾经是夫妻，他们还有一个共同的女儿。朱姐简单说了说莉莉的情况，又说："新一年的学费我打过去。"老谢心里一阵暖。

挂了电话，朱姐怅然若失。她坐在车里，静静地。她对老谢，虽有恨意，可这样的结局，并不是她想看到的。那感觉好像是去看了一场电影，本以为是喜剧，没承想最后却让人泪如雨下。不光为老谢，也为她自己的青春。

朱姐深吸一口气，调整好情绪，电话拨了出去。“喂，是中介小鲁吧，我朱业勤，”朱姐说，“我有一套房子想挂出去……”一会儿，再拨，“喂，我朱业勤，我那理财产品最近能不能放出去一部分……”连打了好几个才算完毕，朱姐头靠在椅背上，长长地吐了口气，人生活一世，她自认为对得起任何人。

想抽烟，离婚后学会的，不利于健康。可管他呢！都这个年纪了，还有何惧？朱姐伸手从后座扒出一包中华，点了一根，摇下车窗，狠狠地抽了起来。

老谢一个人在街头踽踽独行，缩着脖子。事业失败的男人总是显得颓唐、没气场。

天下一点点毛毛雨。他站在一家服装店门口躲避。再一抬头，他看到小街对面停着辆车。车里有个女人，胳膊架在车窗上，吞云吐雾。

是她？天涯何处不相逢。老谢喜出望外，真的是他的前妻朱业勤——他过去最不想见，现在却最想见的女人。

他朝她挥手，喊：“喂，老朱。”喊出个“老”字他立刻又意识到不对，她现在应该不喜欢听这个字。改口叫道，“业勤！业勤！”仿佛一个下放的知识青年在呼唤乡村少女。

街道上，公交车开过来，挡在两人中间，隔断了视线。

老谢着急，抢着过马路，可这会儿偏偏车多。等到稍微露出空当，老谢冒着被撞的风险抢过马路，却发现停在路边的车不见了。老谢不甘放弃，朝左边跑几步，东张西望，众里寻她，又朝右边追了几步，天暗了，路灯亮了。可朱姐已经不在灯火阑珊处。

小街第二个路口，一辆车子停在弄堂边。

朱业勤扶着方向盘，泪流满面。

伍正霖又来电话。朱姐控制住情绪，道：“我尽快过去，几号桌？”

和老谢道了别，天色暗了，东方估摸现在去度假村有点晚，他给居里打电话，说明天过去。居里同意，度假村按晚上算钱，现在去显然不划算。

东方又问爸妈怎么样，居里说：“都准备去泡温泉了。”挂了电话，居里便去敲秋萍的房门。家芝、进宝和世卉早已经下汤池了，可秋萍却怎么也打扮不好，一会儿嫌头发不好弄，一会儿又说泳衣太紧了。

居里进去，说：“妈，你这不是有百褶边吗，怕什么。”秋萍问：“颜色好看吗？这个颜色我能出去吗？”泳衣颜色是她自己挑的芙蓉水红，可现在又觉得太赤裸裸。居里说：“粉红的旗袍妈都能hold住，何况这件。”秋萍说：“那怎么能一样，那是把人罩住，这是把人暴露了，我书香门第毕竟还是保守的。”居里知道秋萍只是矫情，便又劝了几句，再帮她把头发网上盘好，婆媳俩这才往汤池走。

汤池温度不一。有温汤，有热汤。进宝是烫皮子烫惯了的，一上来就选了热汤池，那里人也少。世卉怕水，不肯下汤，家芝就把她放在儿童沙滩玩沙子。热汤池离沙滩不远，家芝在老家也是洗热池子澡堂多，所以也下了热汤池。可秋萍一进来看到家芝和进宝在一个池子里，心中大为愤懑，怎奈这泡温泉本就是男女混泡，无伤大雅，秋萍也说不出个不是来。

她只能抱怨：“我就说这种地方少来，不干净。”

居里笑道：“天冷，泡泡温泉对身体好。”

居里怕烫，进了大厅，就近下了温汤池。秋萍为监督进宝，遥遥一指，说我去那边，也不管是温是烫。到池子边，秋萍二话不说就往里踏，地段有讲究，踏在家芝和进宝中间。这叫棒打假鸳鸯。

可谁知一条腿刚进去，秋萍便嗷的一声大叫，仿佛猪蹄子入滚水般，迅速抽回，恨不得烫掉一层毛。家芝这才发现秋萍来了。她往远处挪了挪，进宝则忍住笑。若在过去，他肯定要说风凉话，可抢房事件他有愧于秋萍，只能放老实点。

“你是猪啊！”秋萍骂进宝，“皮那么厚，不嫌烫？！”

进宝拨了拨水。

“去那边池子！”秋萍给进宝下命令。

家芝深知秋萍是个醋坛子，明白了几分，便赶紧借口世卉乱玩沙子上了岸。

秋萍假意招呼了一下，心里舒服多了。转头问进宝：“我这一身怎么样？”

进宝瞥了瞥：“还挺合身。”

这显然不是秋萍想要的答案，但她不打算放弃询问：“你说我这一身像什么？”

这难坏了进宝，支支吾吾答不出。

必须给提示了。“一种花。”秋萍微笑着。

“鸡冠花？”进宝声音并不坚定。

秋萍气得踢水到进宝脸上。

“明白了吧！”秋萍急道。

进宝摸了一把脸，如坠雾中。

“一部电影的名字！”秋萍恨她老公没文化。

“《南海长城》？”

“《出水芙蓉》！”秋萍自己揭示谜底。孺子不可教！她掉转方向，准备去温汤池展现芙蓉的优雅去了。

大辩不言

刚和老谢喝完酒，东方头有点蒙，跟居里请了假，走在雨中，一年中的最后一天就他一个人在家，也不用着急，酒醉走不成直线，好在不用太快。

漫无目的就好。

这一年来，他做了许多过去想做又不敢做的事，比如开公司，比如做投资，比如涉足互联网，甚至比如商场算计……虽然如今风云变幻，算不上一败涂地，可风口显然也过去了。这一点他心里清楚，阿曼达去国外，在某种意义上，是否也是他的纵容呢？在内心深处，他对阿曼达始终有份说不清道不明的感情，事实可以解释，他和阿曼达离婚后就事实关系，感觉难以言喻。自从合作之后，自从阿曼达一把将他按倒在桌子上后，那种微妙的感觉就维系着他们之间的关系。这当然不能让居里知道，她也无从知道。

“大辩不言”，三十岁之后，东方更加领会到庄子说的这句话的深意。有些事情是不需要解释的，哦不，不光是事情，做人也是这样。

既然做了，何必要再说？从这个点上来看，他觉得阿曼达比居里强，陶乐乐又比阿曼达强。居里想法很多，但实际上行动力不足。可乐乐不是这样，她做了很多女人想做却不敢做的事情，而且从不解释。

东方欣赏乐乐的勇敢。细雨蒙蒙中，东方信步走着，不知不觉，竟然走到了乐乐家楼下。上路灯了。跨年，有雨，街边上人不多，只有几个打伞的，步履匆匆；车也不多，小道上，偶尔哗啦过去一辆，似乎因为雨的覆盖，也少了几分喧嚣。

乐乐这套小房和他家相隔其实不远，只隔着几个街区，但谈不上顺路，乐乐的房子离江边不远。也许是酒精作祟，东方的脑子中忽然有了几分诗意。他理工科出身，成绩也谈不上好，读书不多，但此时氛围烘托着，他还是能想起一句“江枫渔火对愁眠”，是写姑苏城的，只不过眼前的上海没有江枫，也没有渔火，只有浦东高耸入云的东方明珠，还有江上迤逦而行的客船和货轮。

天色更暗了，东方一抬眼，却见乐乐的窗亮了灯。毛黄的。家的氛围。哦，今天她在家。此前他听说过她的事情，从居里那儿。他也知道她住在朱姐家，恐怕元旦不方便才回来。想到这儿，东方又觉得自己可笑，简直像个小工蚁似的，总是把她的零零散散的消息搬回来，造成一个整体的印象，完型。

也许还是借着酒劲，东方忽然想上去拜访。哦，突然造访，不礼貌，万一老秦在，不但尴尬，还会引发更多误会，甚至事故。可有什么好羞愧的呢？东方问自己，他和乐乐之间什么也没发生过。但也许这样更可怕，精神出轨？算了，不想那么多了。东方掏出电话要打，犹豫，最后终于放到裤子口袋。他慢悠悠朝前走，走了没几步，又退回来，走到街边的老电话亭，插卡进去，还能用。

拨了过去，她接了。他说“我是罗东方”，电话那头的乐乐显然有些惊讶，轻轻“哦”了一声。第二句话是：“我在你家楼下。”她更惊讶了。意思很明了了。她迅速考虑了一番，还是请他上楼，可当他带着一身酒气站在门口时，乐乐忍不住感慨万千，思绪一下乱起来。为什么来？为什么现在来？一年中的最后一天。来了做什么？听她诉说，还是自己需要诉说？好在是今天，老三和老秦或许都放松了警惕，当然也只是她的猜想。

就在东方进门换鞋的一刹那，乐乐已经考虑过无数种可能。但她又觉得自己可笑，如果什么都没发生，她为何担忧？又何须解释？当初同处一室，不都什么也没发生吗？她难道就不能有几个朋友？儿子已经安睡，乐乐抢在头里把卧室门关上，她怕打扰孩子，更不想让东方看到床头挂着的她和老秦的合照。

入了座，泡了茶，东方才把适才发生的事情简单说了说，说居里带爸妈去度假村了，他陪老谢喝酒所以晚了，刚好路过楼下看到你家灯亮着。都是实话。乐乐尊敬东方的一点就是，他爱说实话。

东方忽然不好意思起来："你看我，都忘了带礼物了，空手就来了。"

乐乐说"你太客气了"，然后都不说话。

两个人就静静地喝茶，丝毫没有尴尬，没有不舒服。两个人仿佛认识了很多年，在一年的最后一天里，相对无言，却已经什么都说了似的。乐乐感到温馨。她想如果当初找罗东方这样一个丈夫会如何呢？但她立刻就否认了这个想法，不可能，这不是日子，她的日子承担了太多，她所求也太多，这样的对坐对饮，是可遇不可求的。

天时地利人和，也似乎只有在这个细雨蒙蒙的年末，有这么个机缘。一壶喝完，再煮，沏的是上好的金骏眉。每过一次茶汤，味道就变幻无穷。需要细品。

品了一会儿，东方忽然想起什么似的："你门口的墙怎么黑了一块？"乐乐的脸热了一下，那是此前老三派人乱画的，一周前她请保洁来处理，但门框白墙上没擦干净，乐乐敷衍一下，就说是隔壁小孩子乱画的。东方说"我帮你刮刮"，乐乐忙说："不用。"东方说："怕刮坏了，家里有涂料吗？一点点就行。"乐乐说："没有。"东方站起来了，说用水擦也行，说了就去做。乐乐只能配合。

望着东方忙活来忙活去的背影，她竟有几分感动。平凡日子里的平凡男人，东方穷尽了她对大都市朴素小家庭的全部想象。然而这一切离她那么远。她是要往上爬的，上了天梯，不入云端怎么行？她有马革裹尸的勇气，而且也没有退路可走，一转身就是粉身碎骨。

干完活，两个人继续把半壶茶分了。东方说"这茶真不错"，然后话锋一转，仿佛不经意一提，"公司收了，我破产了。"这话只能在乐乐面前说，如果换成居里，那就成了炸弹。有开始就有结束。

乐乐先是一愣，不是为这事本身，而是为东方能跟她说这个，真当她是知己。

随即她笑了。这段时间以来难得的笑声。她回敬一句：“我差点就被扫地出门了。”

这回轮到东方愣了，跟着，也是笑。乐乐的笑声随着。

两个人越笑越放肆，好一阵，不愿停下来，仿佛是对这一年荒诞遭遇的嘲讽。

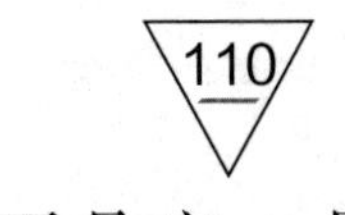

不是宝，是坑

秋萍也在笑，只不过她的笑声是冷的，尽管温汤池里的热水没过了她优雅的泳衣，温柔地包裹着她。

居里坐旁边，聆听着。这也是她组织这次度假活动的初衷之一，让秋萍放松、高兴。

秋萍滔滔不绝，说着进宝几十年来的可笑之处。又说她每回都能帮助进宝化解危机，就在进宝差点跌倒在人生路上时，也是她站出来力挽狂澜。就比如那次进宝评技术员，厂子里硬抓住他英语水平不够，可技术员要什么英语水平，而且进宝的技术是最高的十三级了。后来就是秋萍在包里放了把菜刀去找厂长，最后，问题解决了。进宝被评为技术员，工资上涨。

居里看着她的侧脸，一张嘴簌簌动着，这就是她亲爱的婆婆，从来自诩书香门第，可一遇到问题，却总是水浒式的解决方式——路见不平一声吼，该出手时就出手。这次房产分配也是，尽管居里已经安排了三国式的斗智，可秋萍在四季宾馆，还是差点大打出手。

“妈，现在都什么时代了，您还剪子菜刀的。有规矩、有政策、有法律啊！”居里劝秋萍。

“法律，有时候法律不管用，法律不跟你讲良心，就说老太太这房子，讲法律，我看到底怎么分，反正我不服我就上诉，再不行我上访，我安秋萍含辛茹苦做好儿媳，他们几个做甩手掌柜的，我给进宝争一份不是应当的？这也是给你们争。”

道理居里当然明白，可她怕秋萍动气，一晚上不得安生，度假也就泡汤了。于是连忙转移话题，问："爸看到你这泳衣，是不是眼前一亮？"

秋萍道："还眼前一亮呢，屁都没放一个，你爸这人，不懂审美。"居里说："怎么会，不懂审美怎么会找到妈呢。"秋萍道："他倒了一辈子霉，唯一走运的一次，就是找到我，你说我当初怎么就看上他了？"

居里顺着说："还不是因为爸优秀。"秋萍道："屁优秀，只能说时代对了，那时候工人吃香，而且人就怕争。"居里问："什么意思？"秋萍说："跟小孩子吃饭一个道理，一个人吃呢，不香，必须争着吃。你别看进宝，他那时候是先进工作者，优秀团干部，长得也算不错，好几个女工人争呢，包括素鸡，也都是虎视眈眈，还给他做鞋垫，不过她们这些人的家庭条件都比我好，所以我就赌气了，非要把他抢过来，抢过来才知道……"

居里问："知道什么？"秋萍道："还能知道什么，抢过来才知道不是宝，是个坑，进坑了。"说完婆媳俩都笑了。此时此刻，望着秋萍，居里竟觉得这个婆婆有些可爱，她对喜欢的表达，有时是抱怨式的。她跟陶乐乐不同，陶乐乐是大辩不言，做了就不说，秋萍是一个劲儿说，却没有行动的能力。离婚？这么多年她考虑过吗？既然对当下的婚姻如此不满意。她到底还是个传统的人。

朱姐停好车，朝咖啡店方向走。外滩上人越来越多，南京路入口，人流缓缓移动，仿佛小蚂蚁。灯火辉煌，一点点毛毛雨也停了。小年轻都等着看灯光秀跨年。

朱姐裹紧衣服，处理好情绪，钻进咖啡馆。靠窗的位子，伍正霖在等她。她一边坐下，一边说："抱歉来晚了。"伍正霖打了个响指，服务员点头，很快，端上来一杯摩卡，配玫瑰杏仁饼。朱姐心生安慰，她爱喝摩卡他都记得。

已经是老谢时代的事了。

"这个点喝咖啡。"朱姐自嘲式地摇头，"今晚别睡了。"伍正霖说：“本来也没打算闭着眼过，跨年嘛！”朱姐说：“谁凑这个热闹。”伍正霖问她：“你知道在中国生活有一个好处是什么吗？”朱姐用眼神求解释。

“人多。”伍正霖说。

“人挤人有什么好？”

“人气很重要，”伍正霖说，“从前在国外小镇上做事，推开窗，一眼都望不到一个人，风景是好，后来还是回来了。”

朱姐听着心里咯噔一下，他还去过国外，老谢没说过，他自己也从未提过。朱姐想细问，可今天这个时间节点，一路追问下去怕破坏了氛围。她先存在心里，打算以后再问。她发现自己对伍正霖了解得太浅了。朱姐电话响了，是中介小姑娘，问房子的情况，朱姐简单说了几句，表示另约时间。伍正霖起身去洗手间，朱姐理解为是他给她空间。伍正霖在这种小地方，尤其善解人意。

等他回来，朱姐喝了一口咖啡，酝酿许久，才问：“如果有一天我一无所有……”伍正霖似乎没听清，问了句：“什么？”朱姐又重复一遍，说：“如果我变得一无所有，你会怎么样？”伍正霖问：“你是指？”朱姐耸耸肩，解嘲似的：“穷光蛋，一文不名。”朱姐笑自己还想得起来用成语。

伍正霖顿了一下，说：“这跟我有什么关系？”朱姐盯着他看，她是想捕捉他面部的表情和身体的哪怕一点点的细微动作，言语可以说谎，身体不会，可据她观察，伍正霖说这话的时候自然极了。

“你已经给了我很大的帮助，如果你变成穷光蛋，恭喜你，你投资的洗车行每年还是可以给你分红的，算你有眼光。”伍正霖巧妙的回答逗得朱业勤笑了。

真真假假谁知道，然而此时此刻，伍正霖愿意说这话，朱姐已经满怀感激，一个男人肯对你说甜言蜜语，哪怕是假的，也舒服。

不过，她已经下定决心，变卖大部分家产，帮老谢最后一把，毕竟这家产是他们一起挣出来的。朱姐忽然佩服起自己，真伟大，离了婚，还肯出手相助，为老谢两肋插刀，同时又有些恨自己——既然已经离婚，那就应该恩断义绝，她需要考虑的，首先是自己的未来，她很快就老了。

没钱，指望什么？朱姐眼中忽然泛泪，她为未来担忧。

其实今天来跨年是她此前的提议，但还没进入南京路她就后悔了。跨年似乎应该是年轻人的事，像她这种半老徐娘，跨了年，无非提醒她又老一岁罢了。伍正霖以为自己哪句话引得朱姐伤感，忙帮她抹泪。朱姐又恨自己不争气，破涕为笑了。

过晚间十点，两个人朝外走，步行街不能开车，人也太多，外滩广场密密麻麻，伍正霖帮朱姐戴好帽子，像对小女生一样。朱姐任凭他摆弄。

“人太多了，算了吧！”伍正霖说，他担心安全问题。朱姐说：“来都来了，往前走走吧，中国人就是多。”伍正霖笑了。这话似乎是对他刚才关于人气的说法的反讽。

两个人顺着人流进入陈毅广场。人头攒动中，一晃眼间，朱姐似乎看到个熟人。

“娣儿！”她见过居里的这个小亲戚，在乐乐家。“娣儿！”朱姐又喊了一声。

娣儿偏偏头，似乎听到了，可看了半圈，又扭转身子，淹没在人群中了。

跨年夜

居里和秋萍婆媳俩正聊着，远远地，走过来一个穿着大红色泳衣的女人。她身材曼妙，戴着太阳镜，一看就是典型的作女。

秋萍眼见着，觉得自己的水红色泳衣被比了下去，心中不服，可等那人走近了，才发现她皮肤松弛，不过也是个半老徐娘。

居里用胳膊肘捣了秋萍一下：“妈，你看那个穿大红泳衣的。”秋萍没好气地说：“我看到了，老女人一个。”

全天下的女人都可以是朋友，但全天下的女人又都可以是敌人。年纪相仿的更甚。

居里又捣了秋萍一下。

秋萍不明就里，有些恼了，说：“你干吗？”说话间红泳衣女子驻足在清水池边，准备先过过水。

“是素鸡。”居里小声说。

秋萍定睛，这才反应过来，不是素鸡是谁呢，她胳膊上有个胎记，一转身明明的。秋萍立刻要起身。

居里大概明白了，秋萍不想见素鸡，因为房子的事，她丢了人，出了丑。可她不明白的是，那天两个人在老太太屋里合唱《锁麟囊》，俨然亲姊妹，怎么一转眼，就又变了。

“走，这池子有点脏，去那边。”秋萍叫居里。

居里知晓，哦，婆婆也不想让她跟素鸡啰唆。冤家路窄，就这么寸。居里只能起身，扶着秋萍，上了岸，水淋淋的，可一动不要紧，秋萍的水红泳衣反倒引起了素鸡的注意。

“安老师！”素鸡喊。

秋萍背过脸，装听不见。

“安老师！”素鸡加大声音。

秋萍不管不顾，踩着水快走。

“安秋萍！”素鸡直呼其名。居里跟着秋萍走，可哪赶得上。秋萍已经踩着水小跑起来了，发卡掉了，披头散发一阵风。

素鸡紧追不舍。秋萍大跨步，年轻的时候，她短跑有一手，素鸡越追，她越不给她机会。秋萍心里暗笑，素鸡，你没戏，扭头看她，果然这老邻居、老对手被落得老远。再一转头，秋萍“啊”的一声。一个又高又壮又胖的男子，仿佛一座肉山炮楼子，狙击了秋萍，挡住了她的步伐，秋萍砰的一声坐在地上，滑出半米远。

刚好旁边有个汤池，她歪着身子，沉进去了。

居里大喊：“妈！”

进宝闻声，从热汤池跳了出来。

家芝抱着世卉，不知发生了什么事，只远远观望。“奶奶！”世卉眼尖，率先惊叫。

晚间九点，乐乐把东方送出门。

乐乐伸手，“再会啊！”她学了一句上海话。

东方愣了一下，也回了一句。入乡随俗。但说实话，东方对上海方言并不热衷，跟居里都说普通话。其实乐乐也不热衷，老秦不是上海人，她就更不用说上海话。这一会儿，她只是入了东方的俗。

手机响了，是乐乐的。一看，是老秦的司机。乐乐觉得不妙。

她看了一眼东方，走到一边去接。

“喂，陶小姐，你在哪里？”司机口气严肃。

乐乐心一沉，心想不会被发现了吧，东方才来那么一会儿，如果是真的，就太恐怖了。

“在家。”乐乐说。

司机问：“哪个家？”乐乐说：“浦江路，小房子。”司机说：“你能不能来医院一下，蒙自路附近，第九人民医院。”

乐乐有些恍惚。这个点去医院，她本不想多问，可还是忍不住问了一句：“怎么了，谁在医院？”

“秦总被人捅了。”司机说。

挂了电话，乐乐发现自己浑身颤抖。东方问：“怎么了？”

刚好带了车钥匙，她让东方去开车，她上楼抱孩子。

乐乐直说：“老秦被人捅了，在医院。”

东方迅速行动。

电梯上行，乐乐迅速把事情想了一遍，东方可以去，老秦都这样了，还有什么讲究。可被捅这事，实在让人始料未及。他得罪谁了？生意做大了都麻烦。她有些感激司机老张，第一时间告诉她，老三也去吗？不知道，秦日不在上海，秦月还在英国，都是孩子肯定靠不住，但如果老三也去，事情就麻烦了。东方在反倒好些。

刀山火海她也要闯一闯。

一会儿工夫弄好，东方踩了油门。

“对不住了，又麻烦你，牵连你，”乐乐苦笑，“带着孩子，怎么都不方便。”

东方笑笑：“人命关天。”没再说别的。

晚上十一点，陈毅广场周围，伍正霖牵着朱姐的手，缓慢朝里走。他们想走到外滩边。伍正霖说：“别往前走了，人太多。”朱姐说：“来都来了。”

两个人继续往前走。外滩灯火辉煌，别说广场，就是楼顶上都站满了人。警察围成人墙疏导，可人流还是越来越稠密，仿佛一股缓慢的山洪，蓄积着力量。

朱姐看到前面有个人，哦，是娣儿。

朱姐喊她名字，娣儿回头，跟朱姐招手。终于取得联系了，她跟几个朋友来玩。“姐！”娣儿喊得亲热。朱姐忽然有些不好意思，伍正霖在，娣儿第一次见。

她不由得松开伍正霖的手。

背后一阵力量压过来，隔断了朱姐和伍正霖。“你先别动！”

伍正霖忽然紧张。去观景台的台阶，挤了太多人。朱姐不想动，却身不由己。蓦地，台阶上有人摔倒了。泰山压顶一般，人挤着人，仿佛沙丁鱼罐头，朱姐觉得胸前受不了，前面的小姑娘已经哇哇大叫，伍正霖见缝插针般挤过两个人，来到朱姐身前，面对面挡住。

“往外走！”伍正霖撑着力气喊。

台阶上有女孩哭了。朱姐企图往外钻，可人挤得太实，根本动不了。

“你别动！我挡着。”伍正霖用后背硬顶，千斤也罢，朱姐稍微松快点，能呼吸了。

“没事。”伍正霖脸憋得通红，不说话了，这口气他必须顶住。

台阶上，有几个年轻人在喊号子，附近人们一边试图拉出倾倒的人，一边大声呼喊：“不要再挤了！有人摔倒了！”可惜的是这点声音瞬间淹没在上面不断涌下来的人群的嘈杂声里。下面更多的人被层层涌来的人浪压倒。

伍正霖还是护着朱姐，发出低吼。

朱姐忽然十分感动，此时此刻，她觉得这个男人是可靠的。

墙头，号子继续：“后退！后退！后退！”

慢慢地，越来越多的人开始一起挥舞起双臂，做着后退手势。

“娣儿！”朱姐忽然发现前面的娣儿倒下去了。“去救她！”朱姐对眼前的伍正霖说，“我这儿还可以。”可伍正霖哪里能动弹呢。

就这么僵持了约莫十五分钟，人群才终于从边沿慢慢散开，力量减少了。朱姐累倒在地上，伍正霖扶着她。

终于，倒地没有受伤的人们站了起来，但横陈在地面上的人们却似乎没有了生机。哭声、喊声、尖叫声、呼叫救护车的声音混成一团，黄浦江边的这一景如同人间地狱。

“去看看。”朱姐推了一下伍正霖。市民们自发检视每一名倒地人员，不停地做着心脏按压。好一会儿，朱姐起来了，摇摇晃晃，却看到娣儿躺在地上，闭着眼睛，伍正霖在帮她做心肺复苏。

朱姐一下哭了。

四周警笛声大作。

关键时刻

秋萍摔了骨盆，不能动弹，几个人把她抬到度假村医务室，做了简单处理。驻村医生明确表示必须尽快转到大医院去。

秋萍趴在床上，哎哟叫着，家芝抱着世卉，不敢乱说话，进宝埋怨秋萍乱跑。秋萍尖叫，说："我死了你正好娶素鸡，住大房子！"居里对进宝说："爸，这个时候了，少说两句吧。"居里给东方打电话，关机。可能没电了。

居里恨怎么这么寸，可是，既然她男人不在，眼前又老的老，小的小，她就必须站出来拿个主意，起码控制住局面。"赶紧送大医院，"居里说，"把这担架接着，爸，你去酒店把行李都收拾好。"

居里又转头对家芝道："妈，你打120。"家芝有些为难，急救，她没经验，有些手足无措。居里只好说"那你照顾好世卉"，自己走到一边去打急救电话，叫车。尔后，又给东方打电话，还是不通。算了，指望不上。都安排好，居里去床边安慰秋萍。

摔是婆婆自己摔的，可提议来度假村，始作于她沈居里，她哪里知道素鸡也会来此消遣。也是怪房子的事对秋萍刺激太大。秋萍年纪不小了，这一摔，后果怎样，不好说，好在没有高血压。

居里趴在秋萍跟前："妈，你别担心，刚你听见了，不是大事，不会瘫痪。"秋萍一听到"瘫痪"二字，瞬间哭了。居里这才意识到说错话，连忙纠正，打嘴，说，"很快就好，没事的没事的。"秋萍想起摔坏胯骨的老方，在床上躺了没两年就去世了，更是悲从中来，呜呜咽咽道："我要瘫在床上，你得照顾我。"

居里连忙保证。

秋萍又气又恼，更觉得自己不值："我这一辈子没住过大房子，就在这个鸽子窝里，这要瘫了，能憋死人……"房子的事，即便在此时此刻依旧困扰着安秋萍。居里无言。来度假村，原本是想冲淡房子带来的烦恼，可一跤摔下来，痛上加痛，雪上加霜。二十分钟后，救护车来了，医护人员建议往最近的医院去，可进宝和秋萍坚持去蒙自路附近的第九人民医院。

"好照顾，骨科也不错，就挂急诊。"进宝解释。

旧的一年快要过去，安秋萍怎么也想不到自己会躺在救护车上，唔哩唔哩一路疾驰。同样出乎意料的是居里，原本是好事，却惹出一大堆事，导火索还是房子，这是心病，别说在秋萍心里，就是对她、对东方，也几乎影响到下半生。

她对小家的梦想，是和秋萍捆在一起的。

世卉在家芝怀里睡着了。进宝蹲在一角，垂头丧气。居里心情灰灰的，她又一次打东方的电话，还不通。

这关键时刻，怎么回事？！进宝说："给他发短信。"居里说"发了"，但又不想惹事，补充说："我们先治，我带着卡呢，有钱。"

到医院，挂急诊，值班医生简单判断了一下，建议尽快手术，在病房加一张床。都安排好，居里让家芝带世卉先回去。

家芝问："能行吗？"居里说："我跟爸看着就行了，孩子不经熬，后天还要去幼儿园。"家芝只能先回去。居里让进宝在诊疗室看着，自己先去收费处交钱。

又要排队。

居里觉得不可思议，这个点，医院竟然还有那么多病号。一会儿，门口又涌进来一拨人，很多甚至是担架抬进来的。收费处的队伍走得特慢，尤其前面一个男的，交了好几次都没交对，居里忍不住催："快点好不啦。"那人一回头，居里愣住了。

是东方。

是她那位电话关机联系不上，只能由她带着他妈来就诊的丈夫罗东方。

“你怎么回事？！”居里脑子转不过来，但先开骂了，“妈摔了你知道吗？！”

罗东方一身汗。见到居里的一刹那，他担心的是，怎么解释？他是陪陶乐乐来的，在这个跨年夜……居里会怎么想？他和乐乐之间早就流言四起。居里必然要吃醋。他甚至来不及思考，为什么会于此时此刻跟居里在医院收费处相遇？可当听到居里说妈摔了，东方本能地大叫：“怎么回事？！妈呢！怎么不看好她，妈都多大了！”

居里的心仿佛被刺了一下。

这是怪她？她力挽狂澜收拾残局一晚上，到头来丈夫见面第一句话却怪她？什么情况？！几个意思？！他怎么不反省，他妈出事他在哪儿？他电话为什么关机？天杀的！

居里怒吼：“我他妈操心一晚上了！你电话关什么机？！”

东方不作声，反应过来了。等都交了钱，两口子去见秋萍。秋萍一见到儿子，更觉委屈，呜呜哭了。

东方转头问居里：“妈怎么摔的？”口气尽量平和，但还是能听出责备。居里虎着脸，火山爆发的前兆，趴在那儿的秋萍连忙给媳妇打圆场：“跟居里没关系，要不是居里，我这条命今天就没了，都是那个素鸡！该死的素鸡！”

责任都推给外人，这没问题。

居里有些感动，婆婆能这样对她，难得。可丈夫呢，却令人寒心。

都安排好，居里和东方坐在病房外的塑料椅子上。

夜，深如枯井。

过了零点，就是新的一年了。居里觉得这个跨年夜，是她有生以来最荒诞的一次。

东方不打算撒谎，老老实实把晚上的事情说了一遍，出人意料地，居里居然没有大闹。她感受得到他的坦诚。

“那你来这里做什么？”居里问关键的。

东方如实说是陪陶乐乐来的。

“陪她？”居里有些奇怪，“孩子病了？”醋意不由得升起。

“说是老秦被人捅了。”东方说。

居里吓得说不出话来。眼下，她根本没有心思细想发生了什么，那些陶乐乐和老秦的恩恩怨怨前因后果，单是老秦被人捅了这个事实，就已经足够震撼。她越发觉得，乐乐的生活，不是她这种平常女人可以掌控的。

“也在这个医院？”居里道。明知故问了。东方点点头。“不会死了吧。”居里口不择言。她对老秦不了解，但也不希望他死。东方说：“不知道。”沈居里深吸一口气。

眼下她遇到的困难，跟乐乐比，似乎也不算困难了。

手机响了，是居里的。

朱姐？这个点来电话。

电话那头嗡嗡噪噪。

居里有些诧异。可等说了两句之后，她立即疯了一样跑出去。

下一个天亮

居里刚冲到门口，只见一群人在外哄哄然，救护车停在不远处，后备厢抬出担架车，一个个平躺的人，有的还在呻吟，有的一动不动，居里失声喊：“娣儿！”可没人回应。这也只是她情绪失控而已。

左顾右看，她终于在人群中看到朱姐，披头散发，靠在伍正霖怀里。居里冲上去问：“人呢？”朱姐含泪，说：“已经在救了，在后面一辆车上马上到。在外滩发生踩踏事故，我和伍正霖去那儿跨年，刚好遇到娣儿，太恐怖了，根本动不了……”朱姐惊魂未定。伍正霖说：“已经做了基本的救护，有呼吸了。”

没几分钟，又有几辆救护车到，下来的，果然是娣儿。东方也出来了。居里扑上去摸娣儿的脸，不停地喊她的名字，娣儿无力地睁睁眼，脸上还有一丝丝笑。

居里嗔道：“让你不要搬出去，你非要搬出去，让你跨年小心点，你当耳旁风……”

担架车快速驶向急救中心。居里一路跟跑，眼泪已经稀里哗啦，又问医生，还有没有得救，喃喃地说：“我是家属，我是家属……”医生只说：“请不要耽误紧急救治。”

刚进急救中心一会儿，娣儿要进手术室了。初步诊断，肺积水，肋骨骨折，脾脏也受到了挤压，情况危急。居里情绪失控，即便是刚才，秋萍摔了，救护车来了，居里依旧能够掌控大局，控制自己，但现在，伤的是跟她有血缘关系的娣儿，是她老家的亲人交给家芝，让其带来上海的娣儿。娣儿才多大，她和家芝负有责任。娣儿如果有个三长两短，她怎么给她父母交代，她以后怎么生活？尽管是意外，尽管受伤的不止她一个。

等娣儿进了手术室，居里才想起来给家芝打个电话。哦不，她还需要照顾孩子。唉，管不了那么多，她有权利也必须知道事实。

“妈，”居里举着手机，泪眼婆娑，“你来医院一趟。”家芝警觉，问是不是亲家母出事了。“把世卉一起带来吧，”居里尽量把事实说慢一点，说晚一点，“是，娣儿……”欲言又止。可家芝追问得厉害。“是在外滩玩，人多，挤坏了。”居里模糊处理。电话那头，家芝说：“好，我马上过来。”

医院楼里楼外都是人，医护人员，病患，警察，还有记者。居里忽然觉得这一夜无比寒冷，也确实，她从头到尾也只穿一件外套。东方脱下大衣，给她披上。居里抬眼看看丈夫，无限柔和，刚才那些个人的小情绪已经被惊恐击散，天大地大，死生最大，还有什么好计较的呢？居里倒在东方怀里，取暖——冷冰冰的医院走廊，硬邦邦的塑料椅子，哭声、喊声、叫声，仿佛处在地狱边缘。东方抱紧她。突如其来的变故，反倒拉近了两个人的心，此时此刻，他们只是靠着一点点温暖和力量，一同抵抗命运戏弄的夫妻，等下一个天亮。

楼上，重症监护室门口，乐乐也听到了楼下的吵嚷。老秦躺在里头，事发突然，他一定连商量的人都没有。

司机老张站在乐乐旁边，乐乐问老张楼下怎么了。老张下去看了一下，再上来说，外滩出事了，看微博。乐乐没心情看微博，老秦的事究竟怎么处理，她有些头痛。

说实话，她要感谢老张。第一，老秦出了事，第一时间，他打给她而非老三。至少说明，老张是站在她这一边的。大事面前，老张不含糊。

第二，老张还算跟她说实话。老秦被捅，这事见不得光，他在外头做生意，又跟政府有关，黑的白的，说不清，他发的财，有些也算不义之财，今天有人来捅，肯定就是有预谋的。说是在家门口，刚下车就有人来这么一下。

乐乐本说要报警。老张阻止。能来正规医院救治，都已经算冒险。

第三，这事能不能让老三知道？这是乐乐最大的疑惑，还有秦日、秦月，乃至秦星，以及在一旁睡着的秦乐辰，他们都是老秦的孩子，他们有知情权，甚至满十八岁的还有投票权，老秦该怎么治，最坏的打算也不得不做，老秦一旦走了，身后这些财产怎么分配。老三和乐乐都没有名分，只有孩子有参与分配权……越想越复杂。

重症监护室，进去能出来的不多。老秦被捅在肚子上，尽管已经做了紧急措施，但目前还是昏迷。

“等醒过来再说吧。”老张建议。

凌晨三点，乐辰在病房里睡了，老张看着他。乐乐交代老张，明天去找个保姆看孩子。另外，老秦受伤的消息，一定先保密。

乐乐披着衣服，在走廊里来回走，重症室不让家属靠近，她只能等。她苦笑，又是等。走到窗口前，她突然意识到陪她一起来的东方好久没上来。她给东方打电话，是居里接的。乐乐感到意外，居里说她在三楼。

乐乐下了楼，却看见走廊椅子上坐着居里、东方，还有朱姐和伍正霖。怎么都凑一块了？乐乐有些发蒙。走过去，几个人相对着，一时不知从何说起。

东方和伍正霖见女人们聚齐了，挪步去楼梯间抽烟。

朱姐率先说明了情况，怎么去的外滩，怎么被挤，怎么发现了娣儿，怎么受伤。有两件事她没提：一个是去外滩前对老谢的出手相助；另一个是在外滩上伍正霖对她的“英雄救美”。居里只简单说了两句，婆婆摔了，娣儿受伤了。乐乐本想对居里解释一下，晚上和东方见面，只是巧合，可在这种情况下，似乎不那么合适。既然居里没问，她索性先不提。只说老秦受伤，仇家找上门。居里听东方说过了，所以并不惊讶。朱姐却张大了嘴巴，说：“来真的，黑社会的？”乐乐苦笑，说了一句“人在江湖漂，哪能不挨刀”，就不再多说了。

楼梯间，东方帮伍正霖点烟，伍正霖比他还大几岁，过去都跟老谢有关系。东方问伍正霖：“听说店开得不错？”

伍正霖说：“就他妈胡干，”又问，“谢平贵现在不行了？”伍正霖知道东方和阿曼达联手弄老谢的事。

东方说：“人都找不到。”他撒了个谎，其实两个人刚见过面。

伍正霖问：“石玉燕是你前妻？”

东方道：“都前妻了，就没关系了。老朱不还是老谢的前妻？”他故意刺激他，话聊不下去了。只剩抽烟。

医院楼道里上来个人，一身红，大波浪头发，一上来就嚷嚷开了，说：“ICU在哪儿呢？！哪儿呢？！”居里小声说：“这哪来的倩女幽魂？”

朱姐隐约觉得来者不善。

只有乐乐认识此人，“还是来了。”

是老三。

乐乐料不到，新年第一天就将迎来一场恶仗。

黑道白道

说实话，乐乐见到老三有点胆怯。第一次过招，在老谢的公司总部，她在气场上首先就输了。而且老三釜底抽薪策反桂香之后，乐乐对老三便增添了几分畏惧。老三不是那种柔柔弱弱的江南女子，她心狠手辣，吃男人不吐骨头。

不过今天在这里相遇，乐乐还算有点底气，周围有朱姐、居里，甚至还有东方以及做过健身教练的伍正霖，她怕什么？老三并没有三头六臂，可等到血红的老三出现在走廊尽头时，乐乐还是本能地缩着脖子。

老三眼尖，发现了她，径直走过来，问道："老秦呢？"眼神透着杀气。

必须迎战了。

乐乐站起来，不卑不亢："重症监护室，现在不是探视时间。"老三狠瞪了乐乐一眼，仿佛她才是正经家属，而乐乐只是一名不负责任的护士。

老三转头上去了。

居里第一次见，跟朱姐叹道："就是她啊，鼻子孔恨不得都是喷火的。"朱姐没多说，只劝乐乐别动，静观其变。

过了一会儿，老三下来了，想把乐乐叫到一边。居里和朱姐自觉陪同，这个时候，她们不能让乐乐输了阵仗。老三不愿意，用小拇指扫了一下两位，对乐乐哼了一声，不屑道："这两位一定要陪着？"乐乐说："是我姐，你有什么话说吧。"老三便摆出一副审犯人的架势，道："第一，老秦出了事为什么第一时间不通知我？"

乐乐本想说是司机通知她的，可这样一来就出卖了司机老张，而且她没必要如实回答她。乐乐说："我也是刚到，听说的，这么大的事，外面早都传得沸沸扬扬了，你听不到消息，你得思考思考人品了。"

老三恨得咬牙："行，你伶牙俐齿，你是什么人你自己还不知道，绿帽子都会自己编，再给老秦戴上，你报警了吗？出了这么大的事。"乐乐说没有，出事时她并不在现场。老三说："是你不敢报警吧？"乐乐说："现在说这些有意义吗？当务之急是把他救活。"

老三不说话，双臂抱着，一会儿又说："姓陶的我告诉你，如果我查出来是你找人捅了秦哥，我让你不得好死！"

乐乐情绪也有些失控，嘶喊道："他也是我孩子的爸爸！"

老三呆住，她想不到乐乐会突然说出这么一句，是，他是姓陶的孩子的爸爸，他也是她孩子的爸爸，可恶的秦哥！他是好几个孩子的爸爸！可恼！可恶！可恨！

还有生意，她早就劝过他，做生意不能沾着政治，更不能黑道、白道都走，他不听。不过老三也相信，老秦被捅，还不至于是乐乐做的，她急于要名分，不可能捅老秦。至于分财产，更是八字没一撇的事，老秦连个话也没留。

先观察吧！

老三转身上了楼，留乐乐、居里和朱姐在医院走廊的一角。天蒙蒙亮，新的一年就这样到来了。朱姐打开窗户，冷空气进来，头脑清醒些。医院楼下依旧人声鼎沸，外滩事件越闹越大，不过这家医院略远，送来的伤者还算少。至于死者，当场就已经死了。

天亮透了。医生在外面喊："谁是安秋萍家属？"居里夫妻俩忙举手，说："在这儿。"进去一谈，才知道，秋萍臀部是骨裂，暂时不需要做手术，保守治疗即可。进宝听了连忙念佛。居里也松了一口气，让东方和进宝租车先把秋萍弄回去，她在医院陪着家芝盯娣儿。

东方担心："你一个人能行吗？"居里苦笑："不行也得行，不是还有妈吗？世卉你也带回去，今天就在家休息吧，别送幼儿园了。"

等东方走了，居里又劝她妈家芝回去休息。家芝不肯，说："我怎么放得下心，娣儿如果有个三长两短……"居里又跟伍正霖说："你带着朱姐回去休息，她也有点外伤。"朱姐连忙说不用，执意不肯。乐乐呢，更不愿意走，老三还没从楼上下来，她便也在楼下等。

东方走了，楼梯间，换成司机老张和伍正霖一同抽烟。他们都做过司机，有共同话题。"你这司机做得，有水平。"老张这么说。

伍正霖以为是讽刺，道："早就不做了，男人还是要凭自己本事吃饭。"

老张忙解释道："我不是那个意思。"伍正霖说你的意思我明白，不给他解释机会。

老张道："谢平贵那人不是个东西。"伍正霖烟叼在嘴上，听到这一句，便率先去给老张点烟了。

"他的确不是东西。"伍正霖说。

手术室外，家芝一个劲儿埋怨自己："当初你姐让我带娣儿来，我就思忖着，行不行，有没有危险？就不想带，可后来还是带了，这哪能带？！千错万错都是我的错，上海这个地方哪是人待的，吃人不吐骨头！老天爷你开开眼，让娣儿过了这一关，只要能过了，我立刻把这孩子带回去……"居里听着，怨家芝不理智，说："妈你现在说这话有用吗？这是个意外，别自责了。"其实居里也自责，可事到如今，她只能劝她妈，只能往好处想。

上午十点，手术室灯灭了。医生走出来。几个人围上去，急切地问情况。医生摘掉口罩，说："不好说，手术还算成功，但病人胸部受挤压太厉害，还得观察，先进重症室吧。"家芝当场晕倒在地。朱姐、乐乐连忙帮居里扶住老太太，拉到一边灌水压惊。过了一会儿，一个护士让居里过来签个字。居里问是什么，护士很冷静，说："病危通知单。"在一旁的家芝惊魂未定，一听，立刻又晕了过去。居里连忙拉住护士，说："我妈晕倒了，快救救我妈。"

护士不慌不忙走过去，掐掐人中，拍拍后背，说："这还不算昏厥，只是受惊了，马上就好了。"果然，半分钟后，家芝的眼睁开了。

老三从楼上下来了，乐乐本能地紧张起来。谁知这回老三却慈眉善目，来到乐乐身边，拉她到一角，问："这几个是你姐？亲姐姐？"乐乐不知她葫芦里卖的什么药，只说是朋友。

"秦哥你想不想救？"老三忽然严肃地说。

"废话。"乐乐说。

"说是被捅到肾了，要换肾才能活，"老三说，"这医院我有几个熟人，不过这边实在没有肾源，整个上海都缺。"

乐乐有些慌神，问："怎么办？"老三说："你这朋友家不是有什么人病危了吗，去谈谈，看愿不愿意捐出一个，钱是不缺。"乐乐的反应自然是不行，娣儿是生是死尚不好说，这个时候怎么能去问这话？！

老三见乐乐面有难色，道："行，你不问我问，你可别拦着，到时候秦哥醒了，没你什么事啊！"说罢，转身来到居里、家芝和朱姐旁边。乐乐远远看着，脚步沉重，她不敢相信，老三竟会如此心狠手辣。可她是为了救人，救一个对她们来说都十分重要的人。

居里和老太太怎么可能答应这种事。

老三笑嘻嘻道："你们是病人家属吧？"居里不知她葫芦里卖的什么药。老三接着说，"刚才从医生那里听到病人的情况，不是特别乐观。"家芝也抬头了，她听不得这个。老三说，"其实不如我们达成一个协议，如果，我是说如果，病人有个什么不测，我只是说如果，你们可否愿意请病人捐出一个肾来，救一救还有希望的病人，我可以出高价……"

话没说完，居里便气得浑身乱抖。

朱姐斜着眼看老三，仿佛她是白骨精女魔头。

家芝却率先一跃而起，一头撞向老三，正中她胸部，"你做梦！"

吃荤不喜素

三天三夜，居里守着娣儿没怎么合眼，到了第四天，医生说已经脱离危险了，真是不幸中的万幸，但后续的恢复情况不好说，因为内脏受到挤压，病患很可能再也回不到原来的身体状态。

等娣儿脱离危险，家芝给娣儿妈打了电话，简单说了说情况，请她立即到上海来。家芝和居里商量，等娣儿妈来怎么交代。居里说：“都是意外，都是命，姐不会不理解这个，只是将来娣儿还在不在上海待，是个问题。”

家芝说：“还待什么，赶紧回老家。”居里说：“人来的时候是好好的，现在不好了，就让她回老家，别说姐心里好不好受，就是娣儿自己愿意不愿意回去，也不好说。”家芝说：“那等孩子好些了再说，回去养病总比在上海好些，不行我也回去陪陪，你婆家现在乱成这样，我待在这儿也不是个事。”

居里连忙劝阻，说：“妈你可不能走，安老师那屁股，我看也只有你能照顾着。”家芝说：“不是还有你公公吗？”居里说：“我公公，一辈子中看不中用，东方又是儿子，不是女儿。”家芝怪居里光考虑自己。

秋萍听闻娣儿出事，一定要去医院探望，她跟娣儿投缘，感情甚至比和居里还近一些，她喜欢娣儿身上那股子虎劲，可没想到如今虎落平阳了。

秋萍趴在小竹床上，进宝这些天也不出去做事了，全程陪她。

“怎么好人就不得好报呢！”秋萍感叹，“老天爷到底长不长眼睛。”

进宝叹道：“已经算长眼睛啦！你这摔了一跤，虽然屁股青了一大块，骨头有点小毛病，也不算大问题，娣儿那边也脱离危险了，大难不死必有后福。”

秋萍道：“福在哪儿呢？房子房子没有，你弄个假遗嘱来，也是无效。”进宝说：“我哪知道什么遗嘱，都是居里弄的，障眼法。”秋萍道：“你那些哥哥姐姐狠心也就罢了，我最心寒的是，妈也这么狠心，一辈子明明白白一个人，到头来这么一件大事没办清爽，怎么着也应该论功行赏吧，这么多年谁对她怎么样，她心里难道不清楚？”

进宝知道秋萍的心气又上来了，但他怕影响她的伤势，只能说：“妈都明白，只是年纪大了有时候脑子不受控制，唉，只有这一辈子的兄弟没有下一辈子的姐妹，他们要平分就平分吧！”

秋萍一着急，动了一下，牵拉到腰以下的肌肉，疼得直叫唤，进宝连忙让她别动。秋萍这才哼然道：“平分？我看老大两口子的胃口不止这些，你没看人家都不愿意谈了，上回在四季宾馆，人家都要打我，说直接上法庭的。”

两口子正说着，有人敲门，进宝去开门。素鸡站在门口，声音先传过来，说来看看安老师。秋萍一听到这声音，恨得牙痒痒，勒令进宝说：“别让她进来！我不想见。”

可哪里拦得住，秋萍不能动，素鸡搞游击战争。

进宝讪讪地站在一边。

素鸡倒是真心来探病的，手里提着东西，可秋萍总觉得她是来看笑话的。

“现在家里不迎客。”秋萍埋着头，平趴成一个“大”字。

素鸡放下牛奶和椰子露，慈眉善目地走到小竹床跟前，帮秋萍把被子掖了掖，笑道：“我不是代表我个人，是代表居委会来看看你，所幸没事，也是，你说你跑什么，我又不是老虎。”

秋萍有些尴尬，聊不下去了。

素鸡请进宝去倒点水，等他避开，才说：“房子的事是我来监督清点的，但我是一碗水端平，谁都不向着。”秋萍说：“阿弥陀佛，你别掺和就行了。”素鸡道：“安秋萍，你可别狗咬吕洞宾不识好人心，我是来给你通风报信的。”秋萍半信半疑。素鸡的道儿深，她不得不防。

“你能有什么信，鸡毛信？”秋萍撇着嘴斜着眼。

素鸡道：“据我所知，老大那边在调当初老爷子老太太买这房子时的底根，要从这上面做文章，前几天去居委会查过。”秋萍说：“房子原本是民国时期留下来的，五十年代重建后是厂子里分的，再后来是老太太买断的，有什么好查的。”素鸡道：“那我就不知道了，只能帮你到这儿。”秋萍说：“你这么个吃荤不喜素的，怎么想起来帮我？”素鸡起身，道：“算我心里有愧吧，你这一跤摔得，多少是因为我。”

秋萍莫名地有些小感动。

进宝端茶出来，素鸡却说不留了，转身出了门。

秋萍问进宝：“你们家这个房子还有什么底根没有？”进宝问：“什么意思？什么叫底根？就楼上那小房子，还能有什么底根？”秋萍把素鸡刚说的话学了一遍。进宝说：“我估计没什么底根，可能就是查查产权归属，这房子原本归爸和妈，爸去世了之后，自然只有妈是法定户主，房产证上就她一个人的名字。”

秋萍说：“罗进宝我现在不能动，你别懒惰，哪天也去打听打听，别让老大他们登了先，走了小道。”进宝应付着说：“知道。”秋萍又说：“把这些奶啊露啊回头给娣儿那边送过去。”进宝不理解，说：“放在家里好好的，等她回来喝不就行了，现在刚脱离危险，也喝不了什么。”

秋萍恨不得敲他的头：“送礼送给能动的看的还是不能动的看的？这次我摔了，东方不在，你又是个不顶事的，还不都是靠居里，如今她们家出事了，我们没一点表示，像话吗？别说我，你也越来越老了，儿子是好的，媳妇不好也不行。所以我说，你们罗家的脑子都长到你大哥那儿去了，他是社会名流，有钱有权，帮过你们几个吗？老二离婚这么多年，你大哥认识这么多人，也没帮忙介绍一个，老三虽然也在外头，过得也算不上好，你就更不用说了，现在还是电工呢。”

进宝不作声，他知道，这个时候他但凡说一句话，就会被秋萍的唾沫星子淹死。说了一会儿，停了。

秋萍又问：“听说居里以前同事的前老公被人捅了？也在那个医院？”

进宝叹服，她自己摔成这样，还能捕捉到别人的好歹。进宝说：“好像是吧，有钱人的凶杀，搞不清。”

秋萍说：“为富不仁，怎么能不被捅呢？该！”

进宝白了她一眼。

“我看你那个大嫂——小狐狸精也该被人捅一捅，才能正常，我跟你说这些人你就不能让他们吃素，得来点荤的。”秋萍若有所思。

进宝打趣道：“还荤的呢，你都已经吃上荤的了。”

秋萍不解，问：“什么荤的？”

进宝离她远点，嘀咕道：“你看你那屁股摔得，不跟一盘酱肉似的。”

秋萍大叫：“罗进宝！你给我过来！”

进宝笑嘻嘻地跑开了。

覆巢之下

老三的提法极度自私，在医院就遭到家芝的“袭击”。也是，别说娣儿被抢救过来了，就是没抢救过来，当着人家的面让人家摘肾，也不是一件道德的事。医生下了病危通知书，老秦是多处受伤，肾部最严重，目前意识尚不清醒，如果能在短期内实现换肾，那就还有生还的可能，如果拖得时间久了就很危险。乐乐理解老三的着急。这个女人虽然坏，没有底线，但对老秦，她永远一口一个秦哥，还是有感情的。

在救老秦这件事上，她们是暂时站到一条线上。

外滩事件死了三十几人，但大多数人很快就火化了，老三又去谈了几家，根本没戏，捐肾又要配型，谈何容易？秦日、秦月都回来了，可她们除了掉眼泪，也没有别的办法。事情拖了一周。乐乐打算带着孩子回乡下一趟，可司机老张却来电话说，老三已经去公司作为代理总经理给大家开会了。

乐乐一听头有些大。代理总经理？这意思，老三是不打算救人，自己直接掌管老秦的商业王国了？人，变得真快。这个女人已经开始为自己的下一步打算。那她的下一步呢？房子被收了，公司的事她又插不上手，很显然，老三在公司早有动作，否则不可能如此顺利就开了会。

她早就已经想好了后路，大获全胜的后路。

乐乐甚至怀疑，在发现老秦救治困难之后，老三根本就已经放弃对老秦的治疗，转而开始拉拢公司关键部门的关键人物，准备接管公司。她和孩子能分到什么？除了一套小房子，或许一无所获。

毒，真毒！乐乐往公司打电话，秘书接的，她说我找总经理，一会儿，老三接了。“这都什么时候了，你在什么地方？！”乐乐的口气满是责备：“肾源找到没有？”她是代老秦发声。电话那头，老三停了几秒钟：“你质问我？你凭什么？这公司是老秦一生的心血，肾源已经四处找了，有消息我会安排，帮不了忙你就别在这儿惹事儿！别男人一倒下你就六神无主了，说你成不了大事你还不信。”乐乐还要追问，那头挂了。

乐乐给司机打了个电话，简单说了说情况。司机说：“不乐观，我听说公司那边普遍认为老秦没有救治的希望了，已经开始收网，你小心点。”

乐乐苦笑，开始收网。老张用了“收网”这个词，那感觉好像她陶乐乐已经是人家网中的鱼。医院重症监护室，乐乐隔着玻璃远远望着老秦。这个男人曾经生龙活虎不可一世，可如今呢，也成了人为刀俎，我为鱼肉。

人人都开始考虑后事，也对，人不为己，天诛地灭。可乐乐就是觉得，这样的结局，太突然也太惨烈，即便人生有命，故事也不应该这样写。乐乐泪流了一脸。还有乐辰，他还小，还需要爸爸的关照。乐乐可以想见，这样一个非婚生的孩子，少了父亲的庇护，未来的日子会经历怎样的坎坷。她低头看看儿子，小家伙还在呵呵笑，完全觉察不到危机四伏、四面楚歌、山穷水尽的滋味。

朱姐来电话，说金山有个肾源，是伍正霖找朋友联系的，是地下市场的，让她去看看，说完给了电话、地址。乐乐连忙抹了泪，地下也行。

带着孩子走，立刻开车过去。这几天她到哪儿都带着儿子。老的已经出问题，她不希望小的再有事。乐辰也听话，竟很少哭闹，多半时候，还笑盈盈的。他给了她勇气。一路开夜车，到了地方，简单谈了谈。不成。对方虽然愿意卖，却是个病肾，以老秦的年纪，换了病肾，估计也活不了。乐乐表示感谢，开车走人。

其实就在昨天，乐乐的配型结果已经出来了，不匹配。这在她看来已经是最后的办法。自己捐无望，一时半会儿又找不到能够配型的健康的肾源，乐乐真觉得老秦过不了这一关了。

前方拐弯。一辆大车迎面而来，锐光直闪！乐乐急打方向转弯，踩刹车，躲了过去，停在路边。惊得一身淋漓大汗！几近虚脱，她不由自主朝方向盘上一趴，叭——汽车喇叭响了。乐乐忽然哭了。

乱，一团乱，所有的一切，她辛辛苦苦经营的上海生活，原本已经几乎到达顶点，却因为一场莫名其妙的意外功亏一篑。覆巢之下无完卵。索性放声大哭。好一阵。副驾驶伸过来一只小手，是乐辰的。他比妈妈镇定，小手安抚在乐乐的胳膊上。出人意料，乐乐止住了哭声。儿子比她冷静。就算失去了全世界，她还有儿子，乐乐抱起儿子亲了亲。脸贴在他脸上。一会儿，才又上路。

到家了。她黄浦江边的小家。电梯缓缓上行。乐乐打算休息一夜，再去老家那边的黑市看看。走廊墙壁上的刮痕，是跨年夜东方的杰作。其实是不久前的事，可陶乐乐却觉得，仿佛已经过了一个世纪。这恐怕是她今生今世最痛的跨年夜。

仿佛一边是生，一边是死；一边是阳界，一边是阴间。不管！阴间她也要闯。乐辰已经睡着了。她一路抱着，手臂酸痛，想尽快到家歇息。掏钥匙开门。

拧一下，不动。

再拧，还是不动。

乐乐以为自己拿错了钥匙，又对着光看了一遍，没错。是走错门了吗?

真是鬼打墙了，乐乐想。

刮痕就是证明，这是她的家没错。

再拧。还是没反应。乐乐放下乐辰，用力扭动钥匙。

门锁稳稳的，纹丝不动。

低下头去看，才发现已经被人换了锁。

乐乐的心仿佛坠了一只秤砣，迅速沉入海底。她瞬间明白，老秦还没走，有人已经开始动手了。上次是恶搞，这次直接换锁封门了。这是犯法！可老三那种人，又何尝遵纪守法。

乐乐原本想砸门。可深更半夜，惊动了邻居，引来了警察，她便连身都脱不了了。冷静，乐乐告诉自己冷静，她抱起乐辰下了楼，就在电梯缓缓下行的时间内，她心中已经有数了。

坐进车内，她又有了勇气，她不哭了，她打算连夜开车回一趟老家。

走高速，困也得挺住，眼皮子撑着。

乐辰安安静静睡着。从小，他已经习惯了颠沛流离。

开了七个小时。

第二天清晨，小县城的街道人还不多。乐乐停好车，掏出钥匙开了家门。

这回钥匙管用了。

乐乐妈刚起来，睡眼蒙眬地准备如厕，见女儿抱着外孙子站在门口，愣了一下："你怎么回来了？"

"老秦被人捅了，快不行了。"乐乐这回倒没有撒谎。

美丽笨女人

跨年之后，朱姐很快把房子卖了。她名下有两套房子，一套大的，一套小的，大的出手套了几百万，过户她交给老谢去办，他直接拿钱了。

她不知道自己这样做是错还是对，但她总觉得，债还清了。她是中国好前妻，贤惠得前无古人，后无来者。这个时代没人不爱钱，可她还能为感情舍弃钱财，高尚得不可思议。可她总不能看着他被人砍断一条腿！

过去的一切了断了，老谢提出当面表示感谢。朱姐拒绝。自此过后，她并不打算轻易和老谢见面。

今年圣诞节莉莉没回来。她邀请妈妈飞美国一趟，母女俩在西半球相聚。朱姐问："你爸不去吧？"莉莉强调没爸爸的份儿，朱姐才开始放心准备。也是，这么多年折腾，放心不下，等到把房子卖了，她和老谢的关系变成他欠她的而不是相反，她似乎才真正放下一切，心里舒坦，有种重生感。

呵，怎么不是重生，外滩事件过后，她就是重生。她和伍正霖的关系是百尺竿头更进一步，他保护了她，在生死关头，虽然只是用体力，类似英雄救美人的最俗套的桥段，可她依旧感动至深。这个男人是可靠的，至少目前看来如此。她不知道她和他未来会怎样，但这次去美国，她甚至打算跟莉莉说说，劝她能好好接纳这位叔叔。

心态一放松，朱姐便开始忙了起来，年纪大了，出一趟远门，难免顾此失彼，每一样她都要想清楚，包括看自己的难姐难妹。去医院看娣儿，她已经有意识，能说话了。给乐乐打电话，听说她在老家，多少放了点心。还要和居里通话，问问她婆婆安秋萍的情况。在医院的那几夜，前所未有地将这几个女人勾连在一起。心和心更近了。

很快，老谢的厂子关闭，资产抵债，他还了最危险的高利贷，还剩一点外债是找个人借的，暂时能够缓一缓。据说东方帮了大忙。阿曼达到底没赶尽杀绝，人在海外，还是跟国内的朋友打了招呼，老谢幸免于难。东方问阿曼达什么时候回来，公司业务怎么办？阿曼达说："你放心，你那几百万帮你留着，不是事。"

东方提起老秦被捕的事，阿曼达毫不意外，说老秦走的路子太黑了，得罪的人太多，就没再多说。东方问她什么时候回国，阿曼达说："生意牵扯到政府官员，现在有人落马，免不了有人被牵扯出来，搞不好就弄得一身腥。"阿曼达问东方现在在做什么，东方说在帮朋友做基金会，阿曼达叮嘱他不要碰钱，也不要担任关键职位。

临行前一天，上午十点，朱姐正在收拾箱子，做最后的准备。手机响了，是老谢。她不太愿意接。切割。她对老谢目前就是这个状态，也必须做到这个状态。

装听不见，没接。过一会儿，又打来。不接，他又打。

穷追猛打。这是男人一贯的作风，看来她必须亲口拒绝他。

又来电话，朱姐接了。老谢说："听说你要去女儿那儿？"朱姐一听，知道是莉莉泄露了消息。难道他也去？太不妙了。如果是真的，她立刻取消机票，就怕已来不及。

"出去散散心。"朱姐说。

"晚上一起吃个饭吧？"是恳求的语气。

"对不起，没时间了，"朱姐说，"谢平贵，我只能帮你到这儿了，以后我们没关系了，真的。"

电话那头哽了一下。

朱姐说："明白了吗？可以挂了吗？"老谢说："我只是想谢谢你。"朱姐说："心领了，我谢谢你，你刚好也姓谢，呵呵。"她还保留着幽默感，说明真的不在乎他了。

老谢忽然说："业勤，我们复婚好不好，从前我错了，我恨我自己，你是天底下最好的女人。"

朱姐喉头突然打战，仿佛被一块冰糖噎住了。

这话，是老谢说的吗？那个不可一世的企业家、大男人、社会成功人士、无数小妹倒追的对象……他说得很对，她的确是天底下最好的女人，可一切已经太晚了。等到风雨都看透时，她也不能陪他看细水长流了。

朱姐笑笑说："谢谢你对我的评价，不过我们的缘分已经在前半生用完了，后半生，你我无缘。"就这么结束了。

坐在床边上，朱姐长长舒一口气，感觉仿佛已经过了一辈子，又还了魂，现在置身事外再看从前的自己。从前怎么这样傻！她不禁哼唱起李玟的《美丽笨女人》，还是从前上班的时候喜欢听的。遗憾的是，她觉得自己如今依旧是个笨女人，却不再美丽。

收拾得差不多，伍正霖来电话了，说："约了餐厅，晚上见。"朱姐表示同意。外滩事件过后，他们还没机会坐下来，好好吃一顿饭。她也打算好好当面谢他一番。朱姐问地方，伍正霖说在四季，朱姐说太破费了。

收拾完东西，朱姐开始敷面膜，贴好，躺在那儿。手机又响了。这回是陌生号码。朱姐不太想接，许是做推销的，可还是接了。

电话那头笑盈盈地说："喂，是小朱吧。"是个男人的声音，中气十足。小朱？这年头还有谁叫她小朱。现在都叫她老朱、朱姐，或者业勤。好有年代感的小朱。

朱姐有些诧异，问："您是？"那人说："我是老郭啊。"哪个老郭？她脑海中跳出来的跟老郭有关的似乎只有春晚的小品演员郭达和郭冬临。

朱姐嗯嗯啊啊，脑子还在转。老郭，老郭，老郭……

对方又强调一句："老郭，我是老郭，上次我们还一起跳舞呢，行业酒会……"

这下想起来了。是，有个老郭，大企业家，老谢和她办行业酒会，他邀请她共舞一支。老郭比老谢更成功，有钱，儒雅，她对他印象不错。

“中午有没有时间赏个脸，共进午餐？”老郭发出邀请。

朱姐有些慌乱，他找她做什么？可不赏脸似乎也不合适，给别人机会就是给自己机会。像老郭这个重量级的企业家，想跟他吃饭的人排着队。

“现在有点事情，”朱姐谦虚了一下，“晚一点可不可以，一点左右？”

老郭立刻表示同意。

亲爱的债主

午间十二点，帝景酒店包间，离老郭的集团不远。朱姐被服务员引导着一进门，老郭就站起来了，微笑着，两手叠在肚子上，意外的是他肚子并不大。没穿西装，只是一身黑夹克，竟然还是连帽式，显年轻。乍一看，甚至比老谢还年轻几岁。

大圆桌，一桌子菜。老郭笑说："也不知道你喜欢吃什么，随便点了点。"

朱业勤定睛一看，怎么看怎么不像随便点的，燕翅鲍肚，似乎全了。

她心里舒服，至少证明自己是个尊贵的客人，但嘴上还是说："要违反规定了。"

老郭说："我自己掏钱，没用公款，不违反。"

该落座了。朱姐迟疑了一下。坐得太远，不礼貌，坐得太近，挨着？似乎也不太好，于是隔着一个座位坐。中间放着一套餐具。

老郭对服务员说："来把这套餐具撤了。"就指中间那套。服务员立刻行动，老郭和朱姐中间一马平川了，两只胳膊对着，仿佛两条堤坝。

朱姐是客，需要表个态："郭总忽然请我，真是受宠若惊啊！"

老郭单刀直入说："受宠可以，若惊就不必了，不瞒你说，我对你比较欣赏。"

这种夸人方式，简单，粗暴，不像普通男女之间的那种打情骂俏，真真假假。老郭就是，实打实的，而且口气、表情，都透露着真挚。朱姐本想问，你欣赏我哪儿？可又觉得这么问未免有些太大言不惭。真叫给点颜色就开染坊，蹬鼻子上脸，顺着杆子爬了。

想来想去，还是得谦虚一下。朱姐道："不过是一个过了时的人罢了。"

老郭笑道："过时？我看你是新旧兼具，新式妇女的勇敢你有，旧式妇女的有情有义你也有，而且还漂亮。"

这夸得，赤裸裸。朱姐本人都有些不好意思了，只能部分接受，她放下小瓷勺，一一分辩："勇敢谈不上，有情有义我接受，至于漂亮，我想不应该添加在我这个年纪的女性身上。"

老郭道："用一句我员工都说的追星语：'喜欢一个人，那要始于颜值，陷于才华，忠于人品……'"

朱姐低头吃饭，不置可否，她在想这个老郭，到底葫芦里卖的什么药，谈的都是喜欢，难道……莫非……难以置信。许久，朱姐决定问清楚："郭总今天找我来，就为了说这些？"

老郭这才放下筷子，把椅子朝朱姐的方向挪了挪："其实你卖房子帮老谢还的贷款，债主是我。"朱姐一口汤差点喷出来。然后呢，亲爱的债主，想干吗？朱姐不说话，一双眼睛滴溜溜望着眼前的这个男人，有点摸不透，此时此刻，她相信无声胜有声，他既然已经打定主意，就会勇往直前。

"你，这个！"老郭竖起大拇指。朱姐还是微笑，不语。老郭说，"羊毛出在羊身上，既然你出了这钱，现在成了我们集团的人，刚好我们有个创业项目要做，我想就请你来做，做秘书长，全权运营。"

朱姐忙说："哟，郭总，高看我了！"老郭连忙说："不要推辞，是你熟悉的卫浴口的，只不过是公益项目，给山区孩子捐太阳能和卫生产品，话说着，手扶到朱姐的手上去了。"

触电般弹开。差点打翻小汤碗。朱姐的慌张无法掩饰。

老郭连忙解释，说："不是那个意思，不是那个意思。"

朱姐逐渐平复了，笑吟吟的。是那个意思又如何，不是又如何，都这个年纪了。她不相信老郭对她能有什么想法，这样一个集团老总，身家甚至上亿，能跟她有什么故事？

“你再考虑考虑，反正这个职位一直给你留着。”

朱姐没说同意，也没说不同意，现如今也没心思考虑这个，她马上就要飞去美国见女儿，一切等回来再说。

午饭完毕，老郭继续回去工作，朱姐则回家整理东西，趁着外出，她把以前的东西都理了一遍。偶尔翻出年轻时候和老谢的合照，黑白的，笑容单纯，独属于那个年代。都过去了。人也必须成长，个人不能和时代抗衡。现在的女人，应该更爱自己一点。想到这儿，朱姐起身多敷了一张面膜。

晚间，开车去四季，可刚转过宁夏路口，伍正霖来电话，说四季没订到座，大堂要等，改去喜福会。朱姐笑道：“今天什么日子，四季都要等位了。”

喜福会是个私人小会所，不大，没有包间，大厅有十来个座位，主做粤菜，朱姐和太太们的聚会偶尔在这里。她喜欢那儿的环境，中国古典式院子，有点江南园林特色，尤其是齐墙根的一排绿竹，一年四季都修剪得好好的。白天、晚上都喷着负离子雾，仙味十足。

车开到了地方，停好，进门，服务生站在门口，是个穿旗袍的姑娘，她问：“是朱女士吗？”朱姐拎着包，一边走一边说是。小姑娘做了个引导的手势，说：“这边请。”两个人刚走过玄关，进了大堂，灯忽然全黑了。

“怎么回事？”朱姐下意识地喊出一声。

小姑娘遁地般消失，朱姐一时适应不了黑暗，只好站在原地。

“人呢？”她又喊，还是没人答应。

几秒钟后，灯亮了。眼前净是牡丹花海，红、黄、粉、白。

朱姐怀疑自己是不是在做梦。整个餐厅没有一位客人，除了她，连服务生都退避三舍。

音乐响起，是钢琴曲——《爱情万岁》，伍正霖怀抱一大捧粉色牡丹花，一步一步走到朱姐面前。

“搞什么？”朱姐一边说，一边眼眶却已含泪。她反复告诉自己，不适合，真的不适合这样了。这个年纪，怎么可以这样，可身体却很诚实，内心却很感动，也许，无论哪个年纪的女性，心灵深处都住着一个少女。

伍正霖单膝跪地，牡丹花上举：“嫁给我吧！”

朱姐瞬间脑袋空白，发蒙。

虎啸鲸吼不过如此。

服务生们开始鼓掌。

“别这样……”朱姐忽然有些尴尬，“快起来。”伍正霖纹丝不动，举着花等待答复。可怎么能就这样答应，冲动是魔鬼。

“你先起来，”朱姐拉他，没用，“起来啊！”

朱姐头已经出汗了。

“先起来再说。”她强调。服务生们开始起哄说：“在一起，在一起……”真逼上梁山了。

朱姐接过花，“其实……”还没等她说完，伍正霖一跃，环抱住她。

朱姐只觉得双脚腾空，整个世界打起转来。

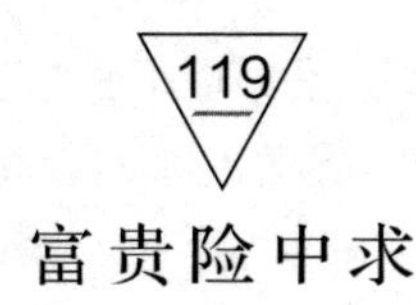

富贵险中求

县监狱托人跑了一遍，得到的消息是最近没有死刑犯。这事也就没法谈了。

乐乐每天给司机老张打一通电话——她怕接到电话，No news is good news. 所以她宁愿主动出击，打过去问。主要问两个情况：一是老秦的病情有无恶化；二是老三有没有先她一步想到解决的办法。为了老秦，她打心眼儿里宁愿老三比她有本事，搞定肾源，救人一命，这样大家都还能有后来的故事，否则，她和老三的故事都得另起一段，改写了。

也只有到了这个生死攸关的时刻，她才忽然发现，自己是有几分爱老秦的。他们有感情基础，经历过风浪，茫茫人海，不管怎么说都是老秦“搭救”了她，给了她现在的生活，有了一个共同的孩子。

乐乐到家，乐乐爸还在外面做工，从上海回来之后，他迅速联系到了此前的工作，在临县工地上做，一个月回家两次。妈妈在家带侄子，哥哥嫂子都在县里上班，妹妹和她不着调的准老公早分了手。从上海回来之后，乐乐妹的眼光提高了，而她自己的身价仿佛也提高了不少，在这个小小县城里，她也是个上海来的人了。镀了金。

到家第二天，乐乐妈就把女儿的困难跟全家人说了，除了她爸。逢个周六，她爸还没回来，妹妹在外头“野”，饭桌旁坐着乐乐、哥嫂、妈妈还有她小侄子。

乐乐刚从外头到家，托人去市医院跑肾源，当然无功而返。

乐乐妈把饭递到她手里，道：“闺女呀，这事，难度太大，不是妈说话不中听，只能是尽人事听天命了，我就觉得奇怪了，这上海就没王法了？出了那么大的事，警察能不管？”

乐乐见她妈说得不上道，若在平时，定要分辩，可如今身心俱疲，也就懒得解释了，她不吭不哈，接过碗吃自己的饭。乐乐妈见乐乐不说话，知道女儿有几分不高兴，便打趣说：“我这老太婆的肾不好使，要不，我也去见义勇为捐一个。”

乐乐讨厌她妈这口气，人命关天，她却说这种事不关己的屁话，随即道：“别说你，就是我，我如果能捐也捐了。”

她嫂子不知道乐乐配过型的事，忙道：“妹，你可千万别犯傻，捐一个肾，那还能活？你还年轻，没了这个还能找那个，三条腿的蛤蟆难找，两条腿的男人满街都是。”

一句话说得乐乐想哭了。她爱他！爱他！爱他！也罢！他们不会明白。

小乐辰饿了，吱哇乱叫，乐乐起身，到里屋背着喂奶，等喂饱了，才能回来继续吃饭。

乐乐嫂子跟她婆婆小声说：“你说大妹也真是痴情人，人家连名分都不给，还把咱们赶回来了，算个啥，没了也就没了，都多大了，该享受的也都享受了。”

前面半句乐乐妈同意，后面半句，听着有点不舒服了。什么叫都多大了，她比老秦年纪还大，是不是更该去黄土里坐着了？乐乐妈冷笑道：“你也别说这话，老话讲，棺材是给死人准备的，不是给老人准备的。”

乐乐嫂这才觉得自己说错话了，忙改口说：“妈我不是说你。”越说越乱。只好改话题，她嫂子说，“看来如果能给妹夫找到一个肾，那得值不少钱。”

乐乐妈是明白人，说：“不少钱？哼，我就说你脑子不明白不清楚。”她嫂子刚开一个话题就被铳，只好摆出一副愿闻其详的表情，聆听教训。乐乐妈说，“说你不经事你就是不经事，我问你，如果有一个人救了你的命你会怎样？”

乐乐嫂子立刻傻傻道：“报答！”

乐乐妈说：“对，就是报答，他那一身钱串子的人，报答起来，可不得了。”

两个人叽叽咕咕说着，乐乐喂完奶回来了，继续吃。两个人忙闭嘴。乐乐眼眶含泪，终于忍不住，吃着掉着，大颗泪珠和着饭吃。

饭桌上静悄悄的。

小侄子嚷嚷着夹腰花。乐乐看到腰花，不由得想到老秦的肾，眼泪落得更勤了。

乐乐妈斥责道："这谁买的腰花，找事！"

乐乐嫂子委屈，道："妈，这不是您让买的吗？说以形补形……"乐乐妈说："补形，是补你的形还是补人家的形……"

嗡嗡嚷嚷间，冷不丁听到一句话："要不，我去配型试试。"

婆媳俩不说话了。

乐乐愣住，泪水停，碗放下。

是乐乐哥说的。

瞬间一家人炸锅了。

她嫂子批评丈夫："你疯了！你有几个肾？三个？五个？能这么割？我跟你说陶大伟，你要只有一个肾，我和小军都不活了！"

乐乐妈也一脸紧张，她就这么一个儿子，还指望以后靠他养老，捐给那个老头子？天方夜谭！今古奇谈！完全乱弹！"绝对不行。"乐乐妈下达指令了，"想都不要想，我们家没这个命享福，也不能去受那个罪！"

乐乐当然也不同意哥哥真去捐，家里就这一个男孩，得保。但此时此刻，她哥哥能说这话，摆到桌面上来，乐乐已经十足感动。真是亲兄妹，只有哥哥知道她的苦、她的痛。乐乐捏住哥哥的手说："哥，谢谢，你不能捐。"

这话明理，乐乐妈和嫂子不闹腾了。

她哥讨厌老婆惊惊乍乍的表现，道："乐乐配不上型，我也未必配得上，急啥。"

嫂子依旧喋喋不休，她哥一拍桌子："闭嘴！"

嫂子被震住了。

乐乐哥起身，走了。小侄子在一旁拍手道："爸爸不捐妈妈捐，爸爸不捐妈妈捐……"她嫂子去拧儿子的耳朵，啐道："捐你娘的大头鬼！”

小侄子一边叫唤一边说：“什么大头鬼，你不就是我娘吗……”

乐乐实在看不下去家里的这种乱象，起身要回屋，她妹却推门进来，道：“捐什么大头鬼？我捐试试。”

乐乐妈讨厌小女儿这般不着调的样子，道：“捐肾，你捐吗？”

乐乐妹嘻嘻道：“捐啊，给苹果手机吗？”

乐乐妈强调：“你傻？是捐肾！捐肾！”

“我知道是捐肾，”乐乐妹放下皮包，“耳朵没聋！肾又不是心，肾有两个，捐也就捐了，但是要看价钱，价钱好，不是不可以考虑。”

面面相觑。

乐乐妹接着说：“我知道姐夫十万火急需要捐肾，我呢，可以去配型试试，我是万能血型，不过话说在头里，我有三个条件，答应我才能办事。”乐乐忙说：“你说。”

乐乐妹条分缕析道：“第一呢，捐了肾，我就是残疾人了，不能工作，这一辈子要用的钱，姐夫得给我准备好，包括将来老了请保姆的钱，还有养孩子的钱，结婚的钱，最好能在姐夫的公司有点股份，这样以后有保障；第二，我在上海要有一套自己的房子，不用太大，两室一厅，不能在郊区，房产证得写我的名字，产权得是七十年的；第三，要介绍一个有钱的大帅哥跟我结婚，我也来个麻雀变凤凰，我得生个孩子。如果能答应我这几点，我就捐。”

狠，现在的年轻女孩子就是狠！对别人狠，对自己也狠！人说富贵险中求，这也太险点儿！

乐乐看了看她妈妈，妈不讲话，又看看她嫂子，嫂子呆若木鸡。

乐乐小声问：“妹，你说真的？这可是要动真格的。”

“动真格的。”乐乐妹天不怕地不怕。

“我答应你，”乐乐说，“我代表你姐夫答应你。”

正说时，乐乐爸进门了。

他把胳肢窝下夹着的劳保鞋往地上一摔：“捐什么捐？生死有命，富贵在天，我们老陶家还没到卖肾过日子那一步！不许捐！”

敌人的敌人

娣儿出了院，由家芝和她妈陪着暂时回老家将养。秋萍躺在床上，多半由进宝照顾，东方开始去基金会上班，世卉上幼儿园，还算听话。搞调查、搞统一战线的事只能由居里代为承担。

关于房子，秋萍的意思很明确，实在不行就平分。不过秋萍不敢大意。她把那日素鸡来家里“线报”的内容跟居里交代了一番，又说：“你去居委会那儿看看老底，当年房改到底是怎么回事，你就去找素鸡，就说我让你来的。”秋萍口气很大，仿佛她跟素鸡这么多年的矛盾都烟消云散了。居里连忙称是。

第二天就去居委会，素鸡不在，她向来不认真上班，一个小姑娘在，居里提出，她不给查，说年深日久也没得查。居里只好给素鸡打电话，求助。素鸡对居里印象不错，不大会儿工夫，来了。“也就一张复印纸的底根，没什么东西。”素鸡道，“没什么实质性的。”居里坚持想看看。小姑娘带着去档案室，结果什么也没翻出来，只有一张多年以前第三棉纺厂的便笺纸。

素鸡道：“我的建议，你还是去做老二、老三的工作，她们都答应平分的话，你再去找老大做工作，最好别上法院，麻烦，多少年的老脸也就没了。”

居里只好回家禀报秋萍。秋萍趴在床上，恨不得一跳多高：“老脸早都没了，能拿到东西才是实惠。”

居里分析道：“现在老三还好说，但老二不太好争取，当初我们有私下承诺，那是因为二姑相信我们有遗嘱，可那是假的啊，再去说，估计说不通。”

秋萍说：“谈不上说不通，老二是墙头草，她跟老大站在一条战线，也就是想多分一点，老大那老婆是什么人？吃人不吐骨头的人！能分给她？做梦吧！”居里一想到分不到房产，就买不了自己的房子，不免有些气馁。秋萍说，“你这样，先去见一下老大的老婆，问问她是怎么想的，在这个谈话过程中，看看有没有什么破绽，然后回来我们再从长计议。”

居里愣了一下。去看大伯母？她从未想过，那个年纪比她大不了多少的女人，哦不，按说也有四十多岁了，比她大，但看上去真年轻啊！跟七十岁的大伯站在一起，真像爸爸带女儿。老实说，她对这个人有点发怵。她总觉得大伯母是跟乐乐的对手老三一样的人，有知识、有文化，却无比凶悍。

“发什么呆。”秋萍拍居里大腿，居里浑身颤了一下，“没什么，你主要是去问问她想要多少，谈判嘛，有来有回。”只能硬着头皮上，现在能活动的，也只有她了。

当晚，居里给大伯母打了个电话。她姓马，英文名Helen，她要求别人都叫她Helen马，但时间久了，人们都简称她马海伦。真名倒很少有人知道了。

居里表达了自己的意思。电话里，马海伦说：“没问题，明天来我单位谈。”秋萍在旁边，不屑道：“她永远要强调她单位，最高大上，管世博园的！呸！要不是靠着大哥的关系有她什么事！”居里本想多问点马海伦过去的事，可秋萍在气头上，一说，动了怒对身子也不好，只能先忍着。

晚上东方回到家，居里问东方关于马海伦的事。东方说他也不是很清楚，只知道过去她是大伯手下的一个实习生。居里又问：“他们的孩子呢，有孩子吗？”东方说：“有一个男孩。”居里说：“大伯跟前妻没孩子吗？”东方说：“没有，前妻不生。”居里说：“那就是了，离婚原因就在这儿。”东方说：“何以见得？”居里说：“换位思考啊，我如果不生，这个家能容得下我？”

第二天，居里到世博园，本来想带东西，可既然几家已经吵成这样，她又只是个传话的，也没必要再带。快到农历年，各馆门口竟也有人排队。到办公区，居里找前台小姑娘报了名字，小姑娘打了个电话，扭头说："海伦姐在开会，请稍等一会儿。"居里只能夹着包，站着等，大厅里没暖气，她冻得直跺脚。

闲着无聊，她问小姑娘："海伦姐在你们这儿，是多大的官啊？"

小姑娘一脸讳莫如深。

居里道："我是她亲戚，没事你说。"

小姑娘说："她是运营官，挺重要的，马上还要往上升呢。"居里听着头皮发麻，心想真是天道无情、人道沉沦，怎么净是这样的女人得志，她沈居里贤良淑德，却只能这么漂着。

等了一个钟头，马海伦才叫她进去。居里夹着包，没有秋萍陪伴，又加上整个办公环境的气场压下来，她多少有些鼠头鼠脑，溜边走。

马海伦一人一间办公室。硕大。严重超标。

居里一进门，就见马海伦站着，刚想寒暄，马海伦却说："说吧，什么事？"

单刀直入。

居里反倒乱了阵脚。她是来摸底的，可没有拉家常，怎么摸底？

"来看看大伯母。"

"我还有两个会。"马海伦看看手表，"现在也快到点了。真的没事？那再约。"

每个字都是短促的。她是战斗者。

不说不行了。

"老太太那房子……"居里话音还没落，马海伦就抢白道："那个房子的事我和你大伯是这样想的，我们应该分一半，剩下的你们三家分，这已经加了兄妹情分在里头了。按照法律程序，房子应该是全归你大伯的，最好达成和解，不行就上法庭，还有什么要问的吗？"

居里被她的气场压制，不问了。

海伦收拾文件，开会去了。

出师不利，首战告负。居里像丢了魂一般往家里去。先接世卉。一路上，她想着怎么委婉地跟秋萍表达马海伦的意思。

嗨，还委婉什么？居里笑自己不够勇敢。大兵压境，马上就攻城略地，他们总要知道敌情，不能就这样丢盔弃甲，不战而降。

进门，听到卧室里有谈笑声。世卉小跑过去找奶奶。

屋子里有两个人。秋萍趴在床上，床沿边坐着个老太太，比秋萍年纪应该大些，头发花白。但面皮还不算老，保养得不错。

秋萍道："居里！下楼买点猪头肉，再买点口条、牛肉，给卉卉买只鸡腿，凉拌菜也来一份，不要放蒜汁，你大姑不喜欢吃蒜汁。"

来客忙说："也吃的，杀菌。"

秋萍又改口，说："那就稍微来一点。"

大姑？哪门子的大姑？居里一脑袋问号。

等东西都买回来，刚巧碰到东方回家。居里跟他说家里来人了，没见过。两口子到了家，东方去打了打招呼。

居里拉他进卧室，问："谁啊？"

一双眼睁得比她的好奇心还大。

东方说："大伯以前的老婆，前大伯母。"

居里惊得下巴打战。转而有几分佩服婆婆。

敌人的敌人就是朋友。真理啊！

人生如梦亦如露

居里把菜买回来，进宝也到家了。电工房有点事，他上午出去了一趟。见前嫂子来，进宝深感意外。

秋萍先说话："要不是嫂子来，我只能尿到床上了。"

在秋萍眼里，这位名叫张凤淑的女人，是她永远的嫂子，过去是，现在更加是。

凤淑道："还什么嫂子，不过被扫地出门罢了。"

秋萍说："老太太就没让那个女人进过门。"凤淑有些感动，深问是不是真的。进宝证明是真的："老太太就没见过马海伦几面。"东方在一旁，补充道："奶奶似乎不喜欢'马海伦'这个名字。"这是真话，老太太虽然是在十里洋场长大的，却有一股子保守气。

秋萍似乎找到了鼓吹点，说："妈说了，凤淑她喜欢，凤凰落梧桐，罗家有淑女，我们书香门第里的女孩子，就应该典雅大气。妈常念叨，凤淑怎么不来了，凤淑怎么不来了，就是临走前的几天，还说这话。"

凤淑听得两眼含泪，说："真的，那我真是罪过了，只是无名无分，我怎么上门？"秋萍不得动弹，稍微挪了挪胳膊，凤淑帮她挪了挪胸口下的枕头。

秋萍让进宝打开柜子，说把老太太那件粉色旗袍拿出来。"你比我进门早，你肯定知道。"凤淑惊讶："是老太太结婚前就有的那件粉色旗袍吗？"

说话间，进宝已经找出了那件著名的旗袍，改大了，秋萍亲自拿去找的裁缝。秋萍让进宝把旗袍递给大嫂，道：“妈走之前，就说一定要把这件旗袍给你，都改好了，你现在穿正适合。妈还说，到什么时候我们都是一家人，老大不认你，犯浑，可妈认你，我们认你，这一生一世，我安秋萍都敢说这个话，我不认识什么马海伦驴海伦，我就认张凤淑，你就是我的大嫂。”

一番话，把凤淑几十年的委屈都埋在里面了，真真假假，秋萍虽是演戏，然而戏假情真，凤淑落泪了。她当真拿起粉色旗袍，站在大衣镜前比了比：“我刚进门的时候，妈就说以后把这件旗袍给我，我说等以后生了孩子就不能穿了，可谁想到……不过现在改大了，刚刚好，秋萍，这个我就不客气了，收了。”

安秋萍一方面说好好，一定得收，另一方面又真心嘀咕老太太不地道，就一件衣服，究竟允了多少人。从这件小事也能看出来老太太的圆猾。

一会儿工夫，饭做好了，几个人上了桌。居里一手操办，猪耳朵、牛肉等指定菜都摆上，另加几个拿手又好看的小炒，诸如木须肉、豌豆鸡丁。再摆上杯子，倒上秋萍喜欢喝的茹梦的桃汁。

秋萍不能坐，就半歪在小竹床上，旁边放一张小茶几，也算上桌了。“人生如梦亦如露！”秋萍举杯，“什么都是假的，来吧，欢迎凤姐回家！”

居里听着“凤姐”俩字，本能地觉得头皮发麻。联想到《红楼梦》里的王熙凤，总觉得不够吉利。

饭桌上，秋萍才把家里房子的事掰开了揉碎了跟凤淑说了。凤淑若有所思。秋萍说：“老大两口子就不是人，老奶奶他们是一天没伺候，却张嘴就要一半房子，特别强势，这真没法谈了。”

凤淑问：“你们咨询过律师没有？”进宝说：“简单问过社区的义工，他们懂一点法律，他们说这种情况一般是四个子女均分，像我们这种尽了赡养义务的，应该还多分一点。”

居里说：“不过我去见马海伦，她说要不就上法庭，信心很足的样子。”

凤淑的眉头皱了一下。她听不得“马海伦”三个字。

居里给凤淑夹菜。一桌子无言，只有世卉嚷嚷着要吃猪耳朵。进宝给她夹，让她端着小碗去一边吃。又过了一会儿，凤淑才说：“他们既然这么横，肯定是有理由的，这房子是老房子，买断好几次，那时候进宝在外头学习，秋萍进没进门我记不清了，当初是老爷子和老太太一起分的房，房改之后，私人要买下来，是用你们大哥的名义，用他和我的公积金去买的，所以这房子如果真追究起来，恐怕他们得一半还是少的，你大哥毕竟出了钱，就算原始基金吧！”

一席话让一家子人傻眼了，尤其秋萍，她千算万算，怎么也算不到老大那边还有这么一出，原始基金？“公积金给了多少？”秋萍急问，身体一动，压到屁股，忍不住叫唤。

进宝忙过去看，凤淑也紧张，等安顿好了，凤淑才说：“统共也就两万不到吧。”

秋萍惊道：“我的青天大老爷，还有比这更划算的买卖不，投资两万，现在要拿四百万，这想干吗？这要上天！”又问凤淑的公积金也参与没。那应该也可以分，至少有发言权。

凤淑说：“过去是有，但离了婚，就是什么都没有了。”居里忙劝道：“也许还有转机，即便大伯当初出了钱，也不至于全部拿走。”凤淑又问老太太临走留没留什么话，留没留遗嘱。进宝说：“什么都没说就走了，临走前脑子有点糊涂。”

凤淑说：“按说老太太不是这样的人。”秋萍指着进宝道：“吸取教训，我以后走之前绝对都安排好。”凤淑笑道：“你安排什么，就一个儿子一个媳妇，不留给他们留给谁？”一桌子人哈哈笑了。

听了凤淑的透底，一家子不得安生。进宝护他大哥，东方心大又要忙工作，虽然感叹，但能帮的也有限。只是秋萍和居里气得接连几天睡不好。大白天，居里坐在秋萍跟前，虽不至于相对垂泪，但叹气总有。秋萍问居里怎么办。

“敌不动我不动。”居里说。

秋萍说：“我这想动也动不了呀，我如果能跑能跳，绝对去找那个马海伦，打她两耳光。”

“妈你这是演台湾电视剧呢？”居里笑，“还是八点档的。”

“你大伯从前人不错，”秋萍痛说家史，“月月给老太太生活费，从前工资低，我跟你爸一个月才三十七块钱，你大伯月月特别准时，十块钱送来，那时候还没有你大伯母，后来结婚了也还好，就是找了这个小三之后，变了。”

居里随口道：“人都是越老越自私。”

秋萍联想到自己，立刻反驳：“自私吗？我就大公无私！居里，我现在就可以跟你保证，这房子以后就是你和东方的。”居里心想，这等于没说，但表面上只能顺着她说：“对对对，妈最大公无私。”

秋萍听这口气有些不满，说：“居里你这什么态度，不耐烦了？”居里连忙解释。

有人敲门，居里应了一声。

一身墨绿工装，是快递员。

“罗进宝家在这里吗？”快递员道，“挂号。”

哦，是挂号信。居里帮忙收了，拿给秋萍。接到手，撕开，一张纸，没看两眼，秋萍嗷地叫了一声“王八蛋”，便将纸摔到地上。

“怎么啦？”居里一边安抚秋萍一边捡起那张纸。

是法院的传票。

为了房子，老大两口子提起诉讼，把进宝和秋萍给告了。

一奶同胞

乐乐开车，和妹妹一起回乡下老宅。乐乐爸明确表示不同意，并说谁如果敢做这个事情，就不要姓陶，就不要进这个家门！可乐乐妹不听，她我行我素惯了。去了上海一趟，更觉得花花世界好，她想介入进去。

“小淘，”老宅门前的小河旁，乐乐和妹妹陶小淘并肩站着，“这不是儿戏。”

乐乐妹道：“姐，你不要总把我当小孩，我都多大了，二十好几了，怎么做事情我自己心里能没个成算？”乐乐说：“可这是肾。”陶小淘道：“我知道，我明白，我清楚，这是肾，不是心也不是肝是肾，心肝脾胃都只有一个，但肾有两个，其实一个就够用了，这些我都明白。”

乐乐还是踌躇，她觉得妹妹只是一时兴起，或者是太年轻，头脑发热，如果一旦意气用事捐了，将来一定会后悔。乐乐妹却说：“姐，我想清楚了也看清楚了，你就是例子，和你比，我差远了。你去上海奋斗这么多年，都一无所获，我呢，一没长相，二没学历，家世背景就更不用说了，我也不怨父母，就是这么投胎的。但姐夫这个不一样，如果姐夫愿意答应这些条件，我真的可以考虑，那些是我一辈子的梦想，可靠我自己，能实现吗？人活着是为了什么？我不愿意就在这个乡下待一生一世！”

豪言震耳。

乐乐偏过头望着妹妹，陶小淘则看向正前方，仿佛要透过氤氲水汽，看清河对岸的风景。乐乐有些吃惊，在她眼里，妹妹小淘一直是一个不着调不靠谱、没理想没抱负的低水平物质女孩，可现在看来，她非常知道自己想要什么，而且懂得抓住机会，就好像用放大镜取太阳光一样，聚焦，就能燃起火种。

她比她这个做姐姐的，还要彻底，姐姐是出卖青春与头脑，妹妹则完全售卖自己的肉身。

“你想好了？”乐乐不忍心这么问。可她也不忍心老秦就这么死，他也不能死，而且乐乐还有一丁点私心，尽管她嘴上不愿意承认，也不能承认——如果是她的家人救了老秦，那她以及她的家族，必然翻盘，将彻彻底底在上海站稳脚跟，一生无忧。

小淘捡起一颗石子，弯腰打水漂。“就这么定了，尽快启程，直接开车去上海吧！”乐乐说不可以，这事爸妈不同意不行。小淘急了：“爸能同意吗？！他那态度你也看到了，他老了，也做不了主，他心疼我我理解，可是我不想按照他们设定的方向活。”

冷静，叛逆。不久之前，小淘还是和她那不成器的准老公腻在一起的小女孩，现在呢？乐乐有些摸不准妹妹，算了，慎重考虑，过了这一夜再说。

傍晚，她照例给司机老张打电话，老张说老秦情况还稳定，但要尽快，再撑下去会出问题的。乐乐心忧，可她还是做不了决断。

一奶同胞，今生她就只有那么一个妹妹，万一捐了救不活呢，万一捐了妹妹身体出问题呢，万一后悔呢，她都承担不起这个责任，不，不能这么做。生死有命，看老天爷的意思吧。明天去周边小城再找找肾源。

晚间，乐乐妈和哥哥也回来了。坐最后一班乡村小巴。

乐乐有些意外，问：“你们怎么来了，爸呢？”

“回城里工地上了。”乐乐妈说，“晚回去一天都要扣钱。”

钱钱钱，这个家庭似乎永远缺钱。其实何止这个家庭，身处这个时代，谁对钱没有饥饿感？晚饭是妈妈做的，从家里菜地薅了点，炒炒就几盘子，可吃得都没滋味。饭后，哥哥陶大伟和妹妹陶小淘去收拾碗筷，乐乐妈和乐乐就站在厨房外头的天井里说话。可一时都不知如何说起，便各自散去。

妈去看电视，乐乐还是坐在天井里。她哥过来说外头冷，乐乐也不听，大伟便给乐乐拿了一件袄子披上。午夜天晴，有星星。乐乐妈也没睡，她悄悄走到乐乐身后，乐乐感觉到有人，一转身见是她妈，轻声叫了句。

乐乐妈叹了口气，道："就按照你妹妹的意思办吧。"

乐乐头皮一麻，浑身跟过了电一般。"妈！"眼泪下来了。

那滋味，说不清，道不明。

"她提的条件，必须得满足。"乐乐妈已经很冷静，"你爸那边你们就不用管了，明天就走，你哥陪着去。"

乐乐想要说的话太多太多，可这一刻，她竟无言以对。杀伐决断，妹妹遗传了妈妈。她还是多愁善感成不了大事。

这一夜，乐乐就那么躺在床上，眼睛睁着，泪流，两只眼仿佛两口井，一会儿冒水，一会儿又干涸。仿佛经历了几个朝代。天快亮了，她跟老张通了个电话，说肾源有眉目了，让他把检查等一系列事情都安排好，并且做好保密工作。

翌日一早，乐乐把乐辰暂时交给妈妈带，此去上海，事情太多，她顾不上他。乐乐妈说保证带好外孙。兄妹三人告别了妈妈，便启程了。

一路无话。小淘轻松，一会儿听歌，一会儿唱。大伟面目严肃，眉头微蹙，仿佛要上刑场。乐乐也不好说什么，只能闷头开车。

进了上海就住院。先是检查，看捐赠者的身体状况。都加急，走快车道，就那也得一个星期。终于搞清楚小淘的确配得上型。再是找大夫，约最好的大夫做手术。这些都是乐乐和他哥在忙。乐乐妹陶小淘则住在高级病房里，没心没肺，等待着手术的日子到来。

这天下午，小淘趁护士不注意，在医院里溜达。刚好撞见个时常在旁边病房溜达的老大姐。大姐见小淘，问："你是干什么的，年纪轻轻就住进来，什么毛病？"小淘说："我没毛病。"老大姐说："你没毛病住进来干吗？"小淘若无其事地说："捐肾。"大姐惊得下巴都快脱臼了，说："你真敢啊，隔壁床你看到了吗？就是那个屋的，绿色门那个，也是捐肾的，人是救活了，可捐肾的人死啦。"陶小淘呆立。

死？这个可能性她此前从未想过。死的严重性如今摆在眼前，她忽然意识到，捐肾，也是有可能死的。

她溜回病房，傻傻地坐在床沿上，猛吸两口气。哦，还活着。

再过七十二个小时就要上手术台了。

第二天下午，护士小姐进门叫陶小淘，乐乐也在。“病人陶小淘，来做术前说明。”乐乐见小淘不动，说：“来吧，例行公事。”

小会议室一片白，白桌子、白桌布、白墙、白椅子，纯洁是纯洁，可也有点肃杀之气。

护士开始一条一条讲了，乐乐和小淘聆听着，核心意思只有一个：手术有风险，出了问题我们不保证。

小淘头冒汗了。

“签字吧。”护士推过来一张表，“这里，这里，还有这里。”小淘举着笔，不肯落下，手有点抖。乐乐转过脸，不看妹妹。签，还是签吧。

“姐，我签了啊！”小淘对乐乐说，乐乐艰难地“嗯”了一声。

熬，剩下来的日子就是熬，一个小时一个小时熬。乐乐全程陪着妹妹，她怕她害怕。小淘表现也不错，吃睡都正常。

终于到点了，护士进来：“准备吧。”

一会儿，推进来个移动床。小淘躺在床上，三个护士推着床，快速朝手术室滑去。深渊！是深渊！快进手术室了，小淘突然哇啦一声跳起来。

“不行不行，我做不了，我做不了！”乐乐闻声而来，可还是挡不住落荒而逃的小淘。

大伟拎着快餐上来，见小淘逃进电梯。没来得及问怎么了，小淘便逃了下去。乐乐赶到电梯口，一头汗，大伟问情况，乐乐说：“小淘临时变卦了，”又说，“老秦没救了。”说着流泪了。

“这不胡闹吗！”乐乐哭着跺脚。

兄妹俩站在电梯口，乐乐背过身子，她被挫败了，深感痛心。

大伟扳过妹妹的肩膀，乐乐扑在哥哥怀里哭。

半晌，大伟说：“要不……我捐吧。”

乐乐抬头，惊异地望着哥哥。

两个孩子

时差倒了三天都没倒过来。

纽约时间上午十点，朱姐在阳光中醒来。莉莉拿了两个奖，又在国内网上写东西挣钱，这次她来纽约，莉莉请，住中央公园旁。朱姐觉得真是当妈了。她这次来见莉莉，还有一件事想说，但一直没有合适的机会。

上飞机前的那个晚上，伍正霖的求婚令她惊讶、欣喜、感动，更增添了朱姐的信心。坦白，她必须坦白，对自己坦白，对伍正霖坦白，对莉莉——她唯一的女儿坦白。

她开始深度思考自己和伍正霖的关系，结论是，有必要再进一步——从恋人到夫妻。

白天去大都会博物馆，是中国主题秀水中花，主办人很有名，是个来美国闯荡的华裔女性，嫁了两任丈夫，一个比一个有本事，她借此平台，水涨船高。

博物馆摆满鲜花，粉色、白色、淡蓝色，一路迤逦而上。

莉莉给朱姐上课："妈，看到了吧，这个秀的主办人米歇尔·李是靠什么发达的知道吗？"朱姐说："不太清楚，靠什么，脸蛋？"莉莉说你说对了一半，"脸蛋是必要条件，不是充分条件，说实话，米歇尔·李的脸蛋一般，不过她思路很清晰。"朱姐心不在焉，背着脸对莉莉。

"看到这个布展没有，"莉莉继续做解说员，"凤在上，龙在下，这个很女权主义，这是个男人的世界，女人如果全靠自己奋斗就累死了。"

这话朱姐有些不爱听，她问："那怎么办，女人应该怎么做，全靠男人？谢莉莉，这就是你来美国学到的腐朽的知识？"

莉莉说："这跟美国有什么关系，妈你激动什么，你的婚姻失败了，不是因为你靠男人，而是因为你没跟男人合作，婚姻是合作，你要取得自己的利益，这很正常，这不可耻，我知道你给爸还了钱，因此我爸、我为你鼓掌，但这种做法我并不认同。"朱姐不耐烦，说："认同也好，不认同也好，这件事到此为止，不用再提。"

不愉快的气氛产生了。

下午逛中央公园，走走停停，两个人没怎么说话，静静的。

来电话了，是乐乐打来的，国内是半夜，朱姐猜大概有急事，多半和老秦有关，跨年时老秦进了重症监护室，能不能坚持到现在，搞不清。

果不其然，是换肾的事，乐乐说她能托的人都托了，包括居里、东方那边，老家亲戚，四处找，妹妹打算捐后来又跑了，现在哥哥要捐她不忍心，想问问朱姐这边有什么路子，急茬，等不了。

朱姐第一反应是找伍正霖。他老家那边也许有路子，第二反应，找老郭。她也不知道自己为什么会想起老郭。可能出国前她就见了这两个男人。她没保留，把伍正霖和老郭的联系方式都给了乐乐，并说自己会先打个招呼。乐乐道谢不迭，说有情后补。

太阳西斜，坐在中央公园的长椅上，四周光秃秃的，但前面的小水塘还有浮鸭，它们不嫌冷。过了一会儿，莉莉说那边有个中国网红，要去打个招呼，拍拍照，便跑开了。朱姐一个人坐在长椅上，双手叠在脑后头，半闭着眼，她回味着莉莉在博物馆里说的那些话，虽然不中听，触犯了她女权思想的界限，但不得不说，有几分道理。

呵，她和老谢当初送莉莉出国，是让她接受自由民主独立的熏陶，可没想到，她却中西合璧，成为一个狡猾的中国女人，好在功课没落下。明年就大学毕业，马上要读研究生，莉莉说了她的打算，出来去华尔街，做金融女强人。

美好人设。

睁开眼，脚边路过一对夫妇，女的年长，男的年轻，成熟女性配小鲜肉。有些触目。哦，是镜子。朱姐忽然自省，这样不搭调的组合，她怎么跟莉莉说和伍正霖的婚事。

关于她和伍正霖，莉莉曾经在和她视频电话的时候说过自己的见解，她建议：不分不和。理由是：婚姻需要责任，你这个年纪，还走入婚姻做什么，两个人在一起，你如果感觉好，还用在乎一纸婚约？有道理。可问题是，现在伍正霖求婚了，那就是希望再进一步。

逆水行舟，不进则退。伍正霖没有打算不清不楚、不明不白下去。求婚没答应，也总要有个说法。

她必须跟莉莉摊牌。

接连几天，母女俩关系疏离，朱姐都没找到合适机会谈。时间倒数了。这日是上东区晚宴，纽大的一个教授请，说是六国混血，自己有公司在做，四十岁出头已经是终身教授。

莉莉特别上心，帮朱姐挑衣服，最后穿个一字肩小礼服，拿手包，她自己则包裹得严严实实。见了真人，朱姐才觉得别扭。

教授叫艾瑞克，有黑人血统，也不是纯黑，但头发小卷，年纪不大，但也许外国人老得快，朱姐觉得还没自己精神。可莉莉崇拜这个教授，和他坐在一排，对面是朱姐。两个人说英语，飞速地，不时大笑。朱姐插不上嘴，有些尴尬。但艾瑞克显然照顾朱姐的情绪，吃法餐上蜗牛，摆盘精美，他先说："So beautiful."又对朱姐，用生涩的汉语说，"你也……很……美。"

朱姐受宠若惊，这是整个会面中的华彩篇章。

吃完回到酒店已近十一点，朱姐洗完澡，想来想去还是觉得应该跟莉莉说说。可她刚开口，恰巧莉莉也准备开口，两个人异口同声，说："有个事情……"

莉莉优雅地说"lady first"，这句朱姐听得懂，说："你也是lady。"

莉莉说："Mother first."

朱姐整理一下情绪，说："莉莉，妈妈离婚也有一阵子了，我和你伍叔叔……"

莉莉立刻打断朱姐，道：“同意！我同意，没意见，你们要结婚对不对？这是你的自由，我支持。”

迅速、果决，甚至未卜先知，她原本以为谢莉莉会跟前夫谢平贵穿一条裤子，毕竟都姓谢。现在看来并非如此。

莉莉笑嘻嘻地说：“那该我说了。”她牵着朱姐坐到沙发上，面对面，很郑重地说，“我和艾瑞克，准备结婚了。”

瞬间，整个太平洋的水涌入脑袋。

结婚？艾瑞克？就是那个终身教授？他当教授可以，当女婿？！开什么国际玩笑！

一口气涌到胸口，朱姐大吼，说：“你才多大，不行！”

跟着一阵狂呕，根本停不下来。

莉莉预感到有阻力，也想到朱姐会心理崩溃，可她怎么也想不到，自己的妈妈会有如此大的……生理反应……

一阵手忙脚乱，求助酒店，朱姐的呕吐还是不能停止。晚上的法国大餐全部重现人间，以另一种形态。

狼狈不堪。

莉莉给终身教授打电话，他立刻开车过来，领着朱姐母女去了最近的医院。

一番检查，横着竖着，朱姐心力交瘁，她不想见到艾瑞克，可人家的确尽了心帮了忙。但她的不舒服因他而起，所以她也不打算承他的情。

好不容易检查完毕。白人医生面带微笑，对坐在她对面的三个人说：“You' re pregnant.”

朱姐不懂英文，一脸茫然。

艾瑞克是庆贺的笑。

莉莉则一脸惊讶。

“她说什么？”朱姐问。

医生又重复了一遍。

“妈——”莉莉错愕道，“你怀孕了，你又有孩子了。”

私家侦探

得知自己被告，秋萍竟被刺激得病也好得快了些，提前下地走了。

秋萍骂进宝，说："都是一个妈生的，你大哥能做出来的，你就做不出来？还让你老婆、孩子跟着受罪，居里他们现在过的是什么日子你看不到？就算你不为自己争，也该为孩子们争一争，现在住着鸽子笼一样的房子，以后世卉怎么成长？能成才吗？"

居里在里屋听着这话，想笑，以前她这么说，秋萍说她无理取闹，现在同样的一套话，却成了秋萍教训进宝的武器。

此一时彼一时，屁股决定脑袋。她跟秋萍，现在是同仇敌忾。

秋萍下地之后，首先是去居委会查档案，无功而返。她又请东方去调查他那个大伯母，当然查不到什么——东方忙着基金会的事，老一辈的事他多半不掺和，而且最近阿曼达回国，听说刚一回来就被请去"喝咖啡"。莫不是有什么涉及国家安全的问题？东方紧张，心思自然不能随着他妈转动。

进宝呢，是马拉不走，驴撵不走，秋萍让他去找他哥对峙，他死活不去，说还是要给老大面子。秋萍一蹦三尺高："你给他面子，他给你面子了吗？！没个老大样当什么老大，面子多少钱一斤，够买个厕所吗？！"

两个姑姑一见苗头不对，都倒向大伯、大伯母，反水了。她们也看透了，老四两口子是假把式，老大是动真格的，她们相信强者。秋萍打电话过去，两个人一律不接，发信息，不回。秋萍感叹，这一病起来，如隔三秋，真成孤家寡人了。

能给她搭把手帮忙的只有居里。

晚上散步，小花园，居里和秋萍站在健身器材处。素鸡走来。如今秋萍落难，她也没了讽刺的心，只笑道：“老姐姐，屁股好了？”秋萍当她又要讽刺，反唇道：“见天没事操心人家屁股？香的臭的知道不？”

素鸡也不生气，道：“安老师，我是为你担心，房子的事我听说了，不妙啊！”居里把话揽过来说：“阿姨有什么法子？”素鸡说：“法子倒没有，不过这种事情，明着不好谈，暗里还不好谈吗？”秋萍不解其意。素鸡说，“按说这话我不该说，但是你们老大两口子，头多少年就住别墅了，老大虽然是个小领导，但是死工资吧，那个马海伦，充其量就是个中层，钱怎么来的？”话说到这儿，素鸡又连忙说，“当我没说啊，呸呸呸。”然后转身走了。

听了素鸡一番话，秋萍茅塞顿开，他们有问题，绝对有问题，可一时半会儿，去哪儿找实锤呢？

次日，秋萍又约张凤淑，前嫂子最恨马海伦，她也许知道一二。遗憾的是，凤淑并不知晓。

秋萍派居里去查，可居里连马海伦办公区的门都进不去，总不能问前台小姑娘吧。

晚间坐床上，居里向东方说了婆婆的烦恼，并提出，要调查马海伦。东方说：“请侦探呗，也不是什么难事。”居里望着东方，她想不到，丈夫直男的直线型思维，竟然能够直达病灶。她将请侦探的事情告诉秋萍，秋萍表示同意，又把东方叫来，问有没有什么合适的人推荐。

东方脱口而出：“我问问阿曼达，她找过。”

提到“阿曼达”三个字，居里的脸立刻就拉下来了。秋萍见状，忙补救说：“黑猫白猫，抓到老鼠就是好猫！”请侦探的事就算敲定了。可一去询价，私家侦探开口就要十万，秋萍嫌贵，没请。

很快，法院便开庭了，老大两口子找了人，判得也快。大概意思是，鉴于1991年房子买断时用的是罗家老大罗进如的公积金，并由罗进如提供了房款，由于老太太没有具体遗嘱，所剩遗产，包括一套小房子，老大家独得一半，剩下一半，另外三位子女——罗进获、罗进至、罗进宝，平分。秋萍不服，上诉，但律师告诉她，胜诉的可能性极小。如此算下来，四百八十万的房子，老大得了两百四十万，秋萍他们三人平分另一半，去掉过户费，到手大约只有六十万。

秋萍气得在家摔锅子，谁也不敢拦，站成一圈。“啊！就值六十万！打发要饭的！”

东方喊了一声妈，此时此刻，似乎也只有东方能够安抚她。可秋萍的气还没撒够，两手叉腰：“我含辛茹苦几十年如一日地伺候，就值这几个破钱？！天地良心！老天爷怎么就不睁睁眼！”

进宝刚想说话，秋萍一指他：“都怪你！我让妈写遗嘱你非说我多余！现在好了，你去挣，去出去挣！”进宝不动，秋萍便走过去拎着他的袖口，要把他往外丢。

居里不敢说话，在她看来，有米总比没米强，六十万，如果给他们，也够个首付了，秋萍是太贪心。不过也能理解，付出的多，得到的少，她是发泄。

当啷一声，秋萍又砸碎个玻璃瓶，是吃剩的罐头，不值钱，刚好拿来做道具。

“想我书香门第，混到这个份儿上，不过了！不过了！”秋萍任由情绪蔓延，一个转身，竟唱起京剧《生死恨》选段，“耳边厢又听得初更鼓响，思想起当年事好不悲凉，遭不幸掳金邦身为厮养……”

几个人在一旁围看，也被这凄惨曲调唱得心头悲戚。

秋萍一个手风，眼泪掉下来了。

小世卉跑过去，抱住秋萍的腿，“奶奶奶奶”叫个不停。秋萍蹲下，抱住孙女，索性号啕大哭。为逝去的青春哭，为几十年的付出哭，为不人道的判决哭，为不昭彰的天理哭。

居里对东方说：“要不，还是给妈请个侦探吧！”东方说：“妈不肯出钱。”居里用胳膊肘拐了他一下：“妈不肯爸肯啊，爸那么爱妈。”东方诧异，这话居里过去可没说过。

“侦探有用吗？”

“就算没用，”居里说，“挖出点奸夫淫妇的猛料，给妈出出气也好。”

“要十万呢。”

“你不会砍砍价？还说认识人。妈现在就是一口气上不来，你看这样子，不请侦探，就得请心理医生了。”

迅速地，两口子果然把私家侦探请来了。

约在电影院见，秋萍和侦探都坐在最后一排，问情况。

“有把握吗？”秋萍问，这会儿心情平复，语调悠扬如慈禧太后。

“看你目的是什么。”私家侦探说，“如果找证据抢房子，够呛，挖点黑料什么的，还是没问题的。”

“那我可看料给钱，货到付款。”秋萍是天生的生意人。

“第一次合作，还是四三三吧，先付四成，我也有动力。”私家侦探信心满满。

大银幕上，X战警正奋勇杀敌。

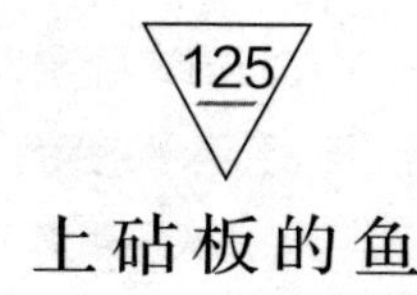

上砧板的鱼

陶大伟一说捐肾，乐乐很感动，但不敢大意，立即给妈打了个电话。第二天，乐乐妈把乐辰交代给亲戚暂带，带着乐乐嫂子来到上海。

一进医院，她嫂子也不管是否公众场合，就一头撞到大伟胸口，梨花带雨般哭嚷道："你捐？你捐什么捐，这个家什么时候轮得到你充脾气暴当英雄好汉，你是一个人吗？你考虑过我吗？考虑过孩子吗？好，我是假的，你儿子可姓陶！肾对男人多重要你知道不知道，有两个肾的还要吃什么肾宝六味地黄丸呢，你倒好，割肾，你如果是救爸妈那你是大孝子，现在不行，绝对不行！你要记住你的责任是顶梁柱，这个家得靠你养活！"

陶大伟嘀咕一句："妹夫又不是不给费用。"

她嫂子恨不得跳起来："钱钱钱，只认钱，钱好还是人好？！人没了要钱干吗？那就是擦屁股纸！"难得豪爽大气一回。

乐乐站在一边，泪眼婆娑，她能理解嫂子的感受。为了爱人，她四处找肾源，嫂子站在哥哥的角度想，也同样要人不要钱，一日夫妻百日恩，她当然不能勉强哥哥嫂子做损伤自己的事，何况大伟是她的亲哥哥。

可笑，妹妹捐她就同意？乐乐觉得自己可笑，同样是一个妈生的，为什么妹妹就比哥哥低一等？她又庆幸妹妹陶小淘从手术台前逃走了。

海阔凭鱼跃，天高任鸟飞，飞吧，走吧！

或许她和老秦，注定过不了这一劫。

嫂子喋喋不休着，大伟抱着双臂，不看她，把视线调到窗外，一言不发。这么多年，他已经习惯了妻子的唠叨和蛮横。

“不要吵了！”平地一声雷，是乐乐妈在吼，“我捐！给我做检查，能捐我就捐！”

在场的三个人都愣住了。

这还是那个妈吗？乐乐心想。

嫂子同样不相信这是婆婆说出来的，这可是平日里连一棵青菜都要计较的婆婆。

大伟说：“妈你别闹了。”

“谁闹？”乐乐妈十分严肃，“救人一命胜造七级浮屠。不过小淘提的那些条件，我同样提。”

“妈……不要这样……”乐乐小声劝慰。

“我想清楚了，这是扭转我们家情况的好机会，”乐乐妈说，“不要怪妈实际，妈妈奋斗一辈子，也没走出那个小县城，没有给你们更好的条件和机会，妈对不住你们。”

乐乐眼眶又红了，哥哥和她，都是因为家里太穷没继续读书。怪没怪过父母？老实说真有，她总在想，如果自己也像很多女孩子那样读个大学，远的不说，就像居里那样吧，或许也能找一个像东方那般平凡体贴的男人，过一份安稳的日子。

然而人生没有如果，她不后悔。

可是当妈妈冷不丁地自我反省，多少年的怨瞬间云开雾散，留下的只有感动。谁说妈妈不心疼他们，她只是没有能力、没有本事。

“老大还有老婆、孩子要养，老三太小了，她不能这么付出，老二，”乐乐妈对乐乐说，“你配不上型，看来是天命，那就由我老婆子去试试吧，反正都是半截入黄土的人了，还怕什么，就是一个字——干！”乐乐妈举起拳头。

乐乐还要劝慰，但乐乐妈一意孤行，说：“给我安排，现在就安排。”

只能照办。

开始检查了。内的外的，还要上仪器，查身体状况。乐乐最担心的是妈妈的身体状况，她有高血压，以前还得过心肌炎，再没了肾，怎么活。

“给我也做一次。”乐乐对医生说，也许上回检测不准。

不放弃一线希望。

司机老张来电话，说老秦醒了，暂时有意识，让她快来。乐乐喜得恨不得从检查仪器中跳出来，立刻奔到老秦身边！时间不短了，老秦昏迷时间不短了。没了老秦的人间，一片混乱，至少对乐乐来说是这样。

好多真相不明，好多决定难下，好多局面打不开。

乐乐趴在老秦床头，他摸了一下她的头发。乐乐一下就哭了。不，病人面前不能哭，必须忍住。也只有此时此刻，乐乐才强烈感受到她与老秦之间紧密相连的感情——不是夫妻，胜似夫妻。

“谁干的，这是谁干的……”乐乐泣不成声。

老秦微笑，无言，大概他也没力气。谁干的重要吗？已经既成事实，老秦向来务实，他的当务之急是活下来。活下来，才有新故事，闭了眼，他的全部故事就结束了。

“我会救你……”乐乐咬住下嘴唇，“放心吧，我会救你……”

老秦还是微笑，道：“你……太傻了……”

司机老张在一旁小声说：“董事长，是陶小姐的家人要给你……捐肾……”

老秦一阵咳嗽，也落泪了。好一会儿，他才问：“公司的情况怎么样？”公司是他的生命，是他的全部心血，而且在这关键时刻，他担忧公司的未来。

老张回禀：“老三在打理。”他也叫那个女人老三。老秦皱了皱眉头，显然不满意。山中无老虎，猴子称大王。他不在，老三就想夺权？她也许就盼着他死？生死边缘，恩与怨都会被放大，老秦忍不住多想。他又问了日、月、星、辰四个孩子的情况，老张说了，乐乐补充。

探视时间快到了，老秦让老张先出去，留乐乐一个人。

“别捐了……”老秦叹息。

乐乐吃惊，她不晓得老秦为什么要这么说，可她也不知如何应答。他向来说一不二，一言九鼎，他说不捐，肯定有他的道理。

“听我的，别捐了……把孩子养大……”老秦哽咽，“再找个人好好过日子……”

重磅炸弹！

晴天霹雳！

锥了心，刺了骨！

乐乐的泪水决堤，控制不住自己，趴在床边上，哭尽了连日的委屈。她不能想、不敢想、不愿意想未来的日子。也许没有未来，也许今时今日就是世界末日！她宁愿和老秦一起走了了事，共赴黄泉。可是，能行吗？她还有儿子，还有父母，还有数不清的人间责任，她的债，还没还够。

护士进来敲门，再次提醒探视时间已到。不得不告别了，一步三回头，还是得告别。

乐乐哭了一夜。第二天再来，老秦已再度昏迷，不省人事了。

没过几日，检查报告出来，乐乐妈的配不上型，出人意料的是，乐乐的又能配型了。也许是上回检查失误？乐乐又去仔细询问医生，得到的回答是，乐乐的肾不是最佳配型，但也达到了标准。“我来吧。”乐乐淡然道。她想好了，其实如果上次就得到这个结果，她根本不会去老家再找，自己就解决了。绕了个大圈，又回到原点。

天意，乐乐想，这就是天意。

准备手术吧。找人，当即安排住院，尽快手术。乐乐住进了小淘先前住的病房，流程她此前跟着小淘已经走过了，尽量吃素。手术前一天，主治医生来做术前说明，条款当着面念一遍，大致意思是，手术失败院方不负责。乐乐什么都听得进去，不慌也不怕，医生让她签字，她拿过来就签了。终于，要上手术台了。一早乐乐妈和哥嫂都来了。妈和嫂子都流泪。乐乐妈说：“女儿呀，你为这个家，付出太多了……”乐乐说：“妈不要这么说，我是为我自己。”嫂子说：“妹妹，你真伟大，我谁都不佩服我就佩服你。”哥哥陶大伟说：“妹，你别捐，我捐吧，我肾大。”嫂子白了大伟一眼。

乐乐微笑，仿佛圣女：“没关系，准备吧。”医生、护士推车进来了，乐乐上了车，躺下，那感觉仿佛成了一条要上砧板的鱼。

躺下吧，闭上眼，就当大梦一场。

车轮开始滑动了。逆流而上。黑，全世界都黑了。

手术大门开了，一股阴冷之气包裹着她。

“准备麻醉。”医生下令。乐乐感觉皮肤被刺了一下，迅速地，意识飘浮。恍惚之间，她似乎听到哐哐哐的敲门声，有人在砸手术室的大门?

乐乐嫂子举着手机，在门外嚷嚷：“找到了，找到了！有肾了！有肾了！”

主治医生却仿佛听不见，对旁边的助手们说：“准备手术。”

走在云里

在女儿和她的外国男友面前被外国医生告知“pregnant”，朱业勤羞愧难当。

怀孕？怎么可能？这在她是多么久远的事情，她不相信。早在一年之前，她就已经有停经的迹象，河流干涸了大半年，怎么会有鱼？也许是这半年又有了甘霖？月经回来了，她就又有了生育能力？不可思议。

飞机飞行在三万英尺的高空，下面是浩瀚的太平洋，朱姐头靠在椅背上，思绪万千。这种事情似乎大多发生在女明星身上，不少女明星四十好几还能生，哦，过去她看过韩国电视剧《澡堂老板家的男人们》，里面的二嫂过了五十岁还怀了孩子，对了，老家过去有个邻居大婶，也是快五十岁生了最小的儿子……

现在，轮到她了。

临上飞机前，朱姐已经向莉莉发出严正警告，在没有确定是否真的怀孕之前，绝对不允许她到处乱说，尤其不能让谢平贵知道。

“你做都做了，还不让人说？”莉莉似乎并不在乎这些，那是妈妈的幸福，她找到艾瑞克之后，对其他人的心也淡了。

“外国医生的话也能信？我得回中国确诊。”朱姐只能找这种荒诞的借口。

莉莉笑着说：“Whatever，congratulations!”

祝福，祝贺，为什么？祝贺她还是一个有活力的女人？还是一条河流奔涌向前？她的河床还没干涸，还有鱼儿游动？这是一种良好的生态。从这个角度来想，或许是好事。

生，还是不生？以什么样的方式生？总不能孩子生下来就没爸爸吧？或许结婚的计划该提上日程了。她能照顾这孩子一辈子吗？再过二十年，孩子二十岁，她却垂垂老矣，嗨，孩子不是没父亲的，而且，他必须自立啊！

再想想钱，余下的家当，似乎也够养孩子了。朱姐开始有点后悔替老谢还债。一会儿喜，一会儿忧，这就是朱姐在飞机上的状态。

突然一阵颠簸，空姐走出来，用英文优雅地通知乘客不要担心，只是遇到了一点气流，请大家系好安全带，如果有异常，注意戴好氧气罩。后面一句话令朱姐担忧。

继续飞行，半分钟后，颠簸更大了！人已经在座位上坐不稳，上下蹿动，朱姐不由自主捂着肚子叫道："孩子！我的孩子！"

用中文，没人听得懂。

旁边一位华裔乘客会意，连忙翻译过来，意思是她怀孕了，肚子里有孩子。

空姐连忙走过来安抚朱姐，带她去商务舱休息。一会儿，气流平稳了。朱姐回到座位，乘客们纷纷贺喜。

魔幻。这就是一个孩子带来的魔幻。朱姐觉得自己走在云里。

下了飞机后直奔医院，很快确诊，她的确怀孕了。朱姐还是不愿相信，不断问医生，怎么可能还会怀孕，上一次体检已经宣告她怀孕的概率是0.01%，所以她才没采取措施。医生解释说，这跟身体状况有关，身体状况又跟情绪有关，现在女人懂得爱惜自己，四十大几的女人怀孕也大有人在。

朱姐又问了一些注意事项，她似乎已经打定主意要这孩子了。

出了医院，她给伍正霖打了个电话，她忽然迫不及待想要见到这个人。可伍正霖刚好在外出差，他打算在老家开一家分店，交给老家弟弟管，也算带动亲戚就业。

"抱歉，"伍正霖在电话里说，"不知道你提前回来了。"

朱姐不想在电话里谈这件事情，她要当面说，而且她得先答应他的求婚，然后才能说这件事情，未婚先孕，对她这个年纪的人来说，似乎有些太不妥当。

“没什么事，刚落地，等回来再说吧。”朱姐温柔地说。

挂了电话，朱姐又忍不住多想，伍正霖想要这个孩子吗？应该是想要的，他说过，他没有孩子。但好像也说过没打算要孩子。嗨，可能是当初他以为她不能生的缘故。他总是如此善良，为人着想。去做个美容吧，朱姐想。可一转念又觉得算了，化学品或许对孩子不好，可笑，才什么时候，她自己已经开始围绕着孩子转了。

中年得子的心情，朱姐已经开始提前体会、畅想。累，身体上她觉得累；幸福，内心深处她体会着幸福。人生苦短又无聊，有一个孩子能在她身边陪伴下半生，或许是上天的另一种恩赐。

老郭来电话了。朱姐愣了一下，接了。“你要的肾源，已经帮你朋友找到了。”老郭说。朱姐才想起来乐乐那事，连忙说：“谢谢。”老郭说请她吃饭。朱姐撒了个谎说还在美国女儿这儿。老郭约回国后见，朱姐不好推，暂时答应了。

挂了电话，朱姐给乐乐打过去，但没人接听，她又问居里，居里也说不知道。才忖度着，老谢的电话又进来了。

她不接。

他又打，一贯的脾气。

还是不接。停了一会儿，电话又来了，她知道不做个了断他不会罢休，只能接了。

“见个面吧。”老谢单刀直入。

朱姐说：“没那必要吧。”

“关于我过去那位司机伍某人的一些材料，我想有必要让你知道，免得你受骗。”老谢一副高高在上的口气。

“司机”“伍某人”“受骗”几个关键词暴露出他的傲慢。

“没那必要！”朱姐拒绝得干脆。

停了几秒钟，老谢说：“业勤，我能不为你好吗？你对我有这么大的恩，好，就算我们扯平了，算是朋友，我能不为你好吗？”朱姐说："这种话就不要再说了。"老谢继续："伍正霖在老家依旧是在婚姻状态中，并且，他跟他的妻子吴晓芳还有个儿子，这些你知道吗？他在我身边干了几年的司机我都不知道，要不是一个朋友刚好是他们老家的人，估计这秘密会隐瞒到老死，我告诉你业勤，我必须提醒你，伍正霖这个人隐藏得太深了，好多话我要当面跟你说，他还进过局子你知道吗？偷窃，进去蹲了半年。业勤，世界不是你想的那样，人也不是你想的那样，你以为现在的年轻人都像我们那个时候那样吗？有理想、有道德……"

老谢喋喋不休着，朱姐挂断了电话，耳边嘤嘤作响。婚内，孩子，犯罪，坐牢……哪儿跟哪儿？天方夜谭，一片胡言，bullshit!——在美国刚学的骂人的话正好送给他。

老谢一定在撒谎，对，他撒谎，他可是什么事都做得出来的人。

为什么这个时候打电话来说这些？莫非是莉莉泄露了什么？他不想让她生下这个孩子？极有可能。

朱姐立刻跟莉莉联系，女儿当即对天发誓绝对没有跟除了医生、艾瑞克以外的第三个人说过这事。难道是巧合？天意？伍正霖那些尚不可证实的过去令朱姐头痛，她身子轻飘飘的，脚下像踩着棉花糖，随意朝后一倒，陷入柔软的床垫中。

风中凌乱

一时半刻，侦探还侦不出什么所以然来。秋萍等不及了。一来她已经可以自由行走；二来她也存着省钱的心。她对居里说，如果我们自己能查出马海伦和罗进如的事来，这侦探也不用请了，直接辞退，省一笔给你们买房添砖加瓦。

居里本来反对秋萍出去自己查案，可一提到给自己买房的事，她又立刻站在秋萍一边了。进宝手握着小刨子，最近他在学木工活，“就别作了，请都请了，能撕毁合同吗？”

秋萍道：“合同是有，但是付钱是四三三，只付了四，后面三三付不付，要看他表现的。”

东方也道：“妈，身体要紧。”秋萍说：“我身体好得很。”

看来是拦不住了。

东方上班，进宝也恢复工作了，家里只剩居里陪秋萍。

义不容辞，两肋插刀。居里觉得自己和婆婆的关系已经不像以前了，外侮来袭，再加上接二连三的大事，她们之间开始有点母女的意思。

既然是出去“办案”，居里就替秋萍准备好家伙，双肩背包盛货，保温杯放热水，望远镜秋萍也叮嘱带上，还有零零散散的东西，当然最重要的是相机以及手机。居里笑说：“妈，咱们成狗仔队了。”秋萍说：“就是要有狗仔精神。”

清晨，天蒙蒙亮，上海还有点倒春寒，冷飕飕的，秋萍和居里出发了。居里开车，到罗进如和马海伦的别墅附近趴着。居里问秋萍：“这么大的别墅，几个人住？”秋萍道：“就三个，”说完想了想说，“哦不，两个，儿子去加拿大读书了。”

上班点，马海伦开着车出门了，没走多远，秋萍勒令跟上，居里连忙踩油门，一不小心冲太远，秋萍又说慢点。

居里问：“妈，咱们这是跟什么呢？跟她出轨？还是犯法？好像跟要房子没关系啊！”秋萍说：“怎么没关系，如果她有什么不轨，被我们抓到了，是不是就拽住她小辫子了，都是要面子的人，她能不就范？”

行，这逻辑也对，跟吧。

到一幢大厦，马海伦车停了。居里说：“妈，要不咱们就别进去了，里面挺空的，不好隐蔽。”秋萍不听，说跟，跟着上。

好，只能上。

电梯上行，马海伦按下二十八层。秋萍连忙跳上另一部电梯，跟着走。

马海伦上天台了。居里本能觉得不对，建议不要继续跟，可秋萍哪里同意。两个人打开通往天台的小门，见马海伦正往另一个出口走。

一回头，秋萍和居里连忙往水箱后面躲。

马海伦冷笑，拉开另一扇小门，出去了。

过了十几秒，秋萍婆媳连忙跟着去，拉门，不开。居里叫了一声“坏了”。再回头拉另一端的出口，才发现门也被锁上了。

“中计了！”居里沮丧。

秋萍傻眼。她怎么也料不到，刚监视第一天，就被马海伦发现并反手锁在大楼顶上。

风继续吹，天气预报说，今日六级大风。天冷，居里怕秋萍冻感冒，拉着婆婆躲在大水箱后头，尽量避风，可头发还是被吹得飞起。

给东方打电话了，他马上过来。即便如此，协调大楼工作人员，解释，说明，前前后后也足以让秋萍和居里在楼顶风中凌乱两个小时。下楼时，秋萍有点流鼻涕，东方搀着妈妈，劝道：“妈，到此为止吧，法院已经判了，向前看吧。”

秋萍脸色铁青。

居里捣了东方一下，让他闭嘴。

秋萍面无表情，“没事，我身体好，不怕吹。”她倒没说假话。年轻的时候，她被称为铁骨铜皮，从来不感冒。这次也不例外。回了家，喝点热茶，感冒就被压下去了，倒是居里开始起嗓子，躺了一夜，第二天起来，哑了。

居里想劝秋萍别再出去，见她在厨房忙活早饭，就走过去：“妈——”秋萍一转头，居里吓得差点摔倒。秋萍嘴眼歪斜，严重左倾，怪模怪样。

“妈！”居里又叫一声。

秋萍早起没照镜子，只觉得好像嘴巴有点对不齐。见居里大嚷，这才对着抽油烟机的不锈钢玻璃照照，随即也大叫：“啊！”照见鬼了，手里的勺子差点掉地上。

冷风没打算客气，秋萍面瘫了。

东方刚起床，蒙蒙眬眬地带着世卉。世卉揉揉眼道：“奶奶，你被人打啦，奶奶是橡皮泥脸。”童言无忌，杀伤力却最大，秋萍连忙背过脸，眼睛红了。

这怪谁呢，查案是自己要去的，可那个女人可恶，该杀！害人有一套！由此，秋萍更恨死了马海伦。

有病就治，吃西药，居里还陪秋萍去中医针灸医院扎针。只不过，一时半会儿，秋萍吃饭不那么方便了。晚上喝稀饭，秋萍这边勺子递进嘴里，汤还没咽下去，就又从嘴角流下来了。世卉笑，说奶奶是漏斗。居里连忙教训她，不许这么说奶奶。秋萍把碗一推，不吃了。从那以后，秋萍无论说话还是吃饭，都用一只手扶着嘴，扶正了，才继续使用。

晚上，秋萍又跟进宝一通吵嚷。隔壁屋东方无意说一句：“妈病了之后，脾气大了。”居里为婆婆解释：“还不是你们老罗家闹得，妈心里那口气出不来，面瘫之后，更气，马海伦这个人太该杀，拿了钱，害了命。”

东方说：“法院都判了，是你们非要去查。”

居里去拎东方的耳朵："你到底是哪头的？那是不义之财知道不？"东方求饶。居里这才罢手。

第二天下午，照例又是居里陪秋萍去扎针。治疗室没开门。中午没睡，秋萍身子乏，小护士建议居里带着秋萍去隔壁开了门的诊室治疗床上躺躺。

一去，果然有床。秋萍刚要躺，旁边一个女病人见秋萍面目丑陋，当是乡下来的，自然看不起几分，连忙说："你别躺，这是护士的。"秋萍没心情理论，换了一张，刚要躺下，那人又说，"你别躺，这是医生的。"秋萍不惹事，又换一张，那人还不让，说，"你们乡下亲戚都来躺，医院还开不开张了。"秋萍毛了，问："你谁啊，医生还是病人？"

"你管我是医生还是病人，这是上海，不是你们家田间地头。"那女病人说。

秋萍一听就来气："我就是上海人！"

那人骇笑道："你是上海人？糊鬼？你那口音，十万八千里吧，舌头都捋不直，嘴巴都合不拢，你还上海人……"

居里闻声而入，大事化小，拉着秋萍走。若在平时，秋萍可能会与这女病人干一仗。可现在面瘫，她气势小了几分，再加上精神头不如从前，也只能败下阵来。

婆媳俩坐在走廊的塑料长椅上，凄凄凉凉。

秋萍越想越委屈，刚才那几句话对她刺激太大，她只能喃喃跟居里诉说："一样是病人，她能躺我为什么不能？我是那种没素质的人吗？我堂堂一个副科级干部，我是那种没素质的人吗？我怎么不是上海人了？我是上海人，哦，别说我不是乡下来的，就算是乡下来的，怎么啦？！乡下人不是人？一样是人！神经病！我是书香门第的人啊！……"

居里望着眼前这个用一只手扶着嘴巴才能正常说话的婆婆，鼻子一酸，要落泪了。

虎落平阳啊！

两两相望

手术室门被撞得天响。

乐乐隐隐约约迷迷糊糊听到嫂子还有妈在喊她的名字，但意识却不由自主地沉入无边的黑暗中。

再醒来已是一天后。

头痛，无力，乐乐睁开眼，天花板又白又亮，有太阳光照进病房。乐乐听到有人说："醒了！醒了！"跟着是一众亲属的脸。

伸手摸摸自己的腰，肾那个地方，似乎凹陷下去一块，嗯，应该是摘掉了，她现在只剩下一个肾了。哦？不对，怎么连点滴都没打？

"没事啦没事啦！"乐乐妈抱住女儿的头，"吉人自有天相，好人终有好报，有人捐了，有死刑犯捐了……"

是老郭的朋友，连钱都是老郭垫付的。

当然这些事情，是要等到乐乐完全出院后才能一一分辨，善后。

"他怎么样？"乐乐问。她更关心老秦，此时此刻，那感觉仿佛老秦是《白蛇传》里被吓破了胆的许仙，乐乐是白素贞，她必须盗得灵芝仙草才能救他。

"马上也手术了。"嫂子说，"妹，你差点就丢一个肾。"嫂子开始邀功，不过确实，幸亏她接了电话，幸亏她奋力砸门，在那千钧一发的时刻，乐乐嫂子这个平日里在家中最不受待见、最不起眼的小角色，竟发挥了天大的作用。

乐乐妈也说："得谢谢你嫂子，她还被罚了钱呢，扰乱手术，差点被抓起来。""罚了一千！"嫂子补充。

乐乐忙说自己给。

乐乐又问："哥哥呢？"乐乐妈说："你这里没事，大伟就回去了，还有事情要做，总得有人挣钱。"乐乐感激，心想一定要对哥哥更好。她又问："妹妹呢？"乐乐妈说："野丫头随她去吧，指望不上。"乐乐又问儿子乐辰怎么样，乐乐妈请乐乐放心，带得好好的。

三个女人吃了点饭，乐乐妈和嫂子出去了。乐乐这才想起来给司机打个电话，问秦日、秦月在不在上海，又说老秦明日手术，如果在就请她们过来。

"老三那边不用通知。"乐乐强调。

老张笑道："她现在哪里还顾得上董事长，会都开不完，垂帘听政了。"

不来更好。

手术要快做，免得夜长梦多。不做手术是死，做手术也许还能活，乐乐要赌一把，老秦要赌一把，今生有没有缘再续，就看明天了。一切打点好，包括哪个医生主治，配合的医生、护士，乐乐都确认，有的还给红包。

当然人家都不收，医院整改，这个时候谁敢做这事。可这就是乐乐的惯性思维，她想要确保万无一失。

一个不眠之夜。当天她就出院了，没病不能占床位，她也不回家，就在医院对面的小旅馆找一间房住下。天黑了，从旅馆的一扇小窗望过去，十八楼，一排带光的小方块里，中间那个透过去，再走过一条走廊，就是老秦躺着的地方。

不久之前，她和他都料不到，彼此会隔着这样一条马路对望。

乐乐想到了死，按照自然规律，老秦应该走在她前头。可那是自然规律，不应该是现在，也不能是现在！

妹妹小淘来电话了，道歉的。乐乐也无心责备她，这就是小淘，想要的太多又总是无力承担，所以注定无法向上走。乐乐说了声"没事了"。

这几天的波折惊险轻轻被掩盖在她的柔声细语中。

挂了电话，乐乐给朱姐打。她要感谢她。钱已经给老郭那边打过去了。朱姐说等一切落定再说，没深聊。

乐乐洗了澡，坐在床上，一点点等着天明。真像做梦，从头到尾真像做梦。那就做下去，一直不要醒来。

上午十点，手术开始了。门口，只站着司机老张和乐乐，时不时看看手机。手术室门口的红灯，殷殷的，仿佛鬼门关的警示灯，有些瘆人。乐乐进去过，知道那种氛围的恐怖。生与死都交到别人手上，哦不，有时候不光是别人，冥冥之中还有上苍。

十几个小时，一分钟一分钟地熬，别说正在手术的老秦，就是在外面等待的乐乐，也几乎被磨掉了信心。

灯灭了，医生走出来。虽然戴着口罩，依然感觉到他的疲惫。

摘掉口罩，是一张面无表情的脸。悲剧还是喜剧，无从分辨。

乐乐上前，想问却不敢问。老张帮她问了。

主刀医生说："手术还算成功，送重症观察室，器官适应还需要观察。"

乐乐听到前半句就哭了，所有的努力没有白费，总算抓住了希望，看到了曙光。会好的，会好的，她不断告诉自己。老张也十分高兴，仿佛起义军干成了一件大事，两个人对望，竟情不自禁拥抱庆祝。

一个星期后，老秦醒了。睁开眼第一个看到的就是陶乐乐。一张淡淡素素的脸，奔忙多日，憔悴了。老秦也憔悴，瘦，双眼凹陷，不再是那个健壮的成功人士，他现在只是一个病人、一个老人。需要人陪。

"谢谢你。"这是老秦醒来后说的第一句话。他的手抓住她的。万语千言，乐乐无从说起，只饱含热泪。

这就够了，够了。多余的话不想说也不能说，活着就好。

病房外喧嚷着。

是老三。她得到消息赶来了，可老张挡着不让见。

"你算个什么东西！"老三骂道。

老张的防线被冲破，她还是进来了。

怀里抱着花，病房一下充斥着花香。

老三见到乐乐，怒目，但又立即收敛，笑道："好好恢复，身体比什么都重要。"没人说话，乐乐低着头，越到这种时刻，她越要放低姿态。老秦也不说话，一双眼无神，却不怒自威。

老三道："放心吧，公司运转正常。"此地无银三百两了。

老秦伸出手，摆了摆，示意老三出去。

他现在不想看到她。

她不动。

老秦又摆了摆手。她还是不动，站立如一尊雕塑。

老秦要说话，可没有太多力气，老张走到他身边，耳朵凑近了。老秦气若游丝，可还是说了。

司机老张直起身子："夫人，秦总请您出去。"

很明确了。

老三压住火气："我回头再来看您。"

转身，老张押送着她出去了。望着老三的背影，乐乐竟感觉到前所未有的解气，从头到尾，在这个家庭中老三处处压她一头。可此一时彼一时，乐乐以前不相信什么危机就是转机的话，现在有些信了。风雨过后是彩虹，吃得苦才能享得福。乐乐重新抓住老秦的手。

单纯一些，她现在尽量单纯一些。

人生苦海，他们两两相望，彼此搭救。

电梯外，老张做出送客的手势，面无表情。可老三还是被刺痛了。

她走入轿厢，转身，与轿厢外的老张面对面站着。

门闭合了。

老张微笑着。

半熟的关系

事情到了这个地步，朱姐决定当面问伍正霖。她必须当机立断，孩子生还是不生，以什么样的形式生，都是个大问题。

老实说，虽然上海完全容得下一个非婚生的孩子，可是，在最大的可能内，朱姐还是想要努力争取，既然要生，就该给他一个完整的家。

或者干脆不生，打掉，这很残忍。但伍正霖为什么要隐瞒？哪怕是二婚，提前说朱姐都能接受，可如果在婚内，就有些过分了。

还有个孩子？还坐过牢？朱姐都要问个清楚明白。

呵，朱姐又觉得自己有几分可笑，打破砂锅问到底，不是她现在的风格，过去和老谢在一起时，她偶尔才如此穷形尽相。

饭约在四季酒店，朱姐请。伍正霖说洗车行有点事情，稍晚一些。朱姐嘴上不说，心里有些不高兴，或许是受了此前老谢的影响，朱姐看伍正霖的态度也有些变化。人都有多面，恋爱的时候一个样，居家过日子又是一个样；对外一个样，对内又是一个样，她对伍正霖，还是了解太少太浅。这个时候就贸然接受求婚，合适吗？朱姐并不打算在这晚告诉他孩子的事。

约在七点四十。八点钟左右，伍正霖到了，连声说对不起。

菜已经点好了，吃牛排。

伍正霖带来瓶红酒，他让服务员开，朱姐说今天她不能喝。

伍正霖感到奇怪：“意大利那家的，你不是最喜欢喝吗？”

朱姐掩饰，孩子，她必须照顾到孩子。

“有些不舒服。”朱姐说，“我喝果汁。”

伍正霖又连忙起身，绕到朱姐这一边问哪里不舒服，要不要去医院，要不要买药。

关切万分。

如果在从前，朱姐会认为这个男人很体贴、靠谱，可现在，她却觉得他有几分表演的意味。她说："没事。"

继续吃饭。酒上来了，浅浅的一湾深红，荡在高脚玻璃杯里，朱姐这边是鲜榨猕猴桃汁。伍正霖跟朱姐碰杯。

"为你接风。"叮一声，杯子轻轻碰撞，朱姐抿了一点。

"莉莉在那边怎么样？"伍正霖继续问。换在从前，莉莉要跟教授结婚这种"大逆不道"的事，朱姐肯定要跟伍正霖抱怨，可现在，和伍正霖的过去比，莉莉那点事，似乎也不是非正常。

"你是不是有什么事瞒着我？"朱姐开始问正题了，她没打算绕弯子。

伍正霖愣了一下。

朱姐保持微笑。

伍正霖说："哦，我去找过你前夫一次。"他不说老谢、谢总，说前夫。他和老谢如今平起平坐。

这下轮到朱姐意外了，找老谢？从前是主仆，现在又是何事？朱姐偏偏头，一副愿闻其详的表情。

伍正霖继续说："他老派人找我们洗车行的碴，来洗车，实际是碰瓷的，我请他高抬贵手。"朱姐问："然后呢？"伍正霖嘿嘿笑道："没有然后了，然后……然后就打了一架。"

"早就该打了，"伍正霖说，"《三个火枪手》里都有决斗，而且我不允许他诬蔑你。"

诬蔑？朱姐开始怀疑老谢的话的真实性——如果伍正霖找过他，并且打过架，那气头上老谢的确可能编故事，可是，他有那必要吗？真的假不了，假的真不了，谎言不过一层纸，一戳就破。但朱姐有些感动，他为了她打架。

朱姐没再多问，她去了趟洗手间，自从怀孕之后，她没怎么化过妆，可今天来见他，她还是不愿马虎，稍微化了点淡妆。问，还是不问？朱姐有些犹豫了。还有她怀孕的事，原则上说，这是两个人的孩子，他有知情权，可一旦让他知道，他很可能会立刻要求结婚，这样一来她又被动了。

朱姐看着镜子中的自己，与往常比，多了几分憔悴，唉，这就是四十几岁的女人。再怎么保养，再怎么不服老，年龄在那儿摆着呢。朱姐并不觉得自己比普通的家庭妇女高明几分，哦不，不久之前，她也是她们中的一员。

她忽然对自己和伍正霖的关系失去了信心，太多的过去横亘在他们之间，层层叠叠，催老了人，催老了心，只有孩子是新鲜的。这孩子给了她惊喜。

补好了妆，该出去了。伍正霖起身帮她调整位子。朱姐坐定了。

“你是不是坐过牢？”她这么问。

这是最蠢、最直接也是最有效的方式。

他无处闪躲了，她发现他喉结动了动，手中的红酒杯停在半空，但还是被送到嘴边，抿了一口。

“是。”他非常肯定地说，“我杀过一个人。”

浑身汗毛都竖起来了，轮到朱姐不知所措了。杀人？他的坦诚让她不由自主呕了一下，连忙控制住。

伍正霖放下酒杯，说：“那年我十七岁，高中辍学之后就去福建的一家小企业打工，但我年纪小，而且又瘦又小，完全不是现在这种类型。工厂里的工友也是拉帮结派的，一般是老乡和老乡结派，而我呢，刚去的时候是有几个老乡的，可他们陆陆续续都走了，所以我落了单，遭欺负是常有的事。被打，被要钱，有几个月我身上连一分钱都没有，还不能报告厂里，老板不管，而且上报之后只会被打得更严重。有一次莆田帮的几个人又来我宿舍要钱，当时也有别的工友在，他们打了我，拽着我的头发朝桌子上磕，还扒了我的裤子，羞辱我。我当然要反抗，桌子上有把小刀，削水果用的，我胡乱抓在手里，攮过去，一个人就倒地了。后来这个人就死了，扎到肝了。工友做证，我是正当防卫，可我赔不出钱，只能坐牢。我在牢里待了八年，二十六岁才重新出来做事。”

朱姐听入了迷，工厂，杀人，坐牢，所有的一切都和眼下的环境天差地别，那是一段蛮荒的过往，与朱姐过去几十年的经历格格不入，太底层，太粗野，太残酷。朱姐忽然发现，或许伍正霖的这些过去还在以某种方式存留在他的生命里，尤其那种荒蛮的气息。或许这也是她喜欢他的原因之一。她忽然想起费·雯丽和马龙·白兰度的《欲望号街车》，两个主角像极了她和伍正霖，只不过她还不想像那个女人一样全然屈服。

“你结过婚？还有一个男孩？”朱姐继续问。

伍正霖不假思索，说：“那是我的嫂子，我在里面的时候，我哥哥出车祸去世了，留下嫂子和侄子，都是我在照顾，走得比较近，孩子平时也就喊我爸爸。”

豁然开朗。朱姐胸中舒畅了些。老谢的故事和伍正霖的故事，从目前来说，她接受伍正霖的版本。也是，他为什么要骗她呢？有孩子也不是什么不光彩的事，她也有。除非他觉得没必要说。她和他的关系中，他一直处于弱势。至于坐牢，则仿佛是上辈子的事了。知错就改，善莫大焉。

“你为什么不早告诉我？”朱姐温柔地责备道。伍正霖说：“我一直觉得我配不上你，就是因为我那些过去，你没问，我就没有细说。”

朱姐忽然有些欣喜，他有过去，她有年纪，扯平了。

她欢快地切了一小块牛肉，塞进嘴里。她要了全熟，但依旧多汁软嫩。

好了，她和伍正霖现在也算是全熟的关系了。哦不，还不能算全熟，她还隐瞒着孩子的秘密，只能算半熟的关系。她还没下定决心跟他结婚，至少现在没有。

蓦地，朱姐呕了一下。伍正霖忙问：“怎么了，是牛排有问题吗？”朱姐摆摆手，示意不是，可呕态却不能停止，伍正霖上前，一口经过胃处理的猕猴桃汁喷出来，他的衬衫一片狼藉，黏绿黏绿的。

“对不起……”朱姐赶紧收拾自己，解释道，“还在倒时差。”

多烂的借口！

一时半会儿无法恢复，朱姐抓起包去洗手间处理。

好半天，平复了，这调皮的小东西，关键时刻总是捣乱。

整理好妆容，抚着肚子，走出洗手间。伍正霖却正站在门口。

“你，怀孕了吗？”伍正霖问，“我的？”

他也很直接。

慌乱间，朱姐不知如何作答。

凤还巢

扎了一个月针，秋萍面部逐渐恢复，能正常吃饭，也能正常活动了。

阿曼达回国后，返了几十万尾款给东方，就又出去了。说上面有人倒台，被举报了，经查实确实有问题，牵扯到老谢。老谢被传唤了好几次，保不齐有问题。晚间家人聚在一起时，东方把情况简单说了说，秋萍立刻跳脚，一方面叮嘱，跟那个什么老谢断干净，另一方面说现在官员贪污受贿的不少，没准儿那个马海伦也是这种货色。

居里道："跟老谢早就没关系了。过去是做生意，现在生意做砸了，就各走各的。"进宝对秋萍说："你是觉得世界上没好人。"

秋萍立刻怒怼进宝："贪污受贿还是小的，你大哥首先就应该被举报，多少年前就利用职务之便囊括女色，我跟你说也就是你们罗家的人能干出这种事，我们家反正干不出来，书香门第的面子还是要的。"

进宝听了心里不舒服，道："大哥这个人还是不错的，只是……"

秋萍把筷子朝桌子上一拍："还不错，你老婆都被人整成什么样啦，还不错，你不算算那别墅，那小车，那儿子留学的费用，都是怎么来的，那点退休工资够干啥子的哟，我跟你说都不用私家侦探，不用想都知道他们家有问题，尤其那个马海伦，问题更大，穿的戴的，哪样不是高级货。"居里忙劝秋萍息怒，说："我们也穿好的，戴好的，爸，您也少说两句。"进宝一推碗，走了。

秋萍找到了同盟军，对居里说："你说这个人气不气人，一提到他家，不管烂的臭的，他都说好的，所以啊，什么事都不能让他知道。"居里说："爸也是期待家和万事兴。"秋萍道："什么兴，他就是服软，认㞞，孬种，所以我说男人都让他大哥一人做了。”

吃完晚饭，东方和居里带着世卉去小商场儿童游乐场玩。居里提起自己工作的事，说这回没找人介绍，在一家创业公司找了个运营职位，打算去试试看。东方表示支持。居里说：“不过我跟他们说了，要等一段时间，等妈这事过去，情绪平复了，我才去上班。”

东方感叹居里和秋萍现在好得能穿一条裤子，但也喜闻乐见。

投桃报李，东方问家芝和娣儿的情况。居里说娣儿恢复得还不错，她还想来上海，但家里人都不建议她再来。表姐在老家给她找了份工作，等身体完全好了，就去上班。至于家芝，家里有个小房子拆迁，还在折算补偿，一时也来不了。

世卉玩了一阵，满头大汗跑过来要爸爸抱，东方抱起女儿，居里拿小手绢帮世卉擦汗，又擦擦东方鼻子上的汗珠。世卉要玩旋转大飞机，就是让东方抱着她迅速转圈。

东方照办，小世卉咯咯咯地笑。

望着这一对父女，居里心里沉甸甸、暖洋洋的，这或许就是她简单而平凡的幸福。

玩了一阵，东方忽然问：“妈请的那个侦探怎样了？”

刚巧没几日，侦探来消息了，又约在电影院见面。说材料做好了，让秋萍付第二期款。秋萍和居里一起去验收。

秋萍说要试试真假，不肯立即给钱。侦探说：“疑人不用，用人不疑！姐姐我告诉你，你查的这个人毛病太多了，贪污受贿，利用职务之便收钱，还有她儿子也被人照顾，不合规的地方多了，我给你的可是全套。”秋萍说：“她贪污跟我有什么关系？”侦探急了，说：“姐姐你是真不懂还是假不懂啊，有了这些，你去举报啊！”

举报？这是秋萍和居里这段时间以来经常挂在嘴边的一个词。可几十年来，别说正儿八经的举报，就是背后打小报告，安秋萍都没做过。

她向来光明正大，喜欢正面冲突。

家里小卧室。秋萍戴着老花镜，拿着从侦探那儿买来的情报，逐条细读，一边读一边骂：“你看看这个马海伦，人家来办展会，她还吃回扣。”

“她多收钱了？”居里有些兴奋。

秋萍说：“她让人家多开发票，发票数额和展会实际费用数不符。”又说她在加拿大那儿子，也有人去送东西，还有人给罗进如送东西。

居里听得入迷，秋萍提醒她，让她继续上网查清楚举报的流程，秋萍打算干一票大的。

“实名还是匿名？”居里问。秋萍想了想，问：“哪个效果好？”居里说：“听说实名的效果更直接。”

“那就实名，”秋萍道，“都这把年纪了，还怕什么？”

“组织会对你进行保护的。”

“就是不保护，他们敢把我怎么样？我光脚的不怕穿鞋的，无惧！”

一整个下午，居里和秋萍都猫在小屋里集中作业，包括向谁举报，被举报人情况，反映的主要问题，举报人情况都一一落实，并且以秋萍口述，居里打字记录的方式形成材料文档。

“打出来，打出来一份。”秋萍说。

居里说：“家里没有打印机，要不让东方带到单位打一下。”秋萍又说：“不用，楼下不是有打印店吗，我去打一份。”“注意保密。”居里道。她该去接孩子了。

迅雷不及掩耳，秋萍的举报立竿见影。组织很重视，调查核实也进行得很快。马海伦甚至还没反应过来，就已经被单位降了一级，原来是副处，举报过后，改为科了。

秋萍和居里偷着乐，说这是为民除害，大义灭亲，可对进宝却一个字也不提。东方倒是知道一些。不过他对此类事情，向来不关心，只说别做得太过分。

大概有一两个星期，秋萍一提到举报的事就得意，只不过她只是和居里分享，小花园里，买菜路上，甚至坐在马桶上，一提起这等妙事，秋萍也能弹起来。

坏事传千里，马海伦被降级，很快许多人都知道了，更有人还捕风捉影、添油加醋说马海伦的小别墅被抄了家，抄出好多瓶茅台酒来。这种说法是从素鸡那儿得来的。尽管秋萍知道他们两口子根本不喝酒，但她宁愿相信，这是真的。打土豪，分田地，他们为富不仁就应该遭此报应。

秋萍还恢复了练嗓，一早起来，她又重新站在阳台上，咿咿呀呀，任凭进宝嫌弃也不停止。这一阵她迷上唱《凤还巢》："母亲不可心太偏，女儿言来听根源，自古常言道得好，女儿清白最为先。人生不知顾脸面，活在世上也就枉然……"

这日正唱着，来电话了。一看，是老二的，从美国打来的，秋萍接。

"弟妹你糊涂啊！"二姐上来就提出批评。她认为家里的事不应该闹到外头。

秋萍立刻有些来气，说："二姐你说什么呢？"

"是不是你举报的？"

"上有天地，因果报应，跟我有什么关系？"秋萍随即道。但既然接了话，就等于承认了。

"作孽呀！"二姐叹道。

秋萍有点不高兴，说："老二你什么意思，八百年不打一个电话，一来就又是扣屎盆子又是作孽的。"

"马海伦跟老大离婚了！"二姐嚷嚷着。

造梦者

老秦出院后的第一件事就是论功行赏。

乐乐觉得没必要，她不想让人觉得，她是图老秦的财产才这么做的。可架不住老秦一门心思认死理，图钱也好，图人也罢，若不是乐乐四处奔忙，几度操劳，甚至连自己的肾都要捐，他怎么能留在人间？乐乐的舍身救夫，在什么时候都可以说是可歌可泣，可敬可佩！

一夜之间，乐乐妹和乐乐妈的那些心愿都实现了。乐乐的家人重新入住上海，正式成了他们曾经被赶出来的那栋房子的主人。只不过这次是送房送到家，房产证是过了户的。一家人争来吵去，最后由乐乐做主，房子过户到她哥哥名下。嫂嫂满意，妈也没话说，可妹妹有点不高兴。不过没几天，老秦就给乐乐的妹妹陶小淘安排了一份体面的工作，在集团的品牌部做个副手，请正职带着，迅速成长。

乐乐妈和乐乐爸则得了一份养老基金，月月发，发到老死，也算这半个女婿给他们养老送终了。

乐乐妹还不满足："白马王子还没给我呢？"

乐乐妈啐女儿："就你？要样子没样子，要担当没担当，哪个男人敢要你？"陶小淘噘嘴，说："我不是不想救姐夫，我不是害怕吗？"乐乐妈道："哦，你怕，你姐就不怕了？什么是真的，什么是假的，生死时刻一试就试出来了。"

陶小淘道："我能跟姐姐比吗？她那个脑子，跟平常人不一样，水瓶座的。"

乐乐嫂子也想要奖赏，她说如果不是她接了电话砸了手术室的门，大姑子陶乐乐现在已经丢了一个肾了。

“你不要贪心，大伟的，不就是你的。”乐乐妈劝儿媳妇。

她嫂子道：“起码给我安排一份工作吧，不然我在上海怎么立足？”乐乐妈问她想要什么样的工作，她嫂子说：“我要轻松点的，体面的，坚决不干保洁。”没多久，她嫂子被安排到一家文化机构工作，主要负责歌剧场次的安排，一家人均十分满意。

出了院的老秦没回家，也没住酒店，就在乐乐的小房子里住着。全家人都安排了个遍，可轮到她自己，她什么也没提。

老秦存心送东西，再贵再多也不过分。

可乐乐只是淡淡地说：“不用，人活着就行。”这是她的真心话，最轻也最重。轻到随风潜入夜，润在老秦心坎里，重到乱锤敲响鼓，砸在老秦心尖上。

老秦斜坐在床上，乐辰被送回来了，他已经会叫妈妈，但爸爸还不会叫。乐乐把儿子摆在床边，任其坐着，一遍遍教，说：“叫爸，爸，爸……”许久，小乐辰还真叫了一声。外面是黄浦江，黄黄的一条带子，汩汩流动，千年万古都是如此。

蓦地，老秦说：“这小房子也该换换了。”

乐乐笑笑，没作答，她知道他的心思，想给她换一间房子。可她在乎吗？事到如今她还在乎一套两套房子吗？从死亡的悬崖边上走回来，她对生命有了彻悟，什么房子、车子、票子，人一没了，就什么都没了。只有这一份感情，是最值得珍惜的。她还是看向窗外。

“公司的股权也转些到你们娘儿俩这里。”老秦补充。

乐乐还是不说话。

“还有，你也逐渐参与参与公司的管理，离乐辰长大还有一段时间，你得维护好关系，尤其是跟公司的几个元老。”老秦自顾自说着。

乐乐有些感动，他开始想以后的事了，他要为他们母子俩的一生作打算。除了至亲至爱，谁能这样？当然，乐乐也明白，她救他于水火等于把这爱加了一把火。老秦还在喋喋不休着，乐乐从没听他一次说过那么多话。她转过身，看着老秦。

老秦也愣了一下，然后才问：“你还有什么心愿，还想要什么？”他总是那么直接。乐乐把孩子安顿好，出去了一趟，一会儿进来才说：“我想要的你给不了。”说罢眼眶含泪。

给不了？什么是他给不了的？哦，难道是？老秦有些怔忡。乐乐却说：“我只是想和你做一对平平凡凡的夫妻。”

是的，她要名分，堂堂正正的名分。可是，老秦知道不适合也不可能，太危险，太没必要。他已经被捅过一刀，这是黑道干的。生活在上海，她和孩子已经保不齐有什么问题，再成为注册在案的夫妻，将来万一……

老秦没往下深想，他这个年纪，又是刚从死亡线上回来，活一天是一天，已经赚了，可乐乐和乐辰不同，他们还有一生需要应对。老秦笑着说：“现在这样不也很好吗？这个，真那么重要吗？”乐乐说：“你当我没说。”这话就不再提了。老秦笑呵呵地说：“不说就不说啦。”

当然，但凡老秦承诺的都兑现得很快。乐乐迅速拥有了房产，大的，别墅那种，还有家仆、保镖。不光是在上海，在洛杉矶、新加坡，老秦都转了房子给她。还有股票、债券，都是公司的，他还为儿子乐辰存了基金。

乐乐很快在公司也有了职位，标标准准的实权派董事。至于老三和女儿则被流放到国外颐养天年去了。搬新家的时候，老秦的大女儿、二女儿都回来了，一口一个妈叫着。显然是老秦吩咐了。

端午节前，大女儿秦日请乐乐帮忙，一起去拍沙龙照。继女难得张一次嘴，乐乐愿意奉陪。等换好白纱，站在镜子面前，乐乐夸女儿真美。秦日说：“妈你也换一套，一起拍。”“那要不要加钱的？”乐乐问。秦日说：“天，你还在乎钱。”说着央求着她换了。

跟着是出外景，乐乐问去哪儿，秦日说选的是草坪婚礼的景。乐乐说：“你们这些小女生，新郎都没有，拍什么婚纱照。”

秦日不言语，两个女人进了保姆车，一会儿工夫到地方了。

是上海市区的一处会所，抬头看得见教堂，寸土寸金。草坪绿油油的，搭着白色凉棚。棚架上全部点缀着鲜花。不远处有茶歇的点心。

乐乐提着裙子朝前走，本能地觉得不对，再一回头，秦日消失了。乐乐有些慌乱，小跑向前，柳暗花明处，她隐约看到一个人，西装革履，戴着领结。哦，是老秦，是老秦！

那清癯面容带着微笑。

他向她张开双臂，婚礼奏乐响起。

乐乐才忽然明白了一切。

他是要为她造一个梦啊！她快跑着扑向他，拥抱住，深吻。

潜伏着的人们这才显现，有秦日、秦月，还有乐乐的妈妈、哥哥、嫂子、妹妹……够了，罢了，就算没做成结婚证上的夫妻，如此这般也好。

乐乐沉浸在幸福的花海中，久久回不过神来。

大得晃眼

伍正霖直突突的一句问话令朱姐全身发僵。

好似一万匹野马在她脑海中跑过，说还是不说？她必须当机立断。

“你这是笑话我？”朱姐反问。伍正霖有些不好意思。“我那个都不来了。”朱姐补充道。以声讨对声讨。伍正霖似乎意识到了自己的不对，有些不好意思。

朱姐跟着半嗔半叹道：“不怪你，我们相差太多了。”这是句实话，但朱姐真真假假说出来，伍正霖多少有些慌张。其实他们之间早就迈过了年龄这个问题，朱姐如今旧事重提，伍正霖认为是他的求婚重新导致了她的思考。更多可能是，因为年龄问题，朱姐没有答应他的求婚。

回到餐桌前，伍正霖帮朱姐要了杯柠檬水。朱姐说：“不用，清水就可以。”两个人面对面坐着，朱姐顺势问，“怎么，你好像很想要孩子。”伍正霖脱口而出说：“那倒没有。”

“那意思是你不想要？”朱姐追问。

伍正霖说：“不是这个意思，你在年龄、孩子这些问题上太敏感了，只要我们在一起，这些构成障碍吗？有孩子怎样，没孩子又怎样？”朱姐笑道：“你头脑太简单了，年龄是大问题，再过几年，我都快五十岁了，你如日中天，心态会有变化。孩子更是问题，孩子生下来，他便自然而然有了个原生家庭，这对孩子太重要了。”伍正霖说：“还是你想得远。”

朱姐道：“那意思是你什么都不想？”伍正霖说：“我是兵来将

挡，水来土掩。”

朱姐庆幸没把怀孕的事告诉伍正霖。

用完餐，伍正霖要跟朱姐回家。她说自己不舒服，婉拒了。很长一段时间内，她都不可能和伍正霖有床笫关系，当然，她必须做出决定，因为久而久之，伍正霖很可能发现端倪。到那时候，生还是不生，就不是她一个人能做决定的了。

迷迷糊糊中，朱姐做了好几个梦，她自己也记不清，无非打打杀杀，醒来大汗淋漓。她听到隔壁楼上有孩子的哭声，是楼上小夫妻喜得麟儿，还没出月子。新的生命到来，有喜悦，更多的是责任。她想起自己生莉莉的时候，多半是她妈帮忙，后来请了保姆，再后来是她陪读，那辛苦劲儿，别提了。

朱姐有些退缩。她越来越老了，她甚至没有信心能看到孩子成家立业。嗨，朱姐瞬间觉得自己可笑。或许没几个月，这孩子就保不住了，毕竟她年纪在这儿摆着。转而又觉得自己邪恶。每个生命都值得祝福，她为什么要诅咒他保不住？

外面天蒙蒙亮，朱姐抚着肚皮，现在还是瘪的，哭声停止了，她不知怎么想起一副在哪里看到过的对联，上联是：夫妻是缘，有善缘，有恶缘，无缘不聚；下联是：儿女是债，有讨债，有还债，无债不来。她觉得同自己的情形很像。有缘，有债，善缘恶缘已有定论，只是不知道如今这个，是来还债还是讨债的。

莉莉发语音过来。接了。“怎么样，还好吧？”莉莉问，“还在？”有些打趣的口气。朱姐立刻恢复做妈的尊严，“管好你自己！”莉莉说：“我爸好像被传唤了。”朱姐没接下茬。莉莉说她爸转了点钱到她那里，朱姐说：“跟我没关系。”

莉莉忽然说：“要不来美国生算了。”

噎住。

莉莉见妈妈尴尬，问道：“你不会不打算生了吧？”朱姐还是那句：“管好你自己。”莉莉笑道：“送你句话。”朱姐说：“要挂了，不说了。”莉莉抢着说：“While there is life, there is hope.”朱姐说："不懂你的鸟语。"莉莉解释道："这句你听过的，叫有生命就有希望。"朱姐说："没听过。"莉莉说："也叫留得青山在，不怕没柴烧。"

哦，这句听过。可是，谁是青山，谁是柴呢？

跟着几天，朱姐下了好多次决心要跟伍正霖单独谈谈。可伍正霖总是有事，工商来查洗车行，出了点问题，他要忙活。后来是他农村亲戚到上海来，他又必须全程招待，南京路、外滩、豫园、东方明珠都得走一遍。最后一天是买东西，伍正霖实在忙不开，朱姐不好驳伍正霖的面子，带着伍正霖的大伯母、大表姐、二表姐几个人去南京路逛逛。

大伯母显然是核心了。到商场转了几圈，有合适的，可她嫌贵，试了好几条裤子，先是窄腿的，又是肥腿的，都好，可就是不买。大伯母一个劲跟朱姐抱怨，说："哎呀，我一个农村人买这么贵的干吗，二三十块就好了嘛。"继续试。营业员不满意了，说："姐姐，你到底喜欢什么样的呀？"朱姐看不下去，付钱买了。

大伯母欢天喜地，连声道谢，说："伍子在上海认的这个干姐姐就是不错。"她成干姐姐了？朱姐哭笑不得，说："谁跟你说是干姐姐？"大伯母口无遮拦，说："我猜的，难道是干妈？"朱姐头边三条黑线。也好，见识见识，她更加觉得，孩子即便要生，也不能生在这个家庭里。或者她包办就完了。莉莉的建议或许好，去美国生。

忙完伍正霖的农村亲戚的事，第二天，老郭来电话了。还是邀约。说是什么公司股东聚会一下，在九龙山庄——上海和杭州交界的一个高档会所。朱姐在电话里就推了，大致意思是，跟我没关系，而且我一个女的去掺和你们老爷儿们的事，也不合适。老郭又说："有女的，好几个女律师呢，来吧，我派人去接你。"朱姐说："我现在不能颠簸。"老郭说："保证平稳，是房车。"

不知怎的，对于老郭，朱姐始终没有坚壁清野。她谈不上喜欢，但也绝不讨厌，他是那种让人舒服的商人，热情，有担当，最重要的，有自信。

“我不陪客的哦。”朱姐表明态度。老郭说：“就是去休息休息。”

没多久，房车到楼下了。司机上来帮她提行李。一路平稳，她甚至睡了一觉，一睁眼，到地方了。青山绿水，中式庭院，进了包房，她一个人住一个豪华套间。

朱姐感觉自己很被重视。很好。

收拾收拾，晚餐时间到，又是司机领着朱姐去宴会厅，一个大圆桌，眼花缭乱都是菜，可只摆着两副餐具。朱姐心里一笑。呵，有钱人的小把戏，也就端端正正坐下，她就不信，她这么一个老女人，居然还有人吃得下，如此大费周章。看来锻炼是有效果的，她多年来的“好名声”也帮了大忙。

不大会儿，老郭进来了，一身休闲装。刚坐定，朱姐就笑说：“怎么老郭，这样没必要吧，鸿门宴啊！”老郭哈哈大笑。

不得不说，他底气真足，笑声在硕大的空间内激荡好几个来回。

老郭掏出个红绒布小盒子，打开，举到朱姐面前。

嚯！朱姐在太太圈里混，也算老江湖了，眼前这颗黄钻大得晃眼，梨形，毛估估大概得一百万。

“我是来向你求婚的。”老郭开门见山，单刀直入。

朱姐心噗的一沉，这是什么招数？前半辈子没什么桃花运，到老了，桃花开得一塌糊涂，有点吃不消。

“别，你别闹……”朱姐慌了，“你知道我什么情况吗……”

她搪塞。

老郭道：“我不管你什么情况，我只知道你现在不在婚姻状态，我就可以向你求婚。”

又是一记重锤。

成功人士的做派。

朱姐心想，不行，不能就这么落败被拿下，必须击退他。

定了定神，她道：“不是这个意思。”

老郭还是举着钻戒，问：“那是什么意思？”

朱姐摸摸肚皮，说：“我有了，你还愿意？”说罢也哈哈大笑。

在老郭面前，朱姐反倒剥去羞涩，坦然面对。

老郭也笑，说："这有什么关系，一并过来好了，又不是什么大不了的事情。"

朱姐说："我没开玩笑，是真的。"

老郭说："我说的也都是真的。"

朱姐停住，看着眼前的老郭，有意思，这个人真有意思，真情假意不知道，但好歹眼前的钻戒是真的。

她拿起那颗巨大的鸽子蛋，套在食指上比了比，闪闪惹人爱，钻石是女人最好的朋友，又取下来，放回盒子里。

"我不能收。"朱姐说。

说一点不心动是假的，可朱姐不想这么简简单单就再度掉进另一个男人的坑里。

她怕了，她需要观察，需要思考。

借坡下驴

马海伦降级，和老大罗进如离婚，孩子她带着。跟着，老大以七十岁高龄被扫地出别墅，搬回市区那套过去单位分的小房子住……一连串事情仿佛多米诺骨牌般接连倒下，每件都让安秋萍觉得始料未及。她原本以为只是一个小小的惩戒，类似于出出丑。

可居里提醒她，这就是举报的威力，匿名举报都如此，如果是实名举报，还不倾家荡产？其实秋萍原本只是想出出气，报复马海伦一下，没想到这个马海伦不是真金，偏怕火炼，出了点问题立刻撤退。

“我告诉你，八成马海伦根本就是想跟你大伯离婚了。”秋萍咬牙切齿。居里不解，愿闻其详。秋萍道，“老大今年多大了，没有七十也六十好几了吧，马海伦才四十岁出头，他们刚认识的时候不觉得，一个是正当年有魅力的男人，一个是刚从大学出来到社会上做事情的小姑娘，哦不，马海伦那时候只是实习生。”

居里问那跟他们离婚有什么关系。秋萍一拍大腿，道：“她为什么找老大，老大能罩着她啊！所有非正常的男女关系背后都有利益的交换，可现在好了，她四十几岁正当年又做着个肥差，老大呢，退休干部，孤寡老人，将来他对她只有拖累，现在她抓着个错误，借坡下驴，趁势跟你大伯离婚了。”

居里想了想，说：“那怪我们了？”

秋萍有些理亏，说实话，听到老大离婚的消息，她多少有些后悔，宁拆十座庙，不毁一桩婚。她不算坏人，她也没打算毁掉老大的艳福和婚姻，可冲动之下，做了件坏事，但嘴上她绝对不能承认：

“怎么能怪我们，是他们的感情经不起考验。”

居里说：“这个马海伦的心真狠，那孩子呢，孩子就同意离婚，不要爸爸了？”秋萍说：“老二帮着去问了那个远在加拿大的宝贝儿子，人家说，你们离不离婚跟我没关系。实际上是站妈妈的队了。”

“大伯也可怜。”居里叹道。秋萍立刻反驳道：“他抢房子的时候怎么不想想我们可怜？可怜之人必有可恨之处。”居里不作声。秋萍说，“这事先不提了，你爸不接电话，估计老二、老三还没告诉他。”居里应了一声，坚决保密。

接连好多天，秋萍心里都跟揣着只兔子似的，她担心进宝知道后，跟她没完。毕竟，从小到大，罗进宝最敬佩、最尊重的人里，老大罗进如能排前几位。不行，纸包不住火，秋萍打算先铺垫铺垫。

晚上睡觉前，秋萍忽然叹了一口气，先诉自己的苦：“你说我们，为老太太忙了几十年，照顾这个家照顾了几十年，是替他们几个尽孝吧，结果呢，人人受伤，房房没有，冤不冤？”

进宝忙了一天，困得不行，只懒懒说：“现在说这些还有什么意思，等那钱下来，算算给居里和东方，让他们付个首付搬出去单过，妈没做到的，我们可千万要做到。”

秋萍本就打算给居里款子，只是这一向复仇心切，没顾得上，加上官司刚落定，楼上小房子还没卖出去。秋萍提出来钱没到位，进宝道：“你那儿存着的三十万拿出来，另外，我这里拿三十万。”

秋萍警觉，问：“哪儿来的钱？”

进宝说：“是大哥给的，背着大嫂，说之前的事对不住，明面上拗不过，就私下补偿一点。大哥也说了，一家人闹到这份儿上不应该。”

心中一道闪电划过。

秋萍仿佛被雷劈了一般。

老大给钱了？什么时候的事？这不没有的事吗？怎么早不给？

她抓住进宝问，进宝说：“有一阵了，我没跟你说。”

秋萍这才想起来，请侦探的事进宝也不知道。

她成什么了？恩将仇报？这不等于生断老大的路，活挖老大的坟？老大罗进如一辈子最好的就是面子！脸比天大！她的所作所为，是彻彻底底导致老大驳了面子，晚节不保！可谁能想到马海伦那么心狠手辣？！一日夫妻还百日恩，十几年夫妻，怎么说离就离，还扫地出门？！蛇蝎女人啊！也难怪，老大对她是没用了，只有负担。可怜的老大、他大哥、社会明达，曾经叱咤风云的老总——他现在什么都不是，就是个孤寡老人。

“色”字头上一把刀，这刀什么时候落下来，没准儿！

事到如今，她只能跟进宝圆一圆：“罗进宝，假如现在有个小姑娘向你示好，你会怎么样？”

秋萍打算把话题往马海伦的错误上引，这样她的罪过就自然而然减轻一番。可进宝却一倒头，“神经病。”睡了。

灯也不关，照睡。一会儿工夫，打鼾了。

秋萍满怀心事，忍不住蹬了进宝一脚。

没几日，进宝拿出钱来，放在一张卡里，当着全家人的面，交给居里，说是买房子的钱。居里激动得双手颤抖，她不是没见过钱，只是，从公公这里接钱，是第一次。“谢谢爸，爸你真好，爸，咱一起看房去，爸，爸，爸，爸……”这一会儿工夫叫的爸，比过去的总量还多。

吃完饭，秋萍又把居里叫到小卧室，也掏出一张卡来，说：“钱你收着，房子回头一起去看。”这段时间以来，接连的事端，坚固了秋萍和居里的友谊。哦不，是亲情。

居里一个劲叫妈。东方闪进来，看着这婆慈媳善的情景，也笑了。

进宝给三十万，秋萍给三十万，再加上原本就有的三十万，还有东方拿回来的分红，市区的房子买不了，郊区的小套好歹能有一间了。

“谢谢你，谢谢爸，谢谢妈。”居里兴奋得连亲了东方好几口。

等热乎劲过了，秋萍又拉着居里叮嘱：“大伯那事就算过去了，别跟你爸提。”居里对天发誓，坚决保密。

钱到位了，跟着就是看房子。秋萍和居里连看了一个星期，最后在七宝附近看中一套。可秋萍不满意，说地方太脏乱，不如市区。

居里笑道："妈您净说实话，市区什么价，这里什么价，我啊，就这么知足了。"居里在屋里东看看西看看，畅想着未来。手机响了。陌生号码，接了，是进宝。居里说了地点，说在看房，进宝说他在附近，也打算过来看看。居里当然欢迎。

挂了电话，秋萍问居里是谁，居里说明情况。秋萍下意识觉得有些不对劲，可进宝是出资人之一，又刚好在附近，他有权利来看。

一会儿工夫，门哐当一响，居里和秋萍唬了一跳，转身，见门口处进宝怒气冲冲，夫妻俩脸对脸的一刹那，进宝虎啸狮吼般："安秋萍！你都干了什么没屁眼的事！老大他妈的离婚了！"

秋萍头皮一麻，知道东窗事发了。她也想借坡下驴，可是没有坡啊！

醒着做梦

草坪婚礼过后，乐乐才算真正开始学做女主人。

对内，她需要料理好家务，照看好儿子乐辰，照料好爱人老秦，还需要打点她娘家那一批人；对外，她开始参与公司事务，曾经在EMBA学的东西多半没用，真到了实战中，乐乐发现依旧有许多不明白甚至吃力的地方。开会，开不完的会，然后，决断。

好在有妈妈和老秦在。不懂的地方，对内，她可以问她妈，外面的事情，她问老秦。老妈和老秦也乐于教。手术之后，老秦多少有点排异反应，时不时要去医院复诊，有几次夜里吐，乐乐吓得不轻，人拉到医院，大夫说是正常的这才稍稍放心。可乐乐不放心，她单独约医生见面，要求他说实话，直到大夫表示目前看来的确没有危险才作罢。

从前不掌家，乐乐不觉得什么，现在真掌了家，内内外外忙着，乐乐忽然觉得自己真算人到中年了。上有老，下有小，而她不过三十岁出头罢了。她还得防着老三，怕她卷土重来，好在一直没动静，说是在海外，老秦没再提，乐乐也就没再问。不过听公司财务总监透露，老三还拿着一份工资，三女儿秦星也有一份终身保障。乐乐装作不知道，不赶尽杀绝，没必要，得饶人处且饶人。

忙了一阵，逢乐乐生日，她自己都忘了。老秦却忽然要为她庆祝，摆两桌。乐乐说算了。老秦却说："三这个数字好，你逢三十三，过吧。"三？好在哪儿？乐乐没多问，"小三"可不是个好词，不过也有好的，三人成众，代表有力量，三也意味着变化，一生二，二生三，三生万物。

同意，他坚持她就同意。

家宴一大桌子，人都到了，包括秦日、秦月两姊妹。乐乐这边是爸爸、妈妈、哥哥、嫂子、妹妹、侄子。老秦先敬乐乐爸一杯，不能喝酒，就以茶代酒。乐乐爸一饮而尽。老秦笑着说：“生了病才知道，什么是最重要的。”乐乐爸本就口笨，只说：“老兄保重。”再喝。

轮到乐乐妈了，还未待敬她便站起来。老秦半举着杯子，笑道：“你是我的丈母娘，该我敬你。”乐乐妈忙说：“注意身体。”老秦道：“以后乐辰和乐乐，就多亏您老人家照顾了。”乐乐妈忙说：“应该的。”接下来是哥哥、嫂子、妹妹，都一一喝了，表示了。然后是秦日、秦月敬乐乐。她们都叫小妈。乐乐感动得眼眶含泪。

一口气喝了四五杯，酒劲上头，热热乎乎的，然后举目四望这一桌子人，当真感到一家人团结在一起了。乐乐忽然觉得自己很伟大。从一无所有到这一桌子人，中间走过了多少荆棘路。两个完全不同阶级的家庭，因为她，暂时弥合到一起了。不可思议。当然，她险些丢了一个肾。嗨，不多想。人生容不得你多想，努力罢了。

吃完饭切生日蛋糕。九层。乐乐、老秦、日、月、辰一起举刀，充满仪式感。乐乐眼中含泪，觉得自己的人生仿佛到了顶巅。

第二天还是宴请。老秦组织，公司几个重要部门的头儿都到了。没有家宴的轻松氛围。老秦在，几个元老都毕恭毕敬。老秦说：“来吃个饭，庆祝陶女士三十六岁了。”多报了三岁？乐乐坐在他旁边，忽然明白了，老秦这是怕他们觉得她太年轻，压不住场。

老秦举杯，众人连忙举了，老秦笑容柔和。这柔和似乎是在他生病之后才有的。“来，”他笑盈盈地说，“都是老弟兄们了，朱、周、齐、宋，你们几个是公司一创立就跟着我干的。”朱、周、齐、宋四位连忙响应，都站起来了，叫老秦大哥。他们是公司的承重墙，分别掌管着财务、拓展、销售、研发四个部门。老秦没站，乐乐就也没站。

老秦继续说：“我是不打算退休了，不过退居二线也不是没有可能，以后拜托各位。”说罢举杯，众人也举杯，一饮而尽。老秦又说，“我不在的时候，陶乐乐就代表我，陶乐乐现在占有公司最多的股份，是最大的股东，我提议选她做董事会的主席。”

乐乐深感意外，不是进公司锻炼吗？怎么成董事会主席了？还没开会，就成主席了？只能是老秦提前安排好了。乐乐想说自己担不了这个重任。可既然老秦把她推到前台，众人都已经开始鼓掌，她再不接受，就小家子气了，也会辜负老秦的重托。她是老秦唯一信任的人。

乐乐站起来，尽量落落大方，对诸位元老道：“列位，论资历你们都是我的前辈和老师，今天既然坐到这个桌子上吃饭，就说明身份都一般，都是自己人，这么多年，秦总没有亏待过大家，将来我也不会，这不是一个大的变动，但我们的企业继续向前是一定的，一起努力，好不好？”

掌声，结结实实的掌声。

杯酒释兵权。回到家，等老秦睡着了，乐乐脑子中突然蹦出这么一个词。只不过，他释的是自己的兵权。从明天开始，她就开始代为掌控一个大公司。

这是真的吗？乐乐一夜睡不着。醒着做梦。她甚至思索着老秦为什么这么信任她，就因为她为救他四处奔忙？她和他生了孩子？都不够，都不够。

能够掌管公司，还要有几分欣赏。也许是野心，是，野心，那颗从乡村而来一心想要征服大城市的野心。老秦曾经不也是如此吗？他在帮她，也是帮自己。

神话，平凡生活、世俗世界，偶尔需要一两个神话，才能驱赶绝望。

迅速地，乐乐进入状态了。开会、下厂、看报表，每天许多人找她签字，老秦的帝国横跨贸易、研发、产品生产等多个领域，食品他做，纺织品他做，房地产他也做，他做所有赚钱的生意。乐乐当然还有很多不懂的地方。但她年轻，可以学，老秦也在背后指点。

进入夏天，老秦说上海太热，想去美国一趟。乐乐公司好几件大事要忙，可能会请他去听会，乐辰又起疹子，建议他晚几天再去。老秦同意了。

排异反应还在继续，老秦恢复得不算乐观。这天，董事会开会，乐乐请老秦去主持。老张接了他先出门，去办公室准备准备。乐乐跟她妈交代了一番照料乐辰的注意事项，才跟上。

到公司大楼门口，传来一阵警笛声，是检察院的车。

乐乐摘下墨镜，忙追到前台问怎么了。前台小姑娘已经吓得话都说不利索，就说有几个穿制服的人进去了。

乐乐连忙去按电梯。十、九、八、七、六、五、四、三、二、一……心在打鼓。

电梯门开了，几个穿制服的人架着老秦朝外走。

乐乐阻拦，说："怎么回事，乱抓人啊！"

拘捕令亮出来。

老秦转头，瞥了乐乐一眼。乐乐追了几步，可哪由她呢？

上车了。笛声继续，刺破苍穹。

老秦回头，隔着玻璃，朝乐乐挥了挥手。就算告别。

老秦被捕了。

这事他没跟乐乐说过。

站在太阳地里，乐乐喘着粗气。她忽然觉得，老秦似乎早知道有这么一天。

活个通透

老郭突然求婚，朱姐深感莫名，但又有几分欢喜。这么一位在社会上有头有脸，看上去并不算老，无数小姑娘上赶着往上扑的霸道总裁式的男人，万花丛中过，却偏偏跟她来这么一出。

朱姐又增添几分自信，但她仍旧不相信也不能接受他的爱——他的巨大的钻石戒指。

可她愿意和他做朋友，她喜欢他的坦诚，也欣赏他企业家式的进攻姿态。男人就应该这样，没有羞愧，没有扭捏，尽管她不能和他在一起，可她也没有权利阻止他喜欢她。

饭后，小竹林旁的长椅边，朱姐问老郭："都老太婆了，你还喜欢？"她打算弄个明白。

老郭道："我关注你不是一两天了。"

朱姐笑着侧过脸，似乎有些不好意思，不是一两天，认识都没多久，她又不是明星。

老郭继续说："你年轻的时候有些名气，在吴江的时候厂子里选厂花，你的名气最大。"

吴江？厂花？这都哪个年代的事了，老郭不提，朱姐甚至早都忘了那茬——她轰轰烈烈的青年时代。"那个时候我是个愣头小子，当然没有份儿，但直到前几年，才知道你和老谢结了婚，他嘛，也平常嘛。"老郭笑得大声。朱姐说："这些都不是理由。"老郭说："我结过两次婚，原配离了，又找了个年轻的，又离了，当然彼此都有责任，你首先不贪财。"

朱姐听罢也大笑，说：“你太不了解我了，在这个世界上，有谁会不爱钱。”

老郭纠正：“我说的是贪，不只是爱。”

朱姐站起来，伸出手：“贪也好，爱也好，做朋友吧！”

算是给两人的关系定性了。

老郭还不甘心，问：“你说的怀孕，是真的？”

轮到朱姐有些不好意思了，她为自己的坦诚后悔，幸好还能弥补：“编的，借口。”

老郭试探性地问：“你和老谢的那个司机？”

朱姐连忙道：“没有的事。”她也不知道自己为什么否认得那么快，或许在内心深处，自己依旧觉得和伍正霖在一起不光彩？也不是。很多事情不足为外人道而已。

老郭叹了口气，道：“不管怎么样，简单一点，直白一点，都这个年纪了，没必要那么累。”

朱姐心中震荡，老郭的话如暮鼓晨钟，敲醒了她。

是，她到底在犹豫什么，怕什么？孩子她到底要不要？以什么样的形式要？要不要跟伍正霖结婚？难道生孩子一定要结婚？她当然也没必要像吴绮莉那样，生孩子是为了逼婚。所有的一切，她都必须想清楚，然后，面对。

住了一夜，相安无事。第二天，朱姐回到家中，跟莉莉通了个电话。莉莉说她爸爸被传唤了，但又回来了。朱姐紧张，问是什么事。她还在紧张他。

莉莉说：“爸爸也没说，可能受人牵连，一个姓秦的老板。”朱姐连忙给乐乐打电话，才知道老秦已经被拘捕了。

这一向各忙各事，她和乐乐、居里联系得都少了。朱姐约乐乐出来，但乐乐进入公司之后太忙，两个人就约在公司见面。到地方，朱姐对于乐乐的变化叹为观止，这个小丫头变了，彻彻底底走向顶峰。但乐乐也有乐乐的愁：“老秦一进去，很多事情都变了，这人还没走呢，茶就凉了。”

朱姐端着红茶："现在公司都归你管了？"

乐乐说："暂时是这样，但我担心老秦的身体，刚做了手术，托人打探消息，没用，现在上头力度大，中国的商人，但凡想做大，有几个屁股干净的？"

朱姐没谈自己的事，但她忽然觉得，没了老秦，乐乐一个人掌管着公司，尽管算是在悬崖边上，但也前所未有地有了权力和地位。她为乐乐高兴。站在男人的肩膀上，她终于能自主了。

换位思考，乐乐能，她为什么不能？

乐乐问朱姐什么事，特地来。朱姐也不遮着，把前前后后的事情简单说了说，又点明自己怀孕了，并说了孩子的父亲。

乐乐道："伍正霖人也不错。"朱姐没接话。

乐乐微笑道："不想结婚就不结，年纪不小了，如果经济上没问题，情感上也没那么依赖，要这个正式名分干吗？我算看明白了，结了婚，还可以离婚，离了婚就恩断义绝，反倒是那种不结婚的，永远牵牵绊绊，一生一世。而且说句不好听的，结婚是两个家庭的事，你能融入人家那个家庭里去吗？孩子陪你三十年，够了。还真打算年少夫妻老来伴？不指望。"

到底是乐乐，话说到朱姐心坎里去了。这话她自己不能说，长久以来也不愿意直接面对，但乐乐能。

她本没打算冒天下之大不韪去结这个婚。一时感动，那是因为伍正霖的求婚。结给自己看，也结给别人看，给自己别扭，也给别人别扭。

乐乐又说："不过不管结不结婚，人家都还是孩子的爸爸，有知情权。"

又一语中的。智慧，人生的智慧和活得长短无关，而是一份通透。两个女人又聊了聊，朱姐自己手里还有点闲钱，委托乐乐帮忙投资。乐乐当然答应，说："等过了这一阵，我这压力大，这可是以后你和孩子的养老钱呢。"

出了公司门，朱姐便开车去伍正霖的洗车行。他正站在洗车行门边，跟一个员工小姑娘聊天。朱姐车开过来，伍正霖看到了，连忙上前，进副驾驶。

继续向前，洗车开始了。伍正霖说：“你过来也不打声招呼。”有点怨言。他怕刚才那一幕无法解释。可朱姐根本不计较这些，她说去见朋友路过。伍正霖“哦”了一声。

外面喷水了。

朱姐侧过身子，脸对着伍正霖，说：“上次你猜对了。”

伍正霖有些不解，猜对了？什么猜对了？

“我怀孕了。”朱姐开诚布公，“你是孩子的爸爸。”

伍正霖愣了一下，赶忙上前拥抱住朱姐，连声说辛苦了，高兴得手脚不知怎么放，又大叫三声。“对对对，婚礼立刻要办，要大办。”伍正霖说。

朱姐压制着那份高兴，道：“但是我不打算结婚。”

气温骤降，冰封大地。玻璃窗外一阵洗刷。

“不结婚？什么意思？”伍正霖问。一个女人，有了孩子，不是应该最期待的就是结婚吗？别说朱姐这样一个女人，就是女明星、女大款，很多也都期盼着结婚，过一种家庭生活，朱业勤是怎么了？嫌他年轻？可这个问题早已经讨论过，不是问题。唯一的解释，就是她已经不爱他了。

“你不爱我了？”伍正霖问。

朱姐忽然不知怎么解释，这不是爱与不爱的问题，只关乎她想要的生活。是，这样有些自私，然而子宫在她身上，她有主动权，一辈子无私，这次就自私一把吧。

“不……”朱姐道。伍正霖忽然有些孩子气，男人身上都潜藏着的：“你爱上谁了？那个姓郭的？”朱姐惊讶，不是惊讶他说破她的心事——她的确不爱老郭——而是惊讶他的敏锐。

“可以明确告诉你，不是，”朱姐道，“我们之间的关系不变，不前进，不后退，你是孩子的父亲，当然前提是如果我有能力把他生下来，我马上可能去美国。”

几句话，明明白白，斩钉截铁，不留余地。

车洗出来了。“我不接受，”伍正霖有些控制不住情绪，“这算什么？我算什么？算借种？”最后两个字令朱姐笑出声来。她安慰他道：“我们的关系不变不是吗？将来，如果有将来，还会有新的关系，我一天天老了，不想要变化，你还年轻，还有很多可能性，维持现状，对你，对我，都好。有些事情，有些关系，没必要处理得那么绝对，明白吗？”

伍愣愣地说：“不明白，也不想明白。”

车子开到外面。朱姐嘴巴努了一下，示意他下车。

伍正霖犹豫，还是下去了。朱姐朝他挥挥手。

车驶远了。

十字路口，红灯停，朱姐握着方向盘，若有所思。

到绿灯了，蓦地，淡然一笑，朱姐一踩油门，急速前进。

重现江湖

进宝没打算轻易原谅秋萍。

在进宝看来，秋萍的所作所为根本就是不仁不义、歪门邪道。

分房子是分房子，人家两口子过日子是两口子过日子，不应该混为一谈，更不应该用这种激烈、极端的方式。

可秋萍就死拽着一个理，马海伦本就是个蛀虫，只不过是她安秋萍不小心给她揪出来罢了，是为民除害。

居里夹在中间，怎么劝都不行，晚上东方到家也劝，可进宝和秋萍还是吵到决定正式分居。秋萍搬到小房子去住，凑合几天。老太太的房子已经委托中介作价卖出去了，因为要走程序，加之之前又打官司，所以尚未正式收走。房子里的东西杂七杂八，有床、高矮柜子，还有老太太生前的衣物，该分的分，该拿走的拿走。

公婆吵架，居里本不打算介入，她甚至不打算站队。可在她买房的问题上，秋萍给了大力，如今婆婆有难，甭管对不对吧，她必须来陪一陪，何况这事情全程她也参与了。假如说秋萍是进宝口中的主犯，那她就是从犯。

居里和东方都见识了分居前夜，进宝和秋萍的争吵。那几乎是几十年来这两口子爆发的最激烈的对阵。过去吵，多半进宝不响，任由秋萍嚷嚷，所以吵不起来，可这次不一样，势均力敌。

进宝的主要观点是，秋萍瞎胡闹导致马海伦跟老大离婚，现在怎么办，老大都七十多岁了。秋萍恨道："这充其量只是导火索，我告诉你，这个马海伦早就想跟老大离婚了，不然这点屁事至于离婚？她恨我倒罢了，她恨老大什么？搞不好马海伦在外面已经有头绪了，这种女人，没有下家她能愿意离婚？不过老大也不吃亏，享受了人家那么多年的青春，还生了儿子传宗接代，还要怎么样？就是相互利用。”

进宝一听更气，无论怎么说，他大哥救过他的命，在他眼里，大哥是天，岂容一个妇道人家侮辱。他随手拿起床头柜上那只他自己亲手雕的木雕小船——是他送给秋萍的生日礼物，一丢。正击中秋萍额头。

瞬间，血流不止。

秋萍一抹，见血了，随即大哭：“杀人啦！杀人啦！罗进宝杀人啦！”

居里和东方闻声赶来，一阵忙乱，又是包扎又是劝解，好歹结束了这场意外。

这场几十年来罗家少有的流血事件坚定了秋萍分居的心。

秋萍立誓，只要进宝不低头，她就和他老死不相往来。从那天起，两口子一个住楼上，一个住楼下，哪怕吃饭，秋萍也请居里告知，她爸爸在不在，如果不在，她才缓缓下来，登堂入室。

一山不容二虎。

秋萍跟居里抱怨，说：“你这个公公，就是吃里爬外的货，老大给三十万你怎么不早说呀，哦，三十万就行了？这几个钱能干吗？我们付出了几十年青春，你爸知道谁是亲的，谁是疏的？都是一个娘胎里出来的，你爸就没有老大那脑子，哼，要不怎么一辈子拿扳手呢。”

居里小声劝道：“我看爸这一时半会儿是好不了了，要不，想办法怎么缓和缓和？”秋萍乜斜眼：“怎么缓和？”居里道：“或者去大伯那小房子看看？见面三分情，没准儿就都解气了。”

秋萍一拍大腿骂道：“放他娘的青天大驴屁！我给他道歉？他上门给我道歉，我都未必接受。”居里连忙噤声，不提了。

秋萍捂着头，纱布还没去：“你看你爸，心多狠哪！”

这日，东方从外面带了点干桂回来，居里拎上去给秋萍，补血。婆媳俩坐在小板凳上剥桂圆吃。秋萍说：“看到了吧，我要是有马海伦那两下子，立马就跟你爸离婚。你大伯离了婚，还有小房子可以住一半，你爸有什么呀？就只能睡到淮海路上，狗都不如。”

居里反过来劝道：“爸也是心肠太好，不过话说回来，妈跟爸过这么多年，还不是因为爸心肠不错。”秋萍咂咂嘴，说：“那倒是。”

没拿稳。

一颗桂圆溜溜滚到地上，居里用脚挡住。秋萍又抓一颗，还没抓稳，桂圆跟个小弹珠一般朝床底下滚去。

“得老年痴呆了，还是帕金森了？”秋萍自嘲，说着弯腰探到床底下捡。

居里怕秋萍闪了腰，说：“妈别忙了，不要了就是。”可秋萍哪里肯听，猫着腰，伸着头，跟山洞探险一般深入床底，眼看摸着了，再一抬头，砰一声。

撞到床板了。

秋萍骂骂咧咧，抬眼间，却见头顶床板木梁上夹着一个牛皮纸信封。

一把拽了，拿出来。婆媳俩展开信口，抽出几张纸来。

“念。”秋萍道。

居里呆呆的。手抖。

“念啊！”秋萍没那耐性。

“遗嘱……”

居里刚念两个字，秋萍便仿佛被神仙点化了一般，一把抢过，囫囵着看了。

是，没错，是老太太的笔记，是遗嘱！遗嘱！老太太留遗嘱了！留遗嘱了！还有公证书，情况说明！大致意思是，房子留给进宝和秋萍，并解释了当初买断房子时的情形，是用了老大的公积金，但后来老爷子和老太太还了这个钱，所以跟老大没关系了。身后遗产的分配，就是老四进宝和秋萍得房，老二、老三得家私首饰，老大什么都没有。

她就知道！就知道！上天有好生之德！

居里凑在一边看，大为震惊！原来这遗嘱早准备好了。人算不如天算，天算不如老太太算。

再一转头，秋萍已泪流满面。

秋萍哭一会儿，笑一会儿："妈呀妈！我的老妈妈！包青天啊，真是包青天！"

喜了一阵，稍微平复些。遗嘱重现江湖，秋萍又有了主心骨。"这事不能让你爸知道。"

居里遵命。

"东方最好也不知道。"

居里说："那有难度吧，估计还要请他帮忙。"

秋萍把一系列材料装好："这官司我们还得继续打。"

居里担忧，说："最好还是跟爸知会一下。"

秋萍连忙说："不用，这事听我的。"

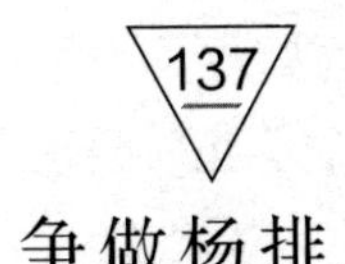

争做杨排风

老秦被拘，集团的情势一夜之间变得异常复杂。因牵涉投机、腐败，接连几天，都陆续有管理人员被传唤、问话。

人心惶惶，有人传言集团要倒了，或者干脆被封了，也有人说集团估计要被人收购，更有甚者说是陶乐乐牝鸡司晨，坏了风水，才导致集团斗转星移，江河日下。

话传到乐乐耳朵里，她不动怒，只是按部就班，开股东大会，宣称上市的计划没有变动，对公司的未来有信心。开中层以上的小会，禁止以讹传讹，不许传谣信谣。

暂时稳住了。

可等第二季度的报表出来，集团营收比去年同期下降15个百分点，一时间人心思动，接连有高管跳槽，其中居然有当初老秦安排的四大“顾命大臣”之一的副总，连带带走的还有整个部门团队。

去者不留。乐乐一方面努力稳定军心，另一方面也切切实实感受到了商场如战场。

听说人是老三帮着挖的。虽然她人在美国，但乐乐已经感觉到，她随时都会回来，杀个回马枪。她一直憋着股火，不服气、不甘心。

秦日、秦月似乎也被老三“统战”过去了，她们力主通过私人关系把老秦捞出来。两个孩子懂什么关系、路子，捞“干”的捞“湿”的，显然有高人指点。可乐乐不赞成这么做，一来动用私人关系未必有用，这次抓人是公检法齐上阵；二来动用关系一旦被曝光，便成了此地无银三百两，没有罪也成罪了。

“那就任由爸爸在里头受罪？！”秦月脾气躁，朝乐乐喊。

“小月，里面的生活我们会托人照顾的，现在就看能不能保外就医，都在努力，你爸爸进去，最着急的是我，我的心情和你是一样的。”乐乐尽量心平气和。

“都说你想当一代女皇。”秦日道。

乐乐呆了一下，一代女皇都传出来了，她只能笑说：“以后传给你们，现在只是过渡，我不姓秦，武则天最后还不是还位给李家了。这种谣言不用去信，当务之急是让集团上市，顺利运转，完成你爸爸的心愿。我充其量只能是穆桂英。”

乐乐平稳的气场给了日、月二女以安抚。都大了，都有脑子。

相比之下，乐乐妈的情绪似乎更失于管理。只要有个风吹草动，乐乐妈便说：“要不回乡下躲一躲。”乐乐嫂子舍不得上海，说：“就这么又回去了？”乐乐妹陶小淘促狭道：“妈动不动就要回高老庄。”惹得她妈追着打。还是乐乐哥冷静：“现在正是关键时候，妹夫进去了，群龙无首，妹妹必须顶起来。”

是这话了。还是哥哥明白。聚在一块，乐乐道：“非常时刻非常对待，大家都长点心。”点到为止。

没几日，老三果真从海外回来了，刚下飞机就到公司对外联络部履职，她一直挂在那儿做个副总监，虽有名无实多少不安，但如今老鹊回巢，又有多少年的人脉，一时间响应者众多。有人甚至提议，推举老三进董事会。这话传到老三耳朵里，她当即翻脸，说：“我本来就在董事会里头，别说我有股份，就是我没股份，星星的股份是假的？老头子没进去的时候，我就是董事会的成员之一。”

一查，还真是。老树开新花。

开会得有她。

半个月过后，董事会召开，老三抱着材料，一身职业西装，会议已开未开的一刹那，她大刺刺推开门，旁若无人地走到乐乐对面，拉了张椅子来坐下。

材料往桌子上一放。“开吧。”

乐乐尴尬，可还是稳住心神，一一听报告，轮着听下来，她做总结。大致意思是，现在公司不适合扩张，东南亚产品进口的业务不增不扩，保持现状即可。

“我反对——”老三大叫，“现在国内对东南亚热带饮料的需求量很大，根据特雷富达信息咨询公司的最新调查，长江三角洲地区的江、浙、沪三省，第一季度对椰汁、番石榴、杧果汁和榴梿果肉制品的需求就上涨了百分之三十三点六九，在这个时候缩小规模，等于是给竞争对手机会，做企业，做进出口，数据说话，市场说话，我请问陶董，你的判断都根据什么呢？一拍脑门儿？还是做梦梦到的？”

话难听，是挑战了。乐乐必须迎战。可显然，老三是想要激怒她，必须稳住。乐乐不卑不亢道：“潘董事，您的建议应该在表决之前提出来，您的建议已经由秘书处记录下来了，等下次开会，再做研讨。”

老三拍案，愤然道：“你就这种工作态度，擎天不被你整完蛋才怪！”

乐乐不看她，平静地说了一声：“散会。”

董事们不动，左顾右盼。

秘书拉开门，乐乐率先走了出去。大家这才三三两两走出会议室。

老三在董事会上的三板斧显然给集团造成了一定的影响。

拉帮结派。

谁是谁的人，在底层员工中间流传得神乎其神。两个女人的斗争，也俨然成了一场宫斗剧，可底层员工不敢直呼其名，只好取绰号，老三呢，就叫乌拉那拉氏，乐乐叫钮祜禄。

这天，女洗手间，两个女员工扯闲。

这厢说：“一样不是正室，所以乌拉那拉氏才敢那么凶。”

那厢答：“天，钮祜禄立了那么大的功，还不扶正啊，老头想什么呢。”

这厢说：“这不逮进去了嘛，就是怕连坐，不过有一利就有一弊，现在好了，乌拉那拉氏来夺权了。”

那厢答：“我赌钮祜禄赢。”

这厢撇撇嘴，道："难说，乌拉那拉氏博士出身，有脑子，根基也深，说就是今天，要再次开会，她要联合元老弹劾钮祜禄呢。"

恰巧陶小淘进洗手间，只听到"弹劾"两字，便问什么弹劾。集团太大，那两个底层女员工并不知陶小淘就是乐乐的妹妹。便说："乌拉那拉氏要弹劾钮祜禄。"小淘一头雾水，说什么跟什么，清宫戏看多了吧。对方也急了，"你怎么就不明白呢，海外回来的三儿要联合元老弹劾当政的四儿，懂？"

这下明白了。什么不三不四的，小淘命令她们闭嘴，一个激灵，破门而出。她立刻打姐姐电话，她要告诉姐姐，让她防患于未然，

危险！危险！十万火急！

电话通了，没人接。发微信、短信，还是没回应。糟了，今天姐姐要开董事会。想打姐姐秘书电话，可她不知道号码呀！

只能自己跑一趟了。

小淘要立功！

如果说姐姐是穆桂英，临阵挂帅，她陶小淘好歹也要争做杨排风！

一路飞奔，到集团大楼门口已经气喘吁吁。保安要拦小淘，小淘说："别拦着，我是集团员工。"上电梯，拼命按，快了，快了，到十八层，会议室在走廊尽头，小淘以百米赛跑的架势跑到会议室门口，不顾一切破门而入。

整个会议室的目光投向她。

"找一下……陶董……"陶小淘恨不得钻到地底下。

"哦，材料拿来了吗？"乐乐起身，不慌不忙，走到小淘旁边，小声命令她在一边坐着，别惹事。

小淘只能坐下，目光一扫，却看见一脸浓墨重彩的老三，正恶狠狠地盯着她姐姐陶乐乐。

小淘心中暗呼，完了，姐姐要被罢官了。

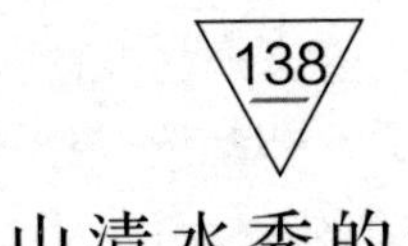

山清水秀的地方

朱姐想去美国生孩子，一来躲避国内众人的耳目，再一个上海的水和空气也不乐观，这一代生出来的都是雾霾宝宝，她有些担忧。

朱姐和莉莉商量此事，莉莉表示赞同。不过同时莉莉也跟她说了自己结婚的事，她马上本科毕业要去纽约，在读研究生之前就打算跟艾瑞克把婚结了。

“我可不是为了身份，”莉莉强调，“我和艾瑞克是真心相爱的，祝福我们吧。”

话说到这份儿上，朱姐不好再阻拦，自己已经冒天下之大不韪，莉莉追求真爱，无可厚非。而且家里的情况已经今非昔比，老谢破产被调查，朱姐手里虽然有些钱，但也不能像以前那样花了，好在跟老外结婚不需要陪嫁，当然，也没有彩礼。

朱姐问莉莉：“艾瑞克有房子吗？”答案是有。她本想继续问，房产证上写你名字吗？可话到嘴边又咽了下去，可能国外不讲这个。人家是为真爱，可是朱姐还是为女儿感到不值。

婚姻，是女人的第二次投胎。莉莉这回投得急躁了些。

可莉莉就认为彼此是命中注定的那个人，是灵魂伴侣。她也不好棒打鸳鸯。

快关视频的时候，莉莉忽然来了一句，俏皮的，多半是促狭：“妈，搞不好我们前后脚生。”朱姐警觉，说：“什么？你怀孕了？！”莉莉否定了，说：“只是可能，有这个可能。”朱姐头皮发麻，这种事情在旧社会常见，在二十一世纪倒极少见到，妈妈和女儿孕期差不多，那孩子一生下来，就是叔侄，羞也羞死了。

去不去美国？朱姐犹豫了。再查查，哦，美国的月子中心现在也被查了，去了也是黑户，没那么容易生。下一次跟莉莉通视频，朱姐就告诉女儿，暂时不打算赴美。莉莉说：“肚子鼓起来想来就难了哦。”朱姐说：“那也不去。”莉莉说：“那拜托你去看看爸，他日子不好过，还被拘禁着呢。”

朱姐有些为难。老谢的事情，她也拐弯听说了。做生意的，难免有些底子不干净，但她知道，老谢也是人在江湖，身不由己，老秦、老谢这批人进去不少，都是被上头反腐带出来的。

拔出萝卜带出泥。

不过她相信老谢不是其中的关键人物，他心大，可他那点小买卖，顶多只能算个苍蝇。

“说爸在里头瘦了不少。”莉莉补充，“也许有难处，现在谁肯帮他，除了你。”

朱姐还是咬牙坚持，不为所动。“谁让你们一个是我妈，一个是我爸呢。”莉莉道，“我只能求你。”可怜巴巴的。朱姐只能去看了。

稍微准备准备，穿宽大的衣服。托了好几个人问情况，找路子，但后来说直系亲属可以正常探视，所里要朱姐多做做谢平贵的思想工作。

终于，一块玻璃隔着，两个人拿起电话。

老谢瘦了，皮包骨头，朱姐忽然想起他过去的种种，早年吃苦，青壮年享福，现在进入中老年，却又开始受罪了。作，都是自己作的，可是，她有没有责任呢？或许是有的，她一向望夫成龙，但现在说这些也多余。

话筒两边，两个人一时无言。老谢先开口，说：“你如愿了？”朱姐不解。“看到我成阶下囚，你如愿了吧？”老谢补充说明。

朱姐说：“你如果这么说我就不用来了。”

老谢恨道：“你以为我不知道你为什么来，你就是来炫耀。”

朱姐放下电话。这个男人疯了。她后悔到这种地方来。老谢说：

“你以为我不知道，你跟那个男人有了孽种！孽种！怎么，我不能生吗？再生十个八个老子都没问题！”自卑混合着自大，拘留所里的老谢发狂了。

朱姐连忙放下电话，匆匆朝外走，刚走到门口，她只觉得嗓子眼儿发痒，在墙角呕了一下，却吐出一口血来。再呕，又是一口。

朱姐头发晕，但依旧扶着墙走出看守所，到街边了，她在马路牙子边坐下。

吐血？若在古代，这恐怕已经是不治之症，她掏出电话，翻了一遍，找居里？找乐乐？不切实际，惊慌之下，她还是打给了伍正霖，她吐血原因不详，可不能影响肚子里的孩子。而伍正霖，毕竟是孩子的爸爸。

挂了电话，再呕，血少了，但依旧有血丝。朱姐万念俱灰，莫非自己得了绝症？如果是真的，孩子怎么办？还能生吗？即便生下来，一旦她撒手人寰，孩子交给谁抚养长大？给伍正霖吗？他是孩子的亲爸，可亲爸就值得信赖吗？

在伍正霖赶来之前，朱姐恨不得把这孩子一辈子的事情都想了。越深想，就越觉得绝望。伍正霖来了，看到了地上的血迹。看到伍正霖，朱姐忽然哭了，此前所有的坚强与决绝，都在这一刻决堤。伍正霖抱住了她，扶她上车。“去做个检查吧。”伍正霖说，“照个X光。”朱姐连忙否决，对胎儿不好。“这也不能不检查吧。”伍正霖说，“要不做个CT，或者核磁共振，影响小一些。”朱姐有些歇斯底里，说：“你懂什么，MRI（核磁共振）18周以前最好不要做。”伍正霖说：“那是最好不要做，可现在要救的是你的命！”朱姐情绪失控：“我的命留下了，可孩子没命了，活着还有什么意思！”伍正霖不说话了。孩子，这孩子也是他的，他比谁都在乎、都珍视。只能先回家。

第二天，伍正霖想办法联系了一家高级私人妇产医院，带朱姐去做了检查，防护措施做好，结果三天后出来，初步判断，可能是肺部出了点问题，不排除是肿瘤，良性恶性不好说，当然，也可能只是急性出血，从目前来看还比较平稳。

“上海的空气不好，如果有条件，最好去一个山清水秀的地方休养休养，对身体的调整也有益处，毕竟已经是高龄产妇了。”医生对朱姐和伍正霖说。

出了医院门，上车，朱姐一言不发。车开动了，伍正霖说：“要不你去一个山清水秀的地方休养休养。”他把医生的话重复了一遍。

这话朱姐听进去了，医生说的时候她就听进去了，上海的空气、水，都不算好，这对孩子和她都是不利的，而且吐血事发突然，多少把她也吓着了。

身体，她光是在乎自己的身体，关键是这片土壤马上要孕育出小苗来，贫瘠倒罢了，别有毒素呀！

朱姐叹了口气，说：“真要出家了。”

伍正霖说：“回老家吧，那里山清水秀。”

朱姐一时没理解，老家？哪个老家？

伍正霖又说一遍：“回老家吧，我的老家，有山有水，空气也好。”

朱姐本能反抗：“我不要跟你嫂子和侄子住一起。”

伍正霖说：“不用，去我大伯母那儿吧，她人不错，手脚也勤快，上次你也见过，她生过四个孩子，能照顾好你。”

去伍正霖的老家？朱姐头皮发麻，那算是她的婆家？呵呵，没结婚就不算，她也从来没那么想过。但如果一旦结婚，事实上，那就是她婆家。

朱姐觉得这现实十分魔幻。本打算去美国，这一转脸，竟然要去伍正霖的老家了。

也罢，山清水秀的地方。为今之计，似乎也只能如此了。

人活一口气

遗嘱意外现身，秋萍喜极而泣。这官司不打也得打了。

在秋萍看来，这打的不是官司，而是几十年来伺候婆婆、为家庭付出的尊严，是一个说法，一份沉甸甸的信赖与回馈。

居里当然站在婆婆这边，房子落入自家口袋，对她只有好处没有坏处，公婆给了钱，首付款到位，买房子指日可待，现在，轮到她百分之百支持秋萍了。

只是，理智提醒沈居里必须告诫秋萍："小心爸生气，上回已经生过一回气了，这次不提前告诉他、跟他商量，恐怕他不会答应。"提醒是善意的。

秋萍冷笑道："答应怎样，不答应又怎样？这本来就是老太太的意思，谁废话都没用，他闹由他闹去，这事保密，等我们把官司打赢了，房子归了咱们，生米煮成熟饭，他再闹也是多余。我告诉你居里，在我们这个家，有时候就是不能太民主！太民主，你什么事也办不成。"

其实，秋萍不是不在乎进宝的感受，这段时间，进宝接连闹事，她也有几分忌惮，只不过，房子比天大，又有老太太的尚方宝剑在手，她不得不当机立断展开行动。至于进宝和他们家老大那边，秋萍已经想好了，充其量等房子判下来之后，她把那三十万退给她大哥以完此劫，西瓜和芝麻，她当然要西瓜。

说干就干。请律师，上诉，呈上证据，这一回她是原告。一告一个准。遗嘱、材料，都是在公证处公证过的，老大原本呈上的材料驳回，好在属于无意之失，否则还可能追究责任。普通流程下来一般要六个月，但律师是老手，加急，一个多月就弄下来了。

宣判那天，秋萍一大早就起来，收拾来收拾去，等进宝、东方都走了，居里送世卉去幼儿园回来，秋萍问居里："怎么样？穿这一身行吗？"居里问："是去赶哪个场子？"秋萍道："哦，昨天忘了跟你说了，今天法院宣判，我方胜诉，也是刚接到律师的电话。"她撒了个谎，消息是头一天就接到了。不过律师并没有让她去现场，民事案子，本就没有那么戏剧化。但秋萍不，她要去聆听，她要听到"罗进宝、安秋萍胜诉"几个字，她要让法官大人——这个公正廉明的局外人亲口告诉她，老太太留下的房子是属于她的。

秋萍预感自己会落泪。

人生如戏，她演给自己看。

"端庄。"居里夸秋萍。

秋萍道："这种大场面你妈我还撑得住，毕竟我是书香门第出来的嘛。"

居里抿嘴笑，"书香门第"四个字她耳朵早听出了茧子。但秋萍今天高兴，说什么是什么。居里问："那边会不会当庭闹起来？"秋萍道："闹什么？我不闹就不错了，那边根本没人来，请了个蹩脚律师。"居里又说："大伯这次怎么没告诉爸？"

秋萍道："你大伯根本都不管这事，我告诉你，你大伯一直都算是个好大伯，不然也不会良心发现给三十万，就是那个马海伦，真正可恶，你看看，还把你大伯从别墅里扫地出门，七十岁的人喽，我们这么做，也是为你大伯出气。"

这是秋萍的逻辑。居里不敢苟同，不过都到了这份儿上，这岁数，她说什么也就是什么。

说罢，婆媳俩出门，走到楼梯口，将将遇到素鸡和另外一个大妈邻居走来。素鸡问秋萍这是去哪儿，打扮那么漂亮。秋萍底气足，不答素鸡的话，却把脸调向居里，问道："你妈我什么时候不讲究？"居里打圆场对素鸡说："我陪妈逛街去。"

两个人走远，素鸡对邻居啧啧道："还陪妈逛街，黄鼠狼给鸡拜年，哎呀，钱哪真是好东西，之前那居里暗地里都能把安老师骂得不是人，现在呢，婆婆也成亲妈了。"

那邻居道："听说安老师的官司打赢了？"

素鸡诧然："是吗？我怎么没听说，回头问问去。"

上了公交车，人不多，秋萍和居里并排坐着。居里搀着秋萍的胳膊，秋萍觉得居里体贴，随口问她妈家芝的情况，又问娣儿的。居里说恢复得还不错。秋萍大气，道："回头还来上海，等你们房子定下来，就有地方住了，你妈你接走，娣儿陪我。"说得居里有些不好意思，但心里也暖和和的。

刚下了车，律师来电话了，秋萍接，却被告知判决书已经下来了，不用去法庭了。秋萍顿觉怅然，她期待已久的那个戏剧化场面就这么错失了。她一路喋喋不休，但还是去律师行取了判决书。仔仔细细看了。没错，是判她们胜诉，有公章。白纸黑字，由不得马海伦不服。

秋萍又问怎么不等她。律师说案子多，其实昨天就已经判了。但他没说他派了行里一个小律师去听庭审的。秋萍也不好说什么，把后续的事情简单聊了聊，她把判决书小心放在文件夹里，抱在怀中，走出律师事务所，走进赤白的太阳地，长长舒了口气，仿佛多年以来积郁的烦闷、愁苦、委屈、憋心，都随着这口气一下吐出去了。

"不容易，不容易……"秋萍为自己叹，"人活一口气，不蒸馒头争口气！"

秋萍跺跺脚。"走！"她振臂一呼。

居里哎了一声，说："妈咱回家吧。"

秋萍转脸，道："回什么家啊，去世博园。"

居里不解，问："去世博园干吗？"

"去找马海伦啊，"秋萍说，"法院没法对她宣判，我去当面宣判，读给她听。"

居里大惊。秋萍入戏太深。她想要阻拦，可秋萍已经拦了出租车。

天，公交车都不坐了，也是，房子都到手了，还在乎这两个小钱？

居里跟着上车，立刻给东方发微信：“妈要去找马海伦闹事，速来世博园。”车开得快，没多久便到地方了。

秋萍下了车，气势也起来了，仿佛女王出行，自带气场。居里还在劝，说：“天那么热，妈您悠着点。”秋萍却仿佛听不见，径直奔向目的地。

马海伦被降了职，现在管园区卖票，办公地点就在一个古怪的低矮建筑里。秋萍轻车熟路，到了办公室门口，敲敲门。里头应了一声。

午休时间，马海伦懒洋洋地打开门，却见天神一般的秋萍，手拿塑料夹子，微笑着。

马海伦见形势不妙，要关门，却已然来不及了。

秋萍挤进屋，强大的气场瞬间充斥马海伦的地盘。

背着一座山

陶小淘在一边静静听着，依次发言，轮到董事会秘书长发言了，小淘担心姐姐，一个劲朝乐乐使眼色，可乐乐仿佛看不见，或者看见了，也不觉得危险。陶小淘斜着眼看，老三似乎已经在微笑了。

是，没错，秘书长一定和老三商量好了，今天开会的目的就是这个，弹劾她姐姐陶乐乐。不行，她得救姐姐，上次救姐夫没出上力，这次她必须揭竿而起，秘书长开始发言了："今天，经过董事会表决，一致同意，做出以下几个决定……"

等不及了，十万火急，小淘倏地站了起来。全场目光再次投向她。乐乐皱眉，秘书连忙上前拉小淘坐下。装作提提裤子。

老三看了看乐乐，又看了看小淘，一副志在必得的样子。乐乐挥了挥手指，示意秘书把小淘带出去，秘书连忙执行。

很快，小淘被带出了后门。出了门，小淘憋不住了。"你这秘书怎么当的，"她斥责乐乐的秘书，一位年长的大姐，"陶董事马上就要被弹劾了，官当不成了，你要失业了。"秘书扶了扶眼镜："那么严重？"

小淘道："火烧眉毛了都。"耳朵贴在会议室门上听。

秘书长继续宣读："第二是我们集团和思瑞佳集团的合作，经过协商达成了一致……第三是集团主管工作的调整，中东区和南美区的外联开拓部负责人的调整，现在由潘总负责……"掌声响起。

小淘朝门缝里瞥，是姐姐乐乐带头鼓掌的，跟着，掌声隆重。老三置身在如此热烈的掌声中，她诧异、愤怒的表情似乎都稀释了。老三这回没有闹，成王败寇，她必须接受结果。她不明白自己输在哪儿。

会议结束，乐乐走出会场，小淘一路跟着她。她佩服姐姐，明明是被人十面埋伏，怎么忽然之间弹劾变成职务调整，老三被调整到中东去了。小淘跟着乐乐进了办公室，关好门，一下扑到姐姐身上，温柔地说："姐，你知道吗？你就是神，我佩服死你了，刚才我在女厕所里听到你要被弹劾，吓得赶紧来通知，谁知道，剧情反转了，我的老姐姐，你会斗转星移呀，怎么做到的？"

乐乐道："瞧瞧你这满嘴的用词，有没有一点书香门第的意思？"说到这儿，乐乐也怔了一下，自己怎么也用起"书香门第"这个成语，似乎是受了谁的影响。"什么死啊，什么厕所啊，在厕所里听到的消息能准确吗？"

小淘继续央求乐乐揭示真相。乐乐叹了口气道："你姐夫快出来了。"小淘不明白姐夫出来了跟这件事有什么关系。

乐乐不打算跟小淘解释更多，不过她为妹妹的慌乱感动着。老三能做工作，她就不能？何况她还有老秦的支持。老秦愿意让出股份，在义气面前再加一点金钱，再加一份合同，那几位元老谁也不会做亏本生意。乐乐感谢老秦从拘留所里传话出来。那个雨夜，她一家一家做工作，才赢得了今天的大好局面。老三被压在五指山下，起码一百年。

乐乐发怔，小淘摇了她一下，叫姐。乐乐这才回过神来，她让小淘回家准备准备。

老秦要出来了，感觉好像分别了一个世纪。无眠的夜，只有乐辰陪伴在她身边。乐乐抱着乐辰，教他说话。"爸爸，"乐乐逗逗他鼻子，"叫爸爸。"乐辰果真叫了一声。乐乐眼眶带泪。

老秦上午十点出来，老张开车去接，他问乐乐要不要去。乐乐说："那又不是什么好地方，你去接就得了，我在家等。"

第一天"出狱"，乐乐不想画面太难看。她没让她妈、哥嫂、妹妹过来，太闹腾，重见天日，就只有小家庭的三个人。屋子早请清洁工收拾好了。给乐辰穿好衣服，新的。她也穿新衣，红的洋装，不居家。此时此刻也没必要居家。菜做好了，摆在桌子上，请了个小时工做的，她实在没有心情和精力操持。

老张来电话了，说接到了。乐乐眼眶一阵热。她本想说，让秦总接电话，但忍住了。还接什么电话，就要见到真人了。那边也忍住没说话。

算着距离，快到家了。乐乐准备好一切，抱着儿子站在电梯口，等。恍惚间，时间空间似乎都模糊了。那感觉仿佛是，久远久远以前，一个村妇抱着孩子，在村口的小河边等待着自己的男人牧猎回家。尽管如今华服加身，富贵逼人，可说一千道一万，她骨子里终究有几分中国传统女人的精神。

她忽然发现，他对她的意义，不仅仅是给了她身份、地位，前所未有的荣光，也不仅仅是两个人有了一个共同的孩子，更重要的是他和她一起，共筑了一阕精神的家园。

电梯下行。乐乐忽然警觉，哦，快来了，连忙收了眼中朦胧的泪，整理好情绪，微笑着。

电梯上来了。一层一层，红色的指示灯闪烁，乐乐屏住呼吸。

终于停在了十八层。门打开，老秦站在轿厢。瘦，是真瘦，胡子拉碴，形销骨立，仿佛是刚从西伯利亚流放回来。吃了多少苦、受了多少罪都不用说了，可他还是个病人啊！乐乐在心底呼喊。

可是这也是还债，赎罪，赎那原始积累的罪。

两个人对望，望断了一个世纪。他甚至忘了出来。门又要闭合。她连忙摁住，门又开了。

他走出来，乐辰咯咯地笑。老秦也笑。乐乐却忍不住哭了。

“药都吃了吗？”乐乐也料不到自己会以这样一句话开头。老秦接过孩子，拥住乐乐的肩，两个人一起朝屋内走。看那背影，这也只是一对平凡的夫妻。

一桌子菜，都是少盐的。老秦坐下，也不谈其他。乐乐对坐，无言。乐辰坐在沙发上玩玩具。

两个人吃了一阵。老秦才说：“谢谢你。”

万语千言包含其中。

乐乐忽然觉得委屈。这是一个沙场。老秦败退，她就必须顶上，用她柔弱的肩膀。

“吃饭吧。”乐乐说。

两个人继续吃饭，吃完了，乐乐收拾碗筷，去厨房洗涮。老秦一步不离，也跟到厨房。乐乐说“你出去吧”，可老秦不依，隔着围裙从后面抱住她。

水龙头哗啦啦响着。乐乐说：“你那个公司，整个就是一个宫廷，太难管了。”

老秦笑说：“那你不也管得很好，以后就靠你了。”

乐乐说：“靠我什么靠我，等你恢复好了还是你管，我可管不了，马上公司要上市了，上头也查，各方面的关系特别复杂……”乐乐喋喋不休着，这段时间以来的艰辛，她忽然都想告诉老秦。

没言语了。

乐乐耸了耸肩，说：“喂。”

她觉得身体越来越重，像是背着一座山。

她连忙转身，呼喊着老秦的名字。

可他却已经闭上了眼，没了知觉。

一味药

去伍正霖老家，那个山清水秀的地方待产，在检查报告出来之前，朱姐做梦都不会想到事情是这样发展。可在复检之后，医生告诉她“疑似”二字，她便同意了。伍正霖是好心，是孩子的爸爸，他不会害她，更不会害孩子。这也是爱的形式之一。

收拾好心情和行李，朱姐准备启程了。伍正霖的老家离乐乐家不算远，说半个老乡不为过。朱姐特地打电话问过乐乐，还百度查了，那地方是山清水秀。

上车了，伍正霖把车开得慢慢地，减少颠簸。朱姐叉着腿，坐在副驾驶上。刚开始伍正霖不说话，上了高速，他开始把自己的考虑告诉她，跟她沟通。

“两个问题，”伍正霖这样开头，“需要你做决定。”

朱姐心里咯噔一下。什么决定？到现在才跟她说，这不摆明了让她骑虎难下吗？心里有点不痛快，朱姐说：“都这时候了，还不是你说什么是什么。”

伍正霖连忙说：“不，你别多想，一个是硬件问题，大伯母家是二层小楼，你住一楼还是二楼？”朱姐说“一楼”，她心想这男人真没脑子，哪个孕妇会要求住二楼。

伍正霖这才说：“一楼没有空调，所以你可能要委屈两天，我已经在县城订了货，要求他们以最快速度送过去，我陪你住两天再回上海。”

朱姐连忙说不用，她这才考虑到身份问题。伍正霖又说让她不用担心，他住自己家里，跟大伯母家虽然有些距离，但开车还行。

“第二个问题是，”伍正霖说，“我知道在大伯母面前你可能不想暴露你我的关系，我也想过了，的确，那样可能麻烦，大伯母很可能会问东问西。”

这是个问题。朱姐想了想，说完全没关系也不可能，这样照顾，非同小可，可说有关系吧，又是什么关系呢？朱姐一时想不出来。

伍正霖说：“要不就说救命恩人，怎么样？”

救命恩人？朱姐脑门儿一热，好像不那么适合，说重了。她救过他什么命？谈不上，她不赞成，太夸张。伍正霖有些无奈，说：“那你说一个。”朱姐想了想，说：“要不就说，是你朋友的原配，意外怀孕了，怕被小三搞破坏，所以躲到乡下来。”

这脑回路，说完朱姐自己也笑了。撒谎不容易。

伍正霖说：“朋友的原配，为什么我要对她好？”的确，越解释越不清楚。

干脆讳莫如深。商量来商量去，伍正霖和朱姐达成一致，模糊处理。朱姐的身份，就是一个姐姐，因为身体不好，又刚好怀了孩子，来乡下养病。

“得给你大伯母钱。”朱姐强调，“这样一切就顺理成章。”

是，有了一层金钱关系，人情味就不那么重了。拿到钱，大伯母也许就不会多问。伍正霖说：“已经安排好了。”朱姐又忙说：“不行，钱得我给，亲手给。”

两个人轧悠了一阵。伍正霖苦笑，他和朱姐之间，生死过命，什么时候需要客气成这样了。

车继续开，山路崎岖不平，伍正霖驾车格外小心，因为开得慢，竟耗了三个小时才到地方。伍正霖的大伯被儿子接去杭州小住，大伯母一个人在家等着庄稼熟。

车到，人已经在屋门口等着。伍正霖叫她大伯母，朱姐也就跟着叫。

大伯母笑说：“真是，叫我姐就行了。”

跳着辈了。朱姐有些不好意思。本就在上海打过照面，算是一回生二回熟。人物关系介绍，按照预先设定的说了，大伯母果然没多问，安排好房间，伍正霖要回自己村看看。大伯母连忙打发他去，也不深留。

朱姐在门口坐着，开门见山，不远处有条小河，眼前一片青绿。当真山清水秀。晚饭伍正霖没赶回来。家里只有大伯母和朱姐一块吃。南瓜粥，腌过的獐子肉，还有两个小青菜，都是自家地里种的，山区晚上凉，大伯母帮朱姐拿了一块披肩披着，厚厚重重的，压身。

朱姐诧异，这荒山野岭处，竟然也有农妇用披肩。

“自己织的，”大伯母笑道，“头几年，家里还有织布机，别的也不会，就打一块粗布。”朱姐忙说这粗布好。

蓦地，大伯母笑嘻嘻问：“几个月了？”朱姐措手不及，胡乱答了个日子。大伯母说：“城里女人真能耐，这岁数，可要小心了，不过生孩子这种事情，也是积寿的。”

朱姐不解，问缘由。大伯母道：“生一胎就解一次毒，过去计划生育，城里女人只生一胎非常不好的，因为第二胎开始就等于吃补药了。”朱姐笑说：“好像听过这个说法。”

大伯母又问：“你身体哪里不好？趁机在乡下补补。”朱姐见这村妇坦诚，便也据实相告，说没确诊，只说肺部有阴影，疑似病灶，她喘气倒没觉得什么异常。

大伯母忙说：“就是大城市的空气闹的，痨病，你放心吧妹妹，我给你治，有偏方。”她这么说，朱姐也就那么一听。吃完饭，朱姐去行李箱掏出个信封，是给大伯母准备的一万块，住长住短，这个钱算是一片心，也是给伍正霖面子。大伯母喜出望外，推让了一阵，终于收了，立志对朱姐更上心。

第二天伍正霖回来，装好空调，又陪着住了几日，见朱姐和大伯母还算融洽，便安心先回上海。朱姐日日在大伯母的照料下将养身体。大伯母爱说话，经常是把城里城外男男女女的事情点评一通，乃至于什么世态风俗，重男轻女，她都有自己的看法。

朱姐听着有趣，问：“伍老师喜欢男孩还是女孩？”这是朱姐第一次在大伯母面前叫他伍老师。大伯母有些诧异，朱姐连忙解释说他过去带过健身课。“可能还是想要男孩吧。”大伯母说，“虽然有个侄子了，但乡下，谁不想要个男孩。”

这话多少令朱姐有些失落。当然，她生这孩子不是为他，即便生出个女孩，也是她自己带，无所谓。生命生来平等。可不知怎么的，入了乡，朱姐不自觉地也就受了本地风俗的影响。大伯母见朱姐落寞，宽慰道：“不过呢，你这个年纪能生下来就是老天保佑，而且我还有秘方，对你身体好，也会保你生男孩。”朱姐不解。大伯母没再说什么，扭头做饭去了。

晚上喝猪肚汤。据大伯母说是白天去县城里买的，最新鲜的，买回来洗都要洗一下午。一个肚子吃一个星期。第二个星期，她又去县城订购。这样接连一个月下来，朱姐每晚都能喝到猪肚汤，身体也似乎轻盈了许多。

伍正霖来电话，朱姐夸赞说：“你们这个地方真是山清水秀，我开始胖了。”大伯母在一边赞，说：“脸色好，脸色好。”

这晚，又是猪肚汤。朱姐和大伯母坐在一起，她随口说：“你这个猪肚汤真不错，好像软脆些。”大伯母这才笑说：“你们城里人说有知识，但有时候又没见识，这是一味药呢。”

药？朱姐脑袋里打问号。

“紫河车。”大伯母道。

她这么一说，朱姐就那么一听，没当回事就过去了。可等到晚上在床上玩手机，朱姐随便一搜，紫河车，却吓得差点从床上跌下来。

紫河车！貌似罗曼蒂克的名字！其实是……人的胎盘！还是新鲜的！

朱姐本能一呕，可如今脾胃好，晚上吃的却呕不出来！

穷山恶水！

妖魔鬼怪！

朱姐充满了罪恶感。她忽然觉得，这个大伯母根本就是个女巫。

“姐！”她大声喊。

大伯母应了，楼上传来脚步声。

服不服

马海伦本能后退，秋萍却步步紧逼，到墙角了。

马海伦道："我报警了！"

秋萍轻蔑一笑，翻开文件夹，把判决书高高举起。居里真怕秋萍猛打下去，那可就真闹大了。谁知秋萍好似唐僧念咒，她眼前的马海伦就是孙悟空，认认真真念起了法院的判决书："原告罗进宝、安秋萍，委托代理人上海天元律师事务所，被告罗进如、马艳花（马海伦身份证上的名字）……"

马海伦一听，果真如鬼见了符咒一般四处躲闪，她头痛，不愿意面对这一切，可秋萍却没打算轻饶了她，她能躲，她就能追，待马海伦跳到沙发旁，秋萍干脆一把将她推倒，单手扶着她胳膊，控制住局面，硬念给她听。

经咒继续："本院认为，继承开始后，按照法定继承办理，有遗嘱的，按照遗嘱继承或遗赠办理……"提到遗嘱，秋萍不由得大笑不止，老太太是向着她的，善恶终有报，不是不报，时候未到！

马海伦被秋萍的古怪行径吓得浑身战栗，她奋力逃将出来，对居里喊道："疯了，你婆婆真疯了！"可秋萍却一把从后头揽住马海伦的头。

擒拿手！秋萍年轻时候练过。马海伦不敢动了。

过了，居里也觉得秋萍这次过了，可怎么劝呢，她安秋萍要做的事情，罗进宝都拦不住，何况她？念经继续，秋萍必须念完："如不服判决，可在判决书送达之日起十五日内，向本院递交上诉状，并按对方当事人的人数提出副本，上诉于上海市第一中级人民法院。”

秋萍顿了一下，叱问马海伦：“你服不服？”

海伦求饶。

秋萍不满意，问：“马艳花！就说你服不服？”

马海伦忙说服，又说自己已经跟进如离婚了，已经不是老罗家的人了，跟这事没关系了。

秋萍吐了一口唾沫道：“你早就不应该是老罗家的人，张凤淑才是老罗家的，你是硬嫁接的！强行植入！狗尾续貂，佛头着粪！你多余！”

居里见秋萍越来越癫狂，好言相劝，又劝她收了擒拿手，秋萍念完收工，马海伦终于泥鳅般一蹿，逃出生天，夺门而去。

“走吧……”居里劝秋萍。

再不走，一会儿保安来，八张嘴也说不清。

秋萍倒也识时务：“走你！回家。”

一路欢声笑语。路过楼盘，秋萍又陪居里去看了看，定金已经付了，等着办交割，居里马上就有自己的小家了。“谢谢妈，”居里道，“要不是妈……”秋萍心情大好，拦话道：“年轻人，就该有个自己的家。”

看完房子，两个人又去淮海路逛了逛，居里建议秋萍买一条黑色蕾丝调整型内衣。秋萍纠结了好一阵。居里道：“爸肯定喜欢。”秋萍问：“你怎么知道？”居里一时不知如何作答，只能说：“是男人都喜欢。”

居里手机振动，是东方来报信，可婆媳俩看得欢快，竟没注意到。等付了款，走回家，刚进门，东方带着世卉在客厅玩，世卉见妈妈和奶奶进门，便率先说：“奶奶别回来。”

秋萍不解，问：“奶奶为什么不能回来啊卉卉？”世卉童言无忌：“爷爷要杀奶奶。”

正说着，厨房里杀出个人，是进宝，手里握着把菜刀。“安秋萍！”一声暴喝，逼到眼前。

秋萍和居里吓得后退。东方连忙上前挡着，说：“爸，有话好好说。”

秋萍定住心神，明白了几分，不是素鸡坏事，就是老大又告状，她把蕾丝内衣往桌子上一放，道：“居里，带卉卉进屋去，当着孩子的面举刀，老不死的你作死！”

居里连忙捂住世卉的眼，要把孩子带进屋去。可世卉不肯，偏要看热闹。居里硬抱。

秋萍先发难道：“罗进宝，你想造反？”

东方说：“妈进屋去吧，少说两句。”

“你是不是上法院了？”进宝问。

“是，怎么样？”

“你去告大哥大嫂了？”

“什么大嫂，已经离婚了就不是大嫂。”

“真的是你，你为什么要这样做？”

“不是我要这样做，你妈的遗嘱重现江湖，我就按照妈的吩咐去法院把本该属于我们的房子拿回来，这也有错？这个事情本来也想告诉你的，可你总是对你大哥愚忠愚孝，所以我跟居里就去把事情办了。”

居里在里屋听着，头皮发麻。咳，她是从犯。

“你浑蛋！”进宝愤怒。

秋萍愣住了。在她看来，到法院，再上诉，夺回房子，是一件无比光荣、无比正确、无比英明的事情，可到了进宝这里，怎么就成了大逆不道？为了房子，他竟然拿刀对着她，她无法理解，也不想理解。她要对得起自己这么多年的付出。何况这是老太太的安排，还废什么话？

东方还挡在父母中间，仿佛两片烤馍片中间的荷包蛋，还是溏心的，随时可能爆浆。

“我浑蛋？”秋萍推开东方，“罗进宝你说说，我哪里浑蛋，你大哥那三十万，随时可以退回去，不用他猫哭耗子假慈悲。遗嘱是妈立的，跟我没关系，我只是替天行道、替妈执行。至于老大离婚，跟我们也没关系，是马海伦不仁不义、虚情假意，这件事情刚好是试金石，你大哥这个人说白了还是太贪，好色贪财，才会走到今天这一步，跟我有什么关系？告诉你罗进宝，之所以不告诉你，不让你参与这件事，就是怕你感情用事、自断前程，你搞搞清楚，这些钱不是给我的，是我俩的养老钱。”

东方两头劝。

秋萍嚷嚷：“你让他杀，借他八个胆子！”

进宝跺脚道：“大哥中风了！很可能醒不过来了！”

瞬间寂然。

秋萍发蒙，脑中仿佛有七八只蜜蜂嗡嗡叫。

居里在屋里听到，也立觉事情闹大，不可收场。

罗进如中风，什么时候的事？下午去见马海伦，她似乎也不知道她老头子中风。哦不，也可能知道，知道也不管了。既然离婚，便恩断义绝。

进宝继续说：“大哥已经跟我说了房子的事，说离了婚之后，等判决下来，我们兄妹几个好好再分一分，我们困难，就多给我们。”

秋萍不解，问：“那怎么才给三十万？”

进宝道：“钱还没分到，我怕你着急，东方他们要买房子，就自己先抛了基金、股票，垫了一部分，谁知道你却去法院闹，导致大哥中风！安秋萍，你真是我们罗家的天魔煞星！”

说着说着，进宝老泪纵横，喃喃道：“那些年爸妈下放干校，都是大哥带着我们，他自己不吃，给我们吃，自己不穿，把衣服剪小了给我们穿……”

忆苦思甜，菜刀当啷一下掉在地上。

东方连忙把刀收了。

轮到秋萍跌坐在沙发上，眼神空空然。

剪不断，理还乱。大哥中风了。这个一向老奸巨猾的罗进如，竟然是个大好人？

秋萍忽然有些看不懂这个世界。

“大哥要分钱你干吗不说出来？！”秋萍找进宝的不是。

进宝本想藏点私房钱，便没跟秋萍提。可现今见秋萍如此穷凶极恶，大哥也中风倒下，更恨得牙根痒痒：“你就认识钱！你跟钱过去吧！我要跟你——离！婚！”

东方连忙劝，居里听到也从屋里出来，跟着劝。

秋萍的心像被打了一拳。好，姓罗的帮姓罗的，她不姓罗，伺候了几十年也还被当作外人。

“离就离！”秋萍把黑色蕾丝内衣朝进宝脸上一丢。

她有她的咒，他有他的咒，这世界，原本就有几分荒诞。

蕾丝内衣拿在手里，进宝问东方：“这谁的？”

东方尴尬，咳了一声：“可能是……妈的……穿给你看……不过反正你都要离婚了……”

进宝似乎也有些怅惘，但咬牙坚持立场：“那倒是。”

我愿意

老秦昏迷了三天三夜，到了第四天才重新恢复意识，回到人世间。医生说是正常的排异反应，但从老秦的状态看，不容乐观。老秦不愿意住医院，乐乐只能请私人医生到家，随时观测情况。

爸爸情况危急，秦日、秦月都回来了，就连秦星，也以女儿的身份来到家里。

老三没来，老秦也不可能允许她来。但秦星不一样，她终究是老秦的女儿。好在老秦意识还算清醒，能说话，日、月、星、辰四个孩子偶尔围在他身边，真是一幅美好的天伦图画。

但乐乐心里已经有了最坏的打算，经历了生离，她已经做好死别的打算，她相信老秦心里也有数，否则不会把四个孩子都召集到身边。见一面少一面了。

乐乐心痛极了。精神上，老秦是她的依靠，事业上，老秦是她的领路人，生活中，老秦是一家之主，但事到如今，她必须学会独立，精神上独立思考，事业上独当一面甚至独扛大旗，家庭上更是所有人的依靠。

然而当着老秦的面，乐乐不能表现出一丝一毫的悲伤。尽管她和他都心知肚明，可她怕他悲伤。她也不问他以后怎么打算。跟这个年龄、这个身体状态的人谈将来，是一件非常残忍的事。她图他的财富？是，也不是。她跟老秦，始于财富，陷于才华，忠于人品。可她总不能让他一生积累起来的财富——巨大的集团，落在外人手里。

呵呵，也许是她多想，她也不姓秦，她也是个外人。但她儿子不是，秦乐辰，尽管只是牙牙学语的孩童，可他是秦家的独子。至于日、月、星三位闺女，她相信老秦都有安排，但应该不会是集团的继承人。

乐乐家这边的人强烈要求来看老秦，但乐乐一直捂着不让见，她怕他们激动，说错话，或者太掏心掏肺，这样会对老秦的身体不利。唯独有天乐乐妈悄悄来了，乐乐没防住。见老秦形销骨立，面目黧黑，乐乐妈一时没忍住，眼睛红了，嘴巴也管不住，叫他二舅，说出来才发现自己严重错误，忙改口。老秦也笑了。乐乐妈也不好说什么，只能一个劲劝，说一定要保重身体啊！老秦道："生死有命，富贵在天，都到这个年纪了，没什么遗憾的。"

老秦出来之后，集团哄然，因为他一直没露面，说什么的都有，最夸张的还有说陶董事霸占了秦董事长，秦董事长好比秦始皇，陶董事好比赵高，秦始皇已经死了赵高还秘不发丧，图谋不轨。这话传到乐乐耳朵里，她一笑了之，但她也意识到自己在集团的地位并不稳固，还不能像老秦那样服众。

当然，不排除这谣言是老三安排人传出来的。人人都认为她陶乐乐图谋不轨，要霸占集团。就连老三的女儿秦星，十来岁的小姑娘，也会趁旁人不在的时候问她："阿姨，你是想吞掉集团吗？"乐乐苦笑。才多大，就懂这些，有钱人家的孩子，太过早熟。

"你听谁说的？"乐乐和颜悦色。

"就算你这么想，我们也不答应。"秦星道。

可她从未想过"吞掉"和"霸占"，她想的是，如果天命如此，如果老秦有这个愿望，她才有勇气带领集团向前走。钱比命重要吗？有钱赚没命花的事情她见得多了。贪心不足蛇吞象。但她现在要谈的是事业。事情功业，是值得用一生去奋斗的。她坚信她和老秦走到一起，也是因为她的事业心。这一点，从老秦送她去读书的时候就已经了然。

她不是也不想做那种永远靠着男人吃一口贤妻良母饭的女人。

但她也有软弱的一面，就比如这些天，她不是没哭过。在家里不能哭，不能让老秦看到，在公司不能哭，不能让员工看到，朱姐去了乡下，居里忙着家里的房子，乐乐想找人诉说，却找不出一个人来，她忽然想起了东方，这个革命战友般的朋友。打电话，约出来，在会所里坐几个小时，这次乐乐哭了。东方也觉得诧异，然而还是竭力安慰，哭完了就好了。

跟着老秦被送进医院几次，但都因为抢救及时，挺过来了。这日，老秦精神大好，他忽然让乐乐安排召集中层以上（包括中层）主管开会。他要去集团一趟。

“能行吗？”乐乐问，眼神满是关切。

老秦咳嗽一声：“没问题。”

没问题就开吧。乐乐也不知道老秦要做什么。他没提过。他就是这样，事情没成之前他不会透露。他一向以结果为导向。

上传下达，很快安排好了。司机老张接老秦去集团。老张提醒乐乐带身份证。一路搀着，到集团门口。老秦甩开搀扶。哦，他要展现强人形象，乐乐只好站在一边。

集团轰动。从治病到被拘再到放出来，关于老秦的传言太多太多，可现在老秦依旧以胜利者的姿态凯旋，尽管已有几分“再回首已百年身”的意味。

“上楼！”老秦一挥手，周围簇拥着人，一直到会议室门口。站在门口，全体人站了起来，庄严，肃穆，老秦是目光旋涡的绝对中心。

他缓缓走入会议室，走到主位坐下，君临天下的样子，乐乐坐在他旁边。没人敢说话。哦不，甚至所有人都屏住了呼吸。

老秦微笑着，一开口却震惊四座：“我退休了，集团由陶女士来管理，现在、将来都是如此。”

乐乐心里咯噔一下。她猜到了。她谢谢他。走到这一步他还在为她撑场面，怕她将来镇不住场子。

“还有一个我个人的好消息要跟大家分享，”老秦又说，“我和陶女士，”说着他牵起乐乐的手，继续，“正式结为夫妻，结婚了！”

先是静，全场寂静，跟着是雷鸣般的掌声。

乐乐陷入掌声中无法自拔，什么？是她听错了吗？她和他结婚了，什么时候的事，她怎么不知道？她转头望望老秦，似幻似真，她和他的种种过往火山喷发一般在她脑海中旋转，哭过、笑过、痛过，梦幻的轻盈，现实的沉重，百转千回、百折不挠，乐乐不由得淌了一脸泪，他想用这种谎言帮她立住脚跟？乐乐忽然记起司机老张提醒她带身份证，难道是……乐乐不敢往下想了，一切不像真的。是梦，是梦就久一点。哦不，她不能哭，哭花了妆，便不是最美新娘。

会开完，几个人下了楼，坐进车里，乐乐还是蒙的，她不多问也不能问。

老秦对老张说："去一趟区民政局。"

乐乐终于按捺不住，问："真去结婚？"

老秦幽默道："君子一言，驷马难追。"

就这样，老秦和乐乐结婚了。曾经的盼望，以这样的方式实现，乐乐感叹造化弄人。不过，她更感叹老秦的安排，是的，她明白，他是要给她一个名分。有了名分，才师出有名。

民政局，结婚登记处，乐乐和老秦登了记，拍了照，领了证，正式成为夫妻。

办完之后，两个人又去了徐家汇那个他们曾经一起祈祷的教堂，找牧师办了个简单的婚礼。这是乐乐期待的，简简单单，圣洁的婚礼。

戒指早准备好了。乐乐终于名正言顺地说出了那句："我愿意。"

流着泪的吻。钟声响起，短暂的幸福也是幸福啊！

他们做了一个月的夫妻。

一个月后，老秦离世。

别了，桃花源

发现自己不小心吃了紫河车，朱姐下意识要对大伯母发火，人叫来了，可朱姐好歹算有些修养，加上自己生病，又是那么一个高龄产妇，只能尽量顺着气问：“这不是……猪肚……”大伯母笑嘻嘻地说：“对，不是。”

“那是什么？”

“好东西。”

“哪来的？”

“县保健院找来的，还是走后门。”

“你怎么能给我吃这个东西！”

朱姐发难了，口气控制住。大伯母道：“这是一味中药，你肺不好吃这个正好，我费了好大劲才弄到的，而且都是生男孩的胎，对你有好处。”

“什么男孩女孩？什么意思？”朱姐控制不住情绪。大伯母先稳住她，这才恨铁不成钢道：“要不是正霖委托我好好照顾你，我才懒得帮你弄这些呢，吃了生男孩的紫河车就能生男孩，你不想想你都多大了，还能再生吗？你不为自己想，也得为正霖想一想。”

五雷轰顶。

她什么都知道了，这个大伯母，什么都知道了。难怪她这么上心，不单单是钱的魔力，更重要的是她根本就知道了伍正霖和她的关系，知道了谁是这孩子的爸爸。虽然朱姐早已突破这个心理障碍，可大伯母的装傻令她震惊并且极度不舒服。什么叫为正霖想一想？既然点破，那就必须点到底。她可不是那种能看破的人。

朱姐怔怔地，一时不知从何处问起。

大伯母却率先说："妹妹，我告诉你，这的确是个好东西，你摸摸你的肺，是不是舒服多了，深呼吸，吸气。"

朱姐被打乱了思考节奏，深吸一口气，似乎真好多了。

"你就是在城里累的，"大伯母道，"女人怀了孕，按说抵抗力是最好的，你的问题我早看出来了，就是好生气。"又好像说到点子上了。朱姐无可辩驳，她心胸算不上开阔。

"你和正霖的事，我早猜到了，"大伯母说，"为了你的面子，所以正霖藏着掖着，其实没必要，这个年代什么事情没有啊，都是正常的，现在你又有了身孕，伍家几代单传，生女儿固然好，但如果生个儿子就更好了，我这是帮你。"

都什么年代了，还在生男生女的问题上纠结？可笑。然而这就是乡村的现实，在村里住的这段时间，她也会四处转转，村里的留守儿童中，女童占大多数，她们的父母外出打工，即便带孩子，也会优先选择把男孩带在身边。男女平等喊了几十年，可在乡村，男孩就必须是顶门立户的，也的确，放眼望去，乡下哪门哪户没有男孩？即便没有的，也会拼着生，继续生。这就是现实。这样想来，大伯母似乎也不是那么不可理解了，她只是缺乏修养，没能把戏演到底。她的意思就是伍正霖的意思。是的，伍正霖想要个儿子。她能保证生出儿子吗？生男生女不是由男方决定的吗？

晚上无人时，朱姐又觉得自己可笑，她原本还未打算跟他结婚，她想要独立抚养孩子，那么，她为什么还要对他的期待表示在乎？她爱他？朱姐自己也说不清。如果不是突如其来的病痛，莫名其妙的疑似肿瘤，她也不会来到这个"山清水秀"的地方。

朱姐又大口吸了两下气，肺部的确舒服多了，不像在上海时，胸口总感觉有一块大石头。伍正霖来电话了，他现在三天一个电话。周期比以前长了。照例问了问。朱姐也就敷衍敷衍，她装傻，装着大伯母没暴露。

她在上海待了那么多年，演技自然比大伯母要高明些。朱姐突然想促狭一下，她说：“今天去了你们县城医院产检。”

伍正霖忙问：“情况怎么样？”产检的问题朱姐和伍正霖此前考虑过了，现在能动的时候可以去县城医院，将来不能动，或者快生的时候，再回上海。

朱姐说：“测出来了，是女孩。”

电话那头似乎没什么异样，但伍正霖显然停顿了一下，然后说：“女孩好，也不错，喜欢闺女。”

一个“也”字被朱姐捕捉到，她在心底冷笑，也不错，呵呵，当然男孩才算真正的不错，果然被大伯母说对了。挂了电话，朱姐心底凉飕飕的。她为什么要继续待在这儿？她甚至怀疑大伯母给她吃紫河车，根本不是为了她的病情，而是为了催生男孩！可是，胎儿已经成形了，吃紫河车还管用？真是深山老林里的巫术。她何必配合着演？！

敏感、脆弱、多疑。

想了一夜，朱姐想清楚了，她要逃离这个桃花源。她的身体怎么办？万一真是肿瘤，发作了起来，又怎么办？孩子的未来怎么办？现在谁又能来救她呢？她在微信上听朋友说老秦刚去世。她给乐乐发过微信，可现在让她来处理自己的事显然不明智。集团那么大一摊子她还得捋顺。居里呢？她给居里打电话，居里倒表示可以开车来一趟把她接走，可接到上海去又怎么办？难道问老郭？合适吗？那次老郭对她突如其来的“求婚”，她至今觉得莫名其妙，就算她是他年轻时代的倾慕对象，可现在她已经年老色衰，而且大腹便便，一个有钱人，怎么可能做这种赔本的生意。何况他已经知道她怀孕了。而且，找老郭求助，伍正霖知道了也会受不了。朱姐真心觉得自己善良。她还在为伍正霖考虑。

思来想去，还是给乐乐打了个电话。乐乐说，集团的确有些事情，不过最近她要去香港，集团的一些房地产事宜要去交割处理。她问朱姐有没有打算在香港待产。朱姐怕给乐乐添麻烦。

“住你就不用发愁了，就是要请保姆，”乐乐说，“你确定不在上海生了？”

朱姐表示确定。

确定了就准备，该收拾的东西得收拾了，这一切都悄悄地进行。她不想让大伯母知道，也不想让伍正霖知道。看到屋内琳琅满目的各种用品，都是伍正霖一点一点拉来的。朱姐忽然觉得，伍正霖是爱自己的。可是，他们之间隔着太多太多。家庭、年龄、生活习惯，乃至社会阶层。她不想自己的未来太过不堪。她知道自己有些自私。但到了这个年纪，她宁愿自私一把。四十几岁拼着老命要这个孩子，她还求什么？这已经是上天赐予的福祉。

凌晨，天还没亮，司机已经来信息，说在村口小河旁的丁字路口等。

朱姐轻装上阵。除了一个小包袱，只带着肚子里的孩子。

夜，沉沉的，一点看不出将要天亮的迹象，她小心翼翼地走。她知道，这一段黎明前的最黑最黑的路，她只能自己走。小河水哗啦啦，不远处有狗叫，冷不丁地，鸡打鸣了。

整个村庄慢慢苏醒，有了生气。

朱姐摸到车门，拉开，坐进去，长长吐了一口气。

别了，桃花源。

等伍正霖来电话，她已经在等飞机了。

“真这么走了？你身体还没恢复。”伍正霖很平静，似乎早就猜到这一天，“你不该瞒着我的，我不会阻拦。”

朱姐有些不好意思，说：“对不住，有情况再通知你。”

“你去哪里？”

“一个没有人认识我的地方。”

“我是孩子的爸爸。”

“永远都是。”

“不要换电话，回我信息。”

“别搞得跟生离死别似的。”到了这一刻，朱姐感到放松了。她和伍正霖还是朋友，对，永远都是。

“谢谢你的出现。”这是朱姐上飞机前最后一句话。

乐乐公司事情多，她请她嫂子和妹妹小淘陪朱姐去一趟香港。到地方，集团办事处有人来接，住的房子不小，嫂子和小淘一问价格，惊得下巴差点掉下来。把朱姐安顿好，小淘便打开视频，跟她妈炫耀这房子多么富丽堂皇。折腾了两天，嫂子先回上海了。小淘没要紧事，留下多玩两天。

朱姐心想，莫不是乐乐想让她妹妹来当保姆？粗看看，似乎是不行。小姑娘毛手毛脚，玩心也重。

没几日，连小淘也准备走了。朱姐为保姆的事发愁。乐乐来电话了，说给请了一个，晚上八点半来面试。朱姐觉得奇怪，想了想，哦，香港夜生活丰富，或者保姆做其他工作，八点半来面试也正常。

先把门锁好，若有人敲门，她看清楚了才开。乐乐说是菲律宾保姆。

果然，近八点半，有人敲了两下门。朱姐刚打算起身去开，保姆的脚步声已经踏进来了。难道她忘记锁门？不会啊？

朱姐狐疑，走到门廊，却见一个大姑娘站在当门口。

“妈！”那人叫了一声。

朱姐的眼眶瞬间红了。

是莉莉。是她的亲生女儿莉莉。

“我来给你做保姆。”莉莉笑嘻嘻地说，“保你这第二胎。”

朱姐破涕为笑。

香饽饽

冷战没多久，进宝当真送来两张离婚协议书，秋萍看到又哭了。秋萍不怕离婚，而是觉得进宝为了一个外人这样做太无情。秋萍跟居里抱怨说："你说我一个书香门第出来的人，跟他一个没文化的人结婚最后得到什么了，这么多年我想做的事情一件没做成，我想唱京剧也没唱成，想出国也没出成。"

居里问秋萍，说："这件事完结了以后你想去哪里，我们一起去。"

秋萍想了想说："还是想去檀香山。"居里觉得诧异，说檀香山在哪儿？南京？又说自己只用过上海肥皂厂的檀香皂。秋萍得意道："檀香山在美国的夏威夷，当地人叫它火奴鲁鲁，以前就有华人在那儿，因为早期产檀香木，所以华人干脆就叫它檀香山了，孙中山好像都去过。"居里一听，夸赞秋萍书香门第不是盖的。两个人便议定将来去檀香山。

其实罗进宝并非真想离婚，他只是想借这个机会，治治秋萍的毛病，这件事到这儿不算完，办得不好，他不打算让步。这可急坏了东方和居里。老太太的房子马上要卖掉。秋萍在楼上也不能久住。可搬下来，住哪儿？这是个现实问题。

冷战无法缓和，东方两口子只能继续做工作，一个去劝妈妈，一个去劝爸爸。可秋萍和进宝两人竟都是犟驴，没有让步的意思。东方只好做东，请吃饭。

秋萍、进宝都明白是儿子撮合，故意不去，居里又派出世卉去求爷爷奶奶，撒个娇。两人都同意了。

到了饭店，秋萍和进宝还算平静，居里见二虎相争，趁机跟秋萍请示，说娣儿已经好得差不多了，有可能还想来上海，问她同不同意。

秋萍朗声道："好啊，欢迎，亲家母来了最好，居里，以后你们买了房妈妈我要跟你们住，不会嫌弃吧？亲家母去住老房子，你爸巴不得。"

进宝一听，明白是冲他来的，他年轻时候好色，被秋萍镇着不敢动，到老了，却非要动一下："亲家母是不错，温柔贤惠、善解人意，比某些人强百倍千倍。"

秋萍一拍桌子，愤然离席："谁强你跟谁过去！"

不欢而散。

冷不防，进宝和秋萍进入了史上最严峻的对抗期，老太太走了，没了管束压力，他们都是家中的老大，没必要为了对方妥协妥协再妥协。居里和东方没办法，只能维持现状。

晚间，居里跟东方吐槽，她当然站在秋萍一边，说："你听听你爸，我跟你说他真是那种有胆量再婚的人，他跟你妈，估计早过够了。"

东方不想谈论这个话题，便露一点风说："阿曼达回来了。"居里感到诧异，过去，东方很少在她面前谈论阿曼达。

"她怎么了？"居里紧张，"又去放贷？我跟你说她这都属于金融犯罪，钻空子，互联网金融要这么做整个就垮了，根本就是行骗。"

居里喋喋不休。东方忽然说："她怀孕了。"

居里的心狠劲一沉。怀孕了？跟谁？这卖的什么药？这个女人总是剑走偏锋。之前不是不孕不育吗？东方说："在外头找了代理孕母，不过生还是自己生。"居里说："孩子爸呢？"东方说："没细问，说是普林斯顿一个学生捐的。"

居里心放下来了，打趣道："看看，这就是你的前任，多新潮啊，你落伍了，不过，你也少了一个重温旧梦的机会。"

东方感叹道："你别打趣了，我们这帮合伙人，早都四散了，现在各得其所，就算不错的结局了，还说阿曼达，你那个闺密朱姐，不是连现有的老公都不要，就生孩子去了？"居里知道朱姐的情况，说：“那不一样，那是爱情的结晶。”东方问：“有爱情那为什么不结婚？”居里说：“没有结婚的必要，女人能独立了，还要男人做什么？”东方想说是情感需要，但他知道跟居里说理无意义，只说，现在老谢惨呢，给人开车。

居里说：“看到了吧，对妻子不忠，跟原配离婚的，有几个有好下场的？前车之鉴，所以说老婆是财，爸最好不要跟妈离婚，只有坏处没有好处，他一个老头子，还真把自己当香饽饽？”

东方说：“爸也就是气话，两个人提离婚多少年了，也没见真离。”

没过多久，家芝和娣儿果然又来到了上海。这次娣儿投了简历，找到一份工作，家芝和娣儿暂时租了一个小房子住着。进宝情绪很高，坚决要求家芝来家里住。家芝笑道：“地方小，等居里他们买了房子再说。”进宝强调：“买了房子你还是住家里。老安出去住，都说好了。”

家芝不解。等居里回来她细问一番，才知道吃饭的冲突。

家芝劝居里，说：“买了房子，我帮你照顾着孩子，你也该正儿八经找份工作。”居里也为自己的未来担忧。

这日，家芝单独拜访秋萍，作为亲家，她不好多说，只能劝说一些年少夫妻老来伴的话。秋萍横起来真横，道：“这次他罗进宝不道歉，我绝对不会和好。”

听这话，家芝就知道秋萍没打算离婚，也就不深劝了。

两个人正说着，居里进门，脸色不大好。家芝问居里怎么了，居里支支吾吾不肯说。

秋萍道：“有事说事，天塌下来有高个儿顶着。”

居里这才说：“爸去大伯那儿了。”

秋萍急问：“你大伯怎么了？你爸去那儿干吗？又出什么幺蛾子了？”

“说是大伯中风送医院了。”

秋萍听到这话，一时不知如何反应。她本能地担忧，这多米诺骨牌一般的效应，说一千道一万，因她而起。毫无疑问，这笔账，进宝会算到她头上。家芝和居里母女俩望着秋萍，无限惨伤。这样的目光又逼得秋萍不得不有所反应。

“马海伦就不是个东西！用人朝前不用人朝后，把老大榨干了就想跑。这是遗弃老人！”秋萍气鼓鼓地说完还不尽兴，跟着道，“这老大也是，太不争气了，离婚了也要好好活啊，他不是什么总编辑、总经理吗？有能耐，再老也是香饽饽，生个什么气，中个什么风，如果我离婚了，我立刻去美国好好玩一趟，檀香山，庆祝解放！”

火燃双鬓

老大小中风，去医院急救后命是保住了，可还是行动不便，语言功能丧失，进宝先是请了个护工，没几日又担心伺候得不好，索性自己搬了过去。

一时间，左邻右舍都知道了这事，舆论压力很大，尤其素鸡，她惯于和秋萍作对，把谣言散布得满街都是，说什么秋萍整得人家口眼歪斜、家破人亡。

老实说，秋萍心里十分过意不去，进宝闹离婚已经有一阵子了。这一次，他似乎是动真格的，上回送来的两张离婚协议，是打印的，没签字，可有一天她一觉醒来，发现罗进宝已经签好字了，看来是趁她睡着偷偷摸摸进来签的。秋萍的小心脏扑通扑通的，幸亏进宝没歹心，否则拿把刀朝她脖子上一抹，她小命也就交代了。

唉，也是，进宝强调过多少次，大哥救过他的命，大哥如父，大哥了不起，大哥在他心里就是神，这就是他的忠孝节义，因为遗嘱房子，秋萍的“倒神运动”给了进宝太大刺激。可秋萍就是想不通，这是老太太的意思，白纸黑字还有公证书，他们有啥不服的？她凭什么不能把遗嘱进行到底？

怨来怨去，一条条一缕缕，秋萍最终还是只能怨马海伦，狠哪这个女人！

时不时地，居里她妈家芝也来劝劝，多半是说进宝的好。居里则说，有这个人总比没这个人强，再不好，也过了那么多年了。

秋萍道：“居里，你别以为你公公是老实人。”

这点居里当然心知肚明，可世界上，背地里，又有几个绝对老实的人呢？至少在居家的问题上，进宝是负责任的。

“妈，还是要看大关节，”居里劝，“爸现在搬到外头住，难不成就这么一生一世了？再说家务事，我们在家里处理，别让别人看笑话。”

这话说到秋萍心坎上了，秋萍一辈子好面子，进宝一搬去老大那儿，秋萍就有些觉得不妙，不行，她得挽回。

“现在真不好办了，”秋萍说，“你爸那脾气上来了，黄浦江都倒流。”

居里道：“那爸也得回来，请个护工。”

秋萍说：“上一个护工就是你爸赶走的，他就是那毛病，自己浑身是毛，还说别人是妖精。”

居里一时也想不出办法。家芝提出，首先态度要下来，起码去道个歉吧，虽然老大中风了，可脑子还是清楚的，而且道歉主要是给亲家公看。

秋萍一想，也是。

这日娣儿回来看秋萍，听到这个事，笑呵呵地给意见：“说白了，你想让进宝娖爷回来，就得找一个人替他。”

是这话了。护工不行，马海伦也不切实际，找谁替代呢？

秋萍想了一夜，终于想出个办法。马海伦离了婚，那不还有个前妻吗，老大的前妻张凤淑，没准儿愿意去伺候，还有可能复婚，不过难度很大，离婚那么多年了，谁有病啊，去伺候一个瘫痪的老头子。可秋萍掰开了揉碎了想，她过去的大嫂张凤淑未必就不愿意，当初离婚是被迫的，据她了解，这位正牌大嫂一直对大哥有感情，或许她愿意做这个拯救者。当然，这是后一步的事了，为今之计，只要张凤淑愿意出现，她再去道个歉，进宝应该就被拿下，愿意回家了。

心中有了主意，秋萍便拉着居里开始行动，先把张凤淑请到家里，把这件事情前前后后都说了一遍，主要是抨击马海伦，强调善有善报，恶有恶报，然后才提出去看看老大。

这个要求不过分。可张凤淑听了却不言语。

是，太多年了，她青灯古佛、心如止水，太多年了，现在突然听说前夫搬进小房子，这也没了，那也没了，她于心不忍，可理智又告诉她，这么去不太好。

“去了怕他担心看笑话。”凤淑怯怯地说。

秋萍立刻说：“什么笑话？你们这是王宝钏、薛平贵，十八年后再相逢，可喜可贺，哎，人的命，天管定，簪子掉到井里头，是你的就是你的。”

凤淑还是面露难色。秋萍怕催狠了，忙找补说：“不是让你跟大哥复婚啊，就是去看看，也是发扬人道主义，咱是那种狠心绝情的人吗？”

凤淑笑说：“他当初倒很绝情。”

秋萍顺着说：“你就当去看看大哥的惨状，做做人道主义关怀，你是联合国派来救助难民的。”说罢嘿嘿笑。其实凤淑本就没那么绝情，再经秋萍和居里一撺掇，去就去吧。

这日一早，东方去上班，居里要了车，让东方坐地铁。东方问：“没问题吧，要我去吗？”居里道：“你走吧，有我呢，这是穆桂英大破天门阵，必须女将。”东方这才放心走了。居里开车载着秋萍，又转道去接上凤淑，几个人现去买了水果和营养品，便往老大罗进如在市区的小房子开。

没多远，一会儿到了。站在楼下，凤淑感慨，叹了口气。这房子他们刚结婚的时候住过，如今旧地重游，已是两鬓白发。

“上去吧。”居里搀扶着凤淑。老式楼房没有电梯，得爬楼，五层。一边爬秋萍一边感慨，说：“大哥哪还能住这种楼，腿脚不好，怎么爬啊。”渲染气氛用。凤淑也感叹说是。

到门口了，居里敲门，没人应声。再敲，里头好像有点动静了，可还是没人开。秋萍狐疑：“这个罗进宝，今天星期天又没工作的，搞什么搞，他真是来伺候人的吗？”居里又敲了两下，还是没动静，她猜测大伯在里头，或许进宝买东西去了。一会儿就回来。几个人站在门口。

楼道里又闷又热，三个人只好先去楼下小卖部，买了一瓶汽水，两瓶白水，坐在电风扇底下乘凉。来到老地方，秋萍和凤淑自然聊起了陈年旧事，一聊便停不下来。半晌，小卖部的人提醒，说："你们不是要去502吗，来人了。"

秋萍问："你怎么知道？"小卖部老板说："那个厨房都冒烟了嘛。"秋萍抬头看看，果然，有人在下厨。这个进宝，在家都不烧饭，伺候他大哥倒是用心。

于是三个人再度上楼，敲门，好一会儿，有人应了一声，秋萍听着不对，是女的，刚想反应，门开了，八只眼对面看，却站着马海伦。

马海伦见秋萍和凤淑，本能要关门，秋萍却带头硬挤进去。

"你来干什么？"秋萍问，仿佛江姐，勇对反动派。

"这是我家，我为什么不能来？"马海伦套着围裙，手里拿着锅铲子，"你来做什么？"

居里怕两人再打起来，拉着张凤淑后退。

秋萍哈哈大笑，随即质问道："你家？阿要笑掉大牙，你家是那大别墅，也来凑合小房子啊？见利忘义的女人，你不照照镜子你什么嘴脸！"

马海伦道："我不想跟你啰唆，请出去。"

秋萍说："这正是我想跟你说的，请出去。"马海伦说："安秋萍！你到底要怎么样？！我告诉你，我跟进如要复婚了，他是死是活都由我负责。"

听到这话，凤淑瞬间泪眼婆娑。她来得不是时候。

秋萍一见凤淑哭，侠义心顿起，冷笑道："复婚？晚了！人家正宫太太要回宫了，没你这个小妾什么事了。"

"小妾"二字刺痛了马海伦的心，她挥舞着锅铲子。

居里惊道："妈，小心！"

秋萍叉腰："让她打，给她八个胆子！"说着，便拉着凤淑进屋，脚步未到声音便起，"大哥呀，你看看谁来了，凤淑，是凤淑嫂子，谁对你真心，谁对你假意你心里要清楚啊，大哥呀！"凤淑落泪了。

罗进如躺在床上，情绪激动，呜呜乱叫，仿佛他的灵魂被束缚在损毁的肉体里，无法释放，一时间老泪纵横。凤淑上前抱住罗进如，放声哭了。居里见了也于心不忍，背过脸落泪。

其实马海伦本就没真打算跟罗进如分手，只是脾气上来了，索性离婚，她本打算过一阵心情平复下来就复婚。而且在她看来，十拿九稳，但没想到半路杀出个秋萍，又杀出个张凤淑。

“我要报警了，你们放开！”马海伦喝道。

秋萍笑嘻嘻地挑衅对手般说道：“报啊，随你怎么报，人家夫妻重逢，犯法吗？小姑娘你拎拎清你的位置，偷鸡不成蚀把米，你多年以前作的恶，现在就是给你尝苦果，不是不报，时候未到！”

一席话，马海伦被刺激得心潮翻涌，她大叫一声“我跟你拼了”，便朝秋萍扑上去，秋萍灵活一躲，一个云手，都是戏曲里的功夫，却令马海伦摔了个踉跄。

秋萍嬉皮笑脸，戏唱起来了，却是老旦：“一句话——恼得我火燃双鬓！……”

马海伦急了眼，“啊”地叫了一声，锅铲子飞出去了，仿佛暗器，直朝秋萍奔来。

谁知秋萍一个回身，稳稳捉住，继续唱：“……自杨家统兵马身膺重任，为社稷称得起忠烈一门……”秋萍转过身，对居里得意地笑，谁知马海伦却再度发力，拿起一尊关公小像直丢过来。

“妈！”居里惊叫。

秋萍一偏头，后脑勺躲过去了，太阳穴却没有。

闷闷一响。

一股血流直下。秋萍倒在了地上。

“妈！”居里吓得面无人色。

凤淑呆了。

马海伦跑了出去。

活，就这么活吧

在医院的病床上醒来，秋萍的世界一片洁白。医生说因为大脑受撞击造成了损伤，秋萍出现认知障碍，简单来说就是不认识人了。而且行为举止也会低龄化，简单来说就像是个孩子。

进宝哭了。他坐在秋萍面前，可秋萍却认不出他来，一日夫妻百日恩，现在好了，恩恩怨怨安秋萍都忘得一干二净。

进宝声泪俱下："安秋萍！我是进宝，我是进宝，你唱戏啊，我喜欢听你唱戏。"

秋萍却道："我不认识你。"

她牵起进宝的手，居里和东方都感到吃惊，她似乎想起什么来了，谁知她指着进宝指甲缝里的一条黑灰说："你脏，我不理你，我是书香门第出来的。"

居里听了，又想哭，又想笑，秋萍还没彻底不知人世，那句口头禅还挂在嘴上。

居里问医生，"她还有好转的希望吗？"医生说："照病人这种情况，不好说，有可能只是短时性的，脑中有瘀血造成的，现在这种情况不适合开颅，只能观察，最好让病人开心点，顺着她的意思。"

居里转头对东方说："听到没有，顺着妈的意思。"东方委屈，说："我一直都顺着妈的意思啊。"居里说："赶紧把房子买了，让妈住新房。"东方说："这跟妈有什么关系？"居里说："你还看不出来吗？妈不愿意跟爸住一起。"

秋萍一听，拦腰抱住居里，说："我跟你住一起，不许走。"居里苦笑。世卉在一旁拍手：“奶奶撒娇奶奶羞。”东方喝道：“不许这么说奶奶。”

没几日，家芝和娣儿也来看秋萍。娣儿交了个男朋友，带过来给秋萍看。居里以为秋萍会反对。谁知秋萍却指着娣儿和她男朋友说：“你们好，你们结婚。”

众人在侧，不知怎的，都红了眼眶。

家芝对居里说：“你婆婆有什么心愿，一定要帮她实现。”居里想了想，这日趁人都不在，问秋萍：“妈，你不是想去檀香山吗？”秋萍若有所思，说：“檀香山，檀香山……”想了半天，又说，“我不想去檀香山。”

“那你想去哪里？我带你去。”居里说。秋萍说：“不知道。”

隔了几日，居里拿来一本旅行手册给秋萍看：“妈你翻翻啊，想去哪里告诉我。”秋萍翻了一阵，指着其中一张说：“这儿，去这儿。”居里一看，是美国的尼亚加拉大瀑布，便说：“行，回头一起去。”秋萍鼓掌。

是，她早就想带婆婆出去旅游。从新民菜市场最精明的女人到俨然傻姑，居里觉得，秋萍的一生太不值得。马海伦因故意伤害罪被罚了钱，还差点判刑，鉴于她还要跟大伯复婚，照顾大伯，进宝没继续起诉她，使她免于牢狱之灾。可是居里恨她怨她。就是因为她那随手一投，让她失去那个曾经她又爱又恨，但现在只有珍惜的秋萍。

夏天来了，居里和东方的房子到手了，二手房，精装修，拎包入住。拿到钥匙那天，居里带着秋萍去家里，一进门，脱了鞋子，秋萍就手舞足蹈起来，她还记得京剧，又跳又唱《天女散花》。居里鼻子发酸。

同样悲喜交加的还有乐乐。

老秦去世，她奋战了半年，才终于理顺集团的各路关系，老三企图“政变”，东山再起，怎奈她大势已去，无力回天。

集团上市前夜，陶乐乐站在自家的窗台边，身后，儿子乐辰安睡着。窗外是一江灯火，江对岸以东方明珠为首的建筑群直指云天。乐乐眼泪流下来了，无声地。恍惚间，她几乎忘了这些年到底发生了什么，是梦吗？她不知道。

她以爱情为枪，起步上海，从一个保洁小妹走到今天的高度，不可思议，是个奇迹，然而此时此刻，她早已永远地失去了爱情。

一将功成万骨枯。如今她成功了，她的爱情也早已经粉身碎骨。

陶乐乐深吸一口气，又吐出来。控制情绪向来是她的所长。妹妹小淘来电话了，是恭喜她的。小淘如愿交了个帅帅如韩剧演员般的男朋友，当然是图她的“背景”和“家世”。乐乐苦笑。小淘现在竟成为有背景的人了。也好，不怕人家图你什么，最怕什么都不图。

挂了，嫂子又来电话，同样是恭喜。他们在上海立住脚跟，全靠乐乐帮扶。乐乐妈同样是，现在她是小区旗袍会的会长。乐乐跟嫂子寒暄了几句，谁知电话又响。但只响了一下，陌生号码，不用留意。

乐乐忽然想起朱姐快生了。谢莉莉好像有急事要回美国一趟。等集团的事情忙完，她打算去一趟香港。电话又响，还是那个陌生号码。寻常乐乐是不会接的，可这日她本能觉得有事情。

“喂，我是伍正霖。”电话那头说。

哦，乐乐明白了个大概。

香港妇产医院。朱姐躺在狭小的病房里，菲佣陪着。莉莉的未婚夫艾瑞克出了车祸，不算太严重，但她还是必须飞回去一趟。“你去你去，我没事，又不是第一次生。”朱姐催莉莉快走。可心里还是忍不住空落落的。

几天之前，她随手刷手机，居然看到了老谢在朋友圈里晒出了他和新女友度假的照片。就在深圳，离她不远。新女友叫图图。目测是个“90后”。“真是造孽！”朱姐叹。何德何能！

可就是这样一张照片，多少也给了朱姐一些刺激，她产前抑郁了。燕儿双栖蝶双飞。她忽然有些想念小伍。是用他填补空白？她不爱他吗？似乎都不是。可当她从那个小山村逃出来，下定决心一个人生孩子，一个人抚养孩子之后，她又怎么能够再回头找他？人生没有回头路。她对自己没信心。

朱姐抚摩着肚皮。菲佣用广东话跟她交流，问她有什么需要的。朱姐听得心烦，便差遣她出去打包一份素肠粉回来。唯一值得庆幸的是，她的身体好多了，在香港做产检顺带体检，医生说她一切指标正常，肺部阴影也消失了。

活，就这么活吧。

朱姐迷迷糊糊躺在床上，敲门声响。她从梦中醒来，说了一声："进来。"陶乐乐出现在她面前。"乐乐！"朱姐情绪一下就上来了。乐乐拎着东西，快步走来，连声让她别动。

"怎么样？地方小了点。"乐乐说。朱姐说："这就不错了，太谢谢你。"乐乐微笑，不说话。转头望向门口。

朱姐觉得奇怪，循着乐乐的视线望过去，却看到门口站着一个西装笔挺的男人——伍正霖。

朱姐瞬间泪眼模糊，这才发现自己没有想象得那么坚强。

伍正霖一步一步走进来，不说话，乐乐温柔地望着这两个人。伍正霖蹲下，握住朱姐的手。四目相对间，似乎以前所有的担忧与恐惧都暂时消失了。他们因为腹中的孩子联结在一起。这种联结，在这一刻，是那么坚实。

"我愿意一直陪伴你和孩子，无论在什么地方，无论发生什么，无论我有怎样的家庭、怎样的过去、怎样的现在和未来，我将用尽全力。"伍正霖饱含深情。

乐乐站起来，走到门口。她给他们空间。朱姐不知说什么才好，如果在几个月前，她肯定觉得这段话没必要。可此时此刻，在她大腹便便即将临盆的时刻，天时地利人和，伍正霖出现了，说了这么一段话。朱姐觉得，自己又有勇气面对一切了。

她捉住他的手，紧紧握着。

忽然，朱姐的肚子里砰的一下，跟着好几下。剧痛，是剧痛。多少年前生莉莉时的感觉又来了。

朱姐痛得嘴闭不拢："我恐怕要生了……"

伍正霖和乐乐当即手忙脚乱起来。

雷神之水

朱姐生了个女孩，自然产，伍正霖一路陪伴。虽然他们还没结婚，但据乐乐说，已经有点事实婚姻的苗头。而且伍正霖表现良好，从伺候朱姐坐月子到之后带孩子，他都展现了一个合格奶爸的优秀素质。

乐乐成了“霸道女总裁”，不谈爱情，只奋战在工作岗位上，业余时间贡献给了孩子。秦日结婚，她按照老秦过去的交代，给了这位长女大礼，让她一生无忧。秦月想要继续攻读学位，她也表示百分之百支持。

至于居里，有了新房子，她还没打算立刻工作，在夏天的末尾，朱姐已经生完第三个月了，乐乐也应该开始她的summer vacation。居里跟姐妹们提议，去美加边境的尼亚加拉瀑布玩一趟。

“为什么是尼亚加拉？”乐乐和朱姐都好奇。

“我婆婆想去，我专门带她去的。”居里说。乐乐和朱姐都赞她是二十四孝媳妇。

行程安排由朱姐的女儿莉莉做。乐乐交代好公司和家里。朱姐把女儿虎妞交给伍正霖，一百个放心。这下轮到乐乐和居里好奇了。

“为什么叫虎妞？怎么跟旧社会来的似的。”

上了飞机，朱姐才促狭地冷不丁说：“老谢的女朋友叫什么图图、兔兔吧，那我们家闺女就来个虎妞，虎吃兔，力压。”居里、乐乐听罢哈哈大笑。

飞机起飞了，冲向云层。秋萍兴奋得跳起来。空姐走过来，说：“这位乘客，请您坐下。”可秋萍根本不听。居里和朱姐连忙安抚，也无效。

居里小声对空姐说："您得说这位小朋友……"

空姐用一种怀疑的眼光看居里，但最终还是说："这位小朋友，请坐好。"话音刚落，秋萍果然坐回座位，老老实实的。乐乐和朱姐都笑。

居里无奈："唉，从前这么精明一个人。"的确，朱姐和乐乐都见识过秋萍的精明，对她那句"我是书香门第出来的"记忆犹新。可现在呢……人生不能多想。乐乐对居里说："还是应该找个好医生。"居里说："都找遍了，说只能观察。"

一路昏昏沉沉，下了飞机，莉莉安排美国朋友来接，朱姐、居里和秋萍自然都是不认识路的，只有乐乐明白点，但也不算百分之百清楚。他们在纽约落脚，住了两天，再由莉莉未婚夫艾瑞克安排地陪，先开车去水牛城。在水牛城又住一天，才找了当地一个五十来岁的华裔男子做地陪，开车拉着四个女人从水牛城出发，去尼亚加拉瀑布。

路程不远，半个小时就能抵达，一路上，秋萍欢歌笑语唱京剧，居里怕乐乐和朱姐嫌烦，不让她唱，可地陪久不回国，却十分喜欢这种中国风味。"这位女士真有文化。"地陪赞道。秋萍立刻说："我是书香门第出来的。"无论记忆怎么退化，这句话她永远忘不了。

三个女人听到秋萍这话立刻爆发出瀑布般的笑声。地陪有感于笑声，说："尼亚加拉瀑布跟你们的笑声差不多。"几人不解，问缘由。地陪说："尼亚加拉在印第安语里的意思是指雷神之水，声音特别大。"几人听了，又是一番笑。

中午十二点左右，到达Goat Island大瀑布（尼亚加拉瀑布由很多个分瀑布组成）顶部停车场，收费十美元，可以停一天。

停好车，五个人直奔加拿大一侧的马蹄形大瀑布，从顶部开始游览。尼亚加拉河水流量巨大，碧绿清澈，河面断崖六百多米，河水流至断崖处纵身一跃，真仿佛李白诗句里写的"飞流直下三千尺，疑似银河落九天"。

几个人都惊呼着。尤其秋萍，更是哇哇大叫，掩盖不住地兴奋着。凭栏观看，水花雾气扑打在脸上，耳边轰鸣声不断，真如雷神下凡。几个人玩了一个小时，又转向美国瀑布那边。

不远处是美加跨境的彩虹桥。几个人买了票，从地面乘坐电梯上升至十七层楼高，走出电梯，又穿过长长的隧道，来到河面上方的岸边，领了雨披，穿好凉鞋，沿着河边游步道向下前进。

秋萍年纪大，居里扶着她走，可秋萍却完全什么都不怕似的，心智成为小孩后，她的身体状态似乎也成了小孩，她三两步走到前面，领着大家前进。走了没多久，便到了瀑布下方。铺天盖地的水流冲下来，那感觉仿佛太平洋倒了个个儿，雷霆万钧，唾手可得。

秋萍呐喊，仿佛要把这半生的委屈都喊出来似的，居里见婆婆这样，也跟着喊，然后是朱姐，然后乐乐也跟上。地陪站在一边，仿佛这瀑布与他无关，只是静静地看着几个女人发泄着。

看完这一景，几个人简单吃了点午饭，便去实现这日的最后也是最盛大的一个环节，乘坐“雾中少女号”。

大瀑布由月亮岛隔开成两个部分，副瀑布较小，马蹄形主瀑则声势浩大。船慢慢驶向副瀑布，远远地，水汽扑面，如作洗礼，等接近了，水滴乱落，如雨打荷叶般，渐渐地，船朝马蹄形主瀑布驶去了。

船驶进马蹄中，四面八方都是瀑布，仿佛被千万个花果山的水帘包围，再加上龙王派来的千军万马声，迷雾之中，“少女号”时而平稳，时而颠簸。天气也变化多端，时而牛毛细雨，时而暴风骤雨，就好像那瀑中之龙，时而嬉闹，时而愤怒，那声响更是巨大得无以复加，真感觉是雷神电母同时使出法宝，世界末日也在所不惜。

安、居、乐、业身上全湿了，却顾不上。居里忙给秋萍拍照，记录下这一震撼瞬间。秋萍站在船头，变换着姿势，一如少女。

忽然一阵狂风，声音更大，雨点砸下来，仿佛冰雹。船体颠簸，秋萍没站稳，一滑，摔倒在甲板上。

吓得居里、乐乐、朱姐和地陪四人连忙去扶。

秋萍昏了半分钟，惊心动魄的半分钟，俨然能从阴间到阳间，从前世到今生般，几个人又是掐人中，又是做心肺复苏。

半分钟后，秋萍醒了，先是吓一跳："妈呀！我这是上天了？！"

再看到居里，掐掐她，才相信这是人间。

居里愣住了，她有些不敢相信，眼眶红了，难道，难道……正思考着，秋萍凑到她耳朵旁，说："你爸不跟我离婚了吧，这是哪儿，出上海了吗？这是黄果树瀑布？"

居里不敢相信，又凑到秋萍耳边问自己是谁。

秋萍说："你有病吧，你是我儿媳妇。"

居里又指着朱姐和乐乐，秋萍都回答正确。

秋萍正常了！居里双眼喷泪，混合着这大瀑布的水，飞扑上去给了秋萍脸颊一个狠狠的吻！

轮船掉头了，慢慢朝外开，秋萍恍恍惚惚，她这才开始以安秋萍的身份欣赏这个瀑布。

她甚至还不知道，这就是尼亚加拉，是雷神之水。回去几个女人会向她解释。

船开远了，几个人凭栏而望，转瞬之间，瀑布边上，半空之中，竟然出现了一道彩虹。

（全文完）

护子心经

星期六一早，居里打算把被单洗了，可东方却赖在床上不起来。

“沙发上睡去。”居里拍东方屁股。东方抱着枕头，睡眼惺忪躺沙发上了。秋萍打门边过，有点不大高兴。她儿子大周六睡个懒觉怎么了？还不是为养家糊口累的？什么被单，洗那么急？至于吗？秋萍拿了张毯子，给东方盖上。不提。

一会儿，居里凑到东方身边：“快，把内衣脱下来，都多少天不洗了，也不换，半个月没洗澡了吧。”东方百般不愿，还是脱下来，甩给居里。

秋萍侧耳听着，百般不自在。没换衣服、没洗澡？怪谁？还不是你这个老婆做得不到位？再说男人一两个星期不洗澡怎么了，干旱地区还有一辈子只洗两次澡的呢，大惊小怪。秋萍翻了居里一个白眼。

居里没看见，去洗手间开热水器。十几分钟，水烧好了，居里去叫东方起来，秋萍钻进洗手间，叫起来：“这才多少度啊？太凉了吧。”居里凑过来，说：“差不多，东方不喜欢太热的。”秋萍抢白道：“这大冷天，洗了要生病的，会感冒。”说着把水温调高了。居里知道没法跟她理论，只好由着她。

中午吃完饭，东方掏出一支烟，当着孩子的面点着。

“出去抽！”居里对东方抽烟一直不满，对二手烟更是深恶痛绝。东方笑呵呵的，倒也配合，拿着烟进厨房，刚抽了没两口，笛声大作，烟雾报警器响了。

居里急得一头包，批东方道：“抽烟比吃饭还勤，就知道惹事，有什么好处？”秋萍听了，隐忍不发，她知道抽烟不好，她也讨厌进宝抽烟，可抽烟的人一旦换成她优秀的儿子罗东方，似乎也不那么可恶。“下次注意。”秋萍打圆场。

下午，东方猫在小卧室上网玩麻将。世卉一个人在地板上玩积木，居里伸头对东方说道：“多陪陪女儿，一个星期也就这时候能亲子互动。”

东方“哦”了一声，不挪窝。居里又说了一遍。

东方还是不动。秋萍看不下去了，道：“我陪卉卉玩。”

居里拿着扫帚悄悄凑到跟前，谁知东方的电脑上，却是满屏爆乳。

“罗东方！”居里呵斥。男人都好色，可孩子还在家，门也没关，就这么肆无忌惮！秋萍见屋里吵，忙走进去。

电脑屏幕清干净了。

居里对秋萍抱怨：“妈，你管管东方。”秋萍问：“怎么了？”居里指了指东方，说：“你问他。”东方说：“我没点，不小心跳出来的，霸屏了。”

死不承认！

居里说：“看了就看了，好汉做事好汉当。”秋萍一头雾水，还问：“怎么了？”居里道，东方在看黄色图片。

秋萍一听，笑道：“我还当什么大不了的事情，我儿子的人品我敢保证没问题，就算偶尔有点小意头，有什么大不了，又不是真的。”居里见秋萍如此袒护儿子，知道说不通，气得只剩一个鼻孔出气，摔门出去了。

秋萍看着居里的背影，嘀咕道：“怎么这个样子，我们是书香门第哎。”

吃完晚饭，东方在屋里接电话，说了几句，居里发现话题不对，觉得可能是跟前妻闲聊。这是她最忌讳的。她走进屋，反锁上门，严厉地问：“和谁？”东方说：“都是工作的事。”不打自招了。

“你保证，没有二心？”居里没有安全感。

东方只好对天发誓，算是给居里吃了定心丸。

门反锁了，可秋萍却贴在门上听了个真切。她对居里极为不满。怎么了？什么大事情，还要对天发誓？她儿子犯了什么罪？是可忍孰不可忍？

不大工夫，居里和东方已经和好，东方下楼遛弯去了。

居里把碗筷刷好，屁股沾到沙发上，秋萍便搬了个凳子坐在她对面。

居里一愣。秋萍开始发话："居里，你们大概的生活状态我今天算知道了。"居里一听不妙，思想政治教育开始了。秋萍跟着道，"我不能认同你的做法，不能认同你在家里颐指气使的态度，夫妻生活这么过可就完了。"

小吵小闹，生活的调料，而且她和东方一直都是这么过来的，即便白天有点拌嘴，现在已经和好如初。这婆婆干吗小题大做、上纲上线？

冷处理吧。居里笑道："妈说得对。"

谁知秋萍并不打算了结："知道什么是书香门第吗？知道什么是温文尔雅吗？读过《诗经》吗？读过《楚辞》吗？知道传统女性怎么做吗？"居里不耐烦，只好说："行行行，回头继续学习。"

秋萍一拍桌子道："我就不应该来给你带这个孩子！"

居里脑子里嗡的一声。千言万语她都能忍，唯独这句话不行！

"妈，您不是来给我带孩子，这不光是我的孩子，更是你儿子罗东方的孩子，是你们老罗家的孩子，妈你搞搞清楚，这孩子不姓沈，姓罗。"居里凛然道。

秋萍原打算过过嘴瘾就得了，可没想到居里反击，有礼有节有据，她不知如何应对，正巧东方推门进来，秋萍听到声，有儿子帮忙，更觉委屈，随即一屁股坐在地上，哇的一声哭起来。世卉见奶奶哭，也被吓哭了。

东方见此场景，大为惊诧，问："妈怎么了？"

居里百口莫辩。

秋萍哽咽道："我就是让她知书达理点……"

居里被钉在了耻辱柱上。

东方性情温和，很少发脾气，可见到他妈如此这般坐地号啕，也禁不住气顶脑门儿，一把拽住居里的胳膊，怒道：“你必须向我妈道歉！”

道歉？居里觉得可笑至极，谁找谁的事？她为什么要道歉？也不是她请她来带孩子的，是她自告奋勇。

居里冷冷地起身走向卧室，东方快跑跟在她身后，进屋，门关上了。

“才出去几分钟，你就把我妈推在地上。”东方谴责道。

“我没推！”居里两眼圆睁。

死鸭子嘴硬！东方怒火烧得更旺，随手操起墙边的椅子，举过头顶。

居里吓得朝后退。这是罗东方第一次如此失控。

不行，她必须自卫。床边一箱红酒。居里想都没想，操起一瓶，高高举起。

一个有炸药包，一个有手榴弹。

僵持了半分钟之久。

东方慢慢放下了凳子。理智回来了。

秋萍拼命敲门。

居里突然意识到她在这个家不能待了。她立即打电话给朱姐，让她开车来接她，挂了电话就收拾箱子。没多久，朱姐的车到楼下了。东方坐在床边，一言不发。

门开了，居里拉着拉杆箱朝外走，迎面撞见秋萍。她停下来对着这个刚才还满地打滚的婆婆，义正词严地说：“妈，这就是你养的儿子，一个有知识、有文化、高学历、有头有脸的儿子，一点小问题就使用家庭暴力的儿子！这是犯法的你知道吗？”

秋萍呆傻，无言以对。

门重重关上。

居里走了，流着泪上了朱姐的车。

她下定决心，这次不能轻易回来。

朱姐当然也是劝。没什么大矛盾，睁一只眼，闭一只眼算了。可居里不那么认为，一时心不狠，后患必无穷。

她在朱姐那儿住了足足一个星期。东方认识到自己的错误，发短信，打电话，甚至要上门接。可居里都表示拒绝。

因为家庭暴力，她提出离婚，并表示孩子她不要，反正到什么时候她都是孩子妈。秋萍吓得魂飞魄散。东方已经离过一次婚，再离，成何体统。她原本只是想找点碴儿，却想不到事态发展到不可控制。作孽!

离家几天，居里是真想孩子啊！可不行，忍住，小不忍则乱大谋。

晚间，东方又来电话了。朱姐接的电话，她现在是居里的代理人，说了一会儿，小世卉的声音从听筒里传出来了。居里的心一揪，眼泪下来了。朱姐笑道："接吧。"

居里接了电话，跟女儿东聊西问了一番，一会儿，换成东方了。

"回来吧。"东方恳求。

"你有什么错？"居里道，"错的都是我。"

东方见居里松了口，道："我妈有时候就是胡搅蛮缠没原则。"

东方站在她这一边了，居里稍微解气。

"我也有错，家庭暴力，"东方说，"未遂。"

"以前还不知道你有这一手。"居里恨道。朱姐在旁边起哄，说："行啦，快来接回去吧。"

差不多该回宫了。

星期六走的，居里还选择星期六回去。老太太请吃饭，还是在老地方醉仙楼。有了台阶，居里便顺着下，不再闹腾。午饭时间，东方陪着居里进包间了。

世卉扑过来叫妈妈。

居里心头一热，新仇旧恨忘了大半。

秋萍向来灵活，不是那种不低头的人，她笑吟吟走过来，道："一家人还是一家人。"

千言万语都不用说了。

可居里还是不解气，笑道："我还得继续修炼，才能配得上妈的书香门第。"秋萍发窘。东方打圆场，入座吃饭。

菜上来了。

不知怎的，第一道就是红烧猪蹄。进宝最爱，伸筷子就夹。秋萍伸筷子一打，白了他一眼道："这给孩子吃的，你急什么，你看看你那一身肉，脸跟盆似的，还吃，丑相。"

进宝缩回筷子。

老太太一听秋萍腌臜儿子，嘴一撇道："什么丑相？我家进宝一生下来就相貌堂堂，算命都说是福相，头几十年里，多少女孩子追，说他像高仓健。丑相？丑相你能找他？"

活打脸，现世报，居里捂嘴笑。

秋萍拧不过老太太，只好说："行行行，有其母必有其子，妈生的，再丑也俊。"

老太太这才喜欢，道："那是，不像某些人，鬼头蛤蟆眼的，还去扮什么京剧。"

居里笑着，给进宝夹了一块猪蹄。

这个时代令人心醉的爱情只有一种

一帮同学聚在一起，但凡听说某个女同学离婚了，或者根本还单身，烦心犯愁，我们就会立刻给她开个药方：嫁入豪门。当然是玩笑。普通人没有这个命数，就算有，修炼不够，嫁进去也会有被扫地出门的危险。

从古至今，普通女人都做着一个梦，那就是灰姑娘梦，王子准时出现，从灰头土脸中发现国色天香，从而吃喝不愁、高贵典雅。这是梦，很容易醒。

《安居乐业》故事中的几个女人都想通过婚姻改变自己的命运。沈居里是一个小城姑娘，家底不丰、学历欠奉、样貌平平，她来到大都市，通过嫁给二婚男成为都市中的一员。陶乐乐是一个农村女孩，她的野心更大，凭借姿色和冷静的头脑，给一个年纪大的有钱人做了外室。朱业勤经历的是反转，当初她丈夫看中她的身份、地位而跟她结婚，可丈夫飞黄腾达之后，她的境遇变得尴尬了。而沈居里的婆婆安秋萍一辈子都在抱怨自己嫁给了工人罗进宝，所以不能像其他京剧票友一样住着豪宅，其实当初她和进宝结婚的时候，工人阶级身份在社会上是吃香的。

这是一个急速变化的时代，但是爱情这个东西变化得却很缓慢，伟大爱情需要跨越的障碍依然没有改变。

门不当户不对的爱情、婚姻才有看头。正因为这非理性的代价，这充满变数的痛苦、犹疑和挣扎，才让这个社会不至于一潭死水。千军万马覆没了，但总有几个能突围出来，成就传奇。

从司汤达的《红与黑》中的于连开始，穷小子灰姑娘们便开始攀爬阶级的天梯，《了不起的盖茨比》里盖茨比的复仇，《看得见风景的房间》的富家女与穷小子……跨越阶级的主题始终是文艺创作的繁盛之地。

十几年前，伍迪·艾伦拍过一部电影叫《赛末点》，讲一个野心勃勃的小伙子想通过跟一个富家女结婚来打入上流社会，改变自己的命运，却没想到阴差阳错爱上了一个跟他同样野心勃勃的美国穷女人，最后他杀了这个女人，成全了自己，却永远失去了爱情。

《安居乐业》中所有的人物，也都是处心积虑往上爬的。这是这部小说的纵贯线。这不是罪，只是惑。

但与此同时，《安居乐业》又是向《金瓶梅》这样的中国古典浮世绘小说致敬的。“安居乐业”四个字，是从小说四位主人公的名字中攫取而来的。

底层的人希望通过金钱改变自己的生活，中产阶级需要大量的金钱来稳固他们的安全感和优越感，而上层人却需要用金钱（经济）的增长来寻求合理性。

《安居乐业》的本质是残酷的，因为人生本苦，然而这样一个故事，我却想用笑着的方式讲出来，它带有喜剧性，酸甜苦辣共同构成了这篇小说的质地。我相信故事中的每个人物都是善良的，但是在不同处境下，他们又不得不作出选择。

这是我第一次写连载故事，我认可并喜欢豆瓣连载这个平台。我始终认为自己是大众中的一员，所以写的东西也愿意与普通读者亲近。《安居乐业》的行文力求简洁明快，我要求它有故事性，每篇都有一个扣子，尽量追求意料之外，情理之中。做连载没有故事肯定是不可以的。

但我又想在纯文学和通俗文学，也就是严肃文学和网文之间找到一个折中点。我相信无论是哪种小说读者都会对它提出一种要求，那就是它最起码是好看的，但是读完之后，我又希望能有那么一种效果，就是能让人若有所思。

小说承载着一种功能，传达真实，这种真实不是指它复刻了现实世界，而是说，它给予了转瞬即逝的现实世界一种崭新的逻辑，这种逻辑让我们的生活变得有秩序，并赋予了一定的意义。

小说名叫《安居乐业》，当然是希望这个世界所有人都能安居乐业。我时常提醒自己，来到这个世上，首先是要珍惜。

虽然痛苦挣扎永不停歇，但是生而为人就是一种幸运。做人其实是一个小概率事件。

很喜欢佛家的一个小故事，它讲这辈子投身为人是多么难得。是说大海上漂着一块浮木，浮木上有一个小洞。深海里有一只乌龟，它是瞎的，一百年才浮出海面一次。然后这个盲龟百年一次浮出海面，刚好把脖子伸进这个浮木的小洞里的概率，就是你生而为人的概率。

几乎是一个不可能的事情，但刚巧被我们撞上了，你还有什么理由不认认真真做人？是不是偶尔也应该停下来想想今生的使命？成不了豪门，安安分分做一个普通人也好，买不到大房子，安安分分租一个房、有一张床也好。

活着是修炼。

释怀其实是治愈人生之苦的最佳良药。